W0334538

AVERY FLYNN
Troublemaker

Avery Flynn

TROUBLE MAKER

Roman

Ins Deutsche übertragen
von Kristiana Dorn-Ruhl

LYX

LYX in der Bastei Lübbe AG
Dieser Titel ist auch als E-Book erschienen.

MIX
Papier aus verantwortungsvollen Quellen
FSC® C014496

Die Originalausgabe erschien 2017 unter dem Titel
»The Charmer. A Harbor City Novel« bei Entangled Publishing, LLC.

Textredaktion: Anita Hirtreiter
Umschlaggestaltung: © Guter Punkt, München | www.guter-punkt.de
unter Verwendung von Motiven von © AdobeStock (Iakov Kalinin / LoveKay)
und © shutterstock (Who is Danny / Viorel Sima)
Satz: Greiner & Reichel, Köln
Gesetzt aus der Adobe Caslon
Druck und Verarbeitung: GGP Media GmbH, Pößneck
Printed in Germany
ISBN 978-3-7363-1192-3

3 5 7 6 4 2

Sie finden uns im Internet unter www.lyx-verlag.de
Bitte beachten Sie auch: www.luebbe.de und www.lesejury.de

Für meine Schwiegereltern
(die keine Ahnung haben, dass ich Liebesromane schreibe):
Ihr habt einen tollen Sohn großgezogen. Danke!

1. KAPITEL

Umgeben von den in Armani und Michael Kors gehüllten oberen Zehntausend von Harbor City konnte Hudson Carlyle die Augen nicht von ihr abwenden.

Obwohl sie Pfennigabsätze trug, reichte sie den anderen Gästen kaum bis zu den Schultern. Ihr langes dunkles Haar war zu einem Pferdeschwanz gebunden, doch ein paar Strähnen hatten sich aus dem leuchtend pinken Gummi gelöst und fielen ihr offen über den Rücken. Und dann das Kleid. Schwarz, formlos und wadenlang, überließ es alles der Fantasie. Sie hätte eine dieser Ameisenkolonien darunter verstecken können, für die diese Benefizveranstaltung des Naturkundemuseums der Stadt Geld sammelte. Es war absolut nichts an ihr, das ein Mann wie er normalerweise anziehend fand, und zwar so, dass er nicht einmal, sondern gleich mehrmals hinsehen musste. Aber genau das tat er. Warum? Er hatte keine Ahnung. Und doch war er von den unglaublich blauen Augen hinter ihrer großen schwarz eingefassten Brille und ihren Wangenknochen so fasziniert, dass er am liebsten sofort zu Leinwand und Pinsel gegriffen hätte.

Ein leises Hüsteln lenkte seine Aufmerksamkeit weg von der geheimnisvollen jungen Frau hin zu seiner Mutter, die seinen gefesselten Blick sofort bemerkt hatte. Mist. Hudson Carlyles Mutter hatte einen siebten Sinn für diese Dinge, und der Ausdruck in ihren stahlgrauen Augen ließ keinen Zweifel zu. So hatte sie seinen älteren Bruder Sawyer immer angesehen, als sie ihn verkuppeln wollte. Jetzt war also er dran. Dieser Blick sagte nichts anderes als: Ich habe das perfekte Opfer für dich gefunden.

Hudson rieb sich den Nacken und versuchte, das Prickeln auf seiner Haut zu ignorieren, um sich stattdessen wieder auf die Cocktailparty zu konzentrieren.

Zum Glück waren da jede Menge wohlhabende Gäste, die Helene Carlyle von ihrer Mission ablenken würden – was immer sie auch vorhatte. Nun ja, das und die Tatsache, dass die Party im Ameisentrakt des Museums stattfand. Das war genauso gruselig, wie es sich anhörte.

Die Wände waren mit zwei Glasscheiben verkleidet, zwischen denen Ameisen zur Schau gestellt waren. Wenn er nicht so ein Familienmensch wäre, hätte er nie im Leben einen Fuß in diesen Raum gesetzt. Lieber hätte er sich in seiner Hütte eingeschlossen, um die Gemälde zu vollenden, die er längst verkauft hatte. Beziehungsweise, die »Hughston« verkauft hatte, einer von Harbor Citys begehrtesten – und geheimnisumwobensten – Künstlern.

Seine Brust verengte sich bei dem Gedanken an all die kleinen Notlügen, die er seiner Familie über die Jahre aufgetischt hatte, um sein Doppelleben zu verschleiern. Sie hielten ihn für einen reichen Playboy, den nur interessierte, wie er das nächste Supermodel ins Bett bekam, und so sollte es auch bleiben.

Dennoch: Wenn seine Familie ihn brauchte, war er zur Stelle, selbst wenn er dazu in einen Raum voller Ungeziefer musste.

»Komm, wir mischen uns unter die Gäste«, verkündete seine Mutter in diesem Tonfall, der keine Widerrede duldete. Sie schob ihren Arm unter seinem Ellbogen hindurch und marschierte los.

Er schüttelte den Kopf. *Na, dann von mir aus*. Dank seiner Größe konnte er über die Köpfe hinweg beobachten, wie sich die Gästeschar vor ihnen teilte, als würde er die Queen über den roten Teppich geleiten. Manche nickten zum Gruß, andere versuchten, Helene Carlyles Aufmerksamkeit auf sich zu lenken. Seine Mutter bedankte sich mit einem huldvollen Kopfnicken, ließ sich aber nicht aufhalten. Stattdessen steuerte sie auf Hudsons älteren Bruder Sawyer zu, der mit seinem ehemaligen besten Freund Tyler Jacobson zusammenstand, ohne sich jedoch mit ihm zu unterhalten.

»Ich freue mich natürlich, dass du mich zu dieser Benefizgala begleitest«, fuhr Helene fort. »Aber es wäre mir viel lieber, wenn du eine eigene Begleiterin hättest.«

Hudson kräuselte die Lippen zu einem leisen Lächeln und hob spöttisch die Brauen – eine Angewohnheit, die seine Mutter auf die Palme treiben konnte, während sich die heißesten Partygirls der Stadt seufzend ihren Fantasien hingaben. »Pass auf mit dem Wort *Begleitung*«, warnte er sie. »Sonst kommen die Leute noch auf wilde Ideen, was ich mit meiner freien Zeit anfange.«

Sie zog die Augenbrauen hoch. »Angesichts der Tatsache, dass ich hier fast jeden kenne und alle definitiv wissen, wer ich bin, dürfen wir davon ausgehen, dass niemand meinen Sohn für einen Callboy hält.«

»Man wird doch wohl noch träumen dürfen.« Hudson zuckte lachend die Schultern und blickte seinem Bruder und Tyler entgegen. Die Feindseligkeit zwischen den beiden hatte über die zurückliegenden Monate nachgelassen, trotzdem hatte ihre jahrzehntelange Freundschaft nachhaltig gelitten.

»Auch eine Mutter wird doch wohl noch träumen dürfen«, erklärte Helene mit einem Mitleid heischenden Seufzen, das sie stundenlang geübt haben musste. Sie senkte kurz den Blick, um ihn dann mit unschuldigem Augenaufschlag von unten herauf anzusehen.

»Fang nicht wieder damit an.« Er verlangsamte seine Schritte, als er das vertraute Funkeln in ihren Augen sah. Sie tat so, als würde sie sich von den Masons ablenken lassen, die in trauter Zweisamkeit erschienen, obwohl sie kurz vor der Scheidung standen. Doch er ließ sich nicht täuschen. »Hör auf, mich so anzuschauen. Ich kenne diesen Blick. Genauso hast du meinen Bruder angesehen, bevor du die Operation *Bringt Sawyer unter die Haube* losgetreten hast. Ich bin immun dagegen.«

»Ich habe keine Ahnung, wovon du redest.« Sie drückte seinen Arm, und ein verschlagenes Lächeln spielte um ihren Mund – der fast genauso aussah wie der, der ihn jeden Morgen im Spiegel begrüßte, nur dass ihrer in diesem Moment eher einer Haifischschnauze mit gebleckten Zähnen glich. »Aber du siehst dabei verdammt gut aus.«

»Mutter, das mit dem Charme solltest du besser mir überlassen. An dir wirkt das angsteinflößend.«

Sie tätschelte seine Wange etwas fester als nötig und schüttelte den Kopf. »Trotz deines Charmes wirst du nicht immer bekommen, was du willst. Nicht auf lange Sicht.«

»Keine Sorge. Kurzfristig funktioniert er hervorragend.« Er zwinkerte ihr zu und setzte den Weg fort, um sie auf Sawyer zuzuführen. Er musste sie loswerden, ehe sie sich weiter an dem Thema festbeißen konnte, und sein Bruder war ihm noch einen Gefallen schuldig. »Und auf lange Sicht wird mir mein Bankkonto beste Dienste leisten.«

Helene Carlyle war nicht der Typ Frau, der sein Missfallen durch Schnauben kundtat. Stattdessen ließ sie ein leises Niesen hören.

»Die meisten Leute dürften darauf hereinfallen, Hudson Bartholomew Carlyle«, sagte sie, »aber ich nicht.« Damit richtete sie ihren Blick auf Sawyer und dessen ehemals besten

Freund, die sich demonstrativ ignorierten, während Sawyers Frau Clover sich angeregt mit Tyler unterhielt.

Aus den Augenwinkeln bemerkte er, wie sich die junge Frau in dem Sackkleid einen Weg durch die Menge bahnte, und zwar mit dem gleichen Ziel, das auch er ansteuerte. Für einen kurzen Moment wirkte sie beinahe anmutig, doch als sie sich Sawyer und Tyler näherte, stolperte sie über ihre eigenen Füße.

Seine Muskeln spannten sich kurz an, und er wünschte sich, er wäre nahe genug, um sie aufzufangen. Aber Sawyer und Tyler reagierten geistesgegenwärtig und konnten einen Sturz verhindern. Sie sagte etwas zu Tyler und schob ihre schwarze Brille, die beinahe über die Spitze ihrer Stupsnase gerutscht wäre, zurück an ihren Platz. Obwohl sie nur ein paar Meter entfernt stand, konnte er nicht hören, was sie sagte, weil sie so leise sprach. Als Antwort erhielt sie ein schroffes »Kein Problem« und ein nicht minder unhöfliches »Schon okay« von den beiden Männern. Der Vorfall schien Sawyer und Tyler aus ihrer feindseligen Starre zu reißen, und für einen Moment sah es so aus, als würden sie jetzt doch ein Gespräch beginnen. Stattdessen nickten sie der jungen Frau beide einen Gruß zu und strebten dann in entgegengesetzte Richtungen davon, wobei Sawyer seine Frau Clover mit sich zog.

Diese Idioten. Es war vollkommen offensichtlich, dass die beiden ihre Fehde am liebsten beilegen würden, bloß wollte keiner den ersten Schritt tun. Wobei er zugeben musste, dass er Tyler die Schuld an dem Zerwürfnis gab. Schließlich konnte Sawyer nichts dafür, dass Tylers Verlobte splitternackt in seinem Bett gelegen hatte.

Obwohl Sawyer sie weggeschickt hatte, war Tyler nicht davon abzubringen, dass er die Verantwortung trug. Absurd, dieser Stolz.

Hudsons Unmut wuchs zusätzlich, als er die rätselhafte junge Frau betrachtete, die immer noch da stand und Tyler nachsah. Ein Ausdruck von Kummer überschattete ihre Augen und überzog ihre Nasenspitze mit einem leichten Hauch von Rosa. Als Maler hatte Hudson schon sein Leben lang Menschen beobachtet und ihre Geheimnisse zu ergründen versucht, um sie besser porträtieren zu können, und eines wusste er bereits über diese Frau – sie war ganz klar verliebt in Tyler. Die Arme. Sie war definitiv nicht sein Typ. Tyler mochte hochgewachsene Blondinen mit großen Brüsten und scharfem Mundwerk.

»Du musst das klären, Hudson«, bat ihn seine Mutter und lenkte ihn damit – zum zweiten Mal – von der Frau ab.

»Ich?« Er folgte ihrem Blick, der auf Sawyer gerichtet war. »Das ist doch nicht mein Problem.«

»Ich frage mich ernsthaft, warum ich dir nicht regelmäßig die Ohren langziehe.« Ihre Worte klangen streng, doch ihr Tonfall verriet, wie sehr sie ihren Jüngsten liebte. »Er ist dein Bruder, und er braucht deine Hilfe – ich brauche deine Hilfe.«

Er lächelte auf sie herab. »Eine Männerfreundschaft in Ordnung zu bringen ist nicht gerade mein Spezialgebiet.«

»Dinge in Ordnung zu bringen war immer dein Spezialgebiet. Sawyer und Tyler sind ein Stück weit aufeinander zugegangen, aber die Sache ist längst nicht aus der Welt geschafft. Du musst ihnen helfen – natürlich ohne dass sie es merken.«

Als ob das so einfach wäre.

»Meine Güte, Mutter.« Er schüttelte den Kopf, als wüsste er nicht, dass im Grunde sie immer diejenige in der Carlyle-Familie gewesen war, die Dinge in Ordnung gebracht hatte. »Was für eine perfide Idee! Wer hätte das von dir gedacht?«

Diesmal konnte sich Helene ein Schnauben nicht verkneifen. »Wir wissen doch alle, dass du gern deine Mitmenschen manipulierst. Wenn ich mich daran erinnere, wie du Sawyer und Clover zusammengebracht hast.« Ihr Blick blieb an einer Person direkt hinter ihm hängen. »Du hast eine gute Menschenkenntnis. Du hattest schon immer ein Gespür dafür, wie Leute ticken. Die junge Frau dort, zum Beispiel. Was kannst du mir über sie sagen?«

Hudson sah sich kurz um und entdeckte die Frau von vorhin. Sie schmachtete immer noch Tyler an, der inzwischen mit einer großen Blondine sprach, mit einem Blick, als hätte er gerade ihre Katze überfahren. Was konnte er seiner raffinierten Mutter über sie erzählen? Jede Menge. Was konnte er seiner raffinierten Mutter über sie erzählen, ohne preiszugeben, dass er vom ersten Moment an von ihr fasziniert gewesen war? Nicht viel.

Die kleine Brünette hatte etwas an sich, das ihn magisch anzog. Am liebsten hätte er sie sofort auf Leinwand gebannt. Trotzdem konnte er sich einfach nicht erklären, woran das lag, und dieses Detail würde er auf keinen Fall mit seiner kuppelwütigen Mutter teilen.

»Nichts Weltbewegendes, Mom.« Er bemühte sich, auf keinen Fall in ihre Richtung zu sehen. »Vermutlich arbeitet sie hier im Museum. Und ganz offensichtlich steht sie auf Tyler.«

»Das ist mir auch aufgefallen. Sie drückt sich ständig in seiner Nähe herum, traut sich aber nicht, ihn anzusprechen, selbst wenn sie ihm buchstäblich in die Arme fällt.«

Wie immer, wenn sich eine bedeutende Veränderung ankündigte, juckten seine Fingerspitzen. »Warum interessiert dich das eigentlich?«

»Sie hat was, findest du nicht? Ich kann es nicht recht definieren, aber vielleicht ist sie genau das, was Tyler braucht. Du könntest ihr auf die Sprünge helfen. Niemand kann Leute so geschickt für die eigenen Ziele manipulieren wie du. Wenn du sie dazu bringen könntest, Tyler für sich zu gewinnen, könnten

Sawyer und Tyler ihr Problem selbst lösen. Er muss nur erst über diese schreckliche Exfreundin hinwegkommen, ehe er wieder offen für etwas Neues ist.«

»Meinst du das im Ernst?« Die Vorstellung, dass seine geheimnisvolle Fremde mit Tyler zusammen sein könnte, hinterließ einen bitteren Geschmack auf seiner Zunge.

»Ich meine, Liebe ist stärker als alles andere.« Sie hatte diesen verschleierten Ausdruck in ihren Augen, und die Fältchen um ihren Mund wurden weicher, wie immer, wenn sie an seinen Vater dachte, der vor ein paar Jahren verstorben war. »Und jetzt zieh los und lass deinen berühmten Versöhnungszauber wirken, damit dein Bruder seinen besten Freund zurückbekommt – anschließend können wir dein Talent vielleicht auch für *Carlyle Enterprises* nutzen. Es gibt in diesem Laden mehr zu tun, als Kekse aus Mrs Espositos Kantine zu stibitzen. Du weißt schon, dass du ein Eckbüro hast, das allmählich Schimmel ansetzt?«

»Ich habe ein Büro?« Er zwinkerte ihr zu und blickte dann wieder zu Tyler Jacobson.

Hudson neigte lächelnd den Kopf zur Seite, während in seinem Kopf bereits ein Plan entstand – er würde allen seinen Lieben helfen können und gleichzeitig selbst bekommen, was er am liebsten wollte, ohne sein geheimes Leben aufdecken zu müssen. Jawohl. Es würde funktionieren wie ein Zauberspruch.

Felicia Hartigans Leben wäre so viel besser, wenn sie nur zu ihren Honigtopfameisen zurück dürfte. Leider hatte ihr Chef ihr heute Morgen erklärt, dass es dazu nicht kommen würde, solange die gelangweilten Superreichen der Stadt kein Geld für die Abteilung spendeten. Deshalb war sie jetzt hier. Hurra.

»Es hätte schlimmer kommen können«, sagte ihr Forscherkollege Stan Gabrys. Er war groß und dünn, hatte rotes Haar, das langsam schütter zu werden begann, und ließ sich zurzeit ein Knebelbärtchen stehen. Er sah aus, wie man sich einen Zauberer vorstellt. »Einmal mussten wir eine Präsentation machen.«

»Ich liebe es, über meine Ameisen zu reden.« Sie war zwar in der Forschung tätig, aber als Wissenschaftlerin nahm sie gern jede Gelegenheit wahr, um andere in den Genuss ihres Wissens kommen zu lassen.

Stan verzog das Gesicht, und sein Hals über dem silbernen Häkchen seiner Clipkrawatte färbte sich rosa. »Ja, aber wir mussten uns dazu als Ameisen verkleiden.«

Felicia überlegte, wie sie wohl aussah, wenn sie in einem riesigen Ballonkostüm demonstrierte, wie die Honigtopfameise sich mit Futter vollstopfte, bis sie aussah wie ein monströser Kugelfisch, um anschließend die anderen Ameisen der Kolonie zu versorgen, wenn es nicht genug Nahrung gab. Die Vorstellung war sogar noch schlimmer als die Tatsache, dass sie hier in einem neu erstandenen eleganten kleinen Schwarzen herumlaufen musste, statt wie sonst immer in T-Shirt und Jeans (deren Hosensaum sie in die Socken stopfte, wenn sie draußen unterwegs war). Warum sie wohl immer noch Single war? Sie schüttelte innerlich den Kopf, weil sie auch keine Antwort darauf hatte.

»Wer ist denn der Typ, der dort drüben mit deinem reichen Freund spricht?«, wollte Stan wissen.

In ihrem Magen flatterten Schmetterlinge. »Tyler Jacobson?«

Sie besaß nur einen reichen Freund, und bloß seinetwegen war sie hier – und natürlich, weil ihr Chef sie herzitiert hatte. Alle anderen Gäste gehörten entweder zu den besseren Kreisen von Harbor City – und befanden sich somit außerhalb ihrer Reichweite – oder waren Kollegen, also absolut tabu. Ebenso wie sie ihre Ameisenarten nicht vermischte, trennte sie auch Arbeit und Privatleben. Felicia hielt Grenzen für wichtig, eine Grundvoraussetzung für evidenzbasierte Forschung, und war außerdem der Ansicht, dass man nur dann erfolgreich war, wenn man sich stets akribisch an seinen Plan hielt. In diesem speziellen Fall hieß das, dass sie nicht aufgeben würde, bis Tyler Jacobson sie endlich zur Kenntnis nahm. Sollte es wirklich dazu kommen, hätte es sich gelohnt, das Geburtstagsgeld, das ihr ihre Mutter mit der Anmerkung *Noch dreißig Tage bis zu deinem Dreißigsten! Geh dich amüsieren!* vorab geschickt hatte, in dieses schmeichelhafte schwarze Kleid investiert zu haben.

Stan schüttelte den Kopf. »Nein, den kenne ich. Du hast ihn mir bei einer ähnlichen Veranstaltung vorgestellt. Ich meine den Typ, mit dem er sich unterhält. Der schaut ständig in unsere Richtung.«

Felicia blickte in die Richtung, in die Stans Kopfnicken deutete. Bestimmung von Tierarten war eine ihrer Lieblingsbeschäftigungen, und so hatte sie auch den Mann, mit dem Tyler sprach, im Handumdrehen ausgewertet und eingeordnet. Er war groß, hatte mittellanges hellbraunes Haar, einen austrainierten Körper mit geschmeidigen Bewegungen und strahlte das lässige Selbstbewusstsein der Superreichen aus. Sein leises Lächeln verriet, dass er fast immer bekam, was er wollte. Sie hatte den Gedanken noch nicht zu Ende gedacht, da drehte er sich um, richtete seinen Blick auf sie, und sein eben noch nettes Lächeln nahm einen geradezu unheimlichen Zug an. Als wüsste er nicht nur, welche Unterwäsche sie trug, sondern auch wie er an dieselbe gelangen würde. Er war zu groß, zu gut aussehend und zu sehr von sich überzeugt. Kurzum: Wenn sie ihn wissenschaftlich klassifizieren müsste, käme sie zu einem klaren Ergebnis. Familie: Mann, Gattung: Nichts für mich.

Tyler Jacobson dagegen hatte dunkles Haar, blaue Augen und Grips. Schlau war nicht bloß einfach das neue Sexy. Für Felicia war es überhaupt das einzige Sexy. Mr Testosteron da drüben mit seinem Ich-hab-jeden-Morgen-Sex-zum-Frühstück-Grinsen konnte man ihr auf den Bauch binden.

Sie wandte sich um und zuckte mit den Schultern. »Keine Ahnung.«

»Jedenfalls kommt er gerade mit diesem Travis auf uns zu«, sagte Stan.

»Tyler«, verbesserte sie ihn und konnte fühlen, wie ihre Wangen heiß wurden. Aus Gewohnheit strich sie ihr Haar zurück und straffte die Schultern, um das Größtmögliche aus ihren ein Meter dreiundfünfzig herauszuholen.

Das war ihre Chance. Das war der Grund, warum sie sich hatte breitschlagen lassen, an diesem Abend genau das Gegenteil von dem zu tun, was sie sonst an Donnerstagen tat, nämlich ein heißes Bad nehmen und dann mit einem Glas Rotwein die neueste Ausgabe des *Journal of Myrmecology* studieren. Da ihr Geburtstag erst in einem Monat war, hatte sie immer noch Zeit, den Punkt *Tyler soll sich in mich verlieben* auf ihrer Liste der beruflichen und privaten Ziele abzuhaken. Alle anderen Punkte waren bereits erledigt (das Studium als Jahrgangsbeste abzuschließen, eine erstklassige Stelle in der Forschung zu ergattern, weg aus Waterbury in die Großstadt jenseits des Hafens zu ziehen), und sie brachte grundsätzlich zu Ende, was sie anfing.

In seinem Leben war Hudson noch nie von einer Frau so vollständig ignoriert worden. Frauen beteten ihn an. Er war witzig, charmant und wusste genau, was er mit seiner Zunge anstellen musste, damit Frauen sich vor Entzücken wanden und ihre Augen verdrehten, während sie Gott, dem Schicksal und allem dazwischen dafür dankten, dass er mit diesem Mund geboren war. Außerdem besaß er mehr Geld als so mancher Inselstaat. Schon allein deshalb bekam er in der Regel zumindest einen längeren anerkennenden Blick.

Felicia dagegen – die mit dem schwarzen Sackkleid, dem zerzausten Haar, den edlen Zügen und dem gewissen Etwas, das nur ein Pinsel einfangen konnte – hatte bloß Augen für Tyler. Der wiederum war so damit beschäftigt, alle anderen Frauen auf dieser Party zu beäugen, dass es ihm überhaupt nicht auffiel. Das machte Hudson einerseits wütend, andererseits stachelte es seine Neugier an – wenn das nicht sein Karma war, das ihm zu verstehen gab, auf der Stelle das Weite zu suchen, wusste er es auch nicht.

Ganz im Ernst, er sollte sich jetzt entschuldigen, kurz an der Bar vorbeischauen und sich dann eine der zahlreichen anderen anwesenden Frauen greifen, um mit ihr abzuhauen und sich den Verstand rauben zu lassen. Stattdessen stand er da wie angewurzelt.

Wie sich das Licht in ihren Gesichtszügen brach. Wie sie sich hinter dieser großen Brille versteckte. Das gewisse Etwas, das er nur zu ergründen vermochte, wenn er versuchte, sie auf Leinwand zu bannen. Es juckte ihn in den Fingerspitzen. Er musste sie einfach malen. Es war keine Option, es war reine Notwendigkeit. Gut, dass sie ganz offensichtlich – aus welchen Gründen auch immer – auf Tyler stand und der Mann keine Ahnung davon hatte. Das bedeutete, der Plan, zwei Fliegen mit einer Ameisenforscherin zu erwischen, würde voll und ganz aufgehen.

Während sie fortfuhr, über Honigtopfameisen zu referieren, bedachte sie Tyler mit einem Lächeln, das er gar nicht bemerkte, das aber ihre volle Unterlippe zur Geltung brachte. Es würde nicht einfach werden, die richtigen Acrylfarben zu finden, um den passenden Hautton zu mischen, aber er würde das schaffen. Er würde es tun. Als der andere Typ in ihrer kleinen Vierergruppe (Steve? Stan?) sich mit Tyler ein paar Meter entfernte und die beiden sich in ein Gespräch über das katastrophale letzte Spiel der *Harbor City Warriors* vertieften, beugte sich Hudson herunter – weit herunter –, um Felicia ins Ohr zu flüstern.

»Sie stehen auf Tyler.« Er wollte nicht unhöflich sein oder sie in Verlegenheit bringen, doch er hatte das Gefühl, dass diese Frau nicht lange um den heißen Brei herumredete. Es war regelrecht erfrischend, einer Frau zur Abwechslung mal zu sagen, was er wirklich dachte. Natürlich würde sie einem Fremden gegenüber erst einmal alles abstreiten. Er musste behutsam vorgehen, wenn er sie dazu bringen wollte, ihm zu helfen. Oder besser gesagt, sich von ihm helfen zu lassen.

Ihre Wangen färbten sich rosa, und sie fing an, mit den Händen zu fuchteln wie Jackson Pollock in einem kreativen Anfall. »Ich weiß nicht, was Sie meinen«, brachte sie schließlich heraus, so leise, dass sie im Gewirr der Stimmen kaum zu verstehen war.

»Ist schon okay. Das bleibt unter uns.« Er schenkte ihr das Lächeln, das ihm bei Mrs Esposito immer ein paar extra Kekse einbrachte. »Sie mögen ihn, aber er hat's noch nicht bemerkt.«

»Natürlich mag ich ihn«, schnaubte sie. »Wir sind schon seit unserer Kindheit miteinander befreundet. Jedenfalls waren er und mein älterer Bruder Frankie dicke Kumpels.«

Diese zugeknöpfte Ameisenzählerin protestierte eindeutig zu heftig. »Hat er Sie denn irgendwann in dieser langen Geschichte Ihrer Freundschaft mal geküsst?« Wieder errötete sie. Er versuchte, ihren verlockend würzigen Duft aus seinem Kopf zu verbannen, ehe er seine Gedanken in eine ganz andere Richtung lenkte. »Oder sich an Sie gedrückt?« Sie sog ihre pralle Unterlippe zwischen die Zähne. »Oder ist mit seinen Händen unter Ihren …«

»Das reicht«, unterbrach sie ihn mit piepsiger Stimme. »Sind Sie vielleicht vom Single-Geheimdienst?«

Er ließ einen kurzen Moment verstreichen, bis ihre Haut wieder ihren blassen Cremeton angenommen hatte, doch er konnte nicht anders, als weiterzumachen. »Dieser extrem tolle und sexy Typ, der hier vor Ihnen steht, ist in Wahrheit Ihre gute Fee. Sie dürfen ruhig ein bisschen schmachten. Das ist schon okay.«

Ihre Wangenmuskeln hatten größte Mühe, ein Lächeln zu unterdrücken. »Lass Sie mich raten«, sagte sie leise. »Ihr riesiges Ego kann sich in einen Zauberstab verwandeln?«

»Die meisten Frauen benutzen einen anderen Ausdruck dafür – wobei, *riesig* kommt immer vor.« Er zwinkerte ihr zu und musste fast laut auflachen, als sie große Augen machte.

Ihre zartgliedrigen Finger griffen nach einem Glas Champagner, das ein Kellner auf einem Tablett vorbeitrug, und sie leerte es in einem Zug. Als sie das leere Glas auf die Theke stellte, zuckten ihre Schultern unter lautlosem Lachen. »Ich kann nicht fassen, dass Sie dieses Gespräch eigentlich angefangen haben, um über jemand anders zu reden, und jetzt halten Sie einen Vortrag über sich selbst.«

»Einen Vortrag würde ich das nicht nennen, eher eine Hypothese, meinen Sie nicht?«

Hudson entdeckte einen Kellner am Ende der Bar, der gerade sein Tablett mit Champagner bestückte, und nickte ihm unauffällig zu. Es machte ihm natürlich großen Spaß, über sein Lieblingsthema zu reden – sich selbst –, doch er musste das Gespräch auf Tyler zurücklenken.

»Aber ich denke, ich brauche meinen Zauberstab nicht, um Ihnen bei Tyler zu helfen.« Er unterdrückte die sofortige

Reaktion in seiner Hose und nahm zwei Champagnerflöten von dem Tablett, das ihm entgegengereicht wurde. Eines davon reichte er Felicia. Ob sie es wieder auf Ex trinken würde?

»Glauben Sie das wirklich?« Ohne den Blick von Tyler abzuwenden, nippte sie an ihrem Glas.

»Mit Glauben hat das nichts zu tun. Ich bin einfach gut.« Es war ihr förmlich anzusehen, wie sie in ihrem Superhirn die Chancen abwägte. Dann leerte sie das zweite Glas, als wären sie auf einer Uniparty. Er lächelte. *Braves Mädchen.* »Hier geht es um Ihr Herz. Sie wollen von Tyler als Frau beachtet werden, und ich kann Ihnen dabei helfen.«

Wenn es um weibliche Reize ging, war er absoluter Experte, schließlich war er zeit seines Lebens kein Kostverächter gewesen.

Felicias Miene erhellte sich mit leiser Belustigung, und zum ersten Mal erhob sie die Stimme. »Bieten Sie mir etwa an, mir einen neuen Look zu verpassen, der mehr zu der patriarchalischen Vorstellung von Schönheit passt?«

»Nein«, erwiderte er und streifte seinen Small-Talk-Charme ab wie eine Schlange ihre Haut. »Ich biete Ihnen an, das zu bekommen, was Sie wollen, und zwar vermutlich schon seit der Zeit, als Tyler sich mit Ihrem Bruder Freddie angefreundet hat.«

»Frankie«, korrigierte sie ihn reflexartig.

»Wie auch immer.« Er zuckte mit den Schultern. Sie zu überzeugen würde nur funktionieren, wenn er an ihren wissenschaftlichen Verstand appellierte. Als sie Tyler und ihm vorhin begeistert von ihrer Ameisenforschung berichtet hatte, war ihm das klar geworden. Sie war von Logik und Leidenschaft gleichermaßen getrieben. »Sie wirken auf mich nicht wie eine Frau, die sofort aufgibt, ohne zumindest ein Experiment gemacht zu haben.«

Für eine Sekunde hatte er sie überzeugt. Das hätte er unter Eid ausgesagt.

Doch dann wurde ihre makellose Unterlippe schmal. »Das bin ich auch nicht. Ich bin aber auch nicht der Typ, der einem Mann etwas vormacht. Danke für das Angebot, aber ich denke, ich habe alles im Griff.«

Kopfschüttelnd schob sie ihr vorwitziges Kinn ein wenig vor und wandte sich zum Gehen, er hielt sie allerdings mit einer schnellen Handbewegung zurück. In dem Moment, als sich seine Finger um ihren Unterarm legten, setzte ein Prickeln ein, das sich zu Schwingungen ausdehnte, die unmittelbar in seinen Schwanz schossen. Eigentlich sollte er loslassen, stattdessen trat er ganz dicht an sie heran. Eigentlich sollte er sie überreden, sich helfen zu lassen, stattdessen malte er sich aus, was er alles gern mit ihr anstellen und was für Laute sie dabei von sich geben würde.

»Wissen Sie, Fünkchen, es stimmt, dass ich ein ziemlich großes Ego habe, aber meinen Ruf habe ich mir hart erarbeitet.« Er musterte ihr Mienenspiel. »Glauben Sie mir, niemand kann Ihnen so gut helfen, Tyler zu gewinnen, wie ich. Sie versuchen es doch schon seit Jahren, oder?« Fasziniert beobachtete er, wie sich ihre Haut wieder rötlich färbte. »Ihre hübschen rosigen Wangen verraten mir alles, was ich wissen muss. Sie wollen ihn, und ich kann dafür sorgen, dass Sie ihn bekommen.«

Natürlich hatte er in Wahrheit nicht die geringste Ahnung, wie er sie mit Tyler zusammenbringen sollte. Sein Instinkt sagte ihm, dass diese Frau viel mehr zu bieten hatte, als man auf den ersten Blick ahnte – und ganz sicher viel mehr, als Tyler verdiente. Ja, er hatte versprochen, dabei zu helfen, dass sich Tyler und sein Bruder wieder verstanden, doch das konnte er auch tun, ohne Felicia mit Mr Ahnungslos zu verkuppeln. Tyler war Sawyers bester Freund gewesen, nicht seiner, und er schuldete dem Kerl, der seinem Bruder die letzten Jahre vermiest hatte, gar nichts. Nein, es gab einen besseren Weg, die beiden zu versöhnen und gleichzeitig Felicia klarzumachen, dass sie mehr verdiente als ihren albernen Kindheitsschwarm. Er würde sie vor sich selbst bewahren. Dann schuldete sie ihm einen Gefallen und würde sich von ihm malen lassen.

»Und was wollen Sie dafür haben?« Ihre Stimme klang jetzt rauer als vorhin.

»Ich möchte Sie malen.« Ihre Brauen berührten für einen kurzen Moment ihren Haaransatz, und er beeilte sich, beruhigend hinzuzufügen: »Niemand wird je davon erfahren.« Das durfte auch kein Mensch, denn sonst würde sein Doppelleben auffliegen.

»Ist das die neueste Anmach-Masche: ›Darf ich Ihnen meine Skizzen zeigen?‹« Sie blickte auf ihren Unterarm, den er immer noch umklammert hielt, machte aber keine Anstalten, sich zu entwinden.

»Also dann, Fünkchen.« Adrenalin rauschte durch seine Adern, und seine Welt schrumpfte zusammen, bis sie nur noch aus ihr bestand. »Wie sieht's aus?«

Sie hob den Blick zu ihm, und ihre blauen Augen musterten ihn durch die dicken Brillengläser. »Warum nennen Sie mich Fünkchen?«

Die Wahrheit brach aus ihm heraus, ehe er sich eine charmante Lüge ausdenken konnte. »Funken sind winzig und entstehen durch Reibung, aber sie haben die Kraft, alles niederzubrennen.«

Ihre Kiefermuskeln mahlten, und sie setzte an, etwas zu erwidern, schüttelte dann jedoch den Kopf. »Entschuldigen Sie bitte«, sagte sie schließlich mit ruhiger, aber fester Stimme. »Sollten Sie etwas zu besprechen zu haben, das mit Ameisenforschung oder Spenden zu tun hat – was ich mir kaum vorstellen kann –, dürfen Sie mich gern zu den üblichen Geschäftszeiten im Labor aufsuchen.«

Damit wandte sie sich um und durchquerte das Labor, um hinter einer Tür zu verschwinden, auf der »Personal« stand.

Hudson versuchte noch, zu ergründen, was da gerade passiert war, als Tyler – offenbar war das Baseballgespräch beendet – ihn mit breitem Grinsen in die Rippen stupste.

»Ich kenne Felicia schon mein ganzes Leben.« In seiner Stimme schwang Sympathie mit, aber nicht mehr. »Sie ist das jüngste von sieben Kindern, hat sich allerdings nie unterkriegen lassen. Man hält es nicht für möglich, weil sie so schüchtern und streberhaft wirkt, aber ich kann dir nur raten, dich nicht mit ihr anzulegen. Sie wird dir ganz schön in den Hintern treten, mein Lieber.«

Allerdings. Gerade hatte sie ihm einen metaphorischen Tritt in die Eier verpasst. Doch Hudson würde sich davon erholen, so wie immer. Es gehörte zu seinem Naturell.

2. KAPITEL

Erst als Felicia am Nachmittag des nächsten Tages wieder in ihrem Ameisenlabor stand, in Jeans und umgeben von ihren Lieblingskreaturen, spürte sie, wie sich allmählich ihre Schultern entspannten. Seit dem Moment, als sie diesem selbsternannten Supercharmeur Hudson Carlyle in die Arme gelaufen war, hatte sie sie gefühlt auf Höhe ihrer Ohren getragen. Dieser Mann und sein sonderbares Angebot, ihr bei Tyler zu helfen, waren ihr unter die Haut gegangen und hatten dort die ganze Nacht über gebrannt wie die Bisse von Feuerameisen.

In ihrem Büroabteil – das kaum größer als eine Schuhschachtel war – nahm sie auf ihrem Stuhl Platz und wartete, bis ihr Computer hochgefahren war. Sie trank gerade einen Schluck Earl Grey aus ihrem Thermosbecher – natürlich mit Ameisenmotiv –, als Eddie Sledge, ihr Chef, an ihren Schreibtisch trat, die Glatze von einer schimmernden Schweißschicht überzogen. Sie spürte, wie sie verkrampfte. Wenn die Kuppel glänzte, verhieß das nie Gutes – meistens gab es dann Ärger von ganz oben.

»Da sind Sie ja, Felicia.« Seine Stimme war ungewöhnlich laut, und sein linkes Auge zuckte komisch, wie immer, wenn er nervös war.

»Was gibt's?« Was es auch war, es war ihr egal, schließlich hatte sie zu arbeiten. Nicht dass sie so etwas jemals laut sagen würde. Aber sie dachte es in voller Lautstärke.

Eddies linkes Auge zuckte wieder. »Wir haben heute Morgen einen besonderen Gast hier, der sich das Ameisenlabor ansehen möchte und ganz speziell an Ihrer Forschung zu den Honigtopfameisen interessiert ist.«

Die Vorstellung, dass es außer ihr noch jemanden gab, der Honigtopfameisen spannend fand, löste einen Kick bei ihr aus, der jedoch sofort einen Dämpfer erhielt, als sie an den Berg Arbeit dachte, der vor ihr lag. Nicht nur Feldforschung und Sammeln von Daten, nein, sie musste publizieren. Das war in der Wissenschaft generell das A und O. Auf ihrer Liste der Dinge, die sie bis zum dreißigsten Geburtstag abgehakt haben wollte, war zwar nur noch eine Sache offen, doch sie hatte schon längst die Liste für den fünfunddreißigsten aufgesetzt, und dazu gehörte der Punkt: Gutachterin für das *Journal of Myrmecology* zu werden. Dazu musste sie aber selbst mehrere Fachartikel veröffentlichen, damit der Verlag sie auf dem Schirm hatte, wenn im üblichen Dreijahresturnus neue Leute gesucht wurden. Damit wäre sie einen Schritt näher am wissenschaftlichen Beratergremium des Verlags – Grundvoraussetzung dafür, eines Tages aus dem Labor in die Abteilungsleitung aufzusteigen.

»Ich bin durch die Benefizgala gestern Abend leider mit meinem Artikel für das *Journal of Myrmecology* in Rückstand geraten.«

»Verstehe.« Eddies Kopf nickte wie ein Wackeldackel. »Aber dieser Gast … nun ja, er könnte für das Labor wirklich hilfreich sein.«

Das konnte bloß eines bedeuten. »Er greift gern tief in die Tasche?«

»Genau. Und Sie wissen ja, die Gelder fließen nicht mehr so wie früher.«

In der Tat. Drittmittel waren immer schwieriger zu bekommen, Spenden versiegten – das Geld für ein hochwertiges Programm wie das Ameisenlabor des *Harbor City Natural History Museum* zusammenzubekommen war ein Vollzeitjob für Eddie geworden. Das erklärte auch seinen beschleunigten Haarverlust. Wenn sie wirklich eines Tages die Abteilung leiten wollte, würde sie sich der wohlhabenden Elite gegenüber mit ihrer proletarischen Meinung zurückhalten müssen. Da konnte ein bisschen Übung nicht schaden.

Normalerweise war das kein Problem für sie. Der Ausrutscher gestern Abend war ganz klar auf den Champagner zurückzuführen, den sie in einem Zug geleert hatte. Mit einem tiefen Atemzug beschloss sie, diese Chance nicht zu vermasseln.

»Okay.« Sie stellte ihren Thermosbecher neben ihre Botentasche, die mit Notizblättern vollgestopft war. »Wer ist der Typ?«

»Ich«, sagte eine tiefe Stimme unmittelbar hinter der Stellwand ihrer Schreibtischnische.

Felicia erstarrte. Diese Stimme. Die ganze Nacht lang hatte sie in ihren Ohren nachgeklungen. Hudson Carlyle, der ihr anbot, ihr dabei zu helfen, den Mann, den sie immer gewollt hatte, für sich zu gewinnen. Die Schmetterlinge in ihrem Bauch teilten sich in zwei Teams auf – Team Nichts-wie-weg und Team Hurra, während sie sich in Richtung der Stimme umwandte. Er blickte über die Stellwand, über die sie nicht einmal sehen konnte, wenn sie sich auf Zehenspitzen hob, auf sie herab.

»Mr Carlyle«, krächzte Eddie, »ich habe Sie gar nicht kommen hören.«

»Ich habe jahrelang mit einer Ninja-Elitetruppe trainiert«, sagte Hudson mit unbewegter Miene und trat neben Eddie. »Alte Gewohnheiten sind schwer abzulegen.«

In seinen Jeans, die vermutlich mehr kosteten als ihr wöchentlicher Lebensmitteleinkauf, einem dunkelgrünen Kaschmirpullover, mit dem sie ihre Stromrechnung begleichen konnte – der die grünen Sprenkel in seinen braunen Augen zur Geltung brachte –, und seinem hellbraunen Haar, das kunstvoll verwuschelt war, sah er zum Anbeißen aus. Jedenfalls wenn man auf reiche Typen mit zu viel Charme stand, was bei Felicia absolut nicht der Fall war. Breite Schultern, definierte Bauchmuskeln (die konnte man sogar durch den Pulli erahnen) und ein Hintern, der aus einem Pin-up-Kalender zu stammen schien – das war ihr alles egal. Ihr kam es auf die inneren Werte an, nicht auf die sexy Fassade.

Du gibst also zu, dass er sexy ist, Hartigan?

Sie war ja nicht blind, nur klüger als das durchschnittliche Partygirl, das er einmal vernaschte und sofort wieder vergaß. Deshalb durchschaute sie auch sofort, dass das hier nichts weiter als eine lahme Anmache war.

»Ausgerechnet Sie wollen sich über die Honigtopfameisen informieren?« Sie gab sich größte Mühe, ihre Skepsis hinter einer ruhigen, gelassenen Fassade zu verbergen. So wie Eddie die Augen aufriss und seine Glatze regelrecht zu glitzern anfing, war ihr das wohl gründlich misslungen.

Das unwiderstehliche Lächeln auf Hudsons Gesicht ging in einen verführerischen Blick über, während er sie von oben bis unten musterte, auf eine Art und Weise, die Team Hurra in Derwischtänze ausbrechen ließ.

»Honigtopfameisen ...« Er machte eine Pause, um das Wort hervorzuheben. »... haben mich schon immer fasziniert.«

Felicia verdrehte innerlich die Augen und bemühte sich, mit ruhiger, fester Stimme zu sprechen. »Es gibt mit Sicherheit jede Menge Stellen, an denen Sie sich darüber informieren können.«

»Aber keine, die mit unserem Naturkundemuseum vergleichbar wäre«, beeilte sich Eddie zu sagen und blickte sie aus verengten Augen an. »Unsere Einrichtung überragt andere Forschungsinstitute um mehrere Thoraxlängen. Das stimmt doch, Dr. Hartigan?«

Felicia unterdrückte ihren Unmut über seine alberne Insektenanalogie und nickte zustimmend. »Zweifellos.«

»Ich freue mich schon darauf, alle Ihre Geheimnisse zu ergründen.« Hudson streckte Eddie die Hand hin, der sie ergriff. »Danke, dass Sie das für mich möglich gemacht haben. Ich bin Ihnen wirklich sehr verbunden. Beim nächsten Meeting der *Carlyle Foundation* werde ich auf jeden Fall ein gutes Wort für das Labor einlegen.«

Eddie, der hoffnungslose Optimist, schluckte den Köder mitsamt Senkblei und Schnur. Vorausgesetzt, ihr IQ und ihre Beobachtungsgabe, die sie in der Wüste Arizonas beim tagelagen Studieren von Ameisen geschult hatte, ließen sie nicht im Stich, würde sie behaupten, dass Hudson in seinem ganzen Leben noch nie an einem Meeting der familieneigenen Stiftung teilgenommen hatte. An seinen Designerklamotten haftete der deutliche Geruch der Reichen und Gelangweilten. So wie es aussah, würde sie um diese Führung nicht herumkommen.

»Nun ja«, sagte sie und setzte ihr arrogantestes Gelehrtenlächeln auf. Der Gesichtsausdruck ließ sie zwar leicht geisteskrank aussehen, war jedoch bei Nervosität ihr zuverlässigster Schutzmechanismus. »Dann wollen wir Ihren Wissensdrang nicht länger bremsen.«

»Wie schön.« Er trat zur Seite, um sie vorbeizulassen, aber nur so weit, dass ihr der Moschusduft seines Aftershaves in die Nase drang.

Team Hurra in ihrem Bauch ging geschlossen zu Boden, und sie stolperte über ihre eigenen Füße. Hudsons Arm schnellte vor, und er fing sie auf, indem er seine Finger um ihren Ellbogen schloss. Ein kurzes Prickeln schoss durch ihren Körper, das zwischen ihren Beinen leise Vibrationen auslöste.

»Vorsicht«, mahnte er, plötzlich ganz ernst.

Oh nein. Das geht gar nicht. Vom Plan abzuweichen würde unweigerlich in ein Desaster münden, und der Plan drehte sich nun einmal voll und ganz um Tyler Jacobson.

»Danke.« Sie entwand ihren Arm. »Gehen wir.«

»Sie sind die Chefin«, erwiderte Hudson wieder im gewohnt scherzhaften Ton. »Sie sagen, wo es langgeht.«

Ohne auf sein Augenzwinkern und den plötzlichen Anflug von Enttäuschung zu achten, strebte Felicia auf die Vitrinen mit ihrer Ameisenkolonie zu, die das Kernstück ihres Forscherlebens darstellte.

Die Honigtopfameise war ekelhaft.

Hudson wich einen Schritt zurück von der zwanzig auf fünfundzwanzig Zentimeter großen Nahaufnahme. Die Mitte des Tieres war so eingeschnürt, dass es aussah, als hätte jemand einen Ameisenkopf und -beine an eine gelbe Murmel geklebt. Wenn ihm dieser Anblick im echten Leben erspart blieb, würde er als glücklicher Mann sterben.

»Also.« Er wandte sich Felicia zu, deren Gesicht vor Enthusiasmus glühte. Ganz offensichtlich lag ihr ein Detail besonders am Herzen, so ausführlich wie sie darüber dozierte. »Sie entleert sich also, wenn ein anderes Tier der Kolonie hungrig ist, damit das Tier das fressen kann?«

»Wenn es sein muss, ja.«

Dabei sah sie ganz normal aus. Okay, ihre Jeans waren an den Knöcheln mindestens dreimal umgekrempelt und ihr T-Shirt war so weit, dass er – wieder einmal – nicht erahnen konnte, was darunter war, aber nichts an ihr ließ vermuten, dass sich hinter ihren eingeflochtenen Zöpfen eine Königin des schlechten Geschmacks verbarg. Was entging einem wohl noch bei ihr? Da musste mehr dahinterstecken. Niemand verstand sich so gut auf die Kunst der Irreführung wie er. Sie war gut, aber nicht gut genug, um ihn zu täuschen. Fünkchen hatte etwas zu verbergen, und er musste herausfinden, was.

»Und Sie beschäftigen sich freiwillig mit diesen Dingern?« Er setzte seinen Weg fort, um die Vitrine mit der Kolonie zu betrachten. Zum Glück gab es dort keine vergrößerten Exemplare.

»Ich bin sogar nach Arizona gefahren, um Feldforschung zu betreiben. Ich habe Sammelverhalten, Unterhalt des Nestes und Schutzmechanismen untersucht, ehe ich das Nest ausgegraben und die Tiere in eine Forschungseinrichtung gebracht habe.«

Er betrachtete die Kolonie eingehend; sie nahm einen beträchtlichen Teil der Wand ein. »Wie haben Sie denn eine gesamte Ameisenkolonie ausgegraben?«

Ihre blauen Augen strahlten. »Mit einem Bagger.«

Mit dem Rücken zu ihr stellte er sich vor, wie sie in der heißen Wüstensonne stand, schwitzend, in einem fast durchsichtigen Top und Minishorts (schließlich war er auch nur ein Mann), und eine gesamte Kolonie ahnungsloser Ameisen ausbuddelte. Das Bild von ihr in diesen Shorts war äußerst verlockend, doch noch viel spannender fand er die Vorstellung, welche Freude auf ihrem Gesicht lag, wenn sie voll und ganz in ihrem Element war. Es würde verdammt schwer werden, das auf Leinwand zu bannen, aber wenn es ihm gelang, würde er ein wahrhaft bemerkenswertes Bild schaffen – einen echten Hughston.

»Sie sind also wie ein Alien, der auf einem fremden Planeten landet, die Geschöpfe dort studiert und dann ihr Habitat zerstört, ehe er sie mit auf sein Raumschiff nimmt, um sie näher zu untersuchen?«

Ihre schmalen Schultern verspannten sich, und das spitze Kinn in ihrem herzförmigen Gesicht hob sich leicht. »So kann man es auch sehen.«

»Wie sehen Sie es denn?« Es war herrlich, wie leicht sie aus der Reserve zu locken war – obwohl sie so zurückhaltend agierte und sich leicht in Verlegenheit bringen ließ.

»Ich sammle Fakten über Ameisen, damit wir sie und ihre Rolle in unserer Welt besser verstehen. Damit wir sie wertschätzen, statt eine weitere für unser Ökosystem wichtige Art zu gefährden.«

Okay, das klang sogar in seinen Ohren logisch. »Wir sitzen alle im selben Boot.«

»So ist es.« Sie warf ihm einen kritischen Blick zu und verengte die Augen hinter ihren Brillengläsern. »Diese Aussage hätte ich von jemand wie Ihnen nicht erwartet.«

Die Worte hatten kaum ihren süßen Mund verlassen, da bildeten sich an ihrem Hals oberhalb ihres T-Shirt-Ausschnitts rote Flecken und sie schob ihre Brille mit einem zittrigen Finger zurück auf die Nase. Ganz offensichtlich hatte sie das nicht sagen wollen. Am liebsten hätte er sich selbst auf die Schulter geklopft, weil er sie ganz richtig als eine Frau eingeschätzt hatte, die äußerte, was sie dachte. Andererseits war er gekränkt.

Viel zu oft hatte er solche Worte schon gehört: *Jemand wie Sie*. Im Grunde genommen war es ihm ganz recht, dass man ihm nicht viel Grips zutraute, doch es traf ihn, dieses Urteil aus ihrem Mund zu hören. »Ah, ich verstehe«, sagte er und verkürzte mit zwei großen Schritten den Abstand zwischen ihnen. »Was passt Ihnen denn nicht an mir – meine Spendierhosen oder meine attraktive Erscheinung?«

Die roten Flecken dehnten sich über ihr Kinn auf die Wangen aus. »Ich … ich …«

»Ich möchte Ihnen ein Geheimnis verraten.« Er blieb auf Armlänge entfernt stehen, obwohl er sie am liebsten berührt hätte. »Ich habe mir meinen Reichtum und mein Aussehen nicht ausgesucht. Ich bin mit beidem geboren worden. Aber wissen Sie, was ich außerdem noch habe? Ein voll funktionsfähiges Gehirn.« Scheiße. Mit einem weiteren Schritt war er so nah bei ihr, dass er die seidige Haarsträhne, die ihrem Zopf entwischt war, hinter ihr Ohr streichen konnte. »Ich hätte gedacht, dass eine Forscherin, die an die Macht der Fakten glaubt, erst einmal Beobachtungen anstellt, ehe sie eine Hypothese aufstellt – aber was weiß ich schon?« Er legte die Hand um ihren Hinterkopf, verwob seine Finger mit ihrem Zopf und hielt sie genau so, wie er sie haben wollte. »Ich bin ja nur ein gut aussehender Hohlkopf mit viel Asche.«

Wo kam das denn jetzt her? Normalerweise war er viel cooler – insbesondere wenn er es darauf anlegte, dass andere den Verführer mit dem großspurigen Lächeln in ihm sahen. Was hatte diese Miniaturausgabe einer Ameisenforscherin an sich, dass sie ihn so eiskalt erwischte, und zwar an einer wunden Stelle, von der er gar nichts gewusst hatte. Das war nicht gut. Verdammt. Das war gar nicht gut, aber er konnte nicht einfach darüber hinweggehen – ebenso wenig wie über die Tatsache, dass Felicia Hartigan viel mehr zu bieten hatte, als sie der Welt zu zeigen bereit war.

Seine Worte verhallten zwischen ihnen, während die Ameisen weiter ihrer Beschäftigung nachgingen und sich nicht im Mindesten darum scherten, dass sich die Luft im Museum plötzlich anfühlte wie kurz vor einem Sommersturm – elektrisch aufgeladen und erfüllt von Verheißung. Nur noch wenige Zentimeter trennten seinen Mund von ihrem. Ihre Lippen teilten sich, und die rosige Spitze ihrer Zunge befeuchtete ihre Unterlippe. Am Hals schlug sichtbar ihr Puls, und er konnte seinen Blick nicht von ihrer zarten blassen Haut wenden.

»Kinder, bleibt zusammen«, ließ sich eine fröhliche weibliche Stimme vernehmen. »Immer schön in Zweierreihen.«

Wie in Trance wandten Hudson und Felicia die Köpfe. Eine Kindergartengruppe mit etwa zwanzig Knirpsen in blauen Blazern und karierten Hosen und Röckchen marschierte durch das Labor schnurstracks auf den überlebensgroßen künstlichen Ameisenhaufen zu. Das Pärchen, das sich da hautnah gegenüberstand, nahmen sie gar nicht wahr, dennoch genügte die kurze Ablenkung, um den Bann zu brechen. Als Hudson sich Felicia wieder zuwandte, waren ihre Augen klar, und ihr Puls hatte sich beruhigt. Er verlagerte sein Gewicht, um bequemer zu stehen – seine Hose war jetzt enger als heute Morgen, als er seine Wohnung verlassen hatte.

»Sie haben recht«, sagte Felicia mit fester Stimme und rückte ihre Brille zurecht. Ihre Hände zitterten dabei nicht ein bisschen. »Ich habe mir ein Urteil über Sie gebildet, bevor wir uns überhaupt unterhalten haben.« Sie atmete lange aus und blickte ihm direkt in die Augen. Ihre Wangen waren immer noch ganz rosig. »Das war falsch. Es tut mir leid.«

Ausnahmsweise hatte er keine schlagfertige Antwort parat. In seiner Welt rümpfte man über offene Worte die Nase. Einen Irrtum zugeben? So was kam praktisch nie vor. Er hatte keine Ahnung, wie er reagieren sollte, und so verließ er sich auf das, was er am besten konnte.

»Sagen Sie das nur, weil meine Spende Ihr Labor finanzieren könnte?« Er wählte einen scherzhaft-leichten Ton, konnte aber nicht umhin zu bemerken, dass Felicias aufmerksam-konzentrierte Miene unverändert blieb.

»Nein. Wenn ich mich irre, gebe ich das zu. Ich habe mich getäuscht.« Sie hielt ihm ihre Hand mit den sauberen, kurz geschnittenen Fingernägeln und dem winzigen Honigtopf-Tattoo am Handgelenk hin – immerhin keine Ameise, sondern ein gelbes Gefäß mit der Aufschrift *Honey*. »Nehmen Sie meine Entschuldigung an?«

Er schloss seine Hand um die ihre, die in seinem Griff verschwand. Und obwohl ihr fester Handschlag nüchtern und professionell war, gab seine Fantasie keine Ruhe. Was verbarg sich wohl unter ihren Schlabberklamotten? Gelbe Unterwäsche, passend zu ihrem Tattoo? Oder trug sie Rosa, passend zu ihren Brustwarzen? Sein Schwanz drückte sich gegen seinen Schenkel. Verdammt. In einem Labor voller Menschen, zumal einem Haufen kleiner Kinder, konnte er sich solche Gedanken einfach nicht erlauben.

»Entschuldigung angenommen.«

Als sie ihn anlächelte, fing sein Schwanz in seiner Hose an zu zucken. Fuuuuck.

Abrupt ließ er ihre Hand los, streckte und dehnte die Finger, um das prickelnde Gefühl loszuwerden, und versuchte, sich zu erinnern, warum er wirklich hier war – statt sich auszumalen, was rein hypothetisch zwischen ihnen passieren könnte. »Also gut, zeigen Sie mir etwas, das nicht so eklig ist, und dann reden wir darüber, wie wir bekommen, was wir beide wollen.«

Sie neigte den Kopf zur Seite. »Und das wäre?«

»Tyler Jacobson natürlich.«

Ihre Brauen hoben sich über den Rand ihrer Brille, und sie lachte ihn offenherzig an. »Ganz ehrlich, ich glaube zwar, dass es eine Menge Leute gibt, die Sie für umwerfend sexy halten, aber Tyler gehört ganz bestimmt nicht dazu.«

»Sie finden mich also sexy?« Sein Puls hatte sofort zugelegt, als sie das sagte, da musste er natürlich nachhaken.

Er zählte. Eins. Zwei. Drei. Und da war er wieder, der Farbton auf ihren Wangen, der ihn an Himbeerlimonade und

Zuckerwatte erinnerte. In Anbetracht ihrer angespannten Kinnmuskeln war sie selbst weniger begeistert von ihrer Körperreaktion.

»Und damit sind wir mit unserer kleinen Tour am Ende.« Sie steuerte wieder die Tür an, auf der »Personal« stand.

»Während Sie Ameisen studiert und ihr Verhalten beobachtet haben, habe ich dasselbe mit Menschen gemacht«, rief er ihr nach, und seine Stimme übertönte das Geschnatter der Kinder mit Leichtigkeit. »Ich kann Ihnen helfen.«

Ihre Schritte verlangsamten sich. *Ja, ja, denken Sie drüber nach mit Ihrem Superhirn.* Schließlich blieb sie stehen und wandte sich zu ihm um.

»Wie denn?«

»Wir fangen mit den Haaren an.« Es war von einem silbrig schimmernden Dunkelbraun, in dem sich das Licht fing. »Sie sollten sie öfter offen tragen.«

»Was soll das werden? Eine Vorher-Nachher-Show?«, spottete sie. »Wie im Film – wenn das Mädchen die Brille absetzt, liegen ihm plötzlich alle zu Füßen?«

Er besah sich erneut die ausgetretenen Sportschuhe, die weite Hose und das lose hängende T-Shirt. »Nein, da ist ein bisschen mehr Mühe erforderlich. Es wird mehr so eine Art *My-Fair-Lady*-Projekt.«

»Sie haben den Film gesehen?«

»Es ist einer der Lieblingsfilme meiner Mutter, und ich musste ihn mindestens ein- oder zweihundert Mal anschauen.« Und er hatte ihn bis zum Ende angesehen, jedes Mal, wenn sie ihn sehen wollte, in der Zeit nach dem völlig unerwarteten Tod seines Vaters. Es waren schlimme Jahre für seine Mutter gewesen, und er hatte alles in seiner Macht Stehende getan, um Helene in dieser Zeit der Trauer ein Lächeln zu entlocken – oder zumindest, um für einen Moment weniger verloren auszusehen.

»Sie wären dann somit der Professor?«

»Genau.«

»Auf keinen Fall.« Sie schüttelte den Kopf. »Ich bin nicht der Meinung, dass ich mich für einen Mann verändern sollte. Ich bin Wissenschaftlerin. Ich stamme von der anderen Seite des Hafens, aus Waterbury. Ich halte nichts von falschen Wimpern, künstlichen Brüsten oder einem verstellten Charakter.«

»Gut.« Die Vorstellung, sie so zu sehen, verursachte ihm einen faden Geschmack im Mund. »Sie wären längst nicht mehr so interessant. Was ich meine, ist …« Er suchte im Geiste nach dem passenden Wort. »Ein Experiment. Sie glauben also nicht an meine Hypothese, dass Sie mit minimalen äußerlichen Veränderungen Tylers Aufmerksamkeit gewinnen könnten, um ihn anschließend mit Ihrem wahren Ich dauerhaft an sich zu binden? Schön. Aber genau das sieht man ständig im Tierreich. Ich wette, sogar Ihre Ameisen wenden bestimmte Tricks an, um Partner anzuziehen. Dadurch sind sie weder böse noch oberflächlich noch sonst irgendwie weniger authentisch. Wenn Sie Tyler wirklich dazu bringen wollen, zu überlegen, was er wohl all die Jahre verpasst hat, müssen Sie ein bisschen nachhelfen – keine großen Veränderungen, nur ein paar leichte Anpassungen. Also, was sagen Sie dazu?«

Sie verschränkte die Arme und schürzte die Lippen, wodurch sich ihre Nase kräuselte. Er hielt den Atem an. Ganz offensichtlich hatte er sie überzeugt. Sie musste bloß noch Ja sagen, und alle hätten etwas davon. Felicia würde Tyler für sich gewinnen – daran hatte er keinen Zweifel – und bekäme ihr Happy End. Oder besser noch – vielleicht würde sie, wenn sie vor der Wahl stand, sogar begreifen, dass sie ohne Tyler wesentlich besser dran wäre. Der Typ war für jemand wie Felicia völlig ungeeignet. Sie wollte ihn vermutlich nur haben, weil sie ihn nicht haben konnte. Hudson würde ihr also dabei helfen, das zu bekommen, was sie am meisten wollte, doch insgeheim hoffte er, dass sie am Ende jemand anderes wollte, nämlich ihn. Zumindest für eine gewisse Zeit. Er wollte sie auf seine Leinwand und in sein Bett bekommen, um herauszufinden, was an ihr so verdammt anziehend war. Daran führte kein Weg vorbei.

Felicia wäre glücklich, weil er sie von ihrer Jugendliebe kuriert haben würde und sie einen Mann fürs Leben finden konnte, der besser als Tyler und er zusammen war. Dann durfte sich auch Mr Ahnungslos eine Frau suchen. Irgendeine Frau – außer Felicia.

Hudson konnte nicht verhindern, dass ein Lächeln sein Gesicht überzog. Manchmal war er einfach viel zu gut.

»Netter Versuch.« Sie deutete ein einseitiges Schulterzucken an. »Aber nicht in diesem Leben. Und das wäre dann das Ende Ihrer Besichtigungstour.«

Hudsons Lächeln erstarb auf seinen Lippen. Stirnrunzelnd sah er ihr nach und überlegte, was ihm da gerade widerfahren war, dem angeblich größten Charmeur der Stadt. Er hatte zum zweiten Mal binnen vierundzwanzig Stunden von derselben Frau eine Abfuhr erhalten, was eine völlig neue Erfahrung für ihn war. Er konnte sich gar nicht erinnern, ob ihm das schon jemals passiert war. Felicia war aber auch alles andere als gewöhnlich. Sie übte eine besondere Anziehungskraft auf ihn aus. Und sie war ganz schön dickköpfig. Außerdem brauchte sie seine Hilfe. Die Gedanken drehten sich in seinem Kopf, während er in dem Ameisenlabor stand und zu begreifen versuchte, wie so kleine Geschöpfe – auch die mit zwei Beinen – es so in sich haben konnten.

3. KAPITEL

Noch herrschte strahlender Sonnenschein am blauen Himmel, doch der Oktober hatte einen schneidend kalten Wind mitgebracht, der die Sixteenth Street entlangfegte. Felicia fröstelte in ihrer leichten Jacke, als sie nach der Begegnung mit Hudson das Museum durch eine Seitentür verließ. Zum Glück hatte sie per Taxi-App einen Wagen vorbestellt, der tatsächlich bereits auf sie wartete. Auf dem Weg über den breiten Gehsteig – schnell, ehe die Ampel umsprang und der Strom von Menschen, die alle nach der Arbeit nach Hause wollten, noch dichter wurde – straffte sie die Schultern und reckte die Ellbogen nach draußen, um sich so groß wie möglich zu machen. Sie kam sich ein bisschen albern vor, doch wenn man selbst an großen Tagen nicht mehr als eins dreiundfünfzig Komma fünf maß, musste man zu extremen Maßnahmen greifen, um im Feierabendverkehr von Harbor City nicht unter die Räder zu kommen.

Sie kämpfte sich durch die dichte Menge und wollte gerade nach der Tür ihres Taxis greifen, als ihr eine große, mit blauer Farbe gesprenkelte Hand zuvorkam. Sie biss die Zähne zusammen. Nicht mit ihr. Niemand würde ihr das Taxi wegschnappen. Kampfbereit wandte sie sich um und blickte direkt in das Gesicht von Hudson Carlyle.

Er warf ihr ein großspuriges Lächeln zu. »Was für ein Zufall.«

So nannte man das also heutzutage? »Fleißig beim Stalken?«

»Keineswegs. Ich war gerade in ein Gespräch mit Ihrem Chef, Eddie, vertieft, als ich das Taxi sah. Aber es spricht ja nichts dagegen, dass wir es uns teilen, oder?« Er öffnete die Tür.

»Ziemlich unwahrscheinlich, dass wir in dieselbe Richtung fahren.« Harbor City war überall teuer, doch die Menschen seiner Gehaltsklasse wohnten in der Regel in Uptown, nicht an der East Side, wo sich ihre kleine Zwei-Zimmer-Wohnung befand.

»Und schon wieder haben Sie sich eine Meinung gebildet, ohne zuerst Fakten zu sammeln.«

Oh Mann. Sie schloss die Augen und zählte bis zehn. Es war zum Ausrasten, wenn er recht hatte. Aber es stimmte. Sie hatte es schon wieder getan.

»Kommen Sie.« Sie kletterte auf den Rücksitz und rutschte so weit hinüber, dass sie mit der Hüfte an die gegenüberliegende Tür stieß. Dabei schlug ihr Herz ein wenig schneller als normal – natürlich vor Verärgerung.

Hudson stieg nach ihr ein und zog die Tür zu. Seine breiten Schultern nahmen den gesamten Raum neben ihr im Fond ein.

»Wohin soll es denn gehen?«, erkundigte sich der Fahrer und fädelte in den Verkehr ein.

Mit einem leichten Lächeln auf dem Gesicht überbrückte Hudson den meilenweiten Abstand zwischen ihnen und blickte sie erwartungsvoll an. Die Provokation blieb ihr nicht verborgen. Von sich aus würde er nichts sagen, dieser Meistermanipulator und Plagegeist. Zuerst hatte er mit seinem angeblichen Interesse an einer Besichtigung ihren Vormittag ruiniert. Außerdem fragte sie sich immer noch, was es mit diesem Beinahe-Kuss auf sich hatte. Wenn die Kinder nicht gekommen wären, wäre es nicht beim *Beinahe* geblieben. Ganz sicher nicht. Undenkbar! Und jetzt klaute er auch noch ihr Taxi.

»Ich verspreche, ich möchte mir mit Ihnen einfach nur das Taxi teilen«, sagte er. »Ladies first.«

Sie glaubte ihm kein Wort, andererseits wirkte er nicht wie ein Stalker auf sie – obwohl sie ihn als solchen beschimpft hatte. Hudson war zweifellos ein Draufgänger, doch ihr Gefahrensensor regte sich nicht, und sie spürte auch kein Bauchgrummeln. Manchmal war eine Taxifahrt einfach bloß eine Taxifahrt.

Der Fahrer räusperte sich.

Felicia seufzte. »Forty-fifth Street Ecke Havston.«

»Alles klar.« Der Fahrer nickte und schnitt zwei Autos bei dem Versuch, auf die linke Spur zu wechseln, ehe sie im Stau stecken blieben.

Während Fahrzeuge an ihnen vorbeihuschten, drehte sie sich auf dem Sitz und maß Hudson mit ihrem Killerblick – Frankie, ihr zwei Meter großer Mammutbaum von einem Bruder ließ sich davon zuverlässig aus seinen Stahlkappenarbeitsstiefeln hauen. Auf Hudson allerdings hatte er nicht die mindeste Wirkung. Oder vielleicht doch? Offenbar hatte er eine masochistische Ader, denn er breitete sich plötzlich entspannt auf seinem Sitz aus, wodurch der Abstand zwischen ihnen irgendwie auf ein Minimum zusammenschrumpfte, und zwinkerte ihr zu.

Von so was ließen sich Frauen beeindrucken? Was für ein ernüchternder Gedanke.

Den Kopf voller groß machender Gedanken straffte sie den Rücken und schob die Schultern nach hinten. »Ist das jetzt wieder Ihre Henry-Higgins-Nummer?«

»Nein.« Das leise Lächeln erschien wieder auf seinen Lippen. »Ich hab's mir anders überlegt.«

Diese Antwort nahm ihr den ganzen Wind aus den Segeln. Sie ließ sich gegen die Rückenlehne sinken. »Gut.«

Genau diese Antwort hatte sie sich erhofft. Wobei sie nie damit gerechnet hätte, dass er so leicht aufgab. Erst diese Laborbesichtigung heute Morgen, dann der Vorfall mit dem Taxi – das passte alles nicht zusammen. Während nur die Geräusche des eingebauten Fernsehers zu hören waren und sich der Verkehr allmählich so verdichtete, dass er sich kaum noch bewegte, versuchte sie, sich einen Reim darauf zu machen, aber vergeblich. Er führte irgendetwas im Schilde, doch sie kam einfach nicht dahinter, und das verursachte ihr ein Jucken in den Ohrläppchen.

Sie musste es herausfinden.

»Haben Sie entschieden, dass sich eine Stilveränderung bei mir nicht lohnt?«, unterbrach sie als Erste die Stille.

»Nein.« Er schüttelte den Kopf und verfolgte weiter die Nachrichten auf dem kleinen Bildschirm, der am Vordersitz befestigt war.

Das war's? Unmöglich. Seit sie sich zum ersten Mal begegnet waren, hatte er praktisch unaufhörlich geredet. Und jetzt, da sie in einem Taxi im Stau festsaßen, hatte er auf einmal nichts mehr zu sagen? Oh nein, so lief das nicht. Sie würde nicht zulassen, dass er dieses Spiel gewann. In der Gewissheit, dass sie recht behalten würde, konzentrierte sie sich voll und ganz auf den Bildschirm statt auf die nahezu hypnotisierende Art und Weise, wie sich seine Unterarmmuskeln bewegten, oder die rätselhaften Farbflecken auf seinem Handrücken. Jetzt hieß es abwarten.

Eins.

Zwei.

Drei.

Nichts. Nicht einmal ein leises Zucken. Er war ebenso reglos wie die Autos um sie herum.

Die Frage platzte aus ihr heraus, noch ehe sie überhaupt

merkte, dass sich die Worte in ihr gebildet hatten. »Werden Sie es mir verraten?«

Langsam wandte er ihr seinen Blick zu. »Möchten Sie es denn wissen?«

»Deshalb habe ich ja gefragt.« Sie würde es aushalten. Klein, aber oho und so weiter.

Hudson maß sie mit einem prüfenden Blick, kühl und klinisch, und wirkte dabei ganz anders als der Mann, den sie am Abend zuvor auf Familie und Gattung genau bestimmt zu haben glaubte. »Sie wollen es nicht genug.«

Sie zuckte zusammen. »Was?«

»Sie sind klug, entschlossen, und Sie haben definitiv Drive.« Er strich ihr eine lose Haarsträhne hinter das Ohr. »Aber ich glaube nicht, dass Sie wirklich Tylers Aufmerksamkeit wecken wollen.«

Was? »Aber …« Ihr fehlten die Worte. Was sollte sie auch sagen – für sie machte das alles genauso wenig Sinn, als würden plötzlich bei ihren Ameisen aus Nestpflegern Königinnen.

Hudson zog sein Portemonnaie aus der Gesäßtasche und entnahm einen Stapel Dollarnoten. »Kommen Sie, lassen Sie uns beim Essen darüber reden. Ich habe einen Bärenhunger.«

Sie sah sich um. »Aber wir stecken im Stau.«

»Stimmt.« Er reichte dem Fahrer ein paar Scheine. »Deshalb steigen wir jetzt auch besser aus.«

»Aber«, stammelte sie, verunsichert, weil sie sich im Geiste auf einen Plan eingestellt hatte, der sich nun gerade in Luft auflöste – auch wenn es bloß ums Abendessen ging. »Aber ich habe noch Reste im Kühlschrank.«

»Kommen Sie schon, Fünkchen, Sie sind eingeladen.« Er stieg aus und hielt ihr die Tür auf. »Ich weiß ein tolles Restaurant gleich hier um die Ecke.«

Das hier passte gar nicht zu ihr. Sie würde niemals einfach mitten im Feierabendverkehr aus einem Taxi aussteigen oder mit einem Mann essen gehen, der selbst genau wusste, wie sexy er war.

»Da gibt's die besten Shakes, die Sie je hatten«, sagte Hudson. »Kommen Sie, hauen Sie mal ein bisschen auf den Putz.«

Ihr Magen wählte genau diesen Moment, um ein lautes Knurren von sich zu geben. Hudson hob die Augenbrauen. Von seiner Miene provoziert und ihrem eigenen Heißhunger übermannt, gab Felicia auf und rutschte über die Rückbank, um auszusteigen. Sie gingen die Hamish Street ein paar Blocks weit entlang, bis sie an der Ecke zur Fifth Street vor *Vito's Diner* hielten. Aus den Augenwinkeln nahm Felicia Hudsons Designerkleidung und den 200-Dollar-Haarschnitt wahr, ehe sie sich wieder dem Lokal und seiner blinkenden Neonanzeige zuwandte.

»So was hätte ich nicht erwartet«, sagte sie.

Statt etwas zu erwidern, warf Hudson ihr nur ein wissendes Lächeln zu und öffnete die Tür. Es duftete nach Cheeseburgern und hausgemachten Pommes frites – kurzum, wie im Himmel. Sie nahmen zwischen Kuchenvitrine und Kasse an der Theke Platz.

Er schob ihr die laminierte Karte hin. »Sie müssen einen Shake probieren, oder Sie werden es für den Rest Ihres Lebens bereuen.«

Sie hatte kaum eine Minute, um die lange Liste durchzusehen – es gab alles von Frühstück (den ganzen Tag) über kolossale Sandwiches bis hin zu paniertem Hähnchenschnitzel –, da stand auch schon die Bedienung da, ihren Bestellblock in der Hand. Ihr Namensschild wies sie als Donna aus.

»Wie geht's deinem Bruder und seiner süßen Frau?«, erkundigte sich Donna bei Hudson.

»Bestens, danke. Und wie geht's Vito?«

»Er ist knurrig wie immer und hat keine Lust, bei diesem Wetter sein Geschäft im Hof zu verrichten. Aber was soll man machen? Ein alter Hund muss tun, was ein alter Hund eben tun muss.« Sie zuckte mit den Schultern. »Was darf's denn sein?«

»Ich nehme einmal das Patty-Melt-Sandwich und eine Portion Pommes, dazu einen Erdbeershake«, bestellte Hudson, ohne einen Blick auf die Karte zu werfen.

»Alles klar.« Donna kritzelte auf ihren Block und wandte sich an Felicia. »Und was darf ich Ihnen bringen?«

Alles hier sah fantastisch aus. Sie überlegte, ob sie bestellen sollte, was wahrscheinlich Hudsons Dates im Allgemeinen nahmen – ein Glas Wasser mit einer Scheibe Zitrone. Doch um sich selbst zu beweisen, dass er sie nicht mehr beeinflusste als einer ihrer Brüder und das hier alles andere als ein Date war, entschied sie sich schließlich dafür, das zu bestellen, was sie wirklich wollte. »Einen Cheeseburger mit Speck, eine große Portion Pommes, einen Beilagensalat mit extra Blauschimmelkäse, eine Portion frisches Obst und einen großen Vanilleshake.«

»Alles klar.« Die Bedienung nickte und ließ ihre Pommes-Ohrringe baumeln.

Als Donna mitsamt den Speisekarten gegangen war, blickte Felicia auf und sah, dass Hudson sie ehrfürchtig ansah.

»Wollen Sie einem bettlägerigen Nachbarn etwas mitbringen?«, fragte er.

»Sehr witzig.« Sie verdrehte die Augen. »Ich habe nichts zu Mittag bekommen, weil ich eine nicht angekündigte Besichtigung mit irgendeinem hohen Tier machen musste.«

Er schüttelte spöttisch den Kopf, doch in seiner Miene lag ein Anflug von Bedauern. »Das ist natürlich ganz übel.«

Sie konnte ein Kichern nicht unterdrücken. Normalerweise machte sie solche Geräusche nicht, doch normalerweise verbrachte sie auch nicht so viel Zeit in Gegenwart von Menschen wie Hudson Carlyle, der wirklich auf verführerische Weise unverbesserlich war. Felicia war an Menschen wie ihre Familie gewöhnt, laut, geradeheraus und störrisch. Es gab rothaarige Iren, schwarzhaarige Iren und dickköpfige Iren, deren Vorfahren einst als Rebellen aus dem Land vertrieben worden waren. Die Hartigans vereinten alle drei Kategorien in sich. Auch Felicia war kein Mensch, der leicht lockerließ.

»So«, sagte sie, »und jetzt verraten Sie mir, warum Sie glauben, dass ich Tyler gar nicht wirklich will.«

»Weil ...« Sein Blick senkte sich auf ihren Mund und verweilte dort genau eine Sekunde zu lang. »Wenn Sie ihn wirklich wollten, hätten Sie ihn längst.«

Hitze stieg ihr in die Wangen, und wieder einmal verfluchte sie ihre blasse Haut. Immerhin hatte sie keine Sommersprossen. »Komplimente? Ist das jetzt Ihre neue Masche?«

Er zuckte mit den Schultern. »Es ist die Wahrheit.«

Sie hatte keine Ahnung, wie sie reagieren sollte, also tat sie, was sie immer in solchen Fällen tat – sie ging zum Angriff über. »Sie liegen komplett falsch, aber lassen wir das mal für eine Minute. Warum wollen Sie mir helfen? Sie kennen mich doch gar nicht.«

»Würden Sie mir glauben, dass ich auf hübsche Mädchen stehe, die leicht erröten?«

Natürlich musste ausgerechnet in diesem Moment Donna auftauchen, um die Shakes zu bringen. Milde lächelnd blickte sie zwischen Hudson und Felicia hin und her. »Sie stehen grundsätzlich auf Mädchen, Hudson Carlyle – und dieses hier ist nicht nur hübsch, sondern auch schlau genug, um das selbst zu wissen.«

Am liebsten hätte sie ihrer Geschlechtsgenossin die Hand hingehalten, um sie abklatschen zu lassen, hob stattdessen aber nur ihr Shakeglas. Als sie sich wieder Hudson zuwandte, war der bereits in eine Art Shake-Nirvana abgetaucht und schien den Seitenhieb der Bedienung gar nicht mitbekommen zu haben. Weil sie nicht wusste, was sie sonst tun sollte, nahm sie ebenfalls einen Zug an ihrem Strohhalm. Als Erstes schmeckte sie das cremige Eis, dann eine Dosis Vanille, die dem Aroma namens Vanille eine völlig neue Bedeutung gab. Da sie voll und ganz mit ihrem Shake beschäftigt war, bemerkte sie gar nicht, dass Hudson im Trinken innegehalten hatte. Bis er sprach.

»Ich brauche Ihre Hilfe.« Er rührte mit dem Strohhalm in seinem Shake. »Tyler und mein Bruder waren eng befreundet, aber dann hat Tylers Verlobte Sawyer in der Nacht vor der Hochzeit Avancen gemacht.«

»Oh mein Gott.« Das erklärte einiges. »Ich wusste, dass irgendetwas passiert sein musste, hatte aber keine Ahnung, was. Er wollte nicht darüber reden.«

»Was hätten Sie denn in seiner Situation getan?«

»Nachdem mein bester Freund mit meiner Verlobten geschlafen hat? Ich hätte auch nichts gesagt.«

Hudsons Miene verfinsterte sich. »Sawyer hat gar nicht mit ihr geschlafen. Er hat sie rausgeschmissen.«

Aua. »Und was soll dann das ganze Drama zwischen den beiden?«

»Ich habe keine Ahnung. Aber ich finde, es dauert schon viel zu lange an.« Die Entschlossenheit in seiner Stimme verlieh seinen Worten zusätzlichen Ernst.

»Und Sie wollen die beiden versöhnen?« Felicia konnte sich immer noch nicht recht erklären, warum ihm die Freunde seines Bruders so wichtig waren. »Was sind Sie nun, Mediator oder Henry Higgins?«

»Beides.« Er wandte den Blick ab, doch für einen kurzen Moment hatte sie einen Ausdruck in seinen Augen gesehen, der echter und wahrhaftiger war als alles, was sie bislang von ihm gesehen hatte.

Was auch immer er verbarg, er würde es nicht bei einem Milkshake oder beim Abendessen offenbaren. Jedenfalls noch nicht. Dennoch wurde die Verhaltensforscherin in ihr bereits neugierig und machte sich im Geiste Notizen. Hudson benahm sich vielleicht wie ein reicher Playboy, aber es steckte mehr in ihm. Sie konnte nicht fassen, dass ihr das bislang nicht aufgefallen war.

Ehe sie weiterforschen konnte, brachte Donna ihre Bestellung, und die folgenden zwanzig Minuten vergingen damit, dass sie ihr Essen in sich hineinschlangen und Hudson sie über das geheime Leben der Ameisen ausfragte. Als Donna die leeren Teller abservierte, hatte er, zusätzlich zu seiner eigenen Portion, die Hälfte von Felicias Pommes gegessen und ihr sämtliche schlüpfrigen Geheimnisse über die Honigtopfameise und ihre Mitbewohner in der Wüste Arizonas, die Ernteameise, entlockt.

»Die feiern Orgien?« Seine hellbraunen Augen waren weit aufgerissen.

»Könnte man so sagen«, erwiderte sie und leckte sich einen Spritzer Ketchup vom Finger. »Die zukünftige Königin der Ernteameisen trifft sich mit anderen zukünftigen Königinnen und den fruchtbaren Männchen. Alle haben Sex – ganz viel Sex –, und dann verschwinden die Königinnen und gründen mit dem ungeborenen Nachwuchs aus der Orgie eine neue Kolonie.«

»Und was passiert mit den männlichen Ameisen? Gehen die dann auch in die neuen Kolonien?«

»Sie sterben.« Sie imitierte einen stereotypen Comic-Bösewicht, und Hudson lachte, und zwar aufrichtig, ganz anders als sonst. »Das Leben ist hart, wenn man nicht die Königin ist. Wobei: Es ist auch hart, wenn man die Königin ist. Man tut nichts anderes, als vierzehn bis fünfzehn Jahre lang Nachwuchs produzieren, man kann die Kolonie nicht verlassen, und wenn man stirbt, sterben alle anderen auch.«

»Also, was habe ich heute Abend über Sie erfahren? Sie sind eine ganz normale junge Frau mit einem reizenden Job, bei dem Sie fiese Insekten untersuchen, die sich kugelrund fressen und nach dem Sex sterben.«

Im ersten Moment wollte sie ihm widersprechen, doch im Grunde hatte er gar nicht unrecht. Und dann schenkte er ihr auch noch ein Lächeln, das an Charme nicht zu überbieten war. Sie zuckte mit den Schultern. »Könnte man so sagen.«

»Erzählen Sie mir, warum Sie auf Tyler stehen.«

Okay, das kam jetzt unerwartet.

Sie konnte ihm nun natürlich eine Version der Wahrheit auftischen, die sie nicht gleich verwundbar machen würde. Andererseits war er auch ehrlich zu ihr gewesen. Ein genüsslicher Schluck Vanilleshake, dann fasste sie sich ein Herz und begann zu erzählen.

»Ich bin als jüngstes von sieben Geschwistern aufgewachsen. Und ich bin fast dreißig Zentimeter kleiner als der Rest der Familie. Als irgendwann klar wurde – so erzählt man sich bei uns –, dass ich nicht über Westentaschenformat hinauswachsen würde, wussten meine Eltern, dass es an der Zeit war, mit dem Kinderkriegen aufzuhören.« Sie seufzte, denn sie hasste diese Geschichte mit jedem Mal ein bisschen mehr. »Hinzu kommt, dass sie alle typische Iren sind – laut und immer zu Scherzen aufgelegt. Von Beruf sind sie Polizist, Feuerwehrmann, Krankenschwester und Lehrer – und ich bin die Streberin, die davon lebt, Ameisen zu studieren. Na ja, Sie verstehen, was ich meine.« Sie stärkte sich mit einem Schluck Vanilleshake. »Verstehen Sie mich nicht falsch, ich liebe meine Familie über alles und ich würde mich sofort mit jedem anlegen, der sie schlechtmacht, aber es war nicht immer einfach, in einer Umgebung aufzuwachsen, in die ich ganz offensichtlich nicht hineinpasse. Als Tyler und seine Familie in unsere Gegend zogen, war ich in der sechsten Klasse, und er war wie ein Rockstar für mich. Er war beängstigend schlau – so schlau, dass er ein Stipendium für eine schicke Privatschule bekam –, er war sexy und schien sich immer wohl in seiner Haut zu fühlen, ganz egal in welcher Umgebung. Genau so ist er heute noch.«

»Sie wollten ihn also schon immer, haben sich aber nie getraut, es ihm zu sagen?« Damit traf er mit traumwandlerischer Sicherheit den Nagel auf den Kopf.

Was sollte sie sagen? Am besten gar nichts. Stattdessen schüttelte sie nur heftig den Kopf.

Er stibitzte ihren Shake, tauchte seinen Strohhalm ein und nahm einem guten Zug von dem köstlichen Zeug, ehe er mit seiner Befragung fortfuhr. »Warum nicht?«

Tja, war das vielleicht die Preisfrage? Sie versuchte seit Ewigkeiten, das Problem zu lösen, doch auf eine Antwort war sie letztendlich erst gekommen, als sie von ihrer Mom das Vorab-Geschenk zum dreißigsten Geburtstag bekommen hatte. »Vermutlich habe ich Angst vor dem, was ich wirklich will.«

»Und was ist jetzt plötzlich anders?«

»In knapp einem Monat werde ich dreißig.« Tyler war der letzte offene Punkt auf ihrer Liste der Dinge, die sie bis dahin erreicht haben wollte. »Außerdem ist da die Sache mit der Katze.«

Er hob die Augenbrauen als stumme Frage.

»Es war eigentlich nur ein dummer Kommentar, den mein Bruder Finian, Frankies Zwilling, gemacht hat, als ich letztes

Jahr eine Katze bekam. Er meinte, das wäre bloß die erste und es würden viele weitere folgen. Die ganze Familie hat darüber gelacht.« Geistesabwesend malte sie mit dem Finger Buchstaben auf den Tisch. »Er hat das nicht böse gemeint und wollte mir wahrscheinlich nur in den Hintern treten. Trotzdem geht mir dieses Bild nicht aus dem Kopf: Tyler wird eines Tages Frau und Kinder haben, und ich zweiunddreißig Katzen.« Sie seufzte. Nicht dass sie zu ihrem beruflichen oder privaten Glück einen Mann brauchte, doch sie wollte eine Familie, einen Gefährten, ein Leben abseits ihrer geliebten Ameisen, die gar nicht merkten, ob sie da war oder nicht. Auch sie brauchte jemanden, der sich um sie kümmerte.

»Es geht doch nichts über einen runden Geburtstag, um sich auf das Wesentliche im Leben zu besinnen«, sagte Hudson ruhig.

»Genau.« Sie schnappte sich ihren Shake wieder, ehe er ihn leeren konnte.

»Dann machen wir Folgendes.« Er drehte seinen Barhocker so, dass sich ihre Knie berührten, und schickte damit einen heißen Funken durch ihren Körper. »Ich werde Ihnen helfen, Tyler ins Bett zu bekommen, wenn Sie das wirklich wollen.«

Natürlich dachte er, dass es ihr bloß darum ging, ihre gekränkte Eitelkeit zu befriedigen, dabei bastelte sie seit der Mittelstufe an dieser Liebesgeschichte. »Das Detail mussten Sie jetzt noch anfügen, oder?«

»Ja.« Mit einem Augenzwinkern nahm er seinen Strohhalm aus ihrem Glas und steckte ihn in die spärlichen Reste seines Erdbeershakes. »Dafür müssen Sie sich von mir malen lassen.«

Vielleicht lag es am Zucker, aber mit einem Mal erschien ihr die Idee, mit ihm zusammenzuarbeiten, gar nicht mehr so absurd. Hudson war zwar alles andere als ein Henry Higgins, doch sie hatte schon ein wenig von Eliza Doolittle – zumindest wollte sie nicht einsam mit zweiunddreißig Katzen enden.

»Ich werde das bestimmt bereuen, aber okay. Wir machen das.« Sie hob ihr Glas und stieß es gegen Hudsons. »Mir ist zwar nicht klar, warum Sie ausgerechnet mich malen wollen, aber nur um das gleich klarzustellen – ich werde mich auf keinen Fall ausziehen. Nur so als Warnung.«

Der Schalk blitzte aus seinen Augen. »Ganz wie Sie möchten, Fünkchen.«

4. KAPITEL

Nachdem er die Rechnung bezahlt hatte – ohne auf Felicias Versuch, sie zu teilen, einzugehen –, hielt Hudson ihr die Tür auf, und sie traten in den kühlen Herbstabend hinaus. Inzwischen war die Straßenbeleuchtung angegangen, und die Straßen hatten sich geleert – sofern man das in einer Stadt wie Harbor City überhaupt sagen konnte. Von einem Taxi war weit und breit nichts zu sehen. Eine frische Brise blies, und Felicia zog schaudernd ihre dünne Jacke enger um sich.

»Wie weit ist es bis zu Ihnen?«, fragte er, nachdem er vergeblich nach einem Taxi Ausschau gehalten hatte.

»Etwa fünfzehn Blocks.« Sie nickte mit dem Kinn Richtung Osten.

Das war auch zu Fuß zu schaffen. In Harbor City war sogar der Bürgermeister per pedes unterwegs. »Dann gehen wir.«

Sie verschränkte die Arme und rieb sich mit den Handflächen die Oberarme. »Es ist ziemlich kalt.«

»Dreizehn, vierzehn Grad. Moment.« Er streifte seine etwas dickere Jacke ab und legte sie ihr um die Schultern. »Öfter mal was Neues.«

Sie verengte die Augen, und ihre rosigen Wangen verrieten, dass sie ihm gleich Contra geben würde. »Ich gehe öfter zu Fuß nach Hause.«

»Ja, aber nicht mit mir.«

Ohne ihr Gelegenheit zu geben, zu widersprechen, marschierte er in die angegebene Richtung los. Nach drei Schritten hörte er, wie sie folgte. Ausnahmsweise verkniff er sich einen Kommentar darüber, dass er das letzte Wort behalten hatte, und genoss einfach diesen kleinen Sieg.

Der Weg bis zu Felicias Adresse war kürzer, als Hudson erwartet hatte. Vielleicht lag es daran, dass Felicia – wenn sie ihm nicht gerade mit Blicken oder Worten zu verstehen gab, dass er sich verkrümeln sollte – richtig nett war, während sie ihn auf kleine Besonderheiten ihrer Gegend hinwies. Vielleicht lag es auch daran, wie die Straßenlaternen kastanienbraune Highlights in ihr Haar zauberten oder dass sie offenbar nicht reden konnte, ohne zu gestikulieren. Vielleicht kam es auch daher, dass sie, obwohl sie gut dreißig Zentimeter kleiner war als er, schneller ging als er – sie war definitiv eine Frau mit einer Mission.

»Warum gehen Sie denn so schnell?«, fragte er nach zehn Blocks.

»Meine Katze flippt aus, wenn ich so spät komme.« Sie beschleunigten ihre Schritte zusätzlich, um eine grüne Ampel zu erwischen. »Honeypot ist ein kleines Miststück.«

»Sind nicht alle Katzen Miststücke? Und Sie haben Ihre Katze wirklich Honeypot genannt? Das nenne ich Leidenschaft.«

Sie schob ihr Kinn vor und bog rechts in die Elmhurst Street ein. »Katzen sind edle Geschöpfe. Na ja, die meisten jedenfalls.«

»Ihre nicht?«

»Nein.« Als sie an der nächsten Ampel halten mussten, stieß sie ihn leicht mit dem Ellbogen an und deutete auf das Gebäude, neben dem sie standen. Eine Tafel auf der Betonfassade informierte darüber, dass David Carlyle im Jahre 1970 den Grundstein gelegt habe. »Ein Verwandter?«

Sein Magen zog sich zusammen, als er diesen Hinweis auf sein Familienerbe betrachtete. »Mein Großvater.«

Die Ampel sprang um, und sie überquerten die Straße.

»Wie ist das, wenn man weiß, dass die eigene Familie die ganze Stadt erbaut hat?«

In gewisser Weise wünschte er sich, dass das eine Übertreibung wäre. Doch das war es nicht. Carlyle-Bauten bestimmten die Skyline von Harbor City und waren in einem Dutzend weiterer Städte auf der ganzen Welt zu finden. Hotels, Bürogebäude, Wolkenkratzer und mehr – sie alle waren von den Carlyles errichtet worden. Jahrzehntelang war *Carlyle Enterprises* eine der bekanntesten internationalen Bauunternehmungen gewesen, und Hudson besaß sogar ein Büro in der Firmenzentrale, das er einmal pro Quartal mehr oder weniger freiwillig aufsuchte.

Hudson versuchte, den oberflächlich-fröhlichen Charme zu aktivieren, den er normalerweise in solchen Situationen als Tarnung einsetzte, doch es gelang ihm nicht. Irgendetwas in Felicias aufrichtig interessiertem Blick hinderte ihn daran. »Es ist Segen und Fluch zugleich.«

»Inwiefern?«

»Nun, der Champagner hört nie auf zu fließen, es gibt hübsche Mädchen in Scharen, mehr Geld, als ich in fünf Leben ausgeben könnte … aber auch gewisse Erwartungen, die daran geknüpft sind.« Ja, so konnte man es ausdrücken. Von Beginn an war seine Rolle die des anzugtragenden, tabellenverliebten Geschäftsmannes gewesen, auch wenn er immer schon viel lieber gemalt hätte. Doch was er wollte spielte keine Rolle.

»Zum Beispiel?« Sie blieb vor dem schwarzen Schmiedeeisengeländer einer kurzen Treppe stehen, die in eine Souterrainwohnung führte, und durchbohrte ihn mit ihrem Blick, als wollte sie ihn sezieren und klassifizieren wie eine ihrer Ameisen.

»Schauen Sie mich bitte nicht so an. Ich bin keine Ameise.«

Sie öffnete den Mund – vermutlich um zu protestieren –,

doch plötzlich ertönte ein ohrenbetäubendes Jaulen durch eines der Fenster im Souterrain, das ebenso unvermittelt abbrach, wie es begonnen hatte.

Felicia seufzte. »Das gilt mir.«

Hudson stieg die acht Stufen hinab, vorbei an den Fenstern mit ihren Ziergittern, und steuerte auf eine rote Tür zu, aber eine Regung im Fenster ließ ihn innehalten. Hinter der Scheibe saß eine orangefarbene, einäugige Tigerkatze, der ein großes Stück von einem Ohr fehlte. Sie sah aus wie die Tiere, mit denen Tierschutzvereine im Fernsehen zu Spenden aufriefen, nur wilder.

»Das ist Honeypot?«

»Ja, und sie nutzt jede Chance, um zu entwischen, deshalb verabschieden wir uns jetzt besser.« Sie zog seinen Mantel aus und hielt ihn ihm entgegen. »Danke für den Burger und den Shake.«

Ohne auf den Mantel zu achten, zog er sein Handy aus der Hosentasche. »Kann ich kurz Ihr Handy haben?«

»Wozu?« Sie beäugte ihn misstrauisch.

»Damit ich mich selbst anrufen kann, um unsere Nummern auszutauschen.«

Als Honeypot im Hintergrund erneut aufheulte, reichte Felicia ihm seinen Mantel und ihr Handy. Eine schnelle SMS später erschien ihre Nummer auf seinem Display.

»Alles klar für morgen.« Er gab ihr das Telefon zurück.

»Was ist morgen?«

»Wir starten die Operation *My Fair Lady*.« Mit ein bisschen Glück würde Tyler binnen weniger Wochen angebissen haben. Hudson ignorierte das dumpfe Gefühl im Magen, das ihn davor warnte, dass sein Plan auch nach hinten losgehen könnte. Vielleicht war Tyler für sie tatsächlich mehr als nur der Schwarm ihrer Kindheit.

Sie schüttelte den Kopf, als wäre sie immer noch nicht recht überzeugt von der Idee, und ging die Treppe hinunter, um die zwei Bolzenschlösser an ihrem Eingang aufzuschließen. Den Mantel nach wie vor in der Hand, sah er von oben zu. Die Gegend wirkte nicht besonders gefährlich, doch es gab keinen Concierge in ihrem Haus, der eine zusätzliche Sicherheitsbarriere dargestellt hätte. Skeptisch musterte er die Passanten, obwohl niemand der Wohnung die geringste Beachtung schenkte.

»Mist! Honeypot!«

Hudson schnellte herum und sah gerade noch, wie ein orangefarbener Blitz über die Stufen auf ihn zuschoss. Instinktiv streckte er die Hände aus und packte den Fellball, während Felicia hinter ihm die Treppe heraufstürmte. In dem Moment, als er sich die Katze an die Brust drückte, rutschte Felicia aus und stolperte vorwärts. Er schob den Kater unter einen Arm und fing Felicia mit dem anderen auf, damit sie auf ihn fiel und nicht auf die harten Steinstufen. Sie landete mit so viel Schwung auf ihm, dass sie beide um ihr Gleichgewicht ringen mussten. Als er sich wieder gefangen hatte, hing sie an ihm wie eine Verhungernde an einem Bäckereischaufenster, und endlich bekam er eine Vorstellung davon, was sie unter all ihren weiten Gewändern verbarg. Kleine, kecke Brüste. Eine schmale Taille. Einen festen, runden Hintern. Und als ob das noch nicht gereicht hätte, um ihm den Verstand zu rauben, machte er den Fehler, auf sie herabzublicken. Ihre Lippen teilten sich und entließen einen leisen Seufzer, während ihre Augen einen leicht entrückten Ausdruck annahmen. Ob sie auch so dreinblickte, wenn sie sich einem Mann hingab? Mit Sicherheit. Wenn nicht, dann enthielt sie das ihren Liebhabern bewusst vor. Er war jedenfalls nicht mehr sicher, was er jetzt am liebsten tun würde – sie anschauen, küssen oder malen.

»Hudson«, sagte sie mit belegter Stimme, »Sie haben meine Katze gerettet.«

Genau in diesem Moment beschloss das Biest auf seinem Arm, ihm zum Dank die Krallen in die Haut zu bohren und ein Kreischen auszustoßen, vor dem selbst der furchtloseste Wachhund Reißaus genommen hätte.

Felicia blinzelte und machte einen Schritt rückwärts. Ihre Miene war immer noch leicht verschleiert, doch die schmale Linie ihrer Lippen verriet eine leichte Anspannung. »Wir bringen sie lieber hinein, ehe sie Sie kratzt.«

Sie nahm seinen Mantel und ging die Treppe hinunter. Die sich windende Katze auf dem Arm, folgte er ihr in die Wohnung und schloss die Tür hinter sich. Erst dann ließ er das Tier frei, das wie von der Tarantel gestochen losschoss, quer durch das kleine, schwach beleuchtete Wohnzimmer auf eine der beiden Türen an der gegenüberliegenden Wand zu. Felicia eilte ihr nach und schloss die Tür, die vermutlich ins Schlafzimmer führte.

»Tut mir leid.« Sie kam zu ihm zurück. »Sie ist ein bisschen wild – ach du meine Güte, sie hat Sie ja schon erwischt.«

Er betrachtete die dünnen roten Linien an seinem Unterarm, gleich unterhalb seiner hochgeschobenen Ärmel. »Das sind nur ein paar Kratzer.«

»Trotzdem, Sie wollen sich doch Ihren Pulli nicht versauen.« Sie legte seinen Mantel über die Rückenlehne des Sofas und sauste in die kleine Küche, die sich an das Wohnzimmer anschloss, wo sie ein Papiertuch von einer Rolle riss. »Lassen Sie mal sehen.«

Sie wischte seine ausgestreckte Hand zur Seite und drückte ihm das Tuch auf die Haut. Dabei rückte sie so nahe, dass er nicht umhinkam, den Blumenduft ihres Shampoos zu bemerken und wie das schummrige Licht der einzigen Lampe ihre Wangenknochen und die volle Unterlippe hervorhob. Sein Arm blutete längst nicht mehr, dennoch tupfte sie weiter. Ihre Finger strichen dabei über seine Haut, und unter ihrer sanften Berührung spürte er, wie seine Erregung zunahm. Sein Herzschlag beschleunigte sich, und alles um ihn herum begann zu verschwimmen. Wenn sie jetzt aufblickte …

Und sie sah auf. Die rosige Spitze ihrer Zunge befeuchtete die Unterlippe, die er so gern in seinen Mund gesogen hätte. Trotz der Brille war nicht zu übersehen, dass ihre Pupillen geweitet waren, was die grauen Flecken in ihren blauen Augen hervorhob. Die Luft um sie herum wurde schwer. Sein Blut rauschte nach unten, machte seine Jeans eng und seine Fantasie schmutzig.

Sie musste es gespürt haben, denn sie erschauderte. »Besser?«, flüsterte sie.

»Noch nicht«, brachte er heraus, ehe er seinen Mund auf ihren presste.

Ihre weichen Lippen teilten sich stöhnend – und der Laut fuhr ihm direkt in den Schwanz. Er war kein Mann, der Frauen warten ließ, und so schob er seine Zunge vor. Gott, sie reagierte auf das leiseste Antippen, auf jede winzige Bewegung, kam ihm auf halbem Weg entgegen und gab dem Kuss ihren eigenen Dreh. Fünkchen. Ein besserer Spitzname hätte ihm für sie nicht einfallen können, denn er brannte lichterloh. Schade nur, dass der Einzige, der dieses Feuer löschen konnte, er selbst war. Mit Todesverachtung beendete er den Kuss und löste sich von ihr.

»Was war das?« Ihre Stimme war nur ein leises Hauchen.

Ihr Atem kam in schnellen Stößen, und das Heben und Senken ihrer Brüste erinnerte ihn mit Macht an die köstlichen Kurven, die sie, wie er inzwischen wusste, unter ihrem Schlabberlook verbarg. Er musste behutsam vorgehen, wenn er sie nicht verprellen wollte. Doch zumindest eine Ahnung hatte sich bestätigt: Sie begehrte ihn genauso wie er sie. Wenn sie sich bloß von der albernen Vorstellung lösen könnte, dass sie für ihre Jugendliebe bestimmt war. Das würde er ihr wohl Stück für Stück austreiben müssen, zu ihrer beider Wohl.

»Das«, sagte er und griff zu seinem Mantel, »war Lektion Nummer eins zum Thema Verführung. Daran werden wir weiterarbeiten.«

Sie rückte ihre Brille gerade und ging mit erhobenem Haupt zur Tür, wobei sie sich mit den Händen Luft zufächelte – eine Geste, die ihr gar nicht bewusst zu sein schien. »Ich kann schon küssen, danke vielmals.«

Das ließ sich nicht bestreiten, andererseits wollte er sich die Gelegenheit zu einem weiteren Kuss – weiteren Küssen – nicht entgehen lassen.

»Nichts für ungut, Fünkchen.« Auf dem Weg zu ihr streifte er seinen Mantel über, auch wenn ihm nach diesem Kuss alles andere als kalt war. »Jeder kann sich verbessern, sogar kleine Vulkane wie du, die so schön stöhnen, wenn man ihnen die Zunge in den Mund steckt.«

Sie schnappte nach Luft und riss die Eingangstür auf. »Leb wohl, Hudson.«

»Hast du schon vergessen, was ich vorhin gesagt habe?« Er blieb in der Türöffnung stehen, so nah bei ihr, dass die geringste Bewegung genügte, um sie zu berühren. Es war nicht zu leugnen, dass es zwischen ihnen gefährlich knisterte. Ein minimales Verlagern des Gewichts, eine leichte Drehung, und er könnte sie gegen die Tür drängen, ihre Beine um seine Hüften schlingen und seine Erektion an ihrer empfindlichsten Stelle reiben. Es gelang ihm nur mit Müh und Not, der Versuchung zu widerstehen. »Bei uns gibt es immer ein nächstes Mal.«

Durch diese Tür zu treten war fast so schwer zu ertragen wie die Spannung in seiner Hose, aber er tat es trotzdem. *Felicia glaubt, in Tyler verliebt zu sein*, ermahnte er sich und ging die Straße entlang, um ein Taxi anzuhalten. Der Gedanke, dass Tyler sie so küssen könnte wie er gerade, verursachte ihm Magengrummeln, das er jedoch ignorierte. Schließlich war er ja nicht in sie verliebt – Gott bewahre. Dennoch weckte sie seinen Beschützerinstinkt. Schon formten sich in seinem Kopf Ideen für die »Lektionen« am nächsten Tag.

5. KAPITEL

Hudson hasste die Morgenstunden. Okay, nicht jeder war ein Frühaufsteher. Aber für ihn fing der Tag im Grunde erst richtig um die Mittagszeit an. Und dass er bis um vier Uhr morgens Ideen gesammelt hatte, obwohl er viel lieber zum Malen in seine Waldhütte gefahren wäre, trug auch nicht dazu bei, seine Laune zu heben. Also warum um alles in der Welt saß er jetzt in der U-Bahn, eingezwängt zwischen lauter Touristen, die ihr Sightseeingprogramm abschließen wollten, bevor es richtig kalt wurde? Nun, ganz einfach. Wegen der Frau, die ihm heute Morgen von zehn neuen Skizzen entgegengeblickt hatte, bevor er um halb neun endlich die Tür seines Penthouses hinter sich zugezogen hatte.

Nachdem er von der U-Bahn-Station auf die Straße hinausgetreten war, machte er schnell einen Abstecher zu einem Coffeeshop einen Block von Felicias Wohnung entfernt, der ein Schild mit der Aufschrift *Neueröffnung* im Fenster hängen hatte. Ein Tablett mit Kaffeebechern und eine Schachtel Gebäck in der Hand, legte er den Rest des Weges zu Fuß zurück. Kaum hatte er die Treppe am Eingang betreten, fing Honeypot zu kreischen an – ein Geräusch, das ihn wie ein extralanger Eispickel mitten ins Herz traf. Und er hatte sich Sorgen gemacht, dass jemand bei ihr einbrechen könnte. Dieses Vieh war besser als jede Alarmanlage. Als er unten ankam, öffnete Felicia zum Glück sofort die Tür, trat heraus und schloss sie wieder hinter sich.

Ihr Haar war zu einem langen Pferdeschwanz gebunden, feuchte Strähnen klebten an ihrem Nacken. Sie trug wie immer ihre Brille, doch im Übrigen war an ihr nichts wie sonst. Schweiß glänzte im Dekolleté ihres blauen Sport-BHs, der ihre perfekt in eine Hand passenden Brüste bedeckte, und unterhalb des Saumes, der sich eng um ihre Rippen spannte. Eine schwarz-blaue Laufhose schmiegte sich an ihre wohlgeformten Beine und über ihren herzförmigen Hintern, der sofort seine Fantasie anregte. Es mochte ja sein, dass sie auf jemand anderes stand, aber Hudson war weder gefühlskalt noch ein Mönch noch geisteskrank.

»Was machen Sie denn hier?«, fragte sie und wischte sich mit einem kleinen Handtuch über die Stirn, ohne ihn anzusehen.

Er zwang sich, ihr wieder ins Gesicht zu blicken, was aber auch nichts daran änderte, dass ihm das Blut in den Schwanz rauschte. »Ich bringe Frühstück.«

»Ist das von *Grounded Coffee?* Die haben gerade erst eine neue Filiale in der Nähe aufgemacht.« Sie drückte sich das Handtuch an die Brust und beugte sich vor, um an der Schachtel zu schnuppern, einen Ausdruck von Verzückung auf dem Gesicht, die volle Unterlippe zwischen die Zähne gezogen. Offenbar war Zucker eine Versuchung, die stärker war als Felicias Schüchternheit. »Die wollte ich schon immer mal probieren. Ich kann's gar nicht erwarten, mir die zwischen die Zähne zu schieben.«

Nein, er würde jetzt keinen Ständer bekommen bei der Vorstellung, die ihre Bemerkung bei ihm auslöste. Nein. Höchstens vielleicht ein bisschen. Das war völlig okay. *Ja, wenn man vierzehn ist, Idiot. Reiß dich zusammen.*

»Willst du dich damit für gestern Abend entschuldigen?« Sie hob den Blick von der Schachtel und sah ihn an.

Er war völlig gefangen von einem Schweißtropfen, der über ihr Schlüsselbein herablief, um unter ihrem Sport-BH zu verschwinden, und bei ihm allerlei Fantasien auslöste. »Gestern Abend?«, fragte er zerstreut.

»Tu doch nicht so.« Sie schwang das Handtuch über ihre Schulter. Die Hände in die Hüften gestemmt, funkelte sie ihn von unten her an. Ihr Blick hätte mehr Wirkung gehabt, wenn ihre Wangen nicht bereits feuerrot angelaufen gewesen wären. »Du weißt genau, was ich meine. Das darf nicht noch mal passieren.« Die Worte sprudelten aus ihr heraus, als müsste sie sich beeilen, ehe sie den Mut verlor. »Wenn wir hier weitermachen wollen, muss das ablaufen wie bei einem Besuch im Gefängnis. Anfassen verboten.«

»Du hast schon mal jemand im Gefängnis besucht?« Er konnte sich nicht vorstellen, dass die sanft dreinblickende Felicia Hartigan mit ihrer Leidenschaft für Ameisen irgendetwas mit verurteilten Verbrechern zu tun haben könnte.

Es entfuhr ihr ein nervöses Kichern. »Ich habe alle Folgen von *Arrested Development* gesehen.«

Das erklärte alles. »Dann weißt du ja, dass man mit Bananen immer Geld verdienen kann.«

Ihre Mundwinkel zuckten, doch sie unterdrückte das Lächeln, ehe es sich ausdehnen konnte, und ließ ihren Sturkopf die Oberhand gewinnen. »Das muss eine einmalige Sache bleiben.«

»Fandest du den Kuss denn nicht gut?« Er hatte davon eine Erektion bekommen, und sie hatte sich ganz hingebungsvoll an ihn gelehnt. Das würde ganz sicher wieder passieren. Gestern Abend auf dem Heimweg hatte er versucht, sich das auszureden, doch um vier Uhr morgens, mitten in einer der schlimmsten schlaflosen Nächte, die er je erlebt hatte, war ihm klar geworden, dass es für alle Beteiligten nur von Vorteil wäre, wenn Felicia und er sich dieser Leidenschaft hingaben. Es war vollkommen logisch. »Es hat sich aber so angefühlt. Es hat so geklungen, als hätte es dir gefallen.« Das leise Stöhnen hatte sich letzte Nacht in seine feuchten Träume geschlichen.

»Das spielt überhaupt keine Rolle.« Auf ihren Wangen bildeten sich rosa Flecken. »Es darf nicht wieder passieren. Abgemacht?«

Dinge zu versprechen, die er nie im Leben tun würde, das war für ihn schon immer völlig normal gewesen. Und seit er in der Firma die Kundenbetreuung leitete (oder wie er es gern ausdrückte: die Kundenbezirzung), konnte ihn eine charmante kleine Notlüge schon gar nicht mehr aus der Ruhe bringen. »Abgemacht.«

»Gut.« Ihr Lächeln nahm die gesamte untere Hälfte ihres Gesichtes ein, und dass es vorgetäuscht war, bemerkte er nur, weil er ein Mann war, der alle Tricks kannte. »Komm rein. Du kannst mit Honeypot Freundschaft schließen, während ich schnell dusche.«

Er verlagerte sein Gewicht, und sein Reißverschluss bekam mit voller Wucht den Film zu spüren, der in seinem Kopf ablief. »Hört sich gut an.«

Außerdem hätte er einen Moment Zeit, um sich in Erinnerung zu rufen, worum es hier eigentlich ging – nämlich um die Operation *Hey, Tyler, du Blindschleiche, merkst du nicht, wie sexy diese Frau ist?* Alles, was zwischen ihm und Felicia passieren würde – und da würde noch so einiges passieren –, müsste den Charakter einer Fortbildung haben. Nicht von seinem Schwanz diktiert sein. Es durfte auf keinen Fall persönlich werden und musste immer oberflächlich bleiben. Seine Aufgabe bestand darin, seine Mitmenschen glücklich zu machen, damit er weiterhin heimlich zum Malen in seine Hütte fahren konnte. Im Grunde lebte er schon so, seit er denken konnte.

Und dass er körperlich auf Felicias knackigen Allerwertesten reagiert hatte, als er ihr in ihre Wohnung gefolgt war – nun ja, er war eben Künstler, er hatte einen Blick für schöne Details.

Wenn es nach Felicia gegangen wäre, hätte das Wasser aus der Dusche gar nicht kalt genug sein können, als es ihr über das Gesicht und den schweißnassen Körper lief. Erst gestern Abend dieser Kuss, der sie fast um den Verstand gebracht hatte, und jetzt stand Hudson schon wieder hier, in einer Jeans, die sich an seinen Hintern schmiegte, und mit einer Schachtel Gebäck. So was müsste verboten sein. Auf jeden Fall war es nicht fair.

Der Kuss war ein Ausreißer, ein statistisch völlig irrelevantes Ereignis. Er änderte nichts. Sie wollte nach wie vor Tyler. Das hatte sie von Anfang an. In weniger als dreißig Tagen würde sie dieses Ziel erreicht haben. Ablenkung würde nur zu Chaos führen, und sie hatte nichts übrig für Chaos. Ihre Kindheit war so chaotisch gewesen, dass es ihr fürs Leben reichte. Der Hartigan-Clan war ein liebevoller, aber zugleich kompromisslos streitlustiger Haufen. Als schüchternes Mädchen mit einer Vorliebe für Bücher und Insekten – nicht unbedingt in dieser Reihenfolge – war sie damit zuweilen überfordert gewesen.

Erst als Tyler und seine Familie in die Nachbarschaft gezogen waren, hörte sie auf, sich in ihrer Haut unwohl zu fühlen. Er war ihr Traumtyp. Sie waren füreinander bestimmt. Um dieses Experiment erfolgreich abzuschließen, musste sie bloß noch die neue Variable – nämlich Hudson Carlyle – mit einberechnen, damit Tyler endlich kapierte, dass sie mehr war als nur Frankie Hartigans kleine Schwester und das nette Mädchen von nebenan.

Wieder klar im Kopf, wusch sie sich den Acht-Kilometer-Lauf von der Haut, spülte das Zwei-in-eins-Shampoo vom

Kopf und trat aus der Dusche. Sie rubbelte sich die Haare und kämmte sie schnell durch, ehe sie ein altes T-Shirt mit Ameisen-Aufdruck und eine Yogahose griff. Wie angenehm, dass sie im Grunde keinen BH tragen musste. Mit offenen feuchten Haaren eilte sie ins Wohnzimmer, bevor Honeypot die Chance ergriff, das Gebäck zu stibitzen oder sich erneut in Hudson zu verkrallen – beides war absolut denkbar.

In Wahrheit war nichts dergleichen passiert. Hudson hatte es sich unter ihrem Lieblingsgemälde von Hughston in ihrem hellblauen Polstersessel gemütlich gemacht, seine Schuhe lagen auf dem Boden, und Honeypot ruhte zusammengerollt auf seinem Bauch und schnurrte, dass die Wände bebten. *Wie bitte?* Diese Katze tolerierte ihre eigene Besitzerin kaum, und jetzt verbrüderte sie sich mit einem Fremden, der sich einfach so in ihr Leben gedrängt hatte.

»Erzählen Sie mir nicht, dass sich Ihre Wirkung auf das weibliche Geschlecht auch auf Katzen ausdehnt.«

»Was soll ich sagen, die Damen lieben mich.« Er nahm Honeypot hoch und setzte sie auf dem Boden ab – dafür hätte Felicia sofort die Krallen zu spüren bekommen –, um dann aufzustehen und zur Küchentheke zu gehen, wo die Schachtel mit dem Gebäck lag. »Bärentatzen oder Schokocroissant?« Er klappte den Deckel auf und blickte hinein. »Die haben auch noch ein paar andere Sachen dazugepackt. Das da sieht mir nach Quiche Lorraine aus, und das hier dürfte ein Kirschteilchen sein.« Er sah auf. »Ich war mir nicht sicher, was du trinken wolltest, also habe ich grünen Tee, geeisten Kaffee, eine Nuss-Latte und schwarzen Kaffee mitgebracht.«

Wie ging noch dieses alte Zitat? Fürchte die reichen Typen, auch wenn sie Geschenke bringen. Okay, der Satz ging ein bisschen anders, doch im Grunde passte er. Sie witterte eine Falle, aber wie sah die aus? »Was ist das?«

Sein Lächeln war alles andere als beruhigend. »Ein Probe-Date, um herauszufinden, womit ich es zu tun bekomme.«

Die Arme vor der breiten Brust verschränkt, musterte er sie von oben bis unten, von den feuchten Haaren, die ihr am Kopf klebten, über ihr T-Shirt – hätte sie doch bloß einen BH angezogen! – und die Yogahose mit der ausgebleichten Stelle, die sich über einen Oberschenkel zog – ein Wäscheunfall! – bis hinunter zu ihren nicht lackierten Fußnägeln. Tyler hatte sie schon gekannt, als sie noch eine Zahnspange trug und Pickel im Gesicht hatte, es konnte ihn also nicht überraschen, dass sie alles andere als ein Glamourgirl war. Aber das hieß ja nicht, dass sie nicht ein bisschen Umstyling vertragen konnte. Tiere auf Partnersuche taten das dauernd, das hatte Hudson ja gestern so treffend angemerkt.

Obwohl sie längst wusste, wie seine Antwort lauten würde, fragte sie: »Bedeutet das, ich soll mich aufbrezeln?«

»Das ist nur die Glasur auf dem Kuchen.« Ohne den Blick von ihr abzuwenden, griff er in die Schachtel und nahm eine Bärentatze heraus, ehe er ihr den Behälter entgegenschob. »Ich will sehen, was du draufhast.«

Draufhaben? In welcher Hinsicht? Sie nahm das ofenwarme Schokocroissant. »Meinst du Small Talk?«

Oh Gott, bitte, sag Nein. Sie hasste Small Talk. Es fühlte sich immer an, als würde ihr Hirn schmelzen, dann wurde sie nervös, und alles, was aus ihrem Mund kam, hatte mit Ameisen zu tun.

»Klar, lass uns mit Small Talk anfangen.« Lächelnd nahm er einen großen Bissen. »Nur zu. Beeindrucke mich.«

»Okay.« In ihrem Kopf herrschte gähnende Leere, und ihr Puls stieg. Sie sprach dauernd mit anderen. Sie hatte Freunde. Sie war ja keine Einzelgängerin. Trotzdem bekam sie feuchte Hände bei der Vorstellung, jetzt abliefern zu müssen. Sie griff zu dem Becher mit dem Tee. »Ähm ... Wie war dein Tag?«

Er hob die Augenbrauen. »Tja, wenn man bedenkt, dass ich normalerweise samstags nie so früh aufstehe und kein Frühaufsteher bin, dann ganz okay. Und bei dir?«

»Ich bin seit fünf Uhr auf.« Sie biss in das Croissant und konnte mit Müh und Not ein genussvolles Stöhnen unterdrücken, als die köstlich buttrigen Schokoflocken auf ihrer Zunge schmolzen.

»Warum?«, fragte er und schob sich den Rest der Bärentatze in den Mund.

Während sie den nächsten Bissen genoss, überlegte sie, wie sie das Gefühl der Unbesiegbarkeit erklären sollte, das sie morgens empfand. Es war, als wäre die Welt voller Möglichkeiten und sie musste nur zugreifen. So eins mit der Welt fühlte sie sich sonst nie.

»Ich mag die Stadt, wenn sie still ist.« Draußen heulte eine Polizeisirene auf. »Okay, stiller. Ich frühstücke, lese die Zeitung und gehe dann laufen.«

»Jeden Samstag?«

Sie nickte.

Er verzog das Gesicht. »Das klingt ja schrecklich.«

»Absolut nicht. Darauf freue ich mich die ganze Woche.« Sie trank einen Schluck grünen Tee und sog dabei den Jasminduft ein, der aus dem Pappbecher aufstieg. Ihr Blick fiel auf die verfrühte Geburtstagskarte ihrer Mutter, die sie mit einem Magneten an die Kühlschranktür geheftet hatte. *Darum* ging es hier in Wahrheit, nicht um den Genuss süßer Kohlenhydrate. Für Tyler könnte sie ihre angeborene Schüchternheit überwinden und sich aus ihrer Komfortzone wagen. Dazu musste sie aber den Blick fürs Wesentliche behalten. »Wir müssen zum Punkt kommen. Die Uhr tickt, und ich brauche keine Hilfe, um mit Tyler Small Talk zu machen. Ich muss ihn eifersüchtig machen. Gestern Abend habe ich noch lange darüber nachgedacht, was du gesagt hast.«

»Nicht über den Kuss«, sagte Hudson und senkte seinen Blick auf ihren Mund.

Ihre Wangen liefen heiß an. »In der Tierwelt werden auffällige Muster verwendet, um einen Geschlechtspartner anzuziehen. Ein gutes Beispiel dafür ist der Hahnenschweifweber.«

Er sah sie verständnislos an.

Jetzt lass bloß nicht die Streberin raushängen. Oder drück dich wenigstens halbwegs verständlich aus. »Diese bildschönen schwarz gefiederten Vögel leben in Afrika; sie haben orangeweiße Schultern, einen blauen Schnabel und Schwanzfedern, die über einen halben Meter lang sind. Durch die Schwanzfedern sind sie zwar leichte Beute für Raubtiere, andererseits fallen sie damit auch bei der Balz auf.«

»Sie wollen also einen längeren Schwanz?« Er schnappte sich ihren Becher und nahm einen schnellen Schluck von dem Tee. Als die Flüssigkeit seine Zunge benetzte, verzog er das Gesicht. »Igitt. Das Zeug schmeckt ja furchtbar.«

»Das Zeug ist etwas für Kenner«, konterte sie und holte sich ihren Tee zurück. »Was ich meine, ist: Ich bin bereit, mich einem gewissen äußerlichen Umstyling zu unterziehen, um Tyler zu gewinnen.«

»Gut, das ist schon mal ein Anfang.« Er stützte sich mit den Ellbogen auf die Theke und beugte sich so weit vor, dass sie den leichten Moschusduft seines Rasierwassers wahrnahm.

Unwillkürlich blinzelte sie und presste ihre Schenkel zusammen. Verdammte Pheromone.

»Allerdings«, fuhr er fort, »wird eine äußerliche Veränderung nicht reichen.«

»Ich weiß.« Sie nickte zustimmend. Was für eine Erleichterung, dass er ihren brillanten Plan verstanden hatte. Menschliche Interaktion war für sie zwar ein eher ungewohntes Feld, aber mit Experimenten kannte sie sich aus. »Deshalb bist du hier. Um ihn eifersüchtig zu machen.«

»Da bin ich mir nicht so sicher.« Er nahm eine feuchte Haarsträhne und wickelte sie um seinen Finger.

»Es ist der beste Weg.« Mit einem Mut, den sie an sich selbst gar nicht kannte, schlug sie seine Hand weg, befreite sich und trat einen Schritt weg von der Theke. Fünfzig Zentimeter Granit zwischen ihnen waren ihr auf einmal nicht mehr genug. »Du kannst dir nicht vorstellen, wie viele Studien ich gestern Abend gefunden habe, die sich nur damit beschäftigen, was für eine Rolle Neid bei der Partnerwahl spielt.«

»Darüber gibt es Studien?«

»Jede Menge.« Ihre erste Google-Recherche hatte über vierzehn Millionen Treffer angezeigt.

Er stieß sich von der Theke ab und nahm einen der Pappbecher. »Es wird nicht funktionieren.«

Der spöttische Besserwisserblick in seinem gut aussehenden Gesicht, den er ihr beim Trinken über den Becherrand zuwarf, genügte, um sie auf hundertachtzig zu bringen und – oh Moment mal! Jetzt hätte er sie fast drangekriegt. Er wollte sie provozieren. Ihre Brüder hatten das auch immer getan. Sie hatten sie so lange gepiesackt, bis sie sich aus der Reserve locken ließ. Irgendwann hatte sie gelernt, sich nicht mehr reizen zu lassen, und das würde ihr auch bei Hudson gelingen. Sie atmete tief ein und zählte bis drei, ehe sie die Luft wieder ausstieß. Schon viel besser.

»Doch«, widersprach sie im Brustton der Überzeugung. »Ich habe es recherchiert.«

Er trat um die Theke herum auf sie zu, doch sie würde schließlich in ihrer eigenen Wohnung nicht die Flucht ergreifen, bloß weil ihre Libido verrücktspielte. Sein Blick sank auf ihren Mund und dann auf ihre steifen Brustwarzen, die sich unter dem T-Shirt abzeichneten. Mit ihren nassen Haaren musste ihr wohl kühl geworden sein. Fünf nervenaufreibende Sekunden lang stand sie wie gelähmt da, mit vor Erregung prickelnder Haut, während er die Augen wieder zu ihrem Mund hob. Sie wollte nicht noch einen Kuss. Auf keinen Fall. Doch ihre Zunge fuhr von ganz allein heraus und befeuchtete ihre Lippen.

»Und wenn es nicht klappt?« In seiner Stimme lag ein Kratzen, das eben noch nicht da gewesen war.

Die Worte waren ausgesprochen, noch ehe sie darüber nachdenken konnte. »Dann tun wir das, was du willst.«

»Egal was?« Er trat noch einen Schritt näher.

»Solange es im Rahmen bleibt«, erwiderte sie mit zitternder Stimme.

Sie spürte seine Wärme und konnte sehen, dass seine Pupillen geweitet waren. Es juckte sie in den Fingern, ihn zu berühren.

»Einverstanden«, sagte er und streckte den Arm aus.

Sie hielt den Atem an.

Er griff um sie herum und nahm ein Kirschteilchen aus der Schachtel hinter ihr, und sie sog die Lungen voller Luft, während sie ihm beim Abbeißen zusah.

»Noch eins für den Heimweg«, sagte er lächelnd, und seine Stimme hatte wieder den vertrauten spöttischen Unterton. »Um sieben heute Abend komme ich wieder. Zieh irgendwas an, was zu einem sterbenslangweiligen Geschäftsessen passt.«

Sie zwinkerte bei dem Versuch, ihm bei seinem Gedankensprung zu folgen. »Wieso?«

»*Carlyle-Enterprises*-Kundenbespaßung«, sagte er und ging zum Sessel, um seine Schuhe anzuziehen. Als er auf den Ausgang zusteuerte, rieb sich Honeypot an seinen Beinen. »Tyler kommt auch. Es wird die ideale Chance sein, deine Theorie zu überprüfen.«

Felicia eilte zur Tür und nahm die Katze hoch, verzog aber keine Miene, als ihr das undankbare Tier die Krallen in den Arm trieb. »Ich werde Recht behalten.«

Mit einem nachsichtigen Lächeln öffnete er die Tür. »Natürlich.«

Der Kerl war vielleicht nicht übermäßig schlau – jedenfalls hatte er bislang noch nicht viel Intelligenz offenbart –, doch zumindest clever genug, die Tür hinter sich zu schließen, ehe sie ihm eine passende Antwort um die Ohren hauen konnte. Aber das würde sie nachholen. Es würde nur ein paar Stunden dauern, bis sie eine parat hatte. Und sofern er dann überhaupt noch da war, würde sie sie wahrscheinlich doch nicht über die Lippen bringen. Honeypot sprang auf die Theke und von dort aus auf das Fensterbrett, wo sie zu jammern anfing. Dieser Mann. Er hatte sich einfach so in ihr Leben gedrängt, ihre Katze für sich eingenommen und ihre Strategie infrage gestellt. Aber Mr Reich und Sexy würde schon noch sehen, dass er so was von auf dem falschen Dampfer war.

6. KAPITEL

Das kleine Schwarze war keine Option, weil Felicia das erst vor ein paar Tagen bei der Benefizgala getragen hatte. Ein Blick in ihren Minischrank – der so eingerichtet war, dass jeder Winkel optimal ausgenutzt war – offenbarte zwei Alternativen. Die eine war ihr marineblauer Hosenanzug, der sehr geschäftsmäßig aussah. Die andere das anthrazitgraue Etuikleid, das sie vom Hals bis zu den Knien einhüllte. Für die meisten Frauen wäre es ein Minikleid gewesen, doch Felicia müsste Kindergrößen kaufen, um etwas zu finden, das ihr richtig passte. Und das tat sie natürlich nicht. Keines der beiden Outfits war besonders aufregend, aber beide würden gehen. Sie konnte sich nur nicht entscheiden. Daher griff sie zum Telefon und schrieb an die Nummer zwei auf ihrer Liste der Personen, die ihr immer mit Rat und Tat zur Seite standen.

Felicia: *Eins oder zwei?*
Frankie: *Zusammenhang?*
Felicia: *Muss ein Outfit aussuchen.*
Frankie:*???*
Felicia: *Fallon ist übers Wochenende in Las Vegas.*
Frankie: *Ich helfe dir also jetzt mit Klamotten?*
Felicia: *Geht auch Unterwäsche?*
Frankie: *Scheiße nein! Du bist meine Schwester.*
Felicia: *Hose oder Kleid? Eins oder zwei?*
Frankie: *Erzähl das bloß niemand.*

Sie machte schnell ein Foto der beiden Outfits, die auf ihrem Bett lagen, und schickte sie ihm.

Frankie: *Zwei.*
Felicia: *xoxo*
Frankie: *Ernsthaft. Kein Wort. Zu niemand.*
Felicia: *Nur zu den Kollegen von der Feuerwehr.*
Frankie: *…*
Felicia: *Und Fords Polizeikumpel von der Bullenkneipe.*
Frankie: *…*
Felicia: *Kein Stress. Das bleibt unter uns.*
Frankie: *Wehe, wenn nicht. Ist der Typ sexy?*
Felicia: *Gute Nacht, Bruderherz.*
Frankie: *Sag schon, Ameisenfrau.*
Felicia: *Keine Chance. Du quatschst doch alles aus wie Mom.*
Frankie: *Sag Bescheid, wenn ich den Typ vermöbeln soll.*
Felicia: *xoxo*

Nach dieser kleinen Bezeugung von Bruderliebe, getarnt als Angebot, ihr Pseudo-Date zu verprügeln, blieb ihr kaum noch Zeit, das Kleid überzustreifen und in die üblichen schwarzen Pumps mit dem Anderthalb-Zentimeter-Pfennigabsatz zu steigen, ihre Handtasche zu nehmen und ihr Haar zu einem Knoten zu drehen, da gab Honeypot auch schon Hudson-Alarm. Auf dem Weg zur Tür versuchte sie vergeblich, das Tier zum Schweigen zu bringen. Der einäugige Blick des Fellballs gehörte nur dem Mann, der anklopfte. Sie drehte sich so, dass die Katze nicht entwischen konnte, öffnete die Tür und quetschte sich durch den Spalt, um sie gleich wieder hinter sich zu schließen.

Hudson, der neben ihr stand, sah zu, wie sie die beiden Schlösser verriegelte. »Ich glaube, die Katze mag mich.«

»Irgend so etwas wird es sein«, sagte sie vage, weil sie sein Ego nicht noch zusätzlich befeuern wollte. Sie warf ihre Schlüssel in die Handtasche und ging zur Treppe, während Honeypot auf der Fensterbank herzzerreißend miaute.

Zum Glück würde die Katze sofort aufhören, sobald sie außer Sichtweite waren, sonst hätte sich schon längst einmal ein Nachbar beschwert.

»Also, was machen wir jetzt?«, fragte er, als sie den Gehsteig erreichten.

»Wäre das nicht Ihre Aufgabe, das zu entscheiden, Professor Higgins?« Felicia fühlte sich inzwischen immerhin sicher genug in Hudsons Gegenwart, dass sie ihn ein bisschen aufziehen konnte.

Er schüttelte den Kopf und öffnete die hintere Wagentür einer schwarzen Limousine, die vor ihrer Wohnung parkte. »Heute Abend ist dein Experiment. Ich bin nur die Begleitung.«

Beim Einsteigen überlegte sie, dass ihr seine Formulierung nicht gefiel. Es klang, als rechnete er fest damit, dass sie die Sache gegen die Wand fuhr. Hudson stieg nach ihr ein, und der Wagen fühlte sich erstaunlich voll an, als er die Tür zugezogen hatte.

»Direkt zum *Kobe Grill?*«, erkundigte sich der Fahrer.

Hudson verzog das Gesicht. »Wie spät sind wir dran, Linus?«

»Vor einer halben Stunde habe ich Sawyer und Clover abgesetzt.«

Hudson seufzte. »Glauben Sie, die sind inzwischen fertig mit dem Geschäftlichen?«

»Eher nicht«, erwiderte Linus und fädelte in den Verkehr ein.

Von ihrem Platz aus konnte Felicia das Gesicht des Fahrers nicht sehen, doch dank des Rückspiegels blieb ihr nicht verborgen, dass sich ein leichtes Lächeln um seine Augen kräuselte. Erneut überraschte Hudson sie. Dass er mit jemandem, der ganz offensichtlich ein Angestellter von ihm war, so ein lockeres Verhältnis pflegte, hätte sie nicht erwartet. Sie verlagerte ihr Gewicht im Sitzen, als würde das schlechte Gewissen, das sie wegen ihrer Vorurteile ihm gegenüber hatte, sich aufblähen und zwischen sie drängen.

»Ich schätze, wir kommen nicht mehr länger darum herum«, sagte Hudson. »Auf zum siebten Feuer der Hölle. Zumindest wird es was Ordentliches zu trinken geben.«

Hudson zwinkerte ihr zu, doch den Schatten auf seinem sonst immer lächelnden Gesicht konnte er nicht verbergen. Er führte wieder einmal irgendetwas im Schilde. Sie musste herausfinden, was das war – und das würde ihr natürlich auch gelingen. Für ein analytisches Gehirn wie ihres bedeuteten Variablen nur zusätzliche Fragen, für die sie Antworten finden musste. Auf dem Weg zu einer der angesagtesten Viertel von Harbor City etwa zehn Blocks entfernt wälzte sie im Stillen das Problem, fand aber keine Lösung. Als Linus vor dem Restaurant in zweiter Reihe stehen blieb, war sie in etwa so frustriert wie damals als Siebenjährige, als sie vergeblich versucht hatte, den Zauberwürfel zu lösen, den sie bei ihren Eltern in der Garage gefunden hatte.

»Du willst das aber jetzt nicht etwa sabotieren?«, fragte sie, als Linus ausgestiegen war.

»Auf keinen Fall.« Da war wieder das spöttische Lächeln, das jedes Mal seltsame Gefühle in ihrem Bauch auslöste, obwohl sie doch immun sein sollte – schließlich wusste sie, was wirklich hinter dieser Einladung steckte. »Ich bin total in dich verknallt, seit ich dich auf der Benefizgala zum ersten Mal gesehen habe.«

Wenn sie die Augen noch mehr verdreht hätte, wären sie

aus den Höhlen gefallen. »Kein Grund zu übertreiben. Niemand wird die Story von der Liebe auf den ersten Blick glauben. Ich bin mehr etwas für Kenner. Das passt in diesem Fall besser.«

Er wandte sich schnell um, um sie anzusehen. Dabei berührte sein Knie das ihre und jagte einen Schauer durch ihr Bein, bis ganz nach oben in ihren von einem Baumwollschlüpfer verhüllten Schritt. Reflexartig presste sie die Schenkel zusammen. Sein Blick fiel auf ihren Schoß, und für eine Sekunde hätte sie schwören können, dass ihr graues Etuikleid durchsichtig war und er den feuchten Fleck in ihrem rosa gepunkteten Slip sehen konnte. Scheiße. Sie musste dringend neue Batterien für ihren Vibrator besorgen. Das war die einzige Erklärung für die Reaktion ihres Körpers. Dass es immer passierte, wenn Hudson in der Nähe war, war reiner Zufall und hatte keinen ursächlichen Zusammenhang.

Ihre Tür wurde von außen geöffnet, doch sie konnte sich Hudsons schamloser Musterung nicht entziehen.

Irgendwann hob er die Augen wieder zu ihrem Gesicht. »Du kannst dir nicht vorstellen, dass ich mich Hals über Kopf in dich verlieben könnte?«

»Ich weiß es.« Mit aller Kraft klammerte sie sich an diesen Fetzen Gewissheit und den Mut, den sie brauchte, um diesen Abend zu überstehen. »Aber jetzt gehen wir hinein, und du tust einfach das, was du am besten kannst: flirten, bis der Arzt kommt.«

Selbst wenn plötzlich ein psychopathischer Fan wie in *Misery* aufgetaucht wäre und Hudson einen Vorschlaghammer gegen das Knie geschleudert hätte, hätte er nicht so schockiert dreingeblickt wie seine Schwägerin Clover, als er mit Felicia an ihren Tisch trat. Sawyer und Tyler nahmen ihre Ankunft hingegen gar nicht wahr, weil sie viel zu beschäftigt damit waren, die harten Jungs zu geben, die sich finster anstarrten wie zwei Gorillas auf Kriegspfad.

»Hudson«, rief Clover aus und stieß seinem älteren Bruder – ihrem Ehemann – den Ellbogen in die Rippen, »du hast es geschafft.«

Er zuckte mit den Schultern. »Mom redet immer davon, dass ich mehr Interesse an der Firma zeigen soll. Deshalb bin ich hier.«

»Gott sei Dank. Vielleicht kannst du ihn zur Vernunft bringen«, brummte Sawyer.

»Unwahrscheinlich. Dieser Vorschlag ist für meinen Kunden absolut inakzeptabel«, gab Tyler zurück.

Saywer schnaubte. »Was für ein Schwachsinn.«

»Bitte keine Liebeserklärungen in der Öffentlichkeit«, sagte Hudson. »Wie wär's, wenn wir so tun, als wären wir zivilisierte Menschen, um mein Date nicht gleich wieder in die Flucht zu schlagen?«

»Dein Date?«, fragte Clover, und das Funkeln in ihren Augen erinnerte ihn fatal an den Blick seiner Mutter, mit dem sie seinen Bruder immer angesehen hatte, während der Operation *Bringt-Sawyer-unter-die-Haube.*

Einerseits wäre er bei dem Gedanken an Heirat am liebsten sofort davongerannt, andererseits musste er clever vorgehen. Clover konnte ihm heute Abend unabsichtlich dabei helfen, genau das zu erreichen, was er wollte – nämlich einen vorläufigen Waffenstillstand zwischen Sawyer und Tyler, die sich fragen würden, was zwischen Felicia und ihm lief. Dass sich Tyler in eine Art lustgesteuerte Eifersucht treiben ließ, war natürlich nicht zu erwarten. Nicht dass er ihren Plan irgendwie vereiteln wollte, nein. Das hatte sie bereits selbst getan, indem sie sich wie eine unscheinbare Bibliothekarin angezogen hatte und ihren Schwarm mit den Augen fixierte wie ein Hund ein T-Bone-Steak.

»Ich möchte euch Felicia Hartigan vorstellen. Sie ist Myrmekologin im *Harbor City Natural History Museum* und hat sich auf Ameisen spezialisiert. Außerdem hat sie eine einäugige Katze, die mich ins Herz geschlossen hat. Felicia, Tyler kennst du ja. Das hier sind mein Bruder Sawyer – nimm's nicht persönlich, er ist immer schlecht gelaunt – und seine Frau Clover, die ganz offenbar auf Grisgrame steht und außerdem für ihr Leben gern Flohmärkte besucht und alte Dinge restauriert.«

Hudson zog den Stuhl gegenüber von Tyler für Felicia zurück und nahm dann direkt neben ihr am Tisch Platz. Auf diese Weise konnte er ihr Flirtverhalten aus nächster Nähe studieren.

»Myrmekologie?«, fragte Sawyer.

»Ich beschäftige mich mit Honigtopfameisen«, erklärte sie.

»Ich kann nur dringend empfehlen, sie nicht vor dem Essen zu fragen, wie die zu diesem Namen kamen«, sagte Hudson.

»Aufgenommene Nahrung hochzuwürgen, um andere damit zu füttern, ist gar nicht so ungewöhnlich in der Tierwelt«, erläuterte sie und nahm eines der dunklen Roggenbrötchen, die alle anderen bereits auf ihrem Brotteller liegen hatten. »Wenn man sonst verhungern würde, ist doch klar, was man tun würde.«

»Verhungern«, sagten die Männer am Tisch wie aus einem Mund.

»Hören Sie nicht auf sie – die lügen alle«, scherzte Clover. »Erzählen Sie mir mehr darüber.«

Und so ging es den ganzen Abend weiter. Clover und Felicia unterhielten sich über Ameisen, Reisen und Gerichte, von denen er noch nie etwas gehört hatte, während er im passenden Moment nickte und jede Chance wahrnahm, Felicia zu berühren – indem er ihr den Arm um die Schulter legte, eine

Haarsträhne, die sich aus ihrem Knoten gelöst hatte, hinter das Ohr strich oder ihr sogar eine Gabel von seinem Knoblauch-Kartoffelbrei in den Mund schob, weil sie Süßkartoffeln bestellt hatte. Es war nicht übertrieben, aber man konnte nicht übersehen, was seine Absichten gegenüber Felicia waren – es sei denn, man hieß Tyler. Der Mann sah gelegentlich zu ihm herüber, mit leicht fragendem Blick, der aber nicht die geringste Spur von Eifersucht erkennen ließ, und wandte sich dann wieder Sawyer zu, um ihr Gespräch über das Geschäft und die letzten Spiele der *Harbor City Giants* fortzuführen. Felicia wechselte den ganzen Abend keine zwei Worte mit ihm. Wenn man von dem grenzwertigen Schmachtblick absah, den sie ihm zuwarf, wenn sie sich unbeobachtet wähnte, schien sie überhaupt nicht mit ihm kommunizieren zu können. Sie konnte nicht flirten. Überhaupt nicht. Und dass sie sich einerseits an Hudson schmiegte, andererseits aber jedes Mal zusammenzuckte, wenn er sie berührte, war auch nicht unbedingt hilfreich. Wenn sie tatsächlich einen anderen Mann mit ihm eifersüchtig machen wollte, musste sie deutlich mehr Initiative zeigen.

»Wenn ich euch zwei Tickets für das nächste *Giants*-Spiel schenke, hört ihr dann auf, über Baseball zu reden?«

Sawyer und Tyler blickten ihn mit offenen Mündern an.

»Mach keine Witze, Hudson«, sagte Clover lachend. »Diese Play-off-Tickets sind unheimlich schwer zu bekommen. Du willst gar nicht wissen, wie viel Geld er schon für zwei Karten ausgeben wollte.«

Unheimlich schwer? Unmöglich wäre passender. Der Mann, dem er sie abgekauft hatte, hatte praktisch sein letztes Hemd dafür hergegeben – alles, was er selbst tun musste, um sie zu bekommen, war, ein Hemd zu malen. »Ich habe zwei Plätze direkt hinter der Home Plate.«

»Du stehst doch gar nicht auf Baseball«, wunderte sich Sawyer.

»Sagen wir einfach, ich habe Mittel und Wege.« Von denen leider niemand in seiner Familie etwas wusste – und niemals je erfahren durfte, wenn er sie nicht alle enttäuschen und das Andenken an seinen verstorbenen Vater für immer ruinieren wollte. »Es ist das dritte Spiel nächste Woche. Wollt ihr die Tickets oder nicht?«

Sawyer blickte immer noch drein, als müsste er erst noch verarbeiten, dass sein Baseball-hassender kleiner Bruder zwei der begehrtesten Tickets für die Play-offs ergattert hatte. »Aber wie …«

»Hör auf, ihn zu löchern, und sag Ja, Carlyle«, fiel ihm Tyler ins Wort. »Nachgeben ist dir schon immer schwergefallen.«

»Dass ausgerechnet du das sagst, ist zum Totlachen«, gab Sawyer zurück. »Niemand ist so nachtragend wie du. Weißt du noch, damals in der zehnten Klasse, als …«

Die beiden Männer entfernten sich, um alte Highschoolerinnerungen aufleben zu lassen und den Abend im *Giants*-Stadion zu planen. Hudson lehnte sich entspannt zurück und freute sich, dass wenigstens einer seiner Pläne heute Abend aufgegangen war. Als Arthur Graves ihm angeboten hatte, die zwei Tickets gegen eines von Hughstons berühmtesten Gemälden zu tauschen, war ihm sofort der Gedanke gekommen, dass er sie nutzen konnte, um seinen Bruder und Tyler für einen Abend zusammenzubringen. Dass er dazu das erste von Kritikern gelobte Werk, das er unter seinem Pseudonym gefertigt hatte, hergeben musste, war in Ordnung.

»Mal wieder am Strippenziehen?« Clover hatte längst eins und eins zusammengezählt, so wie immer.

Sie hatte als eine der Ersten durchschaut, dass er Sawyer und sie verkuppeln wollte. Es war die ideale Lösung gewesen, um den Carlyle-Clan aus der Trauer um den Vater zu holen, die jeder auf seine Weise durchlebte: Sawyer war immer mehr zum Workaholic geworden, und ihre Mutter hatte sich in die Operation *Bringt-Sawyer-unter-die-Haube* gestürzt, aus panischer Angst davor, dass ihr ältester Sohn allein bleiben und viel zu früh an einem Herzinfarkt sterben würde wie sein Vater.

»Bin nur ein paar Tickets losgeworden, mit denen ich nichts anfangen konnte«, sagte er und wickelte eine Haarsträhne um seinen Finger, die aus Felicias Knoten entwischt war. Das seidige Gefühl linderte den Schmerz in seinem Innern, der ihn jedes Mal erfasste, wenn er an seinen Vater dachte. »Das ist alles. Du kennst mich doch.«

»Eben.« Clovers skeptischer Blick verriet, dass sie ihm kein Wort glaubte.

»Ihr sprecht in Rätseln«, sagte Felicia und sah zwischen Clover und ihm hin und her.

»Clover hält mich für eines ihrer Sanierungsprojekte«, erklärte er.

»Du bist ein verborgener Schatz, und das weißt du auch.«

»Jeder in Harbor City weiß, dass ich reich, gut aussehend und geistreich bin.« Er hob sein Weinglas, um sich selbst zuzuprosten. »Wenn man das als verborgenen Schatz bezeichnen will, von mir aus.«

Clover lachte und ließ sich von Sawyer in sein Gespräch mit Tyler verwickeln – irgendetwas über Australien –, während Hudson sich Felicia zuwandte. Sie nagte an ihrer Unterlippe, als hätte sie nicht gerade erst ein fantastisches Steak gegessen, und ihre schwarz gerahmte Brille konnte nicht verbergen, dass sie besorgt die Stirn runzelte, während sie Tyler ansah.

»Ich begreife nicht, warum das nicht funktioniert«, flüsterte sie.

Weil A plus B nicht notwendigerweise C ergab. Diese Erkenntnis musste eine logisch und linear denkende Person wie sie in den Wahnsinn treiben.

»Ich schon.« Er beugte sich näher zu ihr und sog den fruchtigen Duft ihres Shampoos ein. »Bist du bereit, dich von jetzt an nach meinen Vorgaben zu richten?«

Ein leichter Schauder lief über ihre Schultern. »Werde ich es bereuen?«

»Es wird nur ein klein wenig wehtun«, scherzte er.

»Wir reden später darüber«, schnaubte sie und schob ihn von sich weg.

Und ob sie das tun würden.

7. KAPITEL

Stunden später marschierte Felicia barfuß zwischen ihrer Miniküche und dem entgegengesetzten Ende ihres Wohnzimmers hin und her, während in ihrem Kopf die Gedanken Karussell fuhren. Hudson sah ihr mit belustigter Miene zu. Dieser Mistkerl. Es sollte verboten sein, dass er so dasaß, mit diesem überheblichen, sexy Grinsen im Gesicht, Honeypot schnurrend zu seinen Füßen, während sie sich den Kopf darüber zerbrach, was heute Abend schiefgegangen war.

Sie hasste es, widerlegt zu werden, doch ganz offensichtlich hatte sie etwas übersehen, sonst hätte Tyler sie zumindest mehr als einmal angeschaut. Stattdessen war es die ganze Zeit über nur um Geschäftliches und Baseball gegangen. Nicht dass er unhöflich gewesen wäre – sie hatten sich durchaus ein wenig unterhalten, aber es war bloß dasselbe freundschaftliche Geplänkel wie immer gewesen, nur dass diesmal die Carlyles dabei gewesen waren.

Unvermittelt blieb sie neben ihrer gepolsterten Hockertruhe stehen, die ihr als Couchtisch diente. Das war es. Das war die Variable, die das Experiment zum Scheitern gebracht hatte. Hudson dabeizuhaben war sinnvoll, weil er sie begehrenswerter aussehen ließ, doch Sawyer und Clover – so nett die beiden auch waren – hatten den Ablauf empfindlich gestört. Sie mussten den Versuch einfach bloß wiederholen, ohne die beiden. Dann würde es klappen.

»Wir müssen es noch mal machen, nur ohne Sawyer und

Clover«, sagte sie. Wie beruhigend zu wissen, dass ihr Plan nicht komplett umgeworfen werden musste, sondern lediglich eine minimale Feinjustierung brauchte. Für sie gab es nichts Schlimmeres, als mitten im Experiment noch einmal ganz neu ansetzen zu müssen. Wenn sie sich einmal für eine Strategie entschieden hatte, hielt sie daran fest. »Wenn wir bloß zu dritt sind, wird mein Plan, Tyler eifersüchtig zu machen, voll und ganz aufgehen.«

»Das wird nicht passieren«, erklärte Hudson und ging auf sie zu. »Du warst damit einverstanden, dass wir nach meiner Methode vorgehen, sollte dein Plan nicht funktionieren.«

Er war ihr so nah, dass sie den Kopf in den Nacken legen musste, um ihn anzufunkeln. Das war zwar lästig, aber erst sein Augenzwinkern ließ bei ihr die Sicherung durchbrennen. Wut äußerte sich bei ihr immer darin, dass es in ihrem Bauch flatterte und ihr Atem sich beschleunigte. Das musste der Grund sein, warum sie ihren Puls in den Ohren spürte. Warum sonst sollte sie unter Strom stehen und nicht nur den Moschusduft seines Aftershaves überdeutlich wahrnehmen, sondern auch wie seine muskulöse Brust fast ihr gesamtes Gesichtsfeld ausfüllte? Weil sie ihm am liebsten die Kleidung vom Leib gerissen und an ihm hochgeklettert wäre wie an einem Baum? Das jedenfalls war vollkommen undenkbar. Das hier war eine klassische Kampf-oder-Flucht-Situation, nichts weiter.

Obwohl ihr Nacken allmählich steif wurde, wandte sie den Blick nicht von ihm ab – diese Genugtuung gönnte sie ihm nicht – und wich keinen Millimeter zurück. »Wir müssen es noch mal versuchen.«

»Das werden wir.« Er strich sich eine hellbraune Strähne aus den Augen. »Aber auf meine Weise.«

»Und was würde das bedeuten, abgesehen von einem Umstyling?« Wie geistreich. Aber es fiel ihr einfach schwer zu denken, solange er vor ihr stand, muskulös, sexy und strotzend vor Selbstbewusstsein.

»Du bist schon wieder auf dem Holzweg. Wenn er auf dich abfährt, wird es nicht an deinem Aussehen liegen.« Sein Blick, den er an ihr herabwandern ließ, war förmlich spürbar. »Du bist auch so schon extrem sexy. Das würde auch dieser Idiot bemerken, wenn er einfach mal hinschauen würde.«

Ihre Wangen erhitzten sich bei dem Kompliment, auch wenn es nichts weiter als eine hohle Floskel war. Sie wusste genau, wo sie auf der Rankingliste einzuordnen war, und zwar weit entfernt von »extrem sexy«.

»Ich nehme an, du wirst mir verraten, wie das gehen soll«, gelang es ihr, mit annähernd normaler Stimme zu sagen.

»Sexuelle Anziehung kann man nicht erzwingen.« Als sein Blick sich auf ihren Mund senkte, fingen ihre Lippen an zu prickeln. »Genauso wie man sexuelle Anziehung, die bereits da ist, nicht ignorieren kann.«

Ihr Blick glitt von ihm ab, und sie musste alles geben, um ihn wieder anzusehen. »Da ist keine Anziehung.«

»Oh-oh.« Er nickte und legte ihr die Hände ganz leicht auf die Hüften. »Also wenn ich dich jetzt in diesem Moment küssen würde, würdest du nichts empfinden?«

Er machte erneut »Oh-oh«, während er die Hände an ihre Taille legte und etwas fester zufasste. »Und wenn ich dieses Kleid öffnen würde, das sämtliche Kurven deines Körpers verhüllt?«

Sie schluckte und versuchte, das immer stärker werdende Pulsieren zwischen ihren Schenkeln zu ignorieren. »Nein.«

Zum Glück war sie nicht Pinocchio, sonst hätte ihre Nase ihn längst durchbohrt. Aber jetzt konnte sie nicht mehr zurück.

»Wenn du also wieder dieses leise, süße, begehrliche Stöhnen von dir gibst, dann bilde ich mir das bloß ein?«, fragte er, hob sie hoch und stellte sie auf den Hocker.

Nun konnte sie auf ihn herabsehen. Es waren lediglich ein paar Zentimeter, die sie größer war als er, aber besser als nichts. Die Position eröffnete ihr eine völlig neue Perspektive, einen neuen Blick auf die grünen Sprenkel in seinen braunen Augen und die verblasste Narbe über seiner linken Braue.

»Fünkchen«, sagte er und ließ seine Hände nach unten gleiten, bis sie auf den Hüften lagen und die Fingerspitzen ihren Hintern streiften, »das soll alles nur in meinem Kopf sein?«

»Absolut.« Ihre Stimme war kaum mehr als ein verhauchtes Flüstern.

Die Warnsirenen in ihrem Kopf hatten keinerlei Wirkung auf die Reaktion, die seine Nähe in ihrem Körper auslöste. Ihre Haut prickelte übersensibel. Ihr BH schien plötzlich enger geworden zu sein. Zwischen ihren Beinen sammelte sich warme, lustvolle Feuchte. Und dabei hatte er noch nicht einmal die Finger gerührt oder war einen Schritt näher gekommen. Allein der Gedanke, die Vorstellung, dass er sie küsste, auszog, berührte, ließ sie beinahe explodieren. Und nach dem verheißungsvollen Blick in seinen Augen zu urteilen, wusste er das.

»Du bist eine miserable Lügnerin.« Sein heißer, intensiver Blick konzentrierte sich auf ihren Mund. »Willst du wirklich, dass Tyler auf dich aufmerksam wird?«

Antworten war ihr in diesem Moment völlig unmöglich, und so nickte sie bloß.

Seine Wangenmuskeln spannten sich an, als er die Zähne zusammenbiss. Die Luft um sie herum lud sich auf mit köstlich-gefährlicher Entschlossenheit. Ihr Herzschlag setzte kurz aus, und sie verharrte reglos, mehr als nur ein wenig gespannt auf das, was als Nächstes passieren würde. Doch statt sie an sich zu ziehen und seinen Mund auf ihren zu legen, stieß er einen gequälten Atemzug aus und schloss für eine Sekunde die Augen.

»Dann nutze die Anziehungskraft zwischen uns beiden zu deinem Vorteil, sodass der Nullchecker endlich kapiert, dass du mehr bist als das Mädchen von nebenan, das ihm sein Leben lang nachgelaufen ist.«

Autsch. Der Schlag traf sie an ihrer empfindlichsten Stelle. »Ich bin ihm doch nicht nachge…«

Mit einem Kopfschütteln unterbrach er sie und fuhr dann fort: »Was du bislang getan hast oder nicht, spielt überhaupt keine Rolle, denn von jetzt an wird alles anders sein. Du musst mir bloß glauben, dass ich dir zeigen kann, wie du Mr Ahnungslos von seiner vorgefassten Meinung über dich abbringen kannst. Du hast es nicht nötig, jemandem nachzulaufen.«

Seine Hände lagen immer noch besitzergreifend auf ihren Hüften, dennoch hatte sie keinen Schimmer, was sie sagen oder tun sollte, bis plötzlich eine Idee in ihr Gestalt annahm. Ohne lange nachzudenken, senkte sie den Kopf und legte ihren Mund auf seinen. Hudson zu küssen war wie von einem Kliff ins Meer zu springen – belebend und verrückt zugleich. *Tu das nicht.* Der Gedanke bahnte sich einen Weg in ihr Bewusstsein, doch noch ehe sie danach handeln konnte, hatte seine Zunge vorwitzig und verführerisch ihren Mund erobert, und sie konnte an nichts anderes mehr denken als daran, wie gut sich das anfühlte. Jetzt stand sie komplett unter Strom. Das leise Stöhnen, das an ihr Ohr drang, kam von ihr selbst – und jedes Mal, wenn ihr ein Laut entfuhr, zog er sie enger an sich. Als sie irgendwann so weit war, dass sie nicht mehr wusste, ob sie implodieren oder explodieren wollte, unterbrach er den Kuss und fuhr mit gierigen Lippen an ihrem Kinn entlang.

»Das ist der heißeste Laut, den ich je gehört habe.« Seine Stimme klang rau und gedämpft, denn er sprach an ihrer Haut, während er sich knabbernd und küssend einen Weg zu ihrem Ohr bahnte. »Eines Tages werde ich diesen Laut auf Leinwand bannen, und das Bild werde ich nie verkaufen.«

Viel zu erregt, um seine Worte zu begreifen, ließ Felicia sie einfach unkommentiert im Raum stehen. Stattdessen nahm sie seine Schultern und gab sich dem Verlangen hin, das sie erfasst hatte. Dieser Hudson! Es war unerträglich, wie dieser Mann seine Mitmenschen manipulierte, aber er konnte besser küssen als jeder andere. Völlig gebannt von seinen Lippen auf ihrem Hals, bemerkte sie erst, als ein Luftzug an ihre Schenkel drang, dass er ihr den Rock hochgeschoben hatte.

»Spreiz deine Beine für mich, so weit du kannst«, verlangte er und schob ihren Rock zu einem Stoffring um ihre Hüften zusammen.

Von Zweifeln gehemmt, hielt sie inne. »Ich kann nicht.«

»Warum denn nicht?«

Die Gedanken, die in diesem Moment durch ihren Kopf purzelten, ergaben überhaupt keinen Sinn.

»Ich werde nichts tun, was du nicht willst«, sagte er. »Ich möchte, dass du das weißt.«

Wollen? Sie wollte alles. Obwohl sie wusste, dass Männer wie Hudson Carlyle nicht für Frauen wie sie bestimmt waren – und dass der Mann, der für sie bestimmt war, am anderen Ende der Stadt in seiner Wohnung saß –, wollte sie. So sehr. Sie lockerte den Griff um seine Schultern und spreizte die Beine so weit, wie es der Hocker zuließ. Sofort belohnte er sie, indem er mit den Händen über ihre nackte Haut und unter den Saum ihres Kleides fuhr.

In dem Moment, als er mit dem Daumen über die entblößte, vor Verlangen angeschwollene Stelle im Schnittpunkt ihrer Schenkel rieb, sogen beide gleichzeitig scharf Luft ein. »Kein Höschen?«

Sie stöhnte, während er den Daumen näher an die Stelle brachte, wo sie ihn haben wollte. »Nicht mehr. Habe ich ausgezogen, als wir nach Hause gekommen sind. Oh Gott … ich hasse Unterwäsche.«

»Ich werde mit Vergnügen jeden einzelnen Slip in sämtlichen Läden von Harbor City höchstpersönlich verbrennen, wenn du das willst.«

Sein Lächeln war mehr ein verführerisches Schmunzeln, das sie so zusammenfahren ließ, dass ihr ein weiteres Stöhnen entwich. Sie würde das nicht lange aushalten.

»Ich will nur eins«, sagte sie schwer atmend und korrigierte ihre Position, um ihm leichteren Zugang zu gewähren. »Dass du mich berührst.«

Er wanderte mit dem Daumen ein paar Zentimeter weiter nach außen. »Du brauchst es, was?«

»Gott, ja.« Sie warf den Kopf in den Nacken.

Er zog die Hand zurück, gerade so weit, dass er sie nicht mehr berührte, aber noch nah genug, dass sie immer noch spürte, wie nah er ihrer empfindlichsten Stelle war. »Wie sehr?«

»Willst du mich auf den Arm nehmen?«, fragte sie und schloss frustriert die Augen.

»Nein, ich will dich scharfmachen.« Er knabberte an der Haut über ihrer Halsschlagader und küsste dann die Stelle. »Jedes Mal wenn ich dich hinhalte oder mit Dirty Talk anfange, geht dein Puls schneller.«

»Das ist doch kein Dirty Talk.« *Wie wär's, wenn ich mich ein bisschen am Riemen reiße, statt diesen Mann, der mir komplett den Verstand raubt, anzuflehen, mich zum Orgasmus zu bringen? Toller Plan, Hartigan.*

»Okay, möchtest du damit anfangen?«

»Nur wenn du mir versprichst, es mir so zu besorgen, dass mir am Ende die Worte fehlen.« Den Mumm für einen derartigen Satz musste sie irgendwo ganz tief in ihrem Unterbewusstsein gefunden haben.

Als er kurz erstarrte, fürchtete sie, vielleicht zu weit gegangen zu sein, doch dann bewegte er seinen Mund von der empfindlichen Stelle zwischen Hals und Schulter näher zu ihrem Ohr. »Abgemacht.«

»Lass mich kommen.«

Noch ehe sie etwas anderes sagen konnte, rieb er kreisend mit dem Daumen über ihre geschwollene Klitoris, und sie konnte nichts mehr tun, als darauf zu reagieren, denn er hatte vollkommen recht gehabt. Sein spielerisches Verzögern hatte sie längst an den Rand des Orgasmus gebracht. Ihre Schenkel bebten in gespannter Erwartung all dessen, was dieser Mann zwischen ihnen anstellen würde. Erst ließ er einen, dann zwei Finger über ihre feuchten Hautfalten gleiten, kreisförmig um ihre empfindliche Öffnung, während er gleichzeitig mit dem Daumen ihre Klitoris rieb. Das alles war viel zu viel und doch nicht annähernd genug. Dann schob er beide Finger in sie und erfüllte sie so viel besser als ihr batteriebetriebener Freund. Das Gefühl der Erfülltheit raubte ihr den Atem, und sie fing an, ihr Becken in seinem Rhythmus zu bewegen.

»Ja, genau so, reite meine Hand und lass deine Erregung darauf rinnen, dann kann ich später zu Hause deinen süßen Duft riechen, bevor ich mit meinen Händen meinen steifen Schwanz reibe und mir dabei vorstelle, wie du in diesem Moment aussiehst.«

Er stieß seine Finger in sie hinein, drehte und verwand sie dabei, um jede empfindliche Stelle zu erreichen, doch es musste etwas an dem rauen Ton in seiner Stimme sein, das ihre Schenkel erzittern ließ, während sie sich immer höher schaukelte. Sie war so nah dran, so verdammt nah dran. Nur noch ein bisschen.

»Wie fest du meine Finger zusammendrückst. Ich kann's gar nicht abwarten, den Druck um meinen Schwanz zu spüren, wenn ich dich auf dem Bett vor mir liegen habe, mit gespreizten Beinen, und dich so tief nehme, dass meine Hoden gegen deinen Hintern klatschen.«

Die Vorstellung, wie er über ihr war, das Haar in der Stirn, und sich in sie hineinbohrte, genügte, um ihr den Rest zu geben. Ein erstickter Schrei drang aus ihrer Kehle – war das wirklich sie? –, dann ergab sie sich mit durchgerecktem Rücken dem besten Höhepunkt ihres Lebens, der über sie hinwegfegte wie ein Tsunami.

Als sie schließlich die Augen öffnete, traf sie sein aufgewühlter Blick unerwartet. »Wow. Das war beeindruckend«, sagte er mit stockendem Atem, zog ihren Rock wieder herunter und hob sie vom Hocker.

»Ich kann allein stehen«, behauptete sie, während die Welt um sie herum allmählich wieder Gestalt annahm. Zum Glück glaubte er ihr nicht und zog sie in seine starken Arme.

»Ich weiß«, erwiderte er und roch an ihrem Haar. »Ich halte dich trotzdem.«

Er trug sie hinüber zu dem blauen Sessel, in dem er es sich bequem gemacht hatte, bevor sie vorhin ausgegangen waren, und setzte sie darin ab. Dann trat er ein paar Schritte zurück, wobei er seine Finger streckte und wieder zu Fäusten schloss, als wollte er seine Hände auf eine bestimmte Übung vorbereiten. Sie zermarterte sich das Hirn nach irgendetwas Perversem, was sie auf keinen Fall mitmachen würde, doch nach diesem Orgasmus fiel ihr nichts mehr ein. Was auch immer Hudson vorhatte, sie konnte sich nicht vorstellen, dass es sich nicht gut anfühlen würde.

»Du hast nicht ganz unrecht.« Er machte noch ein paar Schritte von ihr weg in Richtung der Ausgangstür. »Tyler eifersüchtig machen ist kein schlechter Plan. Aber es wird erst funktionieren, wenn wir ihm die echte Felicia zeigen können. Dieser Ausdruck in deinem Gesicht, mit vom Küssen geschwollenen Lippen und rosige Wangen von einem Orgasmus, der alle Nachbarn aufgeweckt hat? Das ist die Felicia, die er sehen muss, wenn er glauben soll, dass wir wirklich ein Paar sind, und zugleich kapieren soll, was für ein Idiot er ist, dass er dich all die Jahre nicht wahrgenommen hat. Andererseits verstehe ich sowieso nicht, wie ihm das alles entgehen konnte.«

Es dauerte eine Sekunde, doch dann traf sie die Erkenntnis wie ein Hammerschlag. Was für eine Demütigung! Ihre Wangen brannten ebenso wie die Wut in ihrem Bauch. »Du wolltest damit also bloß etwas beweisen?«

»Nimm es einfach als Lektion zwei in Verführung«, sagte er leichthin, wenn auch mit einem bittersüßen Unterton. »Es geht immer darum, den Leuten ein gutes Gefühl zu geben.«

Trotz allem musste sie zugeben, dass er das geschafft hatte – zumindest für ungefähr zweiundvierzig Sekunden, denn dann fiel ihr wieder ein, wie es zwischen ihnen stand und warum er heute Abend überhaupt bei ihr zu Hause war. Was gerade geschehen war, war nicht real. Wie immer bei Hudson ging es nur um die Show. Wie hatte sie das bloß vergessen können? Sie schnellte aus dem Sessel hoch, drauf und dran, ihn zur Tür hinauszuschieben, ehe der Kloß in ihrem Hals jedes weitere Wort erstickte.

Mit funkelndem Blick stürmte sie auf ihn zu. »Du bist ein Arschloch.«

»Das stimmt, aber das wird dir niemand glauben.« Er blieb vor der Tür stehen. »Alle wissen, dass ich der charmante Carlyle bin. Das Arschloch ist mein Bruder.«

Mann, da irrten die Leute sich aber gewaltig. »Wie hast du das bloß hinbekommen?«

Seine Hand auf der Klinke erstarrte und seine Wangenmuskeln spannten sich an, nur für einen kurzen Augenblick, der allerdings genügte, um in Felicia ein ganz leichtes schlechtes Gewissen auszulösen. Dann schob er die Bolzen der Sicherheitsschlösser zur Seite und wandte sich mit seinem typischen – und, wie sie inzwischen glaubte, aufgesetzten – verschmitzten Lächeln zu ihr um.

»Als Erstes lösen wir dein Problem mit Tyler«, erwiderte er. »Und dann weihe ich dich vielleicht in mein Geheimnis ein.« Er öffnete die Tür und war schon fast draußen, als er noch einmal stehen blieb und sich umdrehte. »Bis dann.«

Ein Augenzwinkern, dann war er weg. Felicia blieb nichts anderes übrig, als auf die Tür zu starren und sich zu fragen, wann sie die Kontrolle über ihr bislang eher enthaltsames Leben verloren hatte. Und zum ersten Mal keimten Zweifel in ihr, ob sie den Mann, von dem sie seit der Kindheit träumte, wirklich haben wollte.

8. KAPITEL

Die Firmenkantine von *Carlyle Enterprises* befand sich im fünften Stock des *Carlyle Tower* und war wie das übrige Gebäude modern und schlicht ausgestattet. Geführt wurde sie von einer gestreng-gütigen Diktatorin, die es sich zum Ziel gesetzt hatte, etwas Besonderes daraus zu machen. Sawyer leitete den Rest der Firma, doch der fünfte Stock gehörte Mrs – Vorname unbekannt – Esposito. Klein, rundlich, Ende sechzig, stand sie einer Küche vor, die Hunderte von Angestellten mit eisernem Löffel fütterte. Vor Felicia war Mrs Esposito Hudsons härteste Nuss gewesen. Er hatte eine ganze Woche gebraucht, um sie für sich zu gewinnen.

Es war mindestens eine halbe Stunde her, dass die letzten Mittagsgäste in ihre Büros zurückgekehrt waren, als er auf die beinahe verwaiste Essensausgabe zuschlenderte. Dahinter stand Mrs Esposito in blütenweißer Schürze und ihrem üblichen Outfit, das aus schwarzer langärmliger Bluse und Hose bestand. Die digitale Anzeige über ihrem Kopf verkündete das heutige Spezialangebot – gefüllte Manicotti, gedämpfte Karotten, dazu Baguette und einen Haferkeks.

»Sie schon wieder.« Sie musterte ihn von oben bis unten. Die Nachmittagssonne, die durch die Panoramafenster hereinschien, ließ ihr graues Haar unter ihrem Haarnetz wie Stahl schimmern. »Sie sind immer noch zu dünn. Ich lege Ihnen Extrakekse auf den Teller, aber nicht anrühren, ehe nicht die Karotten aufgegessen sind.«

»Ich habe heute keine Zeit zum Mittagessen, Mrs Esposito«, wehrte er ab, inspizierte aber die süße Auslage hinter der Vitrine eingehend. »Gegen Kekse habe ich allerdings natürlich nichts einzuwenden.«

»Unfassbar.« Sie griff nach einer Gebäckzange und öffnete mit der anderen Hand gleichzeitig die Vitrine. »Ich werde die Presse informieren.«

Er sah zu, wie sie zwei Kekse in eine Papiertasche mit dem Firmenlogo schob. »Wenn ich es nicht besser wüsste, würde ich sagen, Sie wollen mir Honig ums Maul schmieren.«

Eine ihrer kohlrabenschwarzen, mit Kajal nachgezogenen Augenbrauen schoss nach oben, und sie behielt die Kekse in der Hand. »Wie weit sind Sie mit Ihrem Plan, Sawyer und seinen besten Freund zu versöhnen?«

Wie bitte …?

Wie er es hinbekam, dass ihm die Kinnlade nicht bis zum Boden fiel, war ihm ein Rätsel. Doch er sollte sich nicht wundern. Die Frau wusste besser Bescheid darüber, was im *Carlyle Tower* – und bei den Menschen, die dort arbeiteten – ablief, als jeder andere.

»Gibt es eigentlich irgendetwas, das Sie nicht wissen?«

»Die Lottozahlen von nächster Woche. Aber sonst?« Sie schnitt eine Grimasse und zuckte mit den Schultern. »Nein. Außerdem war Ihre Mutter Freitagmorgen auf eine fettfreie Sojamilch-Latte hier.«

Das erklärte alles. Mom und Mrs Esposito hatten sich zum Austausch von Geheiminformationen getroffen. Wenn diese beiden sich auf professioneller Ebene zusammentun würden – es war gar nicht auszudenken, was sie alles zuwege bringen könnten. Eine beängstigende Vorstellung. Er schnappte ihr die Tüte mit den Keksen aus der Hand und nahm einen heraus, um ihn in zwei Stücke zu brechen und ihr eines davon zu reichen. Sie nahm es entgegen und schenkte zwei Gläser Milch ein, von denen sie ihm eines über die Theke zuschob.

Er tauchte seinen Keks ein und biss ab. »Dann haben Sie also das Wochenende damit verbracht, darüber nachzudenken, wie weit ich in zwei kurzen Tagen mit meinen Bemühungen gekommen bin?«

»Dazu hatte ich Zeit, während ich die Fugen in meiner Dusche geschrubbt habe«, erwiderte sie und nahm ihrerseits einen Bissen.

»Ich weiß, dass Sawyer einmal die Woche einen Reinigungstrupp zu Ihnen schickt«, sagte er. Mrs Esposito sollte nicht mehr putzen, schon gar nicht auf glatten Böden. Sawyer und er hatten außerdem dafür gesorgt, dass sie im *Carlyle Tower* nur noch Aufsicht führte. »Das müssen Sie doch nicht tun.«

Sie schnaubte unverbindlich und biss wieder in den Keks. »Myron sagt, dass ich nicht mehr arbeiten muss. Wir könnten auch so unsere Rechnungen bezahlen. Trotzdem stehe ich hier.«

»Die Kantine wäre nicht dasselbe ohne Sie«, schmeichelte er ihr und legte seinen gesamten Carlyle-Charme in seine Worte.

»Schluss mit der Süßholzraspelei«, wehrte sie ab, schien dabei aber zwei Zentimeter zu wachsen. »Was gibt's Neues?«

Er überlegte, ob er ihr die Version des Plans unterbreiten sollte, von der seine Mutter glaubte, dass er ihn verfolgte. Andererseits war es unklug, sie anzulügen, denn niemand eignete sich als Mitwisserin so gut wie sie. Und so schilderte er ihr in kurzen Umrissen seinen kongenialen Plan: Tyler sollte sich in Felicia verlieben, damit sie kapierte, dass sie ihn eigentlich gar nicht wollte. Dass er hoffte, selbst bei ihr zu landen, verschwieg er jedoch. Es sollte ja nichts Ernstes sein, er wollte sie einfach nur malen und dann vergessen. Er erzählte auch von dem Deal mit Felicia und ihrem gemeinsamen Abendessen am Vortag. Was danach passiert war – und dass es ihm die ganze Nacht und den Rest des Wochenendes auf Trab gehalten hatte –, behielt er für sich.

Mrs Esposito wischte die Kekskrümel in ihre Hand und ließ sie in einen Mülleimer fallen. Dann stellte sie die leeren Milchgläser auf einen Rollwagen mit einem Geschirrkorb, den eine ihrer Küchenhilfen später in die Spülmaschine schieben würde. Nachdem sie alles in Ordnung gebracht hatte, wandte sie sich wieder ihm zu, und der prüfende Ausdruck in ihrem Gesicht konnte bloß bedeuten, dass er irgendetwas vergessen oder vielleicht auch zu viel gesagt hatte.

»Verstehe. Sie wollen also diese Felicia davon überzeugen, dass Tyler doch nicht der Richtige für sie ist. Und das soll dann dazu beitragen, ihn mit Ihrem Bruder zu versöhnen?«, fragte sie.

»Das ist gar nicht der Sinn der Sache. Sie ist einfach nicht die Richtige für ihn. Allerdings kenne ich eine Frau, die perfekt zu ihm passen würde.« Wenn irgendjemand mit Tyler zurechtkäme, dann Everly. »Ich will Felicia einfach nur die Augen öffnen. Aus Liebe tun die Menschen die verrücktesten Dinge, nicht wahr?« Aus Liebe wurden Kriege geführt und Kunstwerke erschaffen. Wegen der Liebe drehte sich die Welt.

Sie hob die Brauen. »Das wissen Sie aus eigener Erfahrung, was?«

»Nur weil Sie immer wieder meine Heiratsanträge ablehnen«, sagte er in dem scherzhaften Ton, den er immer anschlug, wenn sein wahres Ich durch die Hudson-Carlyle-Fassade zu dringen drohte.

»Ich bin schon verheiratet«, erwiderte sie schmunzelnd. »Und selbst wenn ich Single wäre – Sie könnten mich nicht bändigen.«

»Das ist wohl wahr, Mrs Esposito.« Er zwinkerte ihr zu und nahm den verbliebenen Keks. »Und jetzt gehe ich zu Sawyer, um zu sehen, ob zwei *Giants*-Tickets den Versöhnungsprozess nicht rasant beschleunigen können.«

»Brauchen Sie eine Wegbeschreibung?«, zog sie ihn auf. »Ich könnte Ihnen den Weg aufmalen.«

»Sie machen mich fertig, Mrs Esposito«, sagte er lachend und ging los. »Danke für die Kekse.«

Im Aufzug, auf dem Weg zu Sawyers Büro im fünfunddreißigsten Stock, verschlang er den Keks, als könnte er damit das Monster beschwichtigen, das in seinem Magen mit jeder Etage wilder wurde. Gott, er hasste dieses Gebäude. Oder nein. Es war nicht das Gebäude, es waren die Erwartungen, die damit einhergingen. Sawyer hatte von klein auf mit Block und Stiften gespielt und Tabellen gekritzelt. Hudson hatte das Papier liegen lassen und stattdessen die Wände bemalt. Zeit seines Lebens hatte er zwei Dinge immer für unverrückbar gehalten – erstens, seine Familie liebte ihn; zweitens, außerhalb des *Carlyle Tower* gab es keine beruflichen Perspektiven für ihn. Oh, er hatte sich dagegen gewehrt, doch der Name Carlyle hatte seinen Preis. Und so hatte er irgendwann angefangen, ausgerechnet die Menschen zu belügen, die die Wahrheit am meisten verdienten. So war es gekommen, dass er ein Büro auf dem gleichen Flur hatte wie Sawyer, aber nur einmal im Vierteljahr vorbeikam. Wenn er nicht in seinem geheimen Atelier auf dem Land malte, verbrachte er seine Zeit damit, die Gattinnen von Geschäftspartnern auszuführen, während Sawyer Verhandlungen führte, und insgeheim die Stunden zu zählen, bis er den Pinsel wieder in die Hand nehmen konnte.

Die Aufzugtür öffnete sich, und im Hinaustreten schob er diese Gedanken beiseite und entspannte seine Schultern. Sawyers Chefsekretärin Amara Grant saß hinter ihrem Schreibtisch.

»Tag, Hudson«, begrüßte sie ihn, ohne das Getippe auf ihrer

Tastatur auch nur für den Bruchteil einer Sekunde zu unterbrechen.

Wenn Multitasking eine olympische Disziplin wäre, wäre Amara nicht nur Goldmedaillengewinnerin, sondern einsame Rekordhalterin.

»Hallo«, erwiderte er und betrat die offene Empfangshalle, die Amaras Reich war. »Was machen die Kinder?«

»Jaden wurde gerade ins Elite-Basketballteam der Schule und in die Liste der besten Schüler aufgenommen«, erzählte sie, ohne im Tippen innezuhalten. »Kai hat die Taekwondo-Meisterschaft gewonnen und beschlossen, die jüngste schwarze US-Präsidentin zu werden.«

»Sie lassen es also wie immer locker angehen.«

Amara lachte. »Wollen Sie zu Ihrem Bruder? Clover ist hier, aber die Tür ist unverschlossen, Sie können also gefahrlos reingehen.«

Er ächzte hörbar. Diese Anspielung hätte er jetzt nicht gebraucht.

Amaras Finger hielten inne, und sie warf ihm ein spitzbübisches Lächeln zu. »Dafür bin ich doch da.«

Ihr Schmunzeln, untermalt vom Getippe ihrer Tastatur, begleitete ihn durch die schwere Doppeltür hinter ihrem Schreibtisch bis in das Büro seines Bruders. Sawyer und Clover saßen nebeneinander am Besprechungstisch und hatten Arbeitsblätter voller Zahlen und Kalkulationen vor sich liegen.

»Arbeitet ihr wieder mal daran, die Welt zu erobern?«

Clover blickte lächelnd über die Schulter. »Warum nur die Welt? Das ganze Universum.«

»Du müsstest bloß ein paar Aliens bezirzen«, sagte Sawyer.

»Kein Problem.« Er zog die *Giants*-Tickets aus der Innentasche seines Jacketts und hielt sie ihm hin. »Hier. Für dich und Tyler.«

Sawyers Gesicht hellte sich auf, und er nahm die Karten entgegen, als wären es Miniatur-Rembrandts. »Wie bist du nur daran gekommen?«, fragte er. »Ich hatte keine Chance, da konnte ich so viel bieten, wie ich wollte.«

»Ich habe Mittel und Wege.« Die er seinem Bruder aber nicht verraten würde.

Einmal hatte Hudson bei einer Familienzusammenkunft seine heimliche Malerei erwähnt. Sechs Monate später war sein Vater an den Folgen eines schweren Herzinfarkts gestorben. Den Ärzten zufolge war Carlyle senior kerngesund gewesen; Tatsache war, dass seine Kurzatmigkeit und das taube Gefühl in den Händen erste Anzeichen für Herzprobleme gewesen waren.

»Danke.« Sawyer ging zum Schreibtisch und legte die Tickets in die oberste Schublade.

»Eine Bedingung gibt es.« Hudson setzte sich auf den Besucherstuhl, der vor dem Schreibtisch stand. »Du musst Tyler mitnehmen.«

Sein Bruder funkelte ihn an und nahm eines der Tickets. »Hier. Das zweite kannst du wieder mitnehmen.«

»Nein.« Hudson schüttelte den Kopf. Er hatte eines seiner Lieblingsgemälde dafür hergegeben, außerdem würde er sich diesen kleinen Sieg nicht entgehen lassen, nur weil sein Bruder ein Sturkopf war. Doch er hatte noch ein Ass im Ärmel. »Tyler hat in ganz Asien Kontakte geknüpft und führt mit einigen der größten Firmen dort Beratungsgespräche. Im Augenblick ist das für *Carlyle Enterprises* der größte Wachstumsmarkt. Kindische Highschoolfehden wie eure können wir uns nicht leisten.«

Ein sarkastisches Lächeln erschien auf Sawyers Gesicht. »Mom wäre stolz auf dich. Kehrt der verlorene Sohn endlich heim in den Schoß des Familienunternehmens?« Kopfschüttelnd wandte er sich an Clover. »Weißt du, im College wollte er dem Ganzen hier den Rücken kehren.« Dann sah er wieder Hudson an. »Was war es noch? Malerei? Fotografie?«

Ein Stich traf Hudson in der Magengrube, aber es gelang ihm, äußerlich gelassen zu bleiben. »Malerei.«

»Stimmt«, sagte Sawyer. »Dein Talent, Leute um den Finger zu wickeln, wäre wirklich ein Verlust für diese Firma.«

»Vor allem wenn Sawyer diese Aufgabe übernehmen müsste«, verpackte Clover die Wahrheit in einen Scherz und nahm dann Hudson ins Visier. »Ich wusste gar nicht, dass du malst.« Ihr entging wirklich nichts.

»Gemalt hast«, korrigierte Sawyer, sodass Hudson, statt zu antworten, sich darauf beschränken konnte, so zu tun, als wäre das so auch völlig in Ordnung. »Er hat noch im College damit aufgehört, nachdem Dad komplett ausgerastet war.«

»Warum?«, fragte sie.

Das war genau die Frage, auf die er nie eine befriedigende Antwort bekommen hatte. Also hatte er, statt auf Konfrontationskurs zu gehen, ein Alter Ego entwickelt, das ihm immer mehr zur Bürde wurde. Das Bedürfnis, ihnen die Wahrheit zu offenbaren, war so intensiv, dass es ihm fast körperliche Schmerzen bereitete. Die Worte formten sich bereits in seinem Kopf, als er bemerkte, dass Clover ganz blass geworden war und die Lippen zusammenpresste.

»Alles in Ordnung?«, erkundigte er sich und verwarf sofort den Plan, sich hier und jetzt als Hughston zu outen.

»Mir geht's gut. Das ist nur ein kleiner Anfall von Morgenübelkeit«, erklärte sie und rieb sich kreisförmig über den Bauch. »Das geht vorbei. Wie immer.«

»Du bist schwanger?«

Sawyer lachte und zog einen Stuhl für seine Frau heran. »Richtig geraten! Selbst ich hätte diesen Zusammenhang klar und deutlich erkannt, obwohl ich mich sonst überhaupt nicht mit so was auskenne.«

»Wir wissen es erst seit Kurzem«, warf Clover ein, »und wir wollen lieber noch ein paar Wochen warten, bevor wir es allen sagen. Ich kenne so viele, die Fehlgeburten hatten.«

Es dauerte einen Augenblick, bis er begriffen hatte, was sie da sagte. »Kann ich irgendetwas tun?«

»Du kannst uns gratulieren.« Clover lächelte, und ihr Gesicht nahm wieder Farbe an.

»Und uns eine komplikationsfreie und ruhige Schwangerschaft wünschen«, fügte Sawyer hinzu und sah so liebevoll auf seine Frau herab, dass es Hudson richtig mulmig wurde.

Verdammt. Alte Wunden wieder aufzureißen, indem er sein Doppelleben offenbarte, würde nicht dazu beitragen, dass Clovers Schwangerschaft ohne Komplikationen verlief. Er schwor sich insgeheim, nichts zu sagen. Und waren das nicht großartige Neuigkeiten? War es nicht wunderbar, eine neue Generation in der Familie zu begrüßen?

»Herzlichen Glückwunsch«, sagte er, umarmte Clover und klatschte ein High Five mit seinem Bruder. »Das sind großartige Neuigkeiten.«

»Versprich uns bitte eines.« Clovers Stimme klang gedämpft, weil sie in Hudsons Schulter sprach. »Wir wollen es Helene selbst sagen, aber erst in ein paar Wochen.«

»Euer Geheimnis ist bei mir sicher«, versicherte Hudson ihnen. Vermutlich wusste Mom ohnehin längst Bescheid. Der Summton seines Handys ersparte ihm weitere Ausführungen. »Tut mir leid, aber ich muss das beantworten.«

Er zog sein Telefon aus der vorderen Hosentasche und wischte mit dem Daumen über das Display.

__Felicia:__ OMG, Tyler hat sich gerade bei mir gemeldet und jetzt haben wir ein Date. Damit hast du dich offiziell geirrt wegen gestern Abend.

Hudson las die Nachricht erneut, doch auch beim zweiten Mal ergab sie keinen Sinn.

Hudson: *Was habt ihr denn für ein Date?*
Felicia: *Zum Kaffeetrinken.*

Sawyer und Clover widmeten sich wieder ihren Tabellen, aber seine Schwägerin sah immer wieder zu ihm herüber. Er versuchte, ihren durchdringenden Blick möglichst zu ignorieren, und konzentrierte sich auf sein Handy.

Hudson: *Wo? Wann?*
Felicia: *In einem Café hier in der Nähe. Bald.*
Hudson: *Bisschen genauer bitte?*
Hudson: *?*
Felicia: *Also gut. In der Museumscafeteria in einer halben Stunde.*

Offenbar vertraute sie ihm inzwischen so weit, dass sie ihr verborgenes Temperament freiließ. Er konnte förmlich hören, wie sie verärgert schnaubte.

Hudson: *Hat er »Date« gesagt?*
Felicia: *Er hat gesagt, er wollte sich kurz mit mir unterhalten.*

Netter Versuch, Fünkchen, aber da brennt noch lange kein Feuer. Das enge Gefühl in seiner Brust löste sich.

Hudson: *1. Ich habe mich nicht geirrt. 2. Es ist kein Date, das heißt aber nicht, dass du nicht flirten darfst. Pass nur auf, dass du nicht als Stalkerin rüberkommst. 3. Denk an die Lektion von gestern Abend: Verführung lässt sich nicht erzwingen.*

Er starrte auf das Display und wartete auf die drei Pünktchen, die ihm anzeigen würden, dass sie etwas schrieb. Doch es passierte nichts. Bestimmt verfluchte sie ihn jetzt gerade dafür, dass er auf ihren lautstarken Orgasmus anspielte. Aber das war okay. Damit konnte er umgehen. Am besten unter vier Augen mit ihr.

»Was auch immer das war«, bemerkte Clover und lenkte ihn vom Handy ab. »Es hat dich zum Lächeln gebracht.«

Aus alter Gewohnheit drehte er das Telefon um. »Nur ein kleines Projekt, an dem ich arbeite.«

»Noch ein heimliches?«, fragte Sawyer.

Mit einem leichten Lächeln zuckte er die Schultern. »Sind meine Projekte denn nicht alle heimlich?«

Wieder vibrierte sein Handy, und er blickte auf das Display. Was würde sie ihm wohl nun für Beleidigungen an den Kopf werfen?

Felicia: *Du bist schlimm.*

Er fügte der *Was Felicia noch lernen muss*-Liste den Punkt *jemanden beleidigen* hinzu. Dafür, dass sie das jüngste von sieben Geschwistern war, war sie darin erstaunlich schlecht.

Hudson: *Liebe Grüße zurück.*

Im Aufstehen steckte er das Handy in die vordere Hosentasche und wappnete sich gegen die Fragen, die jetzt zweifellos kommen würden. Seine Familie war neugierig und mischte sich in alles ein – nicht, dass er da eine Ausnahme bildete.

»War das die Frau von neulich Abend? Felicia?«, wollte Clover wissen, auch schon ganz der Familientradition verpflichtet. »Ich fand sie nett.«

Genau wie er. Er fand es besonders nett, wie sie mit seinen Fingern gekommen war. Sein Schwanz war tagelang eifersüchtig gewesen. Der laszive Ausdruck auf ihrem Gesicht, wie sie ihre Unterlippe zwischen die Zähne genommen und sich einfach hingegeben hatte, wie sie ihre Beine gespreizt hatte, damit er sie besser erreichte, all das hatte ihn das ganze Wochenende über verfolgt, und er hatte sich öfter selbstbefriedigt, als es für einen dreißigjährigen Mann mit gesundem und erfülltem Sexleben – zumindest bis vor einer Woche – gut sein konnte.

»Es ist nichts Ernstes«, sagte Hudson. »Das ist es bei mir doch nie.«

Immerhin würde sie nun mit diesem Trottel Tyler Jacobson Kaffee trinken. Wahrscheinlich hatte sie gestern Abend dessen Bild vor Augen gehabt, als er sie zum Orgasmus brachte. Er knirschte mit den Zähnen, während sich ein Knoten in seinem Magen bildete, einer von der Sorte aus elektrischem Stacheldraht und giftigem Blei – aber nicht, weil ihm das Ganze etwas bedeutete. Nein. Felicia brauchte seine Hilfe, sie war nicht mehr als ein Projekt, das noch nicht bereit für die Öffentlichkeit war. Sie war eine leere Leinwand. Mehr nicht.

»Schade.« Clovers Tonfall war ein bisschen zu beiläufig, um glaubwürdig zu wirken.

»Mach dir keine Sorgen um mich, ich komme schon klar.« Stets auf der Hut, da sie ihn immer etwas besser durchschaute als seine Mutter oder Sawyer, bedachte Hudson sie mit seinem patentierten Unschuldsblick, ehe er sich wieder an seinen Bruder wandte. »Also, Sawyer, kann ich mich darauf verlassen, dass du es nicht versaust, wenn du mit Tyler allein ins Stadion gehst, oder soll ich ein drittes Ticket besorgen, damit Clover auf euch aufpassen kann?«

»Oh nein.« Sie hob die Hände, um zu protestieren. »Das kannst du nicht von mir verlangen. Meine Ohren summen immer noch von dem ganzen Baseballgeschwätz neulich im Restaurant.«

»Dann bist du wohl auf dich gestellt, Bruderherz.«

»Toll«, murmelte Sawyer. »Das wird so spannend wie ein Flohmarktbesuch.«

»Hey«, protestierte Clover. Ihre Liebe zu Antiquitäten und Secondhand-Möbeln war legendär geworden, seit sie Sawyer einmal über den Tisch gezogen hatte – das war noch niemandem in der Familie passiert. »Du gehst doch jetzt mit Vergnügen hin.«

»Nein«, sagte Sawyer mit vielsagendem Grinsen. »Mit Vergnügen betrachte ich deinen Hintern, wenn du auf der Suche nach Schnäppchen bist.«

Clover verdrehte die Augen und schüttelte den Kopf. Dann sah sie Hudson an. »Kannst du deinen Bruder nicht zur Vernunft bringen?«

Er zuckte die Schultern. »Das versuche ich schon mein Leben lang. Hoffnungslos.«

Sawyer zerknüllte ein Blatt Papier vom Besprechungstisch und warf es nach Hudson, der sich erfolgreich wegduckte. Dann beugte er sich vor und flüsterte seiner Frau etwas ins Ohr, woraufhin sich ihre Pupillen weiteten und ihre Wangen erröteten. Hudson beschloss, dass sein Auftrag hiermit beendet sei, und verließ das Büro, ehe die beiden noch unerträglicher wurden. Er schaffte es, im Aufzug bis in den neunundvierzigsten Stock zu fahren, bevor er sein Handy herausholte und Felicia per SMS nach dem neuesten Stand fragte.

9. KAPITEL

Felicia nahm einen Schluck Tee aus ihrem Becher mit der Aufschrift *Ameisen rocken* und strich sich die losen Haare, die sich aus ihrem Pferdeschwanz gelöst hatten, hinter die Ohren. Zum etwa fünfzigsten Mal in den letzten fünfunddreißig Sekunden blickte sie auf die Uhr auf ihrem Handy. Allmählich fing ihre Unterlippe an zu pulsieren, weil sie so heftig daran nagte, und wenn sich ihr Herzschlag weiter beschleunigte, würde sie auf dem Weg zur Cafeteria in Ohnmacht fallen. Das Schlimmste aber war, dass sie immer noch fünf Minuten warten musste, ehe sie hinuntergehen konnte.

Hudson zufolge durfte sie nicht zu früh auftauchen. Pünktlich kommen war okay, aber zu früh am Tisch sitzen, womöglich schon mit Getränken für beide, das ging gar nicht. Was sich für sie nach Effizienz anhörte, nannte er – sie scrollte durch die Nachrichten der letzten zehn Minuten – »Hardcore-Stalking«.

Warum kam er nur immer wieder mit diesem Ausdruck? Sie war doch keine Stalkerin. Natürlich wusste sie, was Tyler zu trinken bestellen würde. Sie kannten sich einfach schon seit über fünfzehn Jahren. War doch egal, dass er bloß ihren Bruder besucht hatte; sie hatte dann immer den Kopf in Frankies Zimmer gesteckt, um Hallo zu sagen, und vergeblich einen Grund gesucht, sich zu ihnen zu setzen. Ach, egal, sie würde es auf ihre eigene Weise machen. Hudson würde es sowieso nie erfahren. Sie stand von ihrem Stuhl auf, nahm ihr Telefon und schickte sich an, ihr Büro zu verlassen. Ihr Handy summte.

Hudson: *Tu das nicht.*

Sie erstarrte und blickte sich nach seiner eindrucksvollen Gestalt um. Aber da war kein Hudson. Keine versteckten Kameras. Nichts. Woher wusste er …?

Felicia: *Was denn?*
Hudson: *Du bist schon in der Cafeteria, oder?*

Ha! Er bluffte also.

Felicia: *Nein, ich bin noch im Büro.*

Das war nicht gelogen.

Hudson: *Sitzt du?*

Sie sah sich um. Da war nichts. Er musste das Labor verwanzt haben. Seufzend beichtete sie die Wahrheit.

Felicia: *Ich stehe in der Tür.*
Hudson: *Erwischt!*

Trotz allem musste sie lächeln. Er war einfach unverbesserlich.

Felicia: *Du brauchst einen Aufpasser.*
Hudson: *Und du musst dich besser an Anweisungen halten.*
Felicia: *Ich bin Wissenschaftlerin. Wir sind von Natur aus neugierig.*
Hudson: *Was hast du an?*

Sie sah an sich herab.

> ***Felicia:*** *Jeans und T-Shirt.*
> ***Hudson:*** *Laborkittel?*
> ***Felicia:*** *Hängt über meinem Schreibtischstuhl.*
> ***Hudson:*** *Unterwäsche?*

Sie tippte S-T-R-I-N-G, hielt dann jedoch inne. *Verdammt.*

> ***Felicia:*** *Geht dich nichts an.*
> ***Hudson:*** *Das Gleiche wie neulich Abend?*

Hitze stieg ihr in die Wangen, und sie schlüpfte zurück in ihre Nische, ehe irgendjemand etwas bemerkte. Neulich Abend. Ja, da hatte sie wohl komplett den Verstand verloren und alle Hemmungen fallen lassen, als sie stehend, auf einem Aufbewahrungshocker, gekommen war, mitten in ihrem Wohnzimmer. Am liebsten hätte sie diese Erinnerung aus ihrem Gedächtnis gelöscht und so getan, als wäre nie etwas passiert. Andererseits konnte sie an nichts anderes mehr denken und hätte sich nichts lieber gewünscht, als dass es wieder passierte. Ihre körperliche Reaktion auf Hudson musste ganz offensichtlich eine Art Projektionsphänomen sein. Was auch immer sie ihm gegenüber empfand, würde sich ganz sicher in Wohlgefallen auflösen, sobald Tyler sie endlich zur Kenntnis nahm.

> ***Hudson:*** *Ich wette, du siehst zum Anbeißen aus und hast kein Höschen an. Das stelle ich mir gerade vor. Richtig sexy.*

Sie presste die Schenkel zusammen und musste sich zwingen, nicht über den Zustand ihres feuchten Höschens zu schreiben.

Felicia: *Dazu habe ich nichts zu sagen.*
Hudson: *Ich kann auch vorbeikommen und selbst nachsehen. Die Gesellschaft einer Wissenschaftlerin hat meine Neugier für die Umwelt geweckt, außerdem habe ich Einblicke in wissenschaftliche Suchmethoden gewonnen.*
Felicia: *Sehr witzig.*
Felicia: *Totaler Schwachsinn.*
Hudson: *Aber du bist nicht mehr so nervös.*

Sie berührte ihre Unterlippe, die fast wieder so zart war wie immer. Ihre Hände hatten aufgehört zu zucken. *Wie hat er das angestellt* … Noch ehe sie den Gedanken zu Ende führen konnte, vibrierte ihr Handy erneut.

Hudson: *Geh jetzt. Viel Spaß mit Mr Ahnungslos.*

Also gut, eines musste sie Hudson Carlyle lassen. Er war zwar eine schreckliche Nervensäge, aber hin und wieder durchaus unterhaltsam. Sie tippte einen kurzen Gruß und eilte die drei Stockwerke durch das nur für Personal zugängliche Treppenhaus hinunter ins Erdgeschoss. Der Bereich zwischen dem von der Decke hängenden Weißen Hai und der Cafeteria war voller Besucher, doch sie entdeckte Tyler sofort, der die Menge mit seiner Körpergröße überragte. Wobei er mit seinem tintenschwarzen Haar, den strahlend blauen Augen und der selbstbewussten Ausstrahlung überall aufgefallen wäre.

Erst als sie einer Schar Kindergartenkinder ausgewichen war, die sich Hand in Hand in einer langen mäandernden Reihe fortbewegten, sah sie, dass sein Haar zerzaust war und sein Gesichtsausdruck geistesabwesend.

»Alles okay?«, erkundigte sie sich, als sie ihn endlich erreicht hatte.

»Ich bin nur mal wieder der schlimmsten Mieterin über einem begegnet, die man sich vorstellen kann«, sagte er auf dem Weg zu der langen Warteschlange, die zu den gestressten Baristas führte. »Die Frau stakst immer in High Heels über ihre Holzböden. Es ist, als würde ich unter einer Herde Elefanten auf Pfennigabsätzen wohnen.«

Zum Glück machte Mrs Blankenship, die über ihr wohnte, bloß samstagsmorgens Lärm, wenn sie putzte. »Wie nett.«

»Wenn du meinst«, brummte er und fuhr sich mit den Fingern durch das Haar, das daraufhin erst recht in alle Richtungen stand. »Ich habe aber schon einen Plan.«

»Du warst schon immer ein guter Manipulator.« Die Worte waren schon ausgesprochen, als ihr bewusst wurde, dass er das auch als Beleidung verstehen könnte. Warum nur half ihr ihre Intelligenz nicht in solchen Situationen? »Ich habe das nicht böse gemeint.«

»Nein, du hast schon recht. Man sollte immer einen Plan in der Hinterhand haben«, sagte er, als sie schließlich an der Reihe waren. »Aber jetzt trinken wir erst mal Kaffee. Ich habe ein paar Dinge mit dir zu besprechen.«

Nachdem sie grünen Tee (für sie) und einen extragroßen Kaffee (für ihn) bestellt hatten und erneut anstanden, um die Bestellung entgegenzunehmen, da brummte ihr Handy wieder. Eigentlich sollte sie es ignorieren. Doch Tyler neben ihr blickte ebenfalls auf sein Display. Eine Sekunde später hatte sie ihres herausgeholt. So viel zum Thema Willenskraft, wenn Neugier mit im Spiel war.

Hudson: *Was läuft?*
Felicia: *Warten auf den Kaffee.*
Hudson: *Perfekt. Und was die Unterwäsche angeht ...*

Ihr Puls beschleunigte.

__Felicia:__ Das reicht.

Sie steckte das Telefon zurück in ihre hintere Tasche und war fest entschlossen, Hudson ab jetzt zu ignorieren – zumindest bis sie wieder an ihrem Schreibtisch saß. Ihre Bestellung wurde ausgerufen, sie holten ihre Getränke, und Tyler steuerte auf einen Tisch in der Ecke zu, zum Glück weit weg von dem lärmenden Tohuwabohu der zahlreichen Schulklassen, die wochentags das Museum besuchten. Felicia folgte mit zufriedenem Lächeln, das von Schritt zu Schritt breiter wurde. Die Platzwahl musste ein gutes Zeichen sein. Warum sollte er sie zu einem Kaffeedate einladen und den abgelegensten Tisch nehmen, wenn er nicht plötzlich seine Meinung über sie beide geändert hatte? Ihr Plan war also aufgegangen. Tyler hatte nur einen kleinen Schubs in die richtige Richtung gebraucht.

Als sie ihm gegenüber Platz nahm, fiel ihr auf, wie er mit der Pappmanschette um seinen Kaffeebecher spielte und dass ein Muskel in seiner Wange zuckte. Er war nervös. Weil er mit ihr zusammen war? Weil er ihr etwas Wichtiges sagen wollte?

Irgendwann hob er den Kopf und richtete seine blauen Augen auf sie. »Ich weiß gar nicht, wo ich anfangen soll.«

Ihr Puls verdoppelte seine Frequenz. »Fang irgendwo an.«

»Okay«, sagte er und nickte entschlossen. »Ich brauche Hilfe bei einer etwas heiklen Sache. Aber es ist nichts Illegales, versprochen.«

Das hörte sich nicht gerade danach an, als wollte er ihr einen Antrag machen.

Der Schluck grüner Tee in ihrem Mund verlor mit einem Mal jeglichen Geschmack, und sie musste sich zwingen, zu schlucken, vorbei an dem Kloß in ihrem Hals. »Das ist beruhigend, denn Orange steht mir überhaupt nicht.«

Er toastete ihr mit einem leichten Kippen seines Pappbechers und einem halbherzigen Lächeln zu, doch es war nicht zu übersehen, dass er mit den Gedanken nicht bei ihr, sondern an diesem Plan war, mit dem er zweifellos wieder einmal seine Umwelt manipulieren wollte. »Ich brauche Informationen über einen der Mäzene des Museums.«

»Was für Informationen?« Ihr Magen, in dem der Tee hin und her schwappte, zog sich zusammen.

»Ob er noch spendet, und wenn ja, ob sich die Beträge über das letzte Jahr geändert haben.«

Gut, so etwas stand nicht gerade in der Zeitung, aber es war auch kein Staatsgeheimnis. Andererseits kannte sie Tyler. Da steckte mehr dahinter als bloß reines Interesse. »Warum willst du das wissen?«

Er zuckte mit den Schultern. »Ich muss nur in einer Finanzanalyse, die ich gerade zusammenstelle, ein paar Leerstellen füllen.«

Soso. »Warum fragst du den Kunden nicht selbst?«

»Geht nicht.«

Aha. Das war also die ganze Erklärung. Kein Schmeicheln, keine Charmeoffensive à la Hudson, die Team Nichts-wie-weg und Team Hurra in ihr auf den Plan rief. Nur ein stummes Entweder-Oder. Schwarz oder Weiß. Ja oder Nein.

»Ich habe selbst auch keinen Zugang zu solchen Informationen«, gab sie zu bedenken und klang selbst in ihren eigenen Ohren ausweichend.

Er beugte sich vor, und in seinen blauen Augen lag ein eindringlicher Ausdruck. »Aber du könntest sie beschaffen.«

»Schön möglich.« Okay, ja, sie könnte sie beschaffen. Ihr Chef würde es gern sehen, wenn sie sich mehr um die Geldgeber kümmern würde. Aber in jemandes Privatsphäre einzudringen, um mehr über seine finanzielle Situation zu erfahren … das war eine ganz andere Sache.

»Komm schon, irgendjemand in der Geschäftsstelle muss dir doch einen Gefallen schulden oder was von dir wollen«, drängte er. »Was auch immer es ist, ich werde es möglich machen.«

»Ist es wirklich so wichtig?«

Er nickte. »Ich glaube, jemand verschleiert finanzielle Schwierigkeiten und bringt damit Tausende von Angestellten in Gefahr.«

Verdammt. Das war definitiv nicht das, was sie von diesem Treffen erwartet hatte. Wenn sie das geahnt hätte, hätte sie Hudson mit Sicherheit nichts davon erzählt. Er hätte sie nur wieder ausgelacht, weil sie die Zeichen falsch interpretiert hatte. Tyler sah sie erwartungsvoll an.

Ihr Handy summte an ihrem Hintern. Froh über die Unterbrechung, zog sie es aus der Tasche.

Hudson: *Warum gehen Ameisen nicht in die Kirche?*
Hudson: *Weil sie in Sekten sind.*

»Etwas Wichtiges?«, erkundigte sich Tyler.

»Nein«, erwiderte sie und legte das Telefon neben ihren grünen Tee auf den Tisch. Schon leuchtete auf dem Display die nächste Nachricht auf.

Hudson: *Wie schafft es eine Ameise über den Fluss? Sie nimmt das A weg.*

Das war schlimm. Ganz schrecklich. In welchem finsteren Winkel des Internets fand man solche Kalauer? Damit musste er schleunigst aufhören. Trotzdem musste sie lächeln, und ihr Magen ließ jetzt auch den grünen Tee wieder in Ruhe. Als sie den Blick hob und Tyler ansah, hatte sich ihr Verstand wieder gefangen.

»Sicher?« Von Natur aus neugierig, spähte Tyler auf ihr Display.

Nun war es an ihr, beiläufig mit den Schultern zu zucken. »Das ist bloß Hudson.«

Er setzte sich auf, und seine breiten Schultern strafften sich. »Hudson Carlyle?«

Sie nickte.

»Was läuft da zwischen euch beiden?«, fragte er und blickte sie durchdringend an. »Ich war erstaunt, euch zusammen bei der Benefizgala zu sehen.«

Okay, das war ihr Stichwort. Jetzt oder nie. »Wieso, meinst du etwa, ich gehe nie mit Männern aus?«

Sie hätte definitiv überzeugender geklungen, wenn ihr das letzte Wort nicht in einem Krächzen untergegangen wäre.

»Nein, seinetwegen«, erwiderte Tyler. »Ich kann mir nicht vorstellen, dass er dein Typ ist. Er hat einen gewissen Ruf … und na ja, ich habe mit den Carlyles so meine Probleme.«

Da sie auf keinen Fall über Hudsons Ruf reden wollte, wechselte sie das Thema. »Willst du darüber reden?«

»Tut mir leid, aber Gefühlsduselei ist mir fremd. Ich bin ein Mann der Tat.« Er schob ihr einen Zettel mit einem Namen hin.

Natürlich. Der einzige Grund für dieses Treffen. Er sah sie nicht als potenzielles Date, sondern wollte sie bloß als Freund um einen Gefallen bitten. »Und der Pläne.«

»Genau.« Tyler drehte das Ende eines unsichtbaren Schnurrbartes. »Wirst du mir helfen?«

Sie nahm den Zettel und nickte.

»Danke, Felicia.« Er schob den Stuhl zurück und stand auf. »Entschuldige, dass ich so in Eile bin, aber ich bin spät dran und habe gleich ein Meeting mit einem Kunden.«

Felicia unterdrückte ihre Enttäuschung – wie so oft bei Tyler – und lächelte. »Kein Problem.«

»Danke noch mal. Ich wusste, ich kann auf dich zählen.«

Damit verschwand er zwischen Touristen und Stammbesuchern, die sich unter dem großen Weißen Hai versammelt hatten. So viel zum Thema Date. Eine Pleite war das. Sie las den Namen auf dem Zettel: Gregori Sirko. Im Wirtschaftsteil des *Harbor City Journal* war sie diesem Namen schon begegnet, aber sonst wusste sie nichts über den Mann.

Felicia nahm den Teebecher und ihr Handy, stand auf und bahnte sich einen Weg durch die Besuchermenge zurück durch das Personaltreppenhaus in ihr Büro. In dem Moment, als sie sich auf ihren Stuhl setzte, summte ihr Handy. Verdammt. Es war wirklich, als hätte er ihr Büro verwanzt.

Hudson: *Wie geht's?*
Felicia: *Es ist vorbei.*
Hudson: *Und …*
Felicia: *Alles beim Alten.*

Wobei das noch milde ausgedrückt war. Okay, sie hatte jetzt irgendeine Geheimmission, aber das änderte nichts an der Tatsache, dass Tyler sie nach wie vor als die nerdige kleine Schwester seines Freundes betrachtete, die er seit Ewigkeiten kannte.

Hudson: *Keine Sorge. Wir schaffen das.*

Sie legte ihr Handy weg, ohne zu antworten. Was hätte sie schreiben sollen? Alle ihre Prognosen hatten sich als falsch erwiesen. Sie fing an, die Daten ihrer letzten Feldstudie auszuwerten, um nicht mehr an Tyler denken zu müssen, als sich erneut ihr Handy meldete.

> ***Hudson:*** *Was für eine Farbe hat die Unterwäsche? Ich habe mich mit Ameisenwitzen abgelenkt, aber ich finde keine neuen mehr im Internet.*

Sie musste gegen ihren Willen lachen. Hartnäckig war er; das musste man ihm lassen.

> ***Felicia:*** *Rote Baumwolle mit kleinen Herzchen.*
> ***Hudson:*** *Kann's nicht erwarten, die zu sehen.*

Ihre Beine spannten sich in prickelnder Vorfreude an, und ihr Puls ging in die Höhe. Sie legte das Telefon weg, diesmal mit zitternden Händen. Bemüht, ihre körperliche Reaktion auf seine Nachrichten zu ignorieren, versuchte sie, das Ganze logisch zu betrachten.

1. Irgendeine grausame Laune des Schicksals wollte es, dass sie sich von Hudson angezogen fühlte.
2. Sie musste Zeit mit Hudson verbringen, um Tyler für sich zu gewinnen.
3. Sie musste lernen, Tyler zu verführen, und Hudson war ganz offenbar gern bereit, ihr das beizubringen.
4. Orgasmen wirkten gegen Stress, und sie fühlte sich ziemlich angespannt im Moment.

Wie sie körperlich auf Hudson reagierte, änderte nichts am ursprünglichen Ziel. Es bedeutete nur, dass ihr Unterricht mit Professor Higgins etwas orgiastischer ausfallen würde als erwartet. Und das war ja nicht verkehrt.

Allerdings fiel der Unterricht erst einmal aus, weil sie Hudson gar nicht mehr zu sehen bekam. Als sie nach vier Tagen und beinahe vier Nächten immer noch nichts von ihrem Professor gehört hatte, warf sie verärgert die Zeitung weg, die sie im Bett gelesen hatte, und griff zu ihrem Handy.

Felicia: *Wo bist du?*

Die Antwort kam prompt.

Hudson: *Vermisst du mich etwa?*
Felicia: *Du wolltest mir helfen.*
Hudson: *Tu ich doch. Ich bringe dir bei, was man unter Geduld und Vorfreude versteht.*
Felicia: *Wenn du mein Gesicht sehen könntest, würdest du wissen, was ich davon halte.*
Hudson: *Zeig's mir.*

Selfies waren nicht ihr Ding. Schon gar nicht, wenn sie in einem abgetragenen alten Schlafshirt steckte und die Haare zu einem unordentlichen Knoten hochgebunden hatte.

Hudson: *Feigling.*

»Also gut«, brummte sie zu Honeypot hinüber, die sich in einer Ecke des Bettes zusammengerollt hatte und sie komplett ignorierte, nahm ihr Handy und machte schnell ein Foto von ihrem Gesicht und schickte es weg, ehe sie es sich anders überlegte.

Es dauerte fast eine Minute, bis der Apparat wieder vibrierte.

Hudson: *Ich habe dich auch vermisst, Fünkchen.*

Sie starrte auf den Satz, konnte sich aber keinen Reim darauf machen. Da musste sie irgendetwas übersehen haben. Sie scrollte durch den Chat und blieb an ihrem Selfie hängen, das sie mit einem Klick öffnete und vergrößerte. *Ach du Scheiße.* Ihr Magen zog sich zusammen. Ihr Gesicht war nur zur Hälfte zu sehen, doch das war es nicht, was ihr die Schamesröte in die Wangen trieb. Die weiße Baumwolle ihres T-Shirts war dünner, als sie gedacht hatte. Durch den fadenscheinigen Stoff schimmerten unübersehbar die dunklen Schatten ihrer Brustwarzen, und der ausgeleierte V-Ausschnitt bot einen freizügigen Blick auf die Wölbung ihrer Brüste.

Felicia: *Das wollte ich nicht schicken.*
Hudson: *Ich glaube, eine Lektion in Sexting wäre nicht verkehrt.*
Felicia: *Keine Ahnung, wie das geht.*
Hudson: *Fünkchen, und ob du weißt, wie das geht. Ich könnte jetzt mit meinem Schwanz Nägel einhauen, so hart bin ich.*

Ihr Atem stockte und ihre Nippel zogen sich unter ihrem T-Shirt zusammen, aber das lag nicht daran, dass ihr kühl war. Es war Oktober, doch in ihrem Schlafzimmer herrschten Temperaturen wie an den Hundstagen im Juli / August. Im Nu war ihre Haut errötet, überempfindlich, heiß und voller Verlangen. Das war alles zu viel. Sich im Namen dieses Experiments hinreißen zu lassen, mit Hudson zusammen, war eine Sache. Doch jetzt war er nicht einmal hier, sondern trieb wer weiß was mit wer weiß wem – auch wenn sich ihr bei dem Gedanken der Magen zusammenzog –, und das ging gar nicht. Sie beendete den Chat mit einer letzten Nachricht.

***Felicia:** Ich muss auflegen.*
***Hudson:** Feigling :)*

Nein. Noch einmal ließ sie sich davon nicht provozieren. Sie warf ihr Handy quer über das Bett, und es landete neben Honeypot, die fauchend aufsprang und floh. Wenn sie doch nur Hudson und die Gefühle, die er in ihr auslöste, ebenso leicht vertreiben könnte.

Eine Woche Malen in der Waldhütte verging normalerweise wie im Flug, aber diesmal nicht. Eine gewisse zierliche Ameisenforscherin spukte in Hudsons Kopf herum, und das war nicht gut, denn seine nächste Ausstellung würde bald eröffnet. Er setzte sich auf die Veranda, ein knuspriges Sandwich mit Erdnussbutter und Traubengelee in der Hand, und checkte seine Nachrichten. Seit dem Selfie von vor zwei Tagen hatte er nichts mehr von Felicia gehört. Jeder, einschließlich ihm, hätte angenommen, dass das Bild gestellt, aus einem von fünfzig ausgewählt und mit Filtern überarbeitet worden war, ehe man es verschickt hatte. Aber nicht bei Felicia.

Da er die Funkstille nicht mehr ertragen konnte, legte er sein Sandwich beiseite und schrieb eine Nachricht.

***Hudson:** Trägst Du noch das Shirt?*

Es dauerte zwei Minuten, bis sein Handy sich meldete.

***Felicia:** Es ist Mittag, und ich bin im Labor und arbeite an meinem Artikel für das führende Fachblatt meiner Forschungsrichtung.*
***Hudson:** Das ist keine Antwort.*

Nach fünf Minuten ohne Reaktion hakte er nach.

Hudson: *Ich habe eine Aufgabe für dich.*

Diesmal bekam er sofort eine Antwort.

Felicia: *?*
Hudson: *Kauf dir drei Ausgehkleider.*
Felicia: *Zahltag ist erst nächste Woche.*
Hudson: *Ich rede mit meiner persönlichen Shoppingberaterin bei* Dylan's Department Store. *Sie erwartet dich nach der Arbeit heute. Fünfte Etage. Frag nach Jacqui. Der Einkauf geht auf mich.*
Felicia: *Du hast eine persönliche Shoppingberaterin?*
Hudson: *Vorsicht, Fünkchen!*
Felicia: *Lässt du dir von deiner Mom auch noch das Essen kleinschneiden?*

Er musste laut auflachen. Braves Mädchen, freches Mädchen.

Hudson: *Das darfst du für mich machen, wenn du das T-Shirt von neulich Abend trägst und sonst nichts.*
Felicia: *Das habe ich weggeschmissen.*

Er war sich nicht zu fein, ihren Abfall zu durchwühlen. Honeypot würde ihm dabei sicher Gesellschaft leisten.

Hudson: *Wie gemein.*

Es entstand eine Pause, dann erschien ein Foto im Chat. Felicia bei der Arbeit, ihr Haar zu einem Pferdeschwanz gebunden, mit Brille und einem blauen Pulli mit Rundausschnitt. Zu dem

Outfit gehörte vermutlich eine Hose, aber da es dafür keine visuelle Bestätigung gab, konnte er hier wenigstens seiner Fantasie freien Lauf lassen. Ihre verführerischen rosigen Lippen waren zu einem übertriebenen Kussmund zugespitzt, und sie malte mit dem Finger eine unsichtbare Träne auf ihre Wange. Sie machte sich über ihn lustig. Doch seinem Schwanz war das egal. Der Anblick dieser Lippen genügte, um den Großen auf Trab zu bringen.

Felicia: *Das Leben ist hart.*

So hart wie sein Schwanz. Er musste nach Harbor City zurück. Dringend.

10. KAPITEL

Nur noch einen Block von ihrem Haus entfernt, schleppte sich Felicia über die Straße, eine Tüte an die Brust gedrückt, die drei Kleider im Gegenwert von einem halben Monatsgehalt enthielten. Nie im Leben würde sie diese Modelle tragen, die Jacqui ihr aufgeschwatzt hatte.

Morgen nach Feierabend würde sie sie wieder zurückbringen. Sie waren viel zu teuer. Sicher, Hudson konnte es sich leisten, aber ihr Stolz machte ihr da einen Strich durch die Rechnung. Die Kleider waren zu kurz und zu eng, und sie fühlte sich absolut nicht wohl darin. Das Schlimmste daran waren die Muster. Jede zierliche Frau wusste, dass Muster sie nur noch kleiner erscheinen ließen. Wobei sie eigentlich zunächst mit allem einverstanden gewesen war, jedenfalls bis sie in die Forty-Ninth Street trat. Da überquerte sie nämlich die Straße hinter einer schönen, großen Frau, Typ Fotomodell, und beobachtete, wie jeder Mann sich mindestens zweimal – manchmal sogar dreimal – nach ihr umdrehte. Und bei Felicia? Nicht ein Blick. Diese Frau konnte enge Minikleider mit Muster tragen. Als Felicia noch drei Blocks von zu Hause entfernt war, hatte sie im Geiste aufgelistet, warum sie nicht so ein Typ Frau war. Deshalb musste sie sich noch viel mehr anstrengen – und, um ehrlich zu sein, auch ein bisschen tricksen –, um Tyler auf sich aufmerksam zu machen. Und dazu brauchte sie keine Kleider, dazu brauchte sie Hudson, aber der war von der Bildfläche verschwunden. Dieser Mistkerl.

Honeypots Miauen ertönte in dem Moment, als Felicia um die Ecke bog. Die Katze konnte sie unmöglich schon gehört haben. Vorfreude regte sich in ihr, noch ehe sie ihren persönlichen Henry Higgins entdeckte, der am Treppengeländer vor ihrem Eingang lehnte. Der Herbstwind hatte sein Haar zerzaust, doch sogar das sah gut an ihm aus, als wäre eine Frau mit den Fingern hindurchgefahren, nachdem er ihr den Orgasmus ihres Lebens bereitet hatte.

Ihre Fantasie ging mit ihr durch? Na ja, ein bisschen schon.

Auf seinen langen Beinen war er in zwei Schritten bei ihr und nahm ihr die Tüte ab, die er über eine Schulter schwang. Er lächelte auf sie herab und legte ihr die andere Hand auf den unteren Rücken. Die Hitze seiner Berührung durchdrang ihre Herbstjacke und den leichten Pulli, den sie heute Morgen angezogen hatte, und machte sie an dieser Stelle so sensibel, dass sie das Gefühl hatte, viel zu viele Schichten anzuhaben.

»Freut mich, dass deine Shoppingtour erfolgreich war«, sagte er, während sie zu ihrem Haus gingen.

»Ich gebe die Sachen wieder zurück.«

»Warum?«

»Darum.« Sie würde sich nicht umstimmen lassen. Auf keinen Fall.

Er beugte sich herunter und hauchte mit seinem Mund ganz nah an ihrem Ohr: »Ich wette, die sehen alle sexy aus.«

Errötend blickte sie in das Gesicht einer Passantin, die ihr ein wissendes Lächeln schenkte, und beschloss, dass es die abendliche Kühle sein musste, die ihre Nippel zusammenzog und gegen ihren Spitzen-BH drückte. »Wohl kaum.«

»Lass mich das entscheiden«, schlug er vor. Sein Atem strich über die empfindsame Haut an ihrem Ohrläppchen, bevor er sich wieder aufrichtete und seine Hand auf ihrem Rücken ein paar Zentimeter nach unten wandern ließ. »Alles ist besser als dieses schwarze Kleid, das du bei der Benefizveranstaltung anhattest.«

Was? Sie blieb unvermittelt stehen. »Das ist ganz neu. Ein klassisches kleines Schwarzes, das jeder Frau steht.«

Er schnaubte. »Es gehört in die Altkleidersammlung.«

Dieser Mann hatte eine Schraube locker. Sie hatte es gerade erst gekauft und war froh gewesen, als sie es bei *Dylan's* in der Teenie-Abteilung gefunden hatte, auch noch siebzig Prozent ermäßigt. Sie bemühte sich, mit ihm Schritt zu halten, fest entschlossen, ihr Geburtstagskleid aufs Äußerste zu verteidigen.

»Es ist das perfekte kleine Schwarze«, sagte sie. »Man kann es zu Beerdigungen, aber auch zu Partys anziehen.«

»Alles falsch, was du da redest.« Vor ihrer Wohnung angekommen, blieb er am Treppenabsatz stehen.

Honeypot maunzte, doch er schenkte der liebestollen Katze keinerlei Beachtung. Sein Blick war so eindringlich, dass sie ihn förmlich spüren konnte. Die Geräusche der Stadt verschwammen um sie herum, bis das Hupen der Autos, die sich durch den Feierabendverkehr schoben, und die Passanten auf dem Heimweg kaum noch zu hören waren, während am Horizont die Sonne langsam unterging. Es war aufregend und ein bisschen beängstigend – wie ein Rausch. Sie durfte für Hudson Carlyle nicht so empfinden. Ihn als Projektionsfläche für ihre Gefühle zu gebrauchen, das war das Eine. Doch sich in der Seifenblasenwelt zu verlieren, in die er sie entführte, das war etwas ganz anderes. Sie durfte auf keinen Fall vergessen, warum der begehrteste Junggeselle der Stadt hier neben ihr stand und die Tüte mit den neuen Kleidern über der Schulter trug, die er ihr gekauft hatte. Er würde ihr Tyler Jacobson liefern, und sie würde ihm dafür helfen, die alte Männerfreundschaft zwischen seinem älteren Bruder und ihrer Jugendliebe zu kitten. Das war alles.

Nun, außerdem hatte sie versprochen, ihm für ein Gemälde Modell zu stehen. Natürlich nicht nackt. Seltsam, das Malen hatte er nach dem ersten Abend nicht mehr erwähnt. Vielleicht war er ja gar kein Künstler und hatte das Ganze bloß als Anmache benutzt – und seit ihrem Balanceakt auf der Hockertruhe brauchte er das nicht mehr.

»Hast du mal überlegt, dass du ganz schön viel Zeit damit verbringst, über meine Klamotten nachzudenken?«

Und wieder einmal setzte Hudson dieses verführerische Lächeln auf, das alle ihre Gehirnzellen auf einmal zum Schmelzen bringen konnte, wenn sie nicht aufpasste.

»Fünkchen, ich verbringe viel mehr Zeit damit, über dich ohne Klamotten nachzudenken«, sagte er mit dem rauen Ton in der Stimme, bei dem es ihr heiß und kalt den Rücken herunterlief. »Glaub mir.«

Die Hitze traf sie mit der Wucht eines Achtzehn-Tonners. Verdammt. Sie hatte keine Ahnung, was sie tun sollte. Aus irgendeinem entlegenen Winkel ihres Hirns drang ein schwaches Flüstern: Tyler.

Ja. Tyler.

Sie wandte leicht den Kopf, sodass sie an seinem linken Ohr vorbei sah statt in sein Gesicht. »Ich hätte diese Woche deine Hilfe gebrauchen können.«

»Was war los?«

»Tyler hat angerufen, und ich habe versucht zu flirten, aber am Ende habe ich ihm einen fünfzehnminütigen Vortrag darüber gehalten, wie männliche Ameisen nach dem Sex sterben.« *Du lieber Gott.* Es laut auszusprechen war, als würde sie diese jüngste Demütigung erneut durchleben. Es war schrecklich gewesen, doch sie hatte einfach nicht die Klappe halten können.

»Danach ist er nicht vor dir auf die Knie gesunken und hat dich um ein Date angebettelt?«

»Nein, du Blödmann.« Sie ging die Stufen hinunter, vorbei an dem Fenster, in dem Honeypot herzzerreißend miaute, zu ihrer Tür und fing an, in ihrer Handtasche nach dem Schlüssel zu wühlen.

»Aha«, sagte Hudson und folgte ihr nach unten, zusammen mit seinem bombastischen Ego. »Du willst damit also sagen, du brauchst mich.«

Sie hielt in ihrer Suche inne und funkelte ihn an. »Ja. Schön. Ich brauche dich.«

»Dann lass uns reingehen.« Er hielt die Tüte mit dem Logo von *Dylan's Department Store* hoch. »Wir können uns über geeignete Gesprächsthemen unterhalten, während du mir die Kleider vorführst.«

»Auf keinen Fall.« Allein die Vorstellung ließ sie noch hektischer in der Tasche kramen.

Hudson trat neben sie und lehnte sich mit der Schulter in den Türrahmen. »Ich hätte auch nichts dagegen einzuwenden, wenn du dich in Unterwäsche zeigst.«

Noch vor einer Woche hätte sie diese Bemerkung umgehauen, doch inzwischen hatte sie ihn analysiert. Dank all ihrer SMS-Chats und Gespräche hatte sie Hudsons Code geknackt. Es war seine Art und Weise, die Kontrolle zu übernehmen, mithilfe von Charme und Witz in die Rolle des Stärkeren zu schlüpfen. Es mochte an ihrer Körpergröße liegen – jedenfalls konnte sie es sich nicht verkneifen, ihm klarzumachen, dass er damit bei ihr an der falschen Adresse war.

Von unten her musterte sie ihn, wie er da stand, die *Dylan's*-Tüte lässig an einem Finger über der Schulter, mit an Arroganz grenzendem Selbstbewusstsein. Der Schein der Straßenlaternen beleuchtete die blonden Strähnen in seinem hellbraunen Haar und malte ihm Schatten ins Gesicht, die ihm eine kantige Gefährlichkeit verliehen, die er im Tageslicht nicht hatte. Sein

Anblick weckte irgendetwas in ihr, das sie bislang an sich nicht gekannt hatte. Trotzdem konnte sie hier nicht zurückstecken. In dem Moment, als sie endlich die Schlüssel in ihrer Tasche fand, kam ihr eine Idee. Schließlich waren Lektionen in Verführung Teil ihres Deals.

Voller Tatendrang steckte sie den Schlüssel in das Schloss und drehte dann den Rücken zur Tür, sodass sie ihm zugewandt stand. »Hudson, mein Süßer, wie kommst du eigentlich darauf, dass ich überhaupt Unterwäsche trage?«

Er hob einen Mundwinkel, doch da war mehr dahinter als nur Belustigung. »Mein Süßer?«, echote er und stemmte die Hand über ihr gegen die Tür. In seinen Augen lag ein Ausdruck von Verlangen. »Ist das Kokettieren oder Flirten?«

»Funktioniert es denn?«

Ein Schritt, dann trennte sie nichts mehr außer zu vielen Lagen Stoff. »Ja.«

»Dann spielt es doch keine Rolle, oder?« Was eine schlagfertige Antwort hätte sein sollen, klang atemlos.

»Doch, natürlich.« Er fuhr mit einem Finger über ihr Gesicht, ihre Wange entlang, und hinterließ eine brennende Spur auf ihrer Haut. »Kokettieren ist harmlos. Mit Flirten verfolgst du ein Ziel.«

»Was denn für eins?« Die Frage war ausgesprochen, ehe sie darüber nachdenken konnte.

Er strich mit dem Finger über ihre leicht geöffneten Lippen, die so zart waren, dass es kaum zu ertragen war. »Nackt, verschwitzt und befriedigt zu sein. Was willst du mit Tyler tun?« Seine Hand ließ von ihrem Mund ab, und der raue Ton in seiner Stimme klang auf einmal kalt und fordernd. »Willst du mit ihm kokettieren oder flirten?«

Tyler? Wer war überhaupt Tyler? Sie musste alles geben, um sich nicht in einen schwindelnden Abgrund der Empfindungen ziehen zu lassen, und es gelang ihr zumindest so weit, sich vage wieder daran zu erinnern, dass es hier darum ging, den letzten Punkt auf ihrer Geburtstagsliste abzuhaken.

»Flirten«, sagte sie und klang dabei ziemlich kleinlaut.

Er ließ den Kopf ein Stück weiter sinken. »Dann solltest du üben.« Seine Stimme drang wie ein tiefes Grollen aus seiner Kehle.

»An dir?« Es klang mehr wie eine Bitte als wie eine Frage, doch das war ihr in diesem Moment vollkommen egal.

»Oder mit mir in dir, das darfst du dir aussuchen.«

»Ich dachte nicht, dass Flirten ... körperlich ist«, sagte sie voller prickelnder Erregung.

Er war ihr so nahe, dass seine Hitze auf sie übersprang und den letzten Überlebensinstinkt in ihr erstickte. Dennoch schloss er nicht den Abstand zwischen ihren Mündern. Sie wollte schreien, ihn anflehen. Sie wollte alles tun, damit er nicht aufhörte.

»Fünkchen.« Er hauchte ihren Spitznamen wie eine Verheißung gegen ihre Lippen. »Du hast noch so viel zu lernen.«

Dann ließ er seinen Mund auf ihren prallen, und das Letzte, was sie dachte, bevor ihr Körper alles außer Hudson ausblendete, war, dass sie noch nie so froh war, immer eine sehr gelehrige Schülerin gewesen zu sein.

Auf der Fahrt zurück nach Harbor City hatte Hudson den gleichen Gedanken gehabt.

Ihre weichen vollen Lippen teilten sich unter seinen, ihr süßes leises Stöhnen fuhr ihm direkt in den Schwanz. Sie zu küssen war einfach überwältigend. Wie zart ihre Lippen waren, wie sie auf die tastenden Liebkosungen seiner Zunge reagierte, knabberte, seufzte, ihm mit den Händen über die Brust strich. Felicia presste sich dicht an ihn und legte ihm die Arme um den Nacken, während sie sich auf die Zehenspitzen hob und ihren Körper an seiner Erektion rieb, bis sie sich fest an ihren Bauch schmiegte. Sie klammerte sich an ihn wie eine Ertrinkende auf hoher See, und es fühlte sich gut an, ihr so nah zu sein, doch sein Schwanz wollte jetzt definitiv anderswo sein.

Er unterbrach den Kuss. »Wir müssen reingehen.«

»Warum?« Sie sah ihn mit vor Lust verschleierten Augen an.

»Wenn wir hier draußen bleiben, werde ich dich gleich gegen deine eigene Tür vögeln, während ganz Harbor City zusieht.« Bei jeder anderen wäre das eine leere Drohung gewesen, aber nicht bei Felicia. Wenn sie statt Jeans eines der Kleider in dieser verdammten Tüte getragen hätte, hätte er es ihr mit Sicherheit längst bis zu den Hüften hochgeschoben.

Ihre Pupillen weiteten sich, doch sie drehte sich um und öffnete die Tür. Honeypot schnellte los, aber sie eilten nach drinnen, und er schlug die Tür zu, ehe das Tier entwischen konnte. Auf keinen Fall wollte er mit einem Mörderständer in der Hose einer einäugigen Katze die Straße entlang hinterherjagen. Honeypot warf ihnen einen Blick zu, hob verächtlich den Schwanz und stolzierte zu ihrem Platz auf dem Fensterbrett, um die Passanten draußen anzufauchen.

Er schob beide Türriegel vor, während Felicia mit dem Schlüssel in der Hand zusah. Sie strahlte Nervosität und kribbelige sexuelle Gier aus und sah aus, als könnte sie jeden Moment explodieren.

»Hast du Hunger?«, erkundigte sie sich, ohne sich einen Zentimeter Richtung Küche zu bewegen. »Wusstest du, dass Honigtopfameisen sich während der Regenzeit mit Wüstenblumen vollfressen, wegen des süßen Nektars?«

Das wollte er sich jetzt nicht vorstellen, denn er hatte viel erregendere Bilder im Kopf als die Fressgewohnheiten von Ameisen. Er hielt ihr die Tüte hin. »Hier, zieh ein Kleid an.«

Sie zwinkerte ungläubig. »Du willst eine Modenschau?«

Nein, er wollte sie über diesen blauen Sessel legen, ihr die Jeans herunterreißen, den Slip beiseiteschieben und sich in sie treiben, bis sie kam und ihn leer pumpte, aber dazu würde es nicht kommen – jedenfalls noch nicht. Das hier war nach wie vor Teil des Unterrichts, und es gab keinen besseren Weg, jemandem zu zeigen, wie es ist, an den Rand des Wahnsinns getrieben zu werden, als ihn selbst an den Rand des Wahnsinns zu treiben.

»Ein Kleid.«

»Ich dachte, du wolltest …« Sie verstummte und rümpfte die Nase. Offensichtlich versuchte sie zu ergründen, ob es eine Logik hinter seinen Worten gab.

Um sich selbst keine Chance zu geben, es sich anders zu überlegen, öffnete er die Tüte und zog wahllos ein Kleid heraus. »Zieh das an.«

»Du kannst mich nicht herumkommandieren«, fauchte sie, nahm aber das Kleid entgegen.

»Genau das habe ich gerade getan.« Er drehte sie um und gab ihr einen leichten Stoß in Richtung Schlafzimmer. »Geh und tu, was der Professor dir sagt.«

Nachdem sie die Tür hinter sich geschlossen hatte, dauerte es ganze sechsunddreißig Sekunden, bis er entschied, dass Warten nicht die Vorfreude verlängerte, sondern eine Erfindung von Sadisten war. Um sich die Zeit zu vertreiben, blätterte er ein wissenschaftliches Journal über Ameisen durch und schaffte vierzehn Seiten, bevor er aufgab. Dann überprüfte er Felicias Kühlschrank, der genauso leer war wie seiner. Honeypot fauchte ihn mit sich windendem Schwanz an, als er sich ihr nähern wollte. Doch dann hörte er endlich, wie sich die Schlafzimmertür öffnete.

Als er sich umdrehte, hörte die Welt kurz auf, sich zu drehen.

Felicia trug ein kobaltblaues Kleid, das ihr bis knapp über die Knie reichte. Der dehnbare Stoff schmiegte sich an ihre Kurven, und der V-Ausschnitt war so tief, dass er ihr Dekolleté aufs Beste zur Geltung brachte. Die Krönung war ein Band, das in ihrer Taille zur Schleife gebunden war.

»Ich weiß, es ist nicht das Richtige, aber Jacqui hat mich überredet.« Sie fuhr sich mit den Händen über die Hüften und war schon drauf und dran, sich wieder ins Schlafzimmer zurückzuziehen. »Ich ziehe es schnell wieder aus.«

»Wag es ja nicht.« Der Einzige, der diese Schleife lösen durfte, war er.

Sie schluckte. »Wie bitte?«

»Du siehst umwerfend aus.« Er suchte nach einem besseren Wort, um ihre Wirkung auf ihn zu beschreiben, doch es fiel ihm keines ein. »Sogar Mr Ahnungslos wird das bemerken, wenn er dich in diesem Outfit sieht.«

Hudson würde sich schwer zusammenreißen müssen, um dem Trottel nicht eine Tracht Prügel zu verpassen, dafür, dass er bislang nichts gemerkt hatte. Denn ganz gleich, ob sie dieses Kleid trug oder eines ihrer scheußlichen Ameisen-T-Shirts oder das hässlichste kleine Schwarze der Welt – Felicia Hartigan musste man einfach bemerken.

Sie zupfte am Saum. »Es ist zu kurz.«

Er ging auf sie zu, und ihre Hände flatterten wie Vögel hektisch um sie herum, während sie an dem Kleid herumfummelte.

»Es ist zu eng.« Wieder strich sie über den Stoff und fuhr sich dabei mit den Handflächen über die Hüften.

Er blieb eine Armlänge entfernt vor ihr stehen und musterte sie von oben bis unten, betrachtete all das, was sie bislang unter weiten T-Shirts und Jungs-Jeans verborgen hatte. Schau mich bloß nicht an, hatte ihre Kleidung signalisiert. Und jetzt? Jetzt konnte man den Blick gar nicht mehr abwenden.

Die Haut zwischen ihren Brüsten nahm eine erregte Rötung an, die sich nach oben ausdehnte. »Das bin nicht ich.«

»Fünkchen, das ist vielleicht nicht dein Lieblingslook, aber das bist alles du«, widersprach er. »Jede wundervolle Körperstelle.«

»Hör auf, so was zu sagen.« Der Puls an ihrem Hals hämmerte sichtbar. »Ich weiß genau, was mir fehlt. Ich bin zu klein. Mein Busen ist zu flach. Zu ...«

Bevor sie noch mehr Blödsinn verzapfen konnte, brachte er sie mit einem Kuss zum Schweigen – wenn man noch von einem Kuss reden konnte. Es war mehr ein Dammbruch. Ihre Hände und Münder waren überall, tasteten und schmeckten und knabberten jede entblößte Stelle Haut. Seine Hoden schmerzten vor Begehren, weil er sie nicht nur berühren, sondern auch sehen wollte.

Er zupfte an der Schleife, die aussah, als würde sie das Kleid zusammenhalten. »Zieh es aus.«

»Du zuerst.« Sie rückte ihre Brille zurecht, die in Schieflage geraten war, und hob ihr Kinn in einem Ausdruck von Entschlossenheit. »Schließlich ist das hier Unterricht. Ich sollte erst einmal sehen, wie der Meister das macht.«

»Unterricht«, wiederholte er. Wenn nicht alles Blut aus seinem Hirn in seinen Schwanz geschossen wäre, hätte er schneller kapiert, was sie meinte. Als es ihm schließlich klar wurde, bemerkte er den amüsierten Ausdruck in ihren Augen. Soso, jemand wollte hier das Ruder übernehmen? Das konnte sie vergessen. »Eine Demonstration. Aber gern. Setz dich.«

Nächste Sitzgelegenheit war der Hocker, auf dem er sie neulich mit den Fingern zum Kommen gebracht hatte. Sie musste den gleichen Gedanken gehabt haben, denn ihre Lippen teilten sich zu einem schnellen Atemzug, bevor sie sich setzte, die Beine an den Knöcheln gekreuzt und die Knie fest aneinandergepresst. Um die sittsame Pose zu vervollständigen, legte sie ihre gefalteten Hände in den Schoß und straffte ihren Rücken, bis selbst der strengste Schulmeister von ihrer Haltung beeindruckt gewesen wäre.

Hudson streifte sein Jackett ab und griff zum obersten Hemdenknopf. »Bist du bereit?«

»Ja, Sir«, erwiderte sie mit einem schüchternen Lächeln, das er ihr nicht für eine Sekunde abkaufte.

Sie legte es vielleicht nicht darauf an, im Mittelpunkt zu stehen, doch sobald sie Aufmerksamkeit hatte, entwickelte sie eine kecke Art, die ihn noch mehr anmachte. Er konnte es gar nicht erwarten, was sie sonst noch für Überraschungen hinter ihrer Schulmädchenfassade verbarg.

»Also, man sollte immer ganz langsam beginnen.« Er öffnete den obersten Knopf. »Eins nach dem anderen. Und dabei stets Blickkontakt halten.«

Er hätte die Augen ohnehin nicht von ihr abwenden können, denn es war zu spannend, zu beobachten, wie sehr sie auf diesen kleinen Striptease abfuhr. Zwar blieb ihr Gesicht ausdruckslos, aber als das Hemd endgültig aufgeknöpft und zu Boden gefallen war, war sie auf dem Hocker ganz nach vorne auf die Kante gerutscht. Er ließ mit dem Daumen den Bundknopf seiner Jeans flippen, ohne ihn jedoch zu öffnen – woraufhin sie ihre Hände löste und sich an der Kante des Hockers festklammerte. Oh ja, sie hatte definitiv Spaß an dieser kleinen Show.

»Es gibt einen schmalen Grat zwischen Flirten und Kokettieren, und man muss lernen, damit zu spielen, auch wenn der Körper will, dass man sich beeilt«, erklärte er und ließ die Hände sinken. Die Hose war immer noch geschlossen.

Mit einem leisen Stöhnen biss sie sich auf die Unterlippe und sah mit großen Augen zu, wie er hinter sich griff und sein weißes T-Shirt am Ausschnitt fasste, um es über den Kopf zu ziehen.

»Will dein Körper, dass du dich beeilst?«, fragte sie, als das T-Shirt seiner Hand entglitt und zu Boden fiel.

Von wollen konnte keine Rede sein. Sein Körper schrie ihm Befehle entgegen und drohte bei Verweigerung mit allgemeinem Aufstand. Das allein war schon schlimm genug, doch was ihn vollkommen fertigmachte, waren ihre Augen. Er trat auf sie zu, bis er unmittelbar vor ihr stand und sein steinharter Schwanz nur Zentimeter von ihrem Gesicht entfernt war. Als ihre rosige Zungenspitze herauslugte und ihre Lippen befeuchtete, während sie seine Ausbuchtung nicht aus den Augen ließ, wäre er fast geplatzt.

Mit knirschenden Zähnen sog er einen Atemzug durch die Nase ein und ließ ihn langsam wieder entweichen, damit sein Körper sich verdammt noch mal an den Plan hielt. »Wie wär's, wenn du deine Beobachtungen in dein Laborbuch einträgst?«

Dann warf er die Berühren-verboten-Regel über Bord und nahm ihre Hand, um sie auf die Stelle zu legen, wo seine Erektion gegen den Jeansstoff drückte. Ihre sanfte Berührung war schon schlimm genug, doch als sie die Hand ausbreitete, um ihn möglichst ganz zu umfassen, und dazu einen Laut ausstieß, der irgendetwas zwischen Seufzen und Stöhnen war, konnte er bloß mit geschlossenen Augen im Geiste alle Schattierungen des Farbkreises aufzählen und dazu beten, dass er die Beherrschung wiedergewann, ehe er in seinen Jeans kam.

»Mach die Knöpfe auf«, ordnete er an und klammerte sich so verzweifelt an die letzten Reste seiner Selbstbeherrschung, dass seine Stimme kratzte wie Schleifpapier.

Felicia blickte ihn von unten herauf aus diesen großen Augen an, mit leicht geöffnetem Mund und feucht schimmernder Unterlippe. »Bist du sicher?«

Fuck, nein. »Es ist ein Geben und Nehmen.«

Ihre Fingerspitzen wanderten über seinen nackten Bauch und brachten seine Muskeln zum Zucken. Er musste seine Hände zu Fäusten ballen, um dem Drang zu widerstehen, ihren Kopf näher heranzuziehen. Wenn ihr das auffiel, ließ sie es sich nicht anmerken. Stattdessen fuhr sie konzentriert mit den Fingern über den schmalen haarigen Pfad, der sich von seinem Bauchnabel bis zum Bund der Jeans zog, und verharrte schließlich auf dem Knopf, der sofort zum alleinigen Zentrum seiner Wahrnehmung wurde.

Ohne die Hände zu bewegen, beugte sie sich vor, hauchte ihren heißen Atem gegen seine Haut und blickte zu ihm auf. »Was hast du noch mal gesagt über den schmalen Grat zwischen Kokettieren und Flirten?«

Verdammt. Warum musste er nur immer so viel quatschen? »Du hast ihn genau getroffen, Fünkchen.«

»Heißt das, du bist jetzt total angetörnt?« Sie nahm ihre Brille ab und warf sie auf den Sessel, der in der Nähe stand.

»Eher total am Ende mit den Nerven.« Und näher am Herzinfarkt, als ein gesunder Dreißigjähriger sein sollte.

»Was willst du denn?« Sie öffnete den Knopf der Jeans.

Verdammt. Diese Liste war so lang wie er groß. »Dass sich deine perfekten Lippen um meinen Schwanz legen.«

»Oh.« Sie befeuchtete ihre Lippen. »Ist das alles?«

Ihre Unterlippe zwischen die Zähne gesaugt, zog sie langsam seinen Reißverschluss auf und holte seinen Schwanz aus den engen Boxershorts. Mit einem kecken Augenaufschlag zu Hudson beugte sie sich vor und nahm ihn in ihren heißen Mund, bis er an nichts mehr dachte, nicht an Unterricht, nicht an Mr Ahnungslos, nur noch den Zauber, den sie mit ihrer geschickten kleinen Zunge an ihm vollführte.

11. KAPITEL

Diese Art von Kontrolle konnte süchtig machen. Hudson dabei zu beobachten, wie er endlich aufhörte, Mr Charming zu spielen, und sein wahres Ich – das entschlossene, fordernde Ich – herausließ, machte sie heiß und feucht. Statt sich selbst mit den Fingern Erleichterung zu verschaffen, nahm sie seine Hände und legte sie an ihren Kopf. Sein scharfes Ausatmen, während er seine Finger in ihr Haar verwob und ihren Mund in einem quälend langsamen Rhythmus auf und ab führte, traf sie mitten in den Unterleib. Sie ließ ihre Hände über seine muskulösen Schenkel bis hoch zu seinem festen Hintern wandern, der ganz angespannt war, so sehr musste er sich zurückhalten.

»Sieh mich an«, befahl er.

Als sie das tat, kam sie für einen Moment aus dem Takt. Seine Augen waren dunkel vor Verheißung auf das, was kommen würde, und sie wollte es, sie wollte alles. Eine heiße Welle des Verlangens bildete sich tief unten in ihrem Bauch, und sie umfasste seinen Hintern, zog ihn näher, bis er ihren Mund vollständig ausfüllte und bis tief in ihre Kehle vordrang. Er stieß ein raues Stöhnen aus, das ihr einen köstlichen Schauder über den Rücken jagte. Sie verharrte in dieser Position, auf dem schmalen Grat zwischen zu wenig und zu viel, und genoss jede atemlose Sekunde. Dann schluckte sie.

»Fuck, ich spüre, wie mich deine Kehle bearbeitet.« Seine Finger in ihrem Haar griffen fester zu, während er sein Becken kippte und tiefer in sie eindrang. »Genau so.«

Er zog sich zurück, um dann langsam wieder zuzustoßen. Einmal. Zweimal. Dreimal. Dann zog er sein Glied ganz heraus, trat ein paar Schritte zurück und ließ sie keuchend und voller Sehnsucht auf mehr zurück. Seinem Gesichtsausdruck nach zu urteilen erging es ihm nicht anders. Binnen Sekunden streifte er die letzten Kleidungsstücke ab. Wow, er sah einfach wahnsinnig gut aus. Lange, kraftvolle Beine. Breite Schultern. Austrainierte Bauchmuskeln. Ein hartes Vlies aus hellbraunem Haar auf seiner Brust und eine schmale Spur aus Haar, die über sein Sixpack bis zu dem steinharten Penis führte, nach dem sie jetzt griff, ohne darüber nachzudenken.

Er wich ihrem Zugriff aus, indem er einen Schritt zur Seite machte. »Geduld ist definitiv nicht eine deiner Tugenden.«

»Allerdings.« Besonders wenn ihre Lust längst den Baumwollstreifen in ihrem Slip durchweicht hatte.

»Gut.« Er hob sie hoch, schwang sie über die Schulter, sodass sie über seinen Rücken hing, und marschierte Richtung Schlafzimmer. »Ich bin nämlich jetzt fertig mit Flirten.«

Unter anderen Umständen hätte sie sich über diesen Schulterwurf aufgeregt. Da sie aber auf diese Weise freie Sicht auf seinen nackten Hintern hatte und mit ihren Händen seinen sehnigen Rücken erkunden konnte, beschwerte sie sich nicht. Im Gegenteil. Sie nutzte die Gelegenheit, um ihn von oben bis unten zu küssen, zu schmecken und zu liebkosen. Viel zu früh stellte er sie wieder auf ihre Füße, die in dem weichen Teppich vor ihrem Bett versanken.

»Jetzt bist du dran«, sagte er und setzte sich auf ihr Bett, ganz geballte Männlichkeit in einem Meer aus babyblauen Rüschen.

»Okay, lass mal sehen, ob ich die Lektion verstanden habe.« Sie fasste an die Schleife, die ihr Kleid zusammenhielt, doch statt sie aufzuziehen, spielte sie nur mit dem weichen Stoff. »Wichtig ist, sich Zeit zu lassen.« Sie zupfte an der Schleife.

»Aber nicht zu lange.« Das Band löste sich, ein Knopf verhinderte allerdings, dass das Kleid aufsprang. »Und es dabei ernst zu meinen.« Sie öffnete den Knopf, hielt jedoch das Kleid zusammen, sodass bloß ein paar Zentimeter nackte Haut zu sehen waren. »Die Spannung steigern.« Sie ging zwei Schritte, bis sie zwischen seinen Beinen stand. Er rang sichtlich um Selbstbeherrschung, und sie genoss es, sein Mienenspiel zu beobachten. »Bis es knallt.«

Sie ließ los, und das Kleid klaffte auf. Er hatte sie noch nie nackt gesehen, schon gar nicht aus nächster Nähe. Neulich Abend hatte sie noch ihr Kleid angehabt, als sie unter seinen Händen gekommen war. Heute nicht. Heute Abend war sie entblößt, verwundbar und ohne den Schutz, den ihr ihre weiten Klamotten normalerweise boten. Als er sich weder rührte noch ein Wort sagte, meldeten sich in ihrem Kopf die Stimmen zurück, die sie bislang hatte ausblenden können, und zählten ihr alle ihre Unzulänglichkeiten auf, bis sie nach dem Kleid griff und sich damit bedecken wollte.

»Auf keinen Fall.« Er legte seine Hände auf ihre und hielt sie an ihren Seiten fest. »Du bist wunderschön.«

Er war kurz davor, die Selbstbeherrschung zu verlieren.

Sie trug einen kanariengelben Slip samt passendem BH, mit einem weißen Schleifchen zwischen ihren Brüsten. Und das war nicht alles, was sie ihm präsentierte. Die hohen, runden Wölbungen ihrer Brüste. Das Dreieck aus Sommersprossen auf ihrer Hüfte. Die glatte Linie ihrer Schenkel, die in ihr vom Slip umhülltes Becken mündeten. Seit der Schule, als er mit Mary Katherine McMurray einen nächtlichen Badeausflug zum Strand gemacht hatte und sie sich vor ihm ausgezogen hatte, war er nicht mehr so gefangen gewesen von einer Frau in Unterwäsche. Damals war er sechzehn und Jungfrau gewesen.

Heute war er dreißig und hatte beinahe so viele Kerben in seinem Bettpfosten, wie die Leute dachten. Ob seinem Schwanz das auch klar war, konnte er nicht recht sagen, denn der stand kurz vor der Explosion. Sie nagte unterdessen an ihrer Unterlippe und blickte unsicher über seine Schulter.

Er ließ ihre Hände los und stützte sich auf der Couch ab. »Lass das Kleid fallen.«

Ihr Blick wanderte zurück zu seinem Gesicht. Nervös. Tapfer. Voller Verlangen. »Du kommandierst mich ganz schön herum, weißt du das?«

»Ich will es nicht noch mal sagen müssen.«

Das Kleid fiel zu Boden. Ihre von der Zunge feuchten Lippen waren leicht geöffnet, und sie atmete stockend ein, was ihre Brustwarzen gegen ihre BH-Körbchen drückte. Er senkte den Blick auf das Stück Stoff, das ihre Scham verdeckte. Dass die dunkle Verfärbung von ihrer Feuchte kam, war nicht zu übersehen.

»Fünkchen, du bist jetzt so heiß.«

Sie blieb hartnäckig stumm. Weder gab sie es zu, noch bat sie ihn, sie zu erlösen – und sie schickte ihn auch nicht weg. Aber dieses Schweigen würde nach hinten losgehen. Ihr war nicht klar, dass es hier nicht darum ging, ihr beizubringen, wie sie Mr Ahnungslos verführen konnte – Hudson war es so was von egal, was dieser Trottel für Vorlieben hatte. Hier ging es darum, Felicia zu zeigen, was sie anmachte. Zu erkennen, was einen selbst antörnte, während man dem anderen Lust bereitete, war so viel einfacher, als lange darüber nachzudenken. Doch sie verdiente mehr.

Er fuhr mit den Fingerspitzen über die Kurven an ihrer Seite. »Wenn du nicht weißt, was dich dazu bringt, vor Lust zu schreien, und wann du es willst, kannst du die Erfahrung nie an jemand anderes weitergeben.« Er unterbrach sich und blickte von ihrem cremefarbenen Bauch hoch zu ihrem Gesicht, abermals fasziniert von ihrer umwerfenden Schönheit. »Also, sag mir, wie heiß du jetzt gerade bist!«

»Sehr«, flüsterte sie kaum hörbar.

»Gut.« Er schob seinen Finger in den dehnbaren Saum ihres Slips und zog sie zu sich heran, bis ihr Bauch nur noch wenige Zentimeter von seinem Mund entfernt war. »Was willst du?«

Ihre Wangen überzogen sich dunkelrot. »Das weißt du.«

»Ich will, dass du es sagst.«

Als sie stumm blieb – wahrscheinlich suchte sie in Gedanken nach einem Ausweg –, neigte er den Kopf und fuhr mit der Zunge ganz langsam quer über ihren Bauch, gleich über der Kante ihres Slips. Ein Schauder schüttelte sie, und sie verwob ihre Finger in seinem Haar, um ihn nach unten zu schieben – oder es zumindest zu versuchen.

»Sprich es aus.« Es fiel ihm nicht schwer, ihren Bemühungen standzuhalten, und er küsste sie auf die Hüfte. »Es gibt nichts, was verführerischer wäre.«

Ihre Finger in seinem Haar fassten fester zu, und sie zog seinen Kopf nach hinten. »Ich will, dass du mich leckst.«

»Hier?« Er ließ seine Zunge von ihrem Slip bis hoch zu ihrem Bauchnabel fahren.

Sie stöhnte leise. »Meine Klitoris.«

Er zog ihr den Slip über die Hüften. »Nur deine Klitoris?«

»Nein.« Mit verklärtem Blick schüttelte sie den Kopf. »Alles.«

»Nur mit meiner Zunge?« Er schob den Slip bis ganz nach unten, sodass sie vollkommen entblößt dastand und er zum ersten Mal ihre geschwollene, feucht schimmernde Scham sah.

»Finger, Zunge, Lippen, nimm, was du willst, Hauptsache, ich komme.«

Das war alles, was er hören wollte. »Dann los.«

Sie zögerte eine halbe Sekunde, ehe sie sein Haar losließ und fest gegen seine Schultern stieß, sodass er rücklings aufs Bett fiel. Das Funkeln in ihren Augen war wieder da – das er vorhin gesehen hatte, als sein Schwanz tief in ihrem heißen Mund gesteckt hatte –, doch sie sprach nicht. Stattdessen kletterte sie über ihn und bahnte sich küssend und mit den Lippen liebkosend einen Weg nach oben, bis sie rittlings auf seinem Kopf zum Sitzen kam. Wieder griff sie mit den Händen in sein Haar und verwob ihre Finger darin, um ihn an Ort und Stelle zu halten.

»Das will ich«, sagte sie mit vor Lust rauer Stimme, senkte sich auf seinen Mund und begann sich vor und zurück zu bewegen. Es war das Heißeste, was eine Frau je mit ihm gemacht hatte.

Sie war so feucht und weich, dass er gar nicht genug von ihr bekommen konnte. Um sie noch ein wenig hinzuhalten, setzte er genau das richtige Maß an, dass sie fast kam, aber eben nicht sofort – indem er langsam und gemächlich die Zunge auf der einen Seite hochwandern ließ, ihre Klitoris umkreiste und sie dann auf der anderen Seite wieder herunterbewegte, alles gleichmäßig und ohne Hast. Er sah zu, wie sie den Kopf zurückwarf, völlig versunken in die Jagd nach ihrem Höhepunkt, um sich schließlich mit kreisendem Becken gierig enger an seinen Mund zu pressen. Zwischen ihren Beinen zu sein, sie zu schmecken, zu necken und in höhere Sphären zu versetzen – das war der einzige Ort der Welt, an dem er jetzt sein wollte. Es war unglaublich zu erleben, wie sie sich in ihren Empfindungen verlor. Er umfasste ihre gebeugten Hüften und zog sie fester an sich, während er sie mit seiner Zunge bearbeitete. Als er ihre Klitoris in den Mund saugte, bog sie den Rücken und wurde ganz starr.

»Verdammt, mach das noch mal«, flehte sie.

Er folgte ihrer Bitte und hob leicht den Kopf, um besser heranzukommen. Ihre Schenkel, die sich an seine Schläfen schmiegten, begannen zu beben, und sie krallte ihre Hände fester in sein Haar.

»Genau so«, rief sie in lustvoller Qual und riss an seinem Haar. »Hudson!«

Sie kam an seinen Lippen, süß und schwebend und doch so heftig, dass sie ihm möglicherweise ein paar Büschel Haare dabei ausriss – aber das war es allemal wert. Er bewegte seine Zunge noch ein paarmal beiläufig hin und her und sah zu, wie sie sich von ihrem Ausbruch entspannte. Er genoss den Anblick ihrer geröteten Wangen und dass es in ihren blauen Augen immer noch frech blitzte.

»Wenn du jetzt kein Kondom hast, bin ich richtig sauer.« Sie rollte sich auf den Rücken und sah voll und ganz aus wie eine Frau, die befriedigt worden war, aber immer noch mehr wollte.

Ohne etwas zu sagen, stand er auf, hob seine Jeans vom Boden auf, zog die Brieftasche aus der Gesäßtasche, nahm ein Kondom heraus und streifte es in Rekordzeit über. Dann beugte er sich über das Bett, hakte einen Arm unter ihre Knie und zog sie zur Kante. Er war längst über das Flirtstadium hinaus und verlor um ein Haar die Beherrschung, während sich seine Hoden fest zusammenzogen. Er löste sich von ihren Beinen und drapierte sie so, dass sie möglichst weit gespreizt waren. Mit seinen Absichten ganz und gar einverstanden, hob sie ihm ihr Becken entgegen – mit einem Augenzwinkern, das auch nicht gerade dazu beitrug, den Orkan zu besänftigen, der sich in ihm zusammenbraute.

Er umfasste ihre Hüften und hob sie an, sodass nur noch ihre Schultern und ihre Füße das Bett berührten. Die Position brachte ihre feuchte Mitte auf gleiche Höhe mit der Spitze seines geschwollenen Schwanzes. »Ich werde nicht langsam und vorsichtig sein können.«

»Wer sagt, dass ich das will?«, schnurrte sie aus tiefer Kehle. »Gib mir alles, was du draufhast.«

Gegen alle Naturgesetze machte ihre Bemerkung ihn nur noch härter, und er fuhr zwischen ihre Schenkel in einem langen Stoß, der ihm die Luft aus den Lungen presste und die Sicht raubte. Er nahm nichts mehr wahr außer ihr.

»Du bist so eng«, brachte er heraus, als er sich bis zur Spitze herauszog, um dann umso härter erneut zuzustoßen.

Sich mit den Händen an der Bettdecke festhaltend, stemmte sie sich seinen Stößen entgegen und stieß dabei leise Flehlaute aus, die alle nach »mehr«, »jetzt« und »Oh Gott« klangen. Er drang noch ein paar Zentimeter tiefer in sie ein. Gott, es fühlte sich so gut an, wie sie sich um seinen Schwanz schmiegte. Verdammt. »Gut« war alles andere als das richtige Wort.

»Ja«, stöhnte sie.

Er riss sie an sich, während er zugleich mit dem Becken zustieß, und versenkte sich bis zum Anschlag in ihrer heißen Feuchte. Sie zog sich um ihn herum zusammen und drückte ihn. Himmel. Das würde er nicht mehr lange durchhalten. Es war zu viel. Sie war zu viel.

»Du magst es, wenn ich dich ganz ausfülle«, sagte er und blickte auf die Stelle, wo ihre Körper verbunden waren, sah zu, wie sein Schwanz in ihr verschwand und sie sich jedem seiner Stöße entgegenwarf.

»Gott, ja«, rief sie.

Er stieß immer wieder zu, bis sein Rückgrat anfing zu vibrieren. »Willst du mehr?«

Sie drehte ihr Gesicht zur Seite, während ihr Becken eine Acht beschrieb. Sie war so darauf fixiert, ihre feuchte Klitoris an ihm zu reiben, dass ihre Worte bloß gedämpft herauskamen.

Oh nein. Damit würde sie jetzt nicht davonkommen. Nicht nachdem ihr freches Mundwerk gelernt hatte, ihm genau zu beschreiben, was sie wollte, was sie heißmachte und zum Höhepunkt brachte.

»Du musst es sagen, Fünkchen.« Er zog sich langsam zurück, woraufhin sie ihn packte, als wollte sie ihn an Ort und Stelle festhalten. »Sag's mir oder der hier verschwindet.«

Nichts als leere Drohungen, Hudson.

»Fick mich«, keuchte sie. »Ich will mit dir in mir kommen.«

Gott sei Dank.

Unnachgiebig und mit äußerster Wucht versenkte er sich in ihr, während sie seine Bewegungen aufnahm und jedes Mal unwillig stöhnte, wenn er sich zurückzog. Die elektrischen Schwingungen, die ihn durchliefen, mündeten in seinen Hoden. Er war kurz davor zu kommen, und zwar gleichzeitig mit ihr, jedenfalls wenn er alle Namen seiner Lieblingsmaler rückwärts aufzählte, bis er sie so weit hatte. Er legte eine Hand auf ihren Hintern, um sie zu unterstützen, und begann mit der anderen ihre Klitoris zu reiben. Er hörte nicht auf zu stoßen, bis sich seine Hoden zusammenzogen und er wusste, dass es so weit war. Er kniff ihre Klitoris zwischen Fingern und Daumen zusammen und drang so tief in sie ein, wie er konnte. Sie schrie auf und presste seinen Schwanz zusammen, als sie kam. Mehr brauchte es nicht, um Hudson den Rest zu geben, sie nahm ihn mit in eine Besinnungslosigkeit, die Tage anzudauern schien.

Er konnte kaum die Augen offen halten, doch er konnte sich nicht einfach fallen lassen – auch wenn es Felicia, ihren halb geschlossenen Lidern nach zu urteilen, genauso ging wie ihm. Stattdessen ließ er sich vorsichtig auf das Bett sinken. Sie rutschte zur Seite, und ihm blieb mehr als ausreichend Platz, um sich auszustrecken, nachdem er das benutzte Kondom abgestreift und in den Abfallkorb neben dem Bett geworfen hatte.

Als er unter die Decke schlüpfte und sie an sich zog, atmete sie längst tief und gleichmäßig. Ja, das konnte er gut nachempfinden. Anstatt sich gegen die Müdigkeit zu wehren, zog er sie eng an seine Brust und folgte ihrem Beispiel.

Felicia wachte in Etappen auf. Es war dunkel im Zimmer. Etwas Festes drückte gegen ihren Rücken. Warmer Atem strich über ihren Nacken. Etwas Schweres lag um ihre Taille. Es dauerte ein paar Sekunden, bis ihr Hirn die Puzzleteile zusammenfügen konnte. Hudson. In ihrem Bett. Nackt.

Plötzlich erinnerte sie sich wieder an alles. Wie sie seinen Mund geritten hatte, die Hände in seinem Haar. Die Lust in seinen Augen, als er tief in ihr war. Der atemberaubende Orgasmus, der sie beinahe in Stücke gerissen hatte. Die Situation sollte eigentlich peinlich sein, aber das war sie nicht. Und deshalb rückte sie ein paar Zentimeter von ihm ab, sodass der Hautkontakt zwischen ihrem Rücken und seiner Brust abriss.

»Du schnarchst«, sagte er mit vom Schlaf rauer Stimme.

Empörung wallte in ihr auf, und sie setzte sich abrupt auf, die Decke vor ihre alles andere als spektakulären Brüste haltend. »Stimmt ja gar nicht.«

»Nein.« Er grinste und senkte seinen verschleierten Blick auf die Stelle, die sie verhüllte. »Aber es ist witzig, wie beleidigt du gleich reagierst.«

Ihre Nippel zogen sich unter seinem eindringlichen Blick zusammen. Verdammt. Sie sollte nicht so auf ihn reagieren. Es war zum Verrücktwerden. »Ist das Lektion Nummer vier? Postkoitale Beleidigungen? Soll ich das auch bei Tyler nach dem Sex anwenden?«

Ein Schatten, den man für Groll halten konnte, huschte über sein Gesicht, bevor er seine gewohnte, lässige Fassade wieder aufsetzen konnte. Der Professor war wieder da. »Das würde ich nicht empfehlen.«

Erstaunlicherweise brachte sie dieser Satz mehr auf die Palme als die Tatsache, dass sie immer wieder diese breite, muskulöse Brust und die Furchen seiner Bauchmuskeln, die sich bildeten, als er sich aufsetzte, bestaunen musste. Es konnte ihr doch egal sein, dass er in seine Rolle zurückgeschlüpft war. Das hier bedeutete ihr doch gar nichts. Er war schließlich für sie nur ein Mittel zum Zweck, genauso wie sie für ihn. Bei dem Gedanken stockte ihr der Atem, und sie musste ihre Leidenschaft und ihre Körperreaktionen auf den Mann in ihrem Bett zügeln. Streiten würde sie beide keinen Schritt näher ans Ziel bringen – und das war alles, was zählte.

Denk an deine Liste, Felicia.

»Tut mir leid. Ich bin ein Morgenmuffel.« Sie bemühte sich, ganz die kühle, beherrschte Wissenschaftlerin bei der Arbeit zu geben. »Fangen wir mit einer Nachbesprechung an. Irgendwelche Anmerkungen?«

Er hob die Brauen. »Anmerkungen?«

»Wie ich mich für Tyler verbessern könnte.« Also, das war jetzt gar nicht peinlich, wenn man bedachte, dass sie splitternackt mit Hudson im Bett lag.

Sie war alles andere als unerfahren, aber mit einem Mann zu schlafen, um bei einem anderen zu landen, das war doch Neuland für sie. Ein Land, in dem es gefährliche Drachen gab. Und Orgasmen. *Sei still, du kleines Luder.* Ihren fest verschlossenen Lippen entwich ein nervöses Kichern, das sich in ihr aufgebaut hatte.

»Für Tyler«, wiederholte er langsam und mit einer gewissen Schärfe in der Stimme. Sein Kiefer verspannte sich. Fast unmerklich, aber es fiel ihr trotzdem auf.

»Ja, meine Technik«, fuhr sie – fast gegen ihren Willen –

fort. Warum konnte sie nur nicht aufhören, ihn wegzustoßen? »Das langsame Schwelen. Das ganze Ding mit Flirten und Kokettieren.«

Er ließ ein trockenes Lachen hören. »Ich denke, du hast das perfekt drauf.« Er rollte sich aus dem Bett und hob seine Jeans vom Boden auf. »Mit dem, was ich dir beigebracht habe, kannst du gar nichts falsch machen.«

»Bist du wirklich so gut?« Als ob sie das nicht wüsste. Als ob sie der Muskelkater in ihren Schenkeln nicht für den Rest des Tages daran erinnern würde.

Er wandte sich um, mit offener Jeans und nacktem Oberkörper, ein laszives Lächeln im Gesicht. Ihr Mund wurde ebenso schnell trocken wie andere Stellen an ihr feucht wurden.

»Fünkchen, das wissen wir doch beide.«

Ein klein wenig von ihrer Anspannung löste sich, und sie musste schmunzeln. Dieser Mann. Er war schon eine ganz besondere Nummer. »Dein Ego braucht eine eigene Postleitzahl.«

Er zuckte mit den Schultern. »Ich habe nie das Gegenteil behauptet.«

»Also, was kommt jetzt?« Sie musste sich zusammennehmen, um nicht dem wilden Drang ihres Körpers zu folgen und sich hier und jetzt auf ihn zu stürzen. »Bin ich bereit für ein Date?«

»Ist es das, was du willst?« Sein Ton war nüchtern.

Ihr Magen drehte sich und sank ihr dann bleischwer bis in die Kniekehlen. »Aber letzte Nacht war doch genau dafür, oder?«

Er hielt inne und musterte sie, als wollte er alle ihre Geheimnisse ergründen, einschließlich der Geschichte aus der neunten Klasse, als sie versucht hatte, Tyler zu küssen, und an seinem Hals herumgeknutscht hatte. Eine lange, peinliche

Geschichte von einem linkischen, zu kurz geratenen Mädchen und seinem ersten Bier.

»Ich werde sehen, was ich tun kann«, sagte er. »Du solltest nichts überstürzen.«

Ohne auf das unerklärliche Gefühl der Enttäuschung in ihrer Brust zu achten, versuchte sie zu ergründen, was er ihr sagen wollte. War sie noch nicht bereit? Ging es ihm wirklich nur darum, ihr zu helfen, bei einem anderen Mann zu landen? Schließlich hatten sie beide dabei etwas zu gewinnen – oder zu verlieren. »Aber wenn es so weit ist, haben alle etwas davon. Auch dein Bruder. Ich weiß nicht, wie ich da helfen kann, lerne allerdings schnell.«

Da war wieder dieses sexy Lächeln, das ihr direkt in den Unterleib fuhr. »Das kann man wohl sagen.«

Hudson schloss seine Jeans und beugte sich vor, um ihre Stirn mit den Lippen zu streifen, und sie empfand diese kurze Berührung als ebenso enttäuschend wie erleichternd. Ja, wirklich. Sie war erleichtert. Sie wollte nicht mehr von ihm. Der Unterricht war zu Ende.

Ohne ein weiteres Wort verließ er ihr Schlafzimmer, und eine Minute später hörte sie, wie die Tür ins Schloss fiel und Honeypot ein unwilliges Maunzen folgen ließ. Sie konnte den Blick nicht von dem blauen Kleid wenden, das neben dem Bett auf dem Boden lag. Wieder einmal hatte Hudson sie völlig im Dunkeln darüber gelassen, was als Nächstes passieren würde und was er damit meinte, wenn er sagte, sie solle nichts überstürzen.

12. KAPITEL

Hudson war rastlos, nervös und schlecht gelaunt. Normalerweise bedeutete das, dass er eine leere Leinwand und einen Pinsel brauchte. Da er aber beides in diesem Moment zur Verfügung hatte, blieb ihm nichts anderes übrig, als grummelnd zum Handy zu greifen. Seit er Felicia gestern Abend verlassen hatte, hatte er ständig das Display im Auge gehabt. Seine Finger flogen über die Tasten, genauso schnell wie jedes Mal über seinen Schwanz, wenn er an ihren Gesichtsausdruck in dem Moment, als sie gekommen war, gedacht hatte.

Hudson: *Erzähl mir drei interessante Dinge über dich.*

Er fixierte das Handy, als könnte er sie damit zum Antworten bringen. Als er endlich die drei Pünktchen sah, entspannte er sich.

Felicia: *Warum?*

Er grinste. Sie musste doch immer alles ganz genau wissen.

Hudson: *Das nennt man Konversation.*
Felicia: *?*
Hudson: *Das ist das, was Leute tun, um nicht beim Date über Ameisen und Ameisensex Vorträge zu halten.*
Felicia: *Du bist ein Arsch.*

Damit lag sie gar nicht falsch; die meisten Menschen erkannten das nur nicht.

Hudson: *Das ist ein interessanter Fakt über mich. Jetzt bist du dran.*
Felicia: *Ich habe sowohl die Schule als auch das Studium als Jahrgangsbeste abgeschlossen.*

Und Wasser war nass.

Hudson: *Habe ich nie dran gezweifelt. Was noch?*
Felicia: *Nö. Du bist dran.*

Sein Hirn war plötzlich leer, und er blickte sich in der Hütte um, als könnte er dort irgendetwas entdecken, das etwas über ihn erzählte. Die Versuchung, ihr sein Geheimnis zu verraten, war groß, doch er konnte widerstehen. Nur eine Person wusste von seinem Doppelleben, Galerieinhaberin und Superprofi Everly Ribinski, und sie würde nie ein Wort davon verraten. Also würde er auch schweigen.

Hudson: *Mein Schwanz ist gepierct.*
Felicia: *Du lügst. Schon vergessen, dass ich ihn gesehen habe?*

Gesehen? Sein Glied zuckte gegen seinen Schenkel bei der Erinnerung daran, was sie damit alles gemacht hatte.

Hudson: *Und daran gelutscht.*
Felicia: *Hör auf, mich nervös zu machen. Ich kenne deine Tricks. Du bist am Zug.*
Hudson: *Dein Zug ist auch nicht schlecht.*
Felicia: *Ich warte …*

Sie war wirklich stur. Also gut, er konnte nicht zurückstehen.

Hudson: *Schön. Ich habe nicht als Jahrgangsbester abgeschlossen, weder die Schule noch das Studium.*
Felicia: *Irrelevant. Ich will was Positives.*
Hudson: *Das muss von dir kommen.*
Felicia: *Lektion Nummer 482?*

Allmählich ging ihm dieses Gerede über Lektionen wirklich auf die Nerven. Es war so lange amüsant gewesen, bis sie Sex mit Tyler erwähnte. Die Bemerkung hatte ihn aus der Bahn geworfen.

Hudson: *Genau. Eine neue Lektion.*

Na klar. War doch eine seiner leichtesten Aufgaben als Männerflüsterer. Um Gottes willen. So etwas sollte er nicht einmal denken. Seine Hoden schrumpften fast ein bisschen. Aber Henry Higgins klang auch nicht besser. *Konzentrier dich, Carlyle.* Felicia ging davon aus, dass sie seine Schülerin war und er nur mit ihr schrieb, damit sie die Kunst des Flirtens erlernte und Tyler für sich gewinnen konnte. Aus keinem anderen Grund.

Felicia: *Okay. Ich kann einen Doppelknoten in einen Kirschenstängel machen.*
Hudson: *Das ist doch bestimmt noch nicht alles.*
Felicia: *Mit meiner Zunge.*
Hudson: *Beeindruckend.*

Sein Schwanz – den sie neulich Abend mit ihrer geschickten Zunge bearbeitet hatte – drückte gegen seinen Reißverschluss.

Felicia: *Jetzt du.*

Verdammt. Dieses Spiel war wesentlich einfacher mit seinen üblichen Partybekanntschaften, die nie richtig zuhörten. Er blickte auf seine nackten Füße.

Hudson: *Mein zweiter Zeh ist länger als mein großer Zeh.*
Felicia: *Ein Morton-Zeh! Die Griechen fanden das total sexy. Sie haben es in der Bildhauerei verwendet, genauso wie die Römer. Auch die Freiheitsstatue hat Morton-Zehen.*

Er schnaubte amüsiert.

Hudson: *Jetzt finde ich es irgendwie peinlich.*
Felicia: *Wieso? Ist doch cool.*

Cool war anders, aber egal.

Hudson: *Kommen wir zu Nummer drei.*
Felicia: *Ich spare auf ein echtes Hughston-Gemälde.*

Verdammtes Ego. Er konnte gar nicht schnell genug tippen.

Hudson: *Welches?*
Felicia: Tagesanbruch. *Es löst bei mir die gleichen Gefühle aus wie ein Samstagmorgen.*

Darauf freue ich mich die ganze Woche. Das hatte sie gesagt. Und sein Gemälde löste die gleichen Gefühle in ihr aus. Dabei wusste sie gar nicht, dass er der Maler war. Nachdem sich im Verlauf des Chats seine Nervosität gelegt hatte, war sie nun auf einmal wieder da. War das nicht vollkommen unlogisch?

Felicia: *Bist du noch da?*

Er starrte auf das Display und wusste nicht, was er antworten sollte.

Felicia: *Du bist dran. Oder willst du kneifen?*

Seine Haut fing an zu kribbeln wie von tausend Ameisen.

Felicia: *Hudson.*

Vorhin hatte er es kaum erwarten können, diesen Chat zu beginnen, jetzt wollte er ihn bloß noch schnellstmöglich beenden. Nach alter Gewohnheit wechselte er einfach das Thema.

Hudson: *Entschuldige, Fünkchen. Die Pflicht ruft.*
Felicia: *Du gehst doch fast nie ins Büro.*

Da allerdings irrte sie gewaltig. Nur dass sein Büro ein Ferienhaus war, durchflutet von Tageslicht und weit abgelegen im Wald, damit er sein Geheimnis vor aller Welt verbergen konnte.

Felicia: *Bist du noch da?*

Und ob er noch da war. Er schien sich sowohl wörtlich als auch bildlich gesprochen nicht von der Stelle zu bewegen. Aber das war ein Thema, das er gar nicht gern ansprach, schon gar nicht mit einer sexy Ameisenforscherin, die bereits seit Kindertagen in den besten Freund seines Bruders verknallt war. Apropos …

Hudson: *Ich hole dich morgen um sieben ab. Zieh eins von den neuen Kleidern an. Die Carlyle-Brüder haben wieder ein Geschäftsessen mit deinem Zukünftigen. Bis dann*

Er schaltete sein Handy aus und fuhr fort, die leere Leinwand vor sich anzustarren.

Zum x-ten Mal strich Felicia mit den Händen über das rote Kleid mit den kleinen blauen Blümchen und zwang sich, nicht auf die Uhr zu schauen.

»Hudson kommt, wenn er kommt, und keine Sekunde früher«, murmelte sie vor sich hin.

Toll. Jetzt sprach sie schon mit sich selbst. Noch mal zehn Minuten warten, und sie würde sich erneut umziehen. Kleider lagen über ihr Bett verstreut. Die, die Hudson bezahlt hatte, aber auch die wenigen aus ihrem Schrank. Das einzige Kleid, das sie hängen gelassen hatte, war das blaue Wickelkleid, das sie an dem Abend getragen hatte, als Hudson und sie … nun ja, als er ihr etwas beigebracht hatte, das sie nie wieder vergessen würde. Seither hatte Funkstille zwischen ihnen geherrscht. Und genau so sollte es auch sein. Sie fasste ihr Haar zu einem hohen Pferdeschwanz zusammen und zog ihn energisch durch ein Gummi. Alles andere würde ihr Eliza Doolittle/Henry Higgins- oder Jedi/Yoda-Verhältnis zerstören. Sie waren zwei Menschen mit einem gemeinsamen Ziel und ähnlich ausgeprägter Libido. Das war alles. Das Haargummi riss und schnalzte schmerzhaft gegen ihre Finger, und im gleichen Moment fing Honeypot an zu miauen.

»Das Timing ist mal wieder unübertroffen«, brummte sie, ließ ihr Haar fallen und ging zur Tür.

Ohne auf Honeypots scharfe Krallen zu achten, nahm sie das sich windende Tier hoch und öffnete.

»Hallo.« Hudson trug einen dunkelblauen Anzug, in dem er genauso aussah, wie man sich einen Mann mit Millionen Dollar auf dem Konto vorstellte. »Mein Mädchen kann es ja kaum erwarten, mich zu sehen.«

Felicias Synapsen verschmorten mit einem Zischen. Sein Mädchen? Hitze stieg ihr in die Wangen. Doch dann fing er an, Honeypot hinter den Ohren zu kraulen. Ach so, *das* Mädchen. Das pelzige, das jetzt schnurrte wie der Motor eines Rennwagens. Felicias Gesicht fühlte sich an, als hätte sie Sonnenbrand. Okay. Alles so, wie es sein sollte.

Blödsinn.

Sie drückte Hudson die Katze in die Arme und hoffte in einem stillen, kleinkarierten Winkel ihres Herzens, dass sie diesen Moment wählte, um einen Fellball hochzuwürgen. »Ich muss ein neues Haargummi holen.«

»Auf keinen Fall.« Er schlenderte herein, als wäre er hier zu Hause, und setzte Honeypot auf dem blauen Sessel ab.

Felicia war bis kurz vor ihre Schlafzimmertür gekommen, wo sie sich abrupt umdrehte. »Was?«

»Schon vergessen? Wir machen es auf meine Art.« Mit wenigen Schritten verkürzte er den Abstand zwischen ihnen. Ja, ihre Wohnung war klein, aber es war trotzdem nicht fair. Er war zu groß. Zu nah. Zu verwirrend. »Du hast so schönes Haar. Lass es offen.«

»Dann soll ich wohl auch die Brille weglassen, was?«, fragte sie und klang dabei schärfer als beabsichtigt.

Warum war sie nur so komisch drauf?

»Nein, nein. Die ist verdammt sexy«, widersprach er mit leicht anzüglichem Grinsen, das dennoch sympathisch war. »Die erinnert mich an meine Mathenachhilfelehrerin.«

Ihr Slip, ein Tanga, wegen des engen Kleides, drohte von ihren Hüften zu gleiten, obwohl sie ihn im Geiste festzuhalten versuchte. Unfassbar. Es war Wahnsinn. So etwas passierte, wenn man mit dem Henry Higgins von Harbor City schlief, während man gleichzeitig einen anderen Mann für sich gewinnen wollte. Das konnte einen ganz schön um den Verstand bringen.

»Egal.« Gegen ihren Willen schnaubte sie ärgerlich.

Er neigte den Kopf, sodass ihm eine Strähne seines hellbraunen Haars in die Stirn fiel, die er sich mit seinen schlanken Fingern aus dem Gesicht strich. »Was hast du?«

Reiß dich zusammen, Felicia.

»Nichts.«

Er sah nicht aus, als würde er ihr glauben. »Nervös wegen Tyler?«

Die Logik hinter dieser Frage war ebenso einfach wie bestechend. Das musste es sein. Nicht Telepathie oder Tanga-wegzaubernde Magie, sondern einfach Lampenfieber.

»Das muss es sein«, sagte sie. »Tut mir leid, ich stehe neben mir.«

»Du wirst dich großartig machen.« Er zwinkerte ihr zu. »Lass mich einfach führen, dann wird alles gut.«

»Ich habe einen ausführlichen Vortrag über Interaktion in Ameisenkolonien im Kopf.« Als sie seine entsetzte Miene sah, entspannte sie sich schließlich etwas. »Komm runter, das war ein Witz.«

»Du musst deine Intelligenz nicht verstecken, Fünkchen. Sie macht dich besonders sexy«, sagte er. »Aber lass nach Möglichkeit die ekligen Ameisendetails weg.«

Das Kompliment schmeichelte ihr – trotz der Bemerkung über die Ameisen –, und ausnahmsweise versuchte sie nicht, es zu widerlegen, sondern gönnte sich den Luxus, es einfach anzunehmen. Sie nahm ihre Handtasche und trat durch die Tür, während Honeypot im Hintergrund miaute.

Das *Crane & Berry* war die Sorte Restaurant, bei der man Jahre im Voraus reservieren musste. Eine von Kopf bis Fuß in Schwarz gekleidete Bedienung bat sie, ihr zu folgen, und als sie Tyler neben Sawyer, beide mit verhaltenen Mienen, an einem Tisch in einer Ecke sitzen sah, war es um Felicias innere Ruhe wieder geschehen. Beide hatten eine geschlossene Speisekarte und ein halb volles Glas Scotch vor sich. Sie drohte fast die Nerven zu verlieren, da spürte sie Hudsons starke Hand auf ihrem Rücken, und er beugte sich zu ihr herunter.

»Heute Abend wette ich auf schwarze Spitze mit Schleifchen«, flüsterte er ihr ins Ohr. Dann richtete er sich auf und zog einen Stuhl für sie zurück – den neben Tyler. Er selbst nahm gegenüber Platz und nickte den beiden Männern zu. »Ich nehme an, der Aderlass hat noch nicht begonnen.«

»Nein, die Planung für das Bürogebäude in Singapur wurde gerade erst abgeschlossen«, sagte Sawyer und klang angespannt. »Es geht noch darum, ihn dazu zu bringen, Mr Lim seinen Segen zu geben.«

»Sieht so aus, als hätten sich die Dinge ein bisschen verändert seit den Tagen, in denen Frankie und du euren Rasenmähservice hattet«, sagte sie und nahm die Wasserkaraffe, die vor ihrem Teller stand. »Habt ihr nicht mit einem Zehn-Prozent-Rabatt alle dazu bekommen, euch für den ganzen Sommer zu buchen?«

»Das klingt ganz nach dir«, knurrte Sawyer, auch wenn sich seine Lippen zu einem amüsierten Lächeln verzogen.

»Darauf kannst du wetten«, sagte Tyler, ehe er sich Felicia zuwandte, um sie neugierig zu mustern. »Irgendetwas ist anders an dir. Hast du eine neue Brille oder ist es deine Frisur? Ich glaube, ich habe dich noch nie mit offenen Haaren gesehen.«

Sie wuchs mindestens fünf Zentimeter, während sich Hudson neben ihr versteifte. Er hätte in jedem Fall sofort gesehen, was an Felicia anders war, selbst wenn er ihr nicht bei dem Umstyling geholfen hätte – doch Tyler war da anders. Der hatte sie ja noch nie bewusst angesehen. Es war zumindest ein Schritt in die richtige Richtung, wenn auch nur ein kleiner.

»Ja«, erwiderte sie und schaffte es, nicht puterrot anzulaufen, während sie sich die langen Strähnen glatt strich, die an ihren in dem ärmellosen Kleid nackten Schultern kitzelten. »Ich wollte mal was Neues ausprobieren.«

»Gefällt mir.« Tyler ließ seinen Blick von ihrem Haar auf ihr Dekolleté sinken. Zum ersten Mal sah er sie so an, wie sie es sich seit Jahren wünschte. »Steht dir gut.«

Obwohl die Bemerkung keine Schmetterlinge in ihrem Bauch flattern ließ, kostete Felicia den Triumph des Augenblicks während des gesamten Abendessens aus. Es wurde ein wenig über das Bürogebäude gesprochen, das *Carlyle Enterprises* für Tylers Kunden zu bauen hoffte, doch als das Essen kam, entspannte sich die Stimmung merklich – insbesondere nachdem Sawyer eine Handy-Benachrichtigung bekam, dass die *Giants* einen Grand Slam geschlagen hatten. Die beiden Männer stießen an, und ab da drehte sich das Gespräch nur noch um Geschichten aus Schul- und Studienzeiten sowie Tylers High Heels tragende Nachbarin.

»Sie spaziert also in ihrer Wohnung herum. Was soll sie denn sonst machen? Schweben?«, fragte Felicia schmunzelnd.

»Das ist es nicht.« Tyler war ganz aufgekratzt, und seine Augen funkelten. Er liebte solche Herausforderungen. »Sie hat sich bei der Hausverwaltung beschwert, dass ich sie belästigen würde.«

Sawyer schnaubte. »Bist du nicht die Hausverwaltung?«

»Schon.« Tyler nickte. »Mir gehört das Haus, aber die Mieter wissen das nicht.«

Das war komplett unlogisch. »Wieso denn nicht?«

Tyler grinste sie an. »Ich habe meine Gründe dafür.«

»Willst du uns nicht daran teilhaben lassen?« Natürlich nicht. Das Konzept des Teilens war Tyler vollkommen fremd.

Er zwinkerte ihr zu. »Du weißt doch, dass ich immer einen Trumpf im Ärmel habe.«

»Wie wahr, wie wahr«, sagte Sawyer, ehe er das Gespräch wieder auf die *Giants* und deren anstehendes Play-off-Spiel lenkte, das sie zusammen besuchen würden.

Als die Rechnung kam, ergingen sich Sawyer und Tyler in einer typisch männlichen langwierigen Auseinandersetzung, wer sie denn nun übernehmen sollte, doch dann rührte sich Hudson – der den ganzen Abend über sonderbar schweigsam gewesen war –, schnappte sich die Rechnung vom Tisch und murmelte: »Geht auf mich.«

Er verhielt sich wirklich seltsam, doch sie machte sich nicht weiter Gedanken darüber, sondern genoss lieber, wie Tylers Blick immer wieder zu ihr wanderte. Das hatte sie sich schließlich jahrelang erhofft. Sie wartete weiterhin darauf, dass ein Prickeln der Erregung ihre Haut überzog oder sie ein scharfer Pfeil der Erkenntnis in den Magen traf, aber nichts passierte. Nicht als Tyler seinen Arm über ihre Rückenlehne legte. Nicht als er anfing, mit ihren Haarspitzen zu spielen. Nicht als er sich vorbeugte und ihr zuflüsterte, dass sie heute Abend toll aussehe. Dass sie nicht vollkommen aus dem Häuschen war – was sowieso nur dazu geführt hätte, dass sie im Gesicht hochrot anlief –, hatte aber gar nichts zu bedeuten. Sie war einfach bloß fokussiert auf ihr Ziel, und sie konnte sich nicht leisten, jetzt nachzulassen und den Moment zu genießen. Das würde später noch kommen. Sie wusste es.

Sie stand auf, und man verabschiedete sich. Dass Tyler ihre Wangen mit den Lippen streifte, war ein kleiner Sieg, doch nichts passierte. Erst als Hudson ihr die Hand auf den unteren

Rücken legte, auf dem Weg zum Ausgang, stieg ihr verräterische Hitze in die Wangen. Das war natürlich nur die verzögerte Reaktion auf einen erfolgreichen Abend. Statt sich darauf auszuruhen, würde sie sofort den nächsten Schritt planen. So war sie einfach. Sie konzentrierte sich weiterhin voll und ganz auf ihr Ziel – ein erstes richtiges Date mit Tyler –, bevor sie in knapp zwei Wochen dreißig wurde.

Der Abend war so perfekt verlaufen, dass Hudson das überwältigende Bedürfnis hatte, jemanden – egal wen – zu verprügeln, als er mit Felicia im Fond eines Ubers saß, um sie nach Hause zu begleiten. Mr Ahnungslos hatte keine Gelegenheit ausgelassen, Felicia zu berühren. Das war großartig. Wirklich. Ganz fantastisch. Alles verlief nach Plan. Sawyer und Tyler hatten sich beim Dessert gegenseitig niedergemacht – und das war völlig in Ordnung, schließlich waren sie seit Urzeiten Freunde –, und dieses Arschloch Tyler hatte endlich bemerkt, was ihm all die Jahre entgangen war. Felicia hatte es in vollen Zügen genossen. Das hatte er so nicht beabsichtigt – oder zumindest hatte er das nicht gewollt. So viel konnte er sich selbst gegenüber zugeben.

Felicia drehte sich auf der Sitzbank, und hinter ihrer Brille zwischen den Augen bildete sich ein kleines fragendes V. »Was ist denn los?«

»Wie kommst du darauf, dass etwas los ist?« Weil er die Hände an seinen Seiten zu Fäusten geballt hatte? Weil er sich schon fast die Backenzähne ausgebissen hatte vor lauter Anspannung?

Sie nagte eine Sekunde lang an ihrer Unterlippe, bevor sie antwortete. »Du hast beim Essen kaum etwas gesagt.«

»Es war gar nicht so einfach, weil Mr Ahnungslos ununterbrochen geplappert hat.« Und an ihr herumgefummelt hatte.

Himmel noch mal. Reiß dich zusammen, Carlyle. Du hast sie gevögelt, so wie viele andere Frauen in deinem Leben. Die Neandertaler-Nummer passt nicht zu dir.

»Er hat einen Namen.« Sie verengte die Augen und schob das Kinn vor, wie er es nur zu gut von ihr kannte. »Sag ihn.«

Er rechnete nicht damit, dass sie aufgeben würde, und so formte er seine Züge zu einem neckischen Lächeln und streifte die Maske über, die ihm bislang noch immer gute Dienste geleistet hatte. »Tyler. Die Liebe deines Lebens ist Tyler Jacobson.«

»Das Kleid hat ihm gefallen.« Sie strich mit den Handflächen über den Stoff, der sich eng an ihre Schenkel schmiegte, dort wo sie Sommersprossen hatte.

»Mehr als die Frau, die drinsteckt.«

»Aber genau deswegen machen wir das hier doch alles, oder?« Statt ihn anzusehen, blickte sie aus dem Fenster, wo die hell erleuchtete Stadt an ihnen vorbeirauschte.

»Genau.« Was allerdings nicht erklärte, warum sich sein Magen zu einem Klumpen zusammenballte. Wie konnte er auch an einem Samstagabend Jakobsmuscheln bestellen? Jeder wusste, dass Restaurants montags mit Fisch und Meeresfrüchten beliefert wurden. Ganz offensichtlich war im *Crane & Berry* etwas mit den Muscheln nicht in Ordnung gewesen.

»Dann sollte ich ihn morgen anrufen.« Sie griff nach ihrer Handtasche, während der Wagen in ihre Straße einbog.

»Nein.« Die Antwort war ihm herausgerutscht und klang übereilt und unwirsch.

»Warum nicht?«

Warum nicht? Es gab eine Million Gründe, die Hudson selbst nicht begriff. »Darum.«

Angriffslustig straffte sie den Rücken. »Da musst du dir jetzt schon ein bisschen mehr einfallen lassen.«

»Er soll sich Mühe geben.« Ja, das klang gut. Oder?

»Ist das ernsthaft dein Rat, oder hat das etwas mit neulich Nacht zu tun?« Der verletzliche Unterton war nicht zu überhören.

»Das war bloß eine Lektion.« *Rede dir das nur weiterhin ein, Kumpel.* »Genauso wie das hier. Du musst ihn ein wenig schmoren lassen.« Etwas anderes hatte der Idiot ohnehin nicht verdient. Das Auto verlangsamte seine Fahrt, als sie sich ihrem Haus näherten. Das Licht der Straße brach sich in ihrem Haar, und in dem Moment traf ihn die Erkenntnis. Der Aufschub war nicht für den Volltrottel Sawyer, sondern für den Volltrottel Hudson. »Man will etwas umso mehr, wenn man es nicht haben kann.«

Sie nestelte an einer Haarsträhne. »Ich weiß nicht …«

»Ich weiß, wie wir das machen.« In Wahrheit hatte er keine Ahnung. Er wusste nur, dass er selbst nicht bereit war, sie Mr Ahnungslos in die Arme zu treiben. Er musste sie aus Harbor City wegbringen. Das Uber hielt vor ihrer Wohnung. »Pack ein paar Sachen zum Übernachten ein. Ich hole dich morgen früh ab.«

»Wohin fahren wir?«

»Das wirst du dann schon sehen.« Tatsächlich hatte er selbst noch keinen Schimmer, wo er sie für ein paar Tage verstecken konnte.

Sie öffnete die Tür und schickte sich an, auszusteigen, zögerte aber kurz und blickte ihn an, als wartete sie auf etwas. Ihm ging es ganz genauso – allerdings wollten sie beide nicht dasselbe. Dann erschien ihre rosige Zungenspitze, um ihre Unterlippe zu befeuchten, und er nahm nichts anderes mehr wahr. Es gab so vieles an ihr, das ihn antörnte. Wie oft hatte er sich vorgestellt, dass sie diese Lippen um seinen Schwanz legte, genau wie neulich Nacht? Viel zu oft.

Du darfst sie auf keinen Fall küssen. Scheuch sie aus dem Auto und sag dem Fahrer, er soll erst anhalten, wenn dein Hirn wieder die Kontrolle über deinen Schwanz zurückgewonnen hat.

Das war ein guter Rat. Die einzige Chance. Zu dumm nur, dass sein Schwanz komplett beratungsresistent war. Sie hatte eine Hand am Türgriff und einen Fuß bereits auf dem Gehsteig, als er seine Finger in ihr seidiges braunes Haar verwob. Er hätte sie auf diese Weise mit Leichtigkeit an sich ziehen können, doch das musste er gar nicht – sie kam von allein zu ihm. Mit verschleiertem Blick und die feuchten Lippen leicht geöffnet, ließ sie sich gegen ihn sinken.

Er meinte, sie etwas von »Projektionsfläche« murmeln zu hören, doch er verstand kaum etwas, da sein Blut auf dem Weg zu seinem Schwanz in seinen Ohren rauschte, als er seinen Mund auf ihren presste. Er schmeckte Rotwein und Versuchung – zwei Dinge, die ihn in letzter Zeit besonders anmachten – und drang mit der Zunge in ihren süßen Mund vor. Die verspielten Berührungen, mit denen ihre Zunge die seine begrüßte, jagten wie elektrische Stöße in seinen Schwanz. Diese Frau. Wie um alles in der Welt hatte Mr Ahnungslos bloß all die Jahre nichts davon bemerkt? Er konnte nicht genug von ihr bekommen. Wie sie sich gegen ihn drängte und in seinen Mund stöhnte. Er verstärkte seinen Griff in ihrem Haar, zog ihren Kopf zurück und vertiefte den Kuss. Sein ganzes Testosteron-getränktes Ich beschwor ihn, sie einfach zu nehmen, hier und jetzt. Doch das durfte nicht passieren. Auf keinen Fall. Der Gedanke ernüchterte ihn genug, um sich – seinem Körper und ihrem unwilligen Stöhnen zum Trotz – zurückzuziehen, bis nur noch ihre Stirn und seine Finger in ihrem Haar sie verbanden, während sie beide nach Atem rangen.

Er musste sie aus seinem Kopf verbannen. Sie irgendwohin mitnehmen, wo niemand sie vermutete. Aber dann traf ihn mit der Wucht einer Dampflokomotive in voller Fahrt die Erkenntnis: Er konnte sie nicht dorthin mitnehmen. Er nahm niemals jemanden dorthin mit. Sein Blick senkte sich auf ihre vom Küssen geschwollenen Lippen. Es war der einzige Ort, wo er mit ihr sein wollte.

Widerstrebend setzte er sich auf und löste seine Hände aus ihrem Haar. »Wir sehen uns morgen früh um acht, Fünkchen.«

Sie blinzelte und verzog fragend das Gesicht, doch statt ihn zu löchern, nickte sie bloß und stieg aus. Als sie die Tür schloss, formte sich ein Gedanke in seinem Kopf: War er von allen guten Geistern verlassen? Die Antwort konnte nur Ja lauten.

13. KAPITEL

Als am nächsten Morgen ihr Handy klingelte, war Felicia noch tropfnass vom Duschen. Es war erst sieben. Es gab nur einen einzigen Menschen, der sie samstagsmorgens um diese Zeit anrufen würde. Ein kurzer Blick auf das Display bestätigte ihre Vermutung. Fallon.

Sie drückte den Lautsprecher-Button, legte das Handy auf die Ablage im Bad und fuhr fort, sich abzutrocknen. »Hey, Schwesterherz. Bekomme ich jetzt endlich mal zu hören, wie euer Mädelswochenende in Las Vegas war? Es geht auf keinen Fall, dass du wegfährst und danach gleich zwei Krankenhausschichten am Stück arbeitest. Ich brauche meinen Tratsch.«

»Du hörst dich irgendwie komisch an«, sagte ihre ältere Schwester mit einer Mischung aus Neugier, Misstrauen und Besorgnis, die jeder nach einem Jahr Tätigkeit in der Notaufnahme anzunehmen schien.

Felicia wickelte ihre Haare in das Handtuch und fixierte es geschickt auf dem Kopf. »Du bist auf Lautsprecher, und ich bin im Bad.«

»Ich will nicht wissen, was du tust.«

»Entspann dich, ich komme gerade aus der Dusche – ich sitze nicht auf der Toilette.«

»Gott sei Dank, das wäre wirklich ekelhaft. Hast du überhaupt eine Ahnung, wie viele Bakterien auch so schon auf deinem Handy sind?«

»Jeder Mensch muss kacken«, gab Felicia zurück und schlüpfte in einen Frotteebademantel, weil es durch das Milchglasfenster höllisch zog.

»Aber man sollte nicht auf dem Klo telefonieren«, wandte Fallon ein.

Da hatte Felicia nichts entgegenzusetzen. »Aye, aye, Miss Knigge.«

»Ich habe gehört, du hast Frankie angerufen, um dich in Outfitfragen beraten zu lassen.« Mit der natürlichen Autorität der dreizehn Monate älteren Schwester wechselte sie das Thema und begann ein Verhör. »Wer ist der Typ? Bitte nicht Tyler Jacobson.«

»Und wenn?« Wie immer, wenn sie sich unsicher und bedrängt fühlte, versagte ihr die Stimme. »Was, wenn er gerade splitternackt bei mir im Bett liegt?«

Fallon ließ sich nicht beeindrucken. »Wenn ein sexy Typ nackt in deinem Bett liegen würde, wärst du nie im Leben ans Telefon gegangen.«

Natürlich musste jetzt vor ihrem geistigen Auge ein Bild von Hudson entstehen, nur mit einem Handtuch um die nackten Hüften geschlungen, und ihr wurde ganz heiß, unangemessen heiß, schließlich telefonierte sie immer noch mit ihrer Schwester. »Wahrscheinlich nicht.«

»Aha, der Seufzer klang vielversprechend.«

So konnte es nicht weitergehen. Sie musste Fallon ablenken. »Was ist los? Hast du in Las Vegas keinen heißen Typen kennengelernt? Warum sonst musst du dir in meinem Bett einen vorstellen?«

»Frag nicht«, schnaubte sie. »Es war hochprozentiger Alkohol im Spiel, deshalb kann ich diesen Punkt weder bestätigen noch dementieren. Alles, was ich weiß, ist, dass ich ein Riesenarschloch kennengelernt habe.«

»Bitte erzähl das auf keinen Fall Frankie, sonst rastet er aus.« Das älteste der Hartigan-Kinder, Francis James, war hochgewachsen, breitschultrig und neigte dazu, über andere zu bestimmen. Er sah es als seine Aufgabe an, seine Geschwister vor Ärger zu bewahren, obwohl er selbst ständig in Schwierigkeiten geriet. »Apropos, woher weißt du überhaupt, dass er mir geholfen hat?«

»Unser großer Bruder hat eine ebenso große Klappe, die er nicht halten kann.«

Wie wahr. »Was hat er gesagt?«

»Nur, dass er meine Schwesternschuhe klauen würde, wenn ich dir verraten würde, dass er mir erzählt hat, dass er dir geholfen hat, ein Outfit für ein Date auszusuchen.«

»Selber schuld, wenn du ihm deine Schlüssel gibst. Wir wissen alle, dass er nicht nur Feuerwehrmann, sondern auch eine unerträgliche Nervensäge ist.«

»Hast ja recht«, gab Fallon zu. »Also, wer ist der Typ?«

»Bloß ein Freund, der mir bei einem Projekt hilft.« Das war nicht ganz gelogen, deshalb wurde ihre Stimme nicht brüchig. Jedenfalls halbwegs. Gott, sie konnte so schlecht lügen.

»Du hast einen Ameisenmann?«

Sie musste an Hudsons entsetztes Gesicht denken, als sie erläutert hatte, wie die Honigtopfameise zu ihrem Namen gekommen war. »Eher das Gegenteil.«

»Willst du mir nicht ein bisschen mehr erzählen?«

»Es gibt nichts zu erzählen.« Wie sollte man denn so eine verworrene Geschichte erklären? Gar nicht – schon gar nicht ihre letzte »Lektion«, bei der sie, Hudsons Gesicht reitend, ihre Erlösung hinausgeschrien hatte.

»Ich kann praktisch von meinem Wohnzimmer auf der anderen Flussseite in Waterbury sehen, dass du rot geworden bist. Du konntest noch nie gut lügen.«

»Im Ernst, Fallon, es gibt nichts zu erzählen.« Jedenfalls nichts Jugendfreies.

»Dann treffen wir uns doch zum Mittagessen, wenn es nichts zu erzählen gibt.«

Felicia blickte auf die Uhr. Hudson würde gleich kommen, und sie war immer noch nackt und feucht, wenn auch ganz anders als beim letzten Mal, als er in ihrer Wohnung gewesen war. »Ich kann nicht.«

»Wieso nicht?«

»Ich fahre übers Wochenende weg.«

»Versprich mir, dass du mir alles erzählst, wenn du zurück bist, dann verrate ich auch Frankie nichts davon, dass du wegfährst, um wilden, animalischen Sex zu haben.«

»Es geht nicht um Sex.« Sondern um Weiterbildung. Sie würde wieder Unterricht haben, und das war etwas anderes. Etwas ganz anderes.

»Warum hast du mich nicht gefragt, was du einpacken sollst, wenn du nicht von vornherein planst, die Tasche gar nicht auszupacken?«

»Ich muss jetzt Schluss machen«, sagte sie, heilfroh, dass ihre Schwester sie nicht über FaceTime angerufen hatte. Dann wären ihr ihre brennenden Wangen nicht entgangen. »Ach, eins noch, kannst du meine Katze füttern, solange ich weg bin?«

»Klar. Ich hab dich auch lieb, Schwesterchen.« Fallon machte ein Kussgeräusch und beendete das Gespräch.

Felicia ließ das Handy auf der Ablage und ging ins Schlafzimmer, wo auf dem bereits gemachten Bett ihre gepackte Tasche lag. Team Vorfreude und Team Faulheit kämpften in ihrem Innern und erschwerten ihr das Atmen. Der Anblick ihrer Tasche durfte doch nicht so ein Chaos in ihrem Inneren anrichten. Trotzdem war es so. Viel schlimmer aber war, dass sich zugleich unter dem weichen Stoff ihres Bademantels ihre Nippel zusammenzogen. In der Hoffnung, dass Fallon recht hatte und sie gar nicht erst auspacken würde.

Hudson war seit dem Morgengrauen auf – das war praktisch noch nie vorgekommen – und zerbrach sich den Kopf darüber, ob er Felicia wirklich mit in die Hütte nehmen sollte, die außer ihm niemand mehr betreten hatte, seit er sie im Alter von achtzehn geerbt hatte. Stundenlang hatte er an die blütenweiße Decke seines Penthouses gestarrt, bis er schließlich aufgab, sein Handy in die Hand nahm und die Nummer wählte, die er niemals eingespeichert hatte, weil er sie seit seinem ersten Schultag auswendig wusste.

»Was ist passiert?«, begrüßte ihn seine Mutter.

»Wie kommst du darauf, dass etwas passiert ist?«, fragte er zurück auf dem Weg durch den Raum, dessen weiße Wände nur von etwas Indigoblau, Bernstein und Ebenholz unterbrochen wurden. Der Holzboden fühlte sich kühl an seinen Füßen an.

»Weil es früh am Morgen ist und du bei mir angerufen hast«, sagte Helene mit dem Scharfsinn eines Detectives, der mit Pfeife und Telefonbuch in einem Verhörraum sitzt.

Hudson steuerte auf Küche und Kaffeemaschine zu. »Ich rufe dich doch dauernd an.«

»Nicht um diese Zeit. Was ist passiert?«

Okay, es war ein Fehler gewesen, seine Mutter anzurufen. Doch der einzige andere Frühaufsteher, den er kannte, war Sawyer, und der – das wusste er seit einem peinlichen Zwischenfall – gehörte wie auch seine Frau Clover zu den Menschen, die am liebsten morgens gleich nach dem Aufwachen alle Hüllen fallen ließen und sich in schweißtreibende Orgasmen steigerten. Den Fehler hatte er nur einmal gemacht.

Während er eine Kaffeekapsel in die Maschine einsetzte, überlegte er, wie er seiner Mutter den frühen Anruf erklären konnte, ohne die Wahrheit zu verraten – nämlich dass ihm Felicia nicht mehr aus dem Sinn ging. Für Helene war sie immer noch sein Projekt und nicht eine potenzielle Freundin.

»Bist du noch dran?«, fragte seine Mutter mit besorgtem Unterton.

Verdammt. Dass sie sich aufregte, war das Letzte, was er wollte. Endlich hatte sie ihre drei Jahre währende Trauerphase beendet, und obwohl sie jetzt stabiler war als zu der Zeit, als sie praktisch ununterbrochen *My Fair Lady* anschauten, war sie nicht mehr die Frau, die sie einmal gewesen war, bevor sein Dad so unerwartet einen Herztod starb.

»Ja, ja.« Er drückte den Knopf der Kaffeemaschine. »Ich wollte nur Bescheid geben, dass ich dieses Wochenende in die Hütte rausfahre.«

»Was treibst du da draußen eigentlich die ganze Zeit? Ach was, erzähl's mir lieber nicht«, schob sie gleich hinterher. »Eine Mutter sollte von diesen Dingen nichts wissen.«

»Na ja, ich halte in dem Ferienhaus, das ich von meinem Großvater geerbt habe, Orgien ab. Ich dachte, er würde das gut finden.«

»Dieser Mann hat nie irgendetwas gut gefunden«, brummte Helene. »Gott sei seiner Seele gnädig, aber das ist die Wahrheit – schon gar nicht, was seinen Sohn anging. Den hat er vollkommen ignoriert.«

Nach dem Eklat um seine künstlerischen Ambitionen noch zu Schulzeiten hatte Hudson nie wieder mit seinem Vater über das Malen gesprochen. Ansonsten hatten sie sich immer bestens verstanden, beim Baseball, im Familienurlaub und wenn beim Pokern in der Männerrunde kein Blatt mehr vor den Mund genommen wurde. Bei Michael und dessen Vater, seinem Großvater, war das ganz anders gewesen. Wenn die beiden sich in einem Raum aufgehalten hatten, war die Temperatur unter den Gefrierpunkt gesunken.

»Was ist zwischen den beiden eigentlich vorgefallen?«

Helene murmelte etwas Unverständliches und fuhr dann deutlicher fort: »Nur die übliche Sturheit und Rechthaberei der Carlyles.«

»So ein Wahnsinn.« Jemand musste mal eine Lanze für die Männer der Familie brechen.

»Ach, komm«, gab sie zurück. »Du bist doch genauso.« Unvermittelt wechselte sie das Thema. »Ich habe mir sagen lassen, dass du schon zweimal dieselbe Frau zu einem Kundenessen mitgebracht hast.«

Sawyer konnte seinen Mund auch nicht halten. »Ich versuche nur, Felicia mit Tyler zu verkuppeln, so wie wir vereinbart haben. Nichts macht eine Frau begehrenswerter, als wenn ein anderer Mann sie auch haben will.« Das war genauso idiotisch, wie es klang.

Er nahm seinen Kaffee und ging auf den Balkon, um den Blick über den Park zu genießen. Die Aussicht hatte immer eine beruhigende Wirkung auf ihn, vor allem zu dieser Jahreszeit, wenn die Blätter ihre orangerot-goldene Färbung angenommen hatten.

»Das ist alles? Bei Clover klang es, als steckte da mehr dahinter.«

»Wie kommt Clover darauf?« Mist. Das war kein gutes Zeichen. Sawyer war gut darin, große Zusammenhänge zu erkennen, doch seine Frau hatte ein Auge für Details – gerade auch solche, die man lieber verbergen wollte. Höchste Zeit, das Thema von der Frau wegzulenken, die ihm nicht mehr aus dem Kopf ging, hin zum aktuellen Lieblingsprojekt seiner Mutter. »Hat sie auch erwähnt, dass Sawyer und Tyler wieder miteinander reden? Und dass das Abendessen mit dem Kunden unerwartet gut verlief und Clover daher gar nicht vermitteln musste?«

»Darin war sie immer ziemlich gut – apropos gut, wie läuft deine kleine Mission?«

Sehr schön. Gefährliche Klippe erfolgreich umschifft. »Ich denke, die Operation *Rettet die Männerfreundschaft* läuft bestens.«

Sogar besser als erwartet, dabei hatte sich Tyler noch nicht einmal in Felicia verguckt. Er hätte natürlich dafür sorgen können, dass das schneller geht, doch er ließ es langsam angehen – ihretwegen. Was auch immer Mr Ahnungslos ihr bedeutete, er war ein Arschloch erster Güte und verdiente eine Frau wie Felicia überhaupt nicht.

»Wie sieht es eigentlich mit der zweiten Aufgabe auf, die ich dir gegeben habe? Eine Frau zu finden, die dich auf Benefizveranstaltungen begleiten kann?«, unterbrach Helene seine innerliche Wuttirade.

»Und die Herzen aller Frauen in ganz Harbor City brechen?« Er schlüpfte wieder in seine gewohnte Rolle. »So was kann ich doch nicht bringen, Mutter.«

»Schon möglich, trotzdem erteile ich dir hiermit den Befehl, am Mittwoch eine Begleitung zum Benefiz-Maskenball in der *Dixon*-Bibliothek mitzubringen.«

Er kannte diesen Ton von ihr. So hatte sie mit Sawyer gesprochen, bevor sie anfing, zu jeder Veranstaltung Single-Frauen mitzuschleppen, damit ihr Ältester endlich aufhörte, nur ans Geschäft zu denken, um sich stattdessen mit den wirklich wichtigen Dingen im Leben zu beschäftigen, wie Liebe. Nicht dass Hudson sich deswegen Sorgen machen musste. Er hatte noch viele Jahre Zeit. Vielleicht sogar Jahrzehnte. Eines Tages würde er eine Frau finden, aber im Moment brauchte er noch nicht zu suchen. Mit seinem Doppelleben hatte er wirklich genug zu tun. Vor seinem geistigen Auge erschien ein Bild von Felicia, die ihn einen Lügner nannte.

»Ich kann genauso gut allein hingehen«, wiegelte er ab. »Bestimmt lerne ich dort jemanden kennen.«

Ja. Genau das brauchte er jetzt. Sex ohne Konsequenzen und ohne Vorträge über Ameisen mit einer Frau, bei der er nicht lange nachdenken musste, sondern einfach nur der Typ mit dem willigen Schwanz sein konnte, der ihr gab, was sie wollte – selbst wenn das ein Mistkerl war. Wobei sein Schwanz momentan auf niemand anderes reagierte als auf Felicia. Verräter.

»Ich denke, das bekomme ich hin.« Helenes Stimme strahlte diese unheilvolle Ruhe aus, bei der jedem Kind – selbst einem, das längst erwachsen war – klar war, dass nichts Gutes folgen würde. »Ich habe immer noch die Kontaktdaten der Damen, die Sawyer alle in den Wind geschlagen hat.«

»Ich werde wahrscheinlich Felicia mitbringen.« Verdammt, wo war das denn hergekommen?

»Wunderbar.« Die Antwort kam ein wenig zu voreilig, und seine Nackenhaare sträubten sich.

»Ist es jemals vorgekommen, dass du einen Carlyle-Mann nicht dazu gebracht hast, nach deiner Pfeife zu tanzen?«

Helenes Seufzer kam aus tiefster Seele. »Nur einmal, und das hat mir fast das Herz gebrochen«, sagte sie traurig. »Aber das ist eine andere Geschichte.« In ihrem gewohnten dominanten Ton fuhr sie fort: »Der Ball am Mittwoch ist damit also geklärt. Am Vorabend werde ich übrigens zu Hause bei mir im Penthouse eine lockere Cocktailparty abhalten; da kommst du bitte auch mit Felicia. Tyler wird ebenfalls eine Einladung bekommen – ich will schließlich auch meinen Teil dazu beitragen, dass die Sache vorangeht.«

»Mom, ich kann bloß hoffen, dass du nichts Böses im Schilde führst. Bei deinem Talent würde uns das alle ins Verderben stürzen.«

»Das ist wohl wahr«, sagte sie lächelnd. »Ich hab dich lieb, mein Schatz.«

»Ich dich auch, Mom.« Und das stimmte. Diese Frau – so herrisch und anspruchsvoll sie auch war – war für ihn die Beste auf der ganzen Welt, selbst wenn sie so dermaßen auf dem Holzweg war wie gerade eben. Denn das Letzte, was er jetzt brauchte, war ein Date, schon gar nicht mit seiner kleinen Eliza Doolittle, die immer noch in den falschen Mann verliebt war.

14. KAPITEL

Als Hudson seinen Alfa Romeo 4C Spider in zweiter Reihe vor Felicias Haus parkte, wartete sie bereits vor ihrer Tür, eine Reisetasche zu ihren Füßen und einen Ausdruck von Skepsis im Gesicht. Beim Poker hätte sie keine Chance, aber als Pantomimin wäre ihr der Applaus sicher. Unter Honeypots Miauen, das durch die Fenster nach draußen drang, stieg er aus, öffnete den Kofferraum und nahm ihre Tasche.

»Überlegst du, ob ich dich jetzt in meine Waldhütte verschleppe, um dich dort heimtückisch zu ermorden?«

Sie folgte ihm zum Heck des Wagens, und ihr Pferdeschwanz wippte auf dem Weg dorthin im Takt mit ihren Hüften. »Wir fahren also aufs Land?«

Er ließ die Tasche in den Kofferraum fallen und nutzte die Gelegenheit, um sich vorzubeugen und ihr fruchtiges Shampoo einzuatmen. *Nun ist aber mal Schluss. Hör auf, dich wie ein Psychopath aufzuführen.* Zum x-ten Mal musste er sich ermahnen, dass sie einen anderen liebte. »Hast du keine Angst, dass ich dich umbringen könnte?«

»Ich vertraue dir.« Sie schlenderte auf die Beifahrerseite und öffnete die Tür, ehe er den Griff erreichen konnte. »Zumindest glaube ich nicht, dass du mir was antust.«

»Spielverderber.«

Sie stieg ein, und er schloss die Tür. Während er um den Wagen herum ging – ohne den Vollidioten in der Limousine zu beachten, der ihn anhupte, als würde in Harbor City nie jemand in zweiter Reihe parken –, überlegte er fieberhaft, wie er überhaupt auf die Idee gekommen war, Felicia in die Hütte mitzunehmen. Und es fiel ihm rein gar nichts dazu ein. Er setzte sich ans Steuer, reihte sich in den Verkehr ein und fuhr Richtung Norden aus der Stadt hinaus.

Die Fahrt dauerte zwei Stunden, und die meiste Zeit über spielten sie das Spiel *Finde den schlimmsten Song im Radio*. Okay, in Wahrheit genoss er es, sie dabei zu beobachten, wie sie selbstvergessen mitsang, und vergaß dabei völlig, ihr zu sagen, dass grundsätzlich derjenige die Musik aussuchen durfte, der am Steuer saß. Wenn sie nicht Autokaraoke spielten, diskutierten sie über Ameisen, Kunst und Architektur – wobei sie sich auf rein gar nichts einigen konnten, außer dass wenn jemand ein Denkmal verdient hatte, dann der Kobold von Harbor City, ein Mann in seinen Fünfzigern, der ausschließlich in Grün herumlief und jeden mit den Worten »Die Sonne geht auf!« begrüßte.

Das Gespräch verebbte, als er vom Highway auf eine Nebenstraße abbog. Nach fünf Kilometern erreichten sie ein elektrisch gesichertes Tor (sein Großvater hatte Wert auf seine Privatsphäre gelegt), und er tippte den Code ein, den nur er kannte. Man konnte ihr nicht verdenken, dass sie nicht reden wollte. Zu dieser Jahreszeit bot die Fahrt hierher spektakuläre Ausblicke, wenn die Sonne durch die Wolken brach und das Herbstlaub zum Leuchten brachte. Es waren zauberhafte Bilder, und jedes Mal juckte es ihn, sofort alles auf Leinwand zu bannen. Nach weiteren drei Kilometern parkte er den Wagen vor dem zweistöckigen Haus mit seiner umlaufenden Veranda, der Bleiglastür und tausend Quadratmetern Wohnfläche.

»Das nennst du eine Hütte?«, fragte sie mit großen Augen.

Okay, streng genommen war es eine Hundehütte, jedenfalls im Vergleich zu ihrem Haus in Vail. »Gemessen an Carlyle-Standards.«

»Ihr habt vielleicht ein paar Standards.« Sie sah ihn mit offenem Mund an.

Damit mochte sie recht haben. Doch anders als das übrige Carlyle-Imperium gehörte dieses Haus ihm ganz allein. Sein Magen ballte sich zusammen, als er auf die Stufen zur Veranda blickte, die zum Eingang führten. Eichenbohlen und Buntglas. Er war wirklich hier, es war kein Traum. Sobald sie das Haus betraten, würde es kein Zurück mehr für ihn geben. Er würde sich nicht mehr verstecken können.

Er fuhr sich mit den Fingern durch das Haar und legte die Hand um ihren Oberarm, um sie aufzuhalten. »Bevor wir hineingehen, musst du mir versprechen, dass du ein Geheimnis für dich behalten kannst.«

Sie grinste ihn von unten her an und schob sich die Brille hoch. Ein paar Haare hatten sich aus dem Gummi gelöst und tanzten im Herbstwind um ihr Gesicht. »Hier willst du mich also um die Ecke bringen?«

»Schlimmer.« Er überspielte seine Nervosität mit Spott. »Hier werde ich dich malen.«

»Bitte versprich mir, dass du nicht ein Auge hier und das andere ganz woanders hinmalst.«

»Meine Kunstrichtung ist eher der Realismus.«

Noch war es Zeit. Noch war Zeit, es sich anders zu überlegen, sein Geheimnis zu bewahren und einfach zurück in die Stadt zu kehren. Doch sie hier zu sehen, in diesem Licht, löste in ihm den unwiderstehlichen Drang aus, nach Pinsel und Leinwand zu greifen, wie ein Schokoholiker nach einem Schokoriegel. Er hatte sich noch halbwegs im Griff, aber eben nur halbwegs. Deshalb war er doch jetzt hier – weil er vom ersten Moment an gewusst hatte, dass er sie auf Leinwand bannen musste. Das war der Grund. Sonst nichts. Alles andere konnte er getrost in ein Hinterstübchen seines Hirns verbannen. Alles, was er mit ihr unternahm und tat, gehörte allein zur Operation *Rettet die Männerfreundschaft*. Sobald Tyler kapierte, was er bei Felicia verpasst hatte, würde er alles andere hinterfragen, und dann würde sich letztendlich auch die Mühe auszahlen, die sich Hudson mit Sawyer und Tyler gegeben hatte. Sein Lohn dafür war, dass er Felicia malen durfte. Natürlich hatte er sich mehr erhofft, aber er würde auch mit dem Wenigen zufrieden sein. Mehr konnte es gar nicht werden, so nahe sie sich auch kommen würden. Auch in *My Fair Lady* gab es für Henry Higgins und Eliza Doolittle kein gemeinsames Happy End. Sie gingen getrennte Wege, genau wie Felicia und er, denn Gigolos wie er bekamen keine Frauen wie sie. Es würde irgendwann zu Ende sein. Aber nicht heute.

Hör auf, dir in die Hose zu machen, Carlyle, geh endlich rein mit ihr.

Als sie schließlich die Schwelle übertraten, überkam ihn sofort das Gefühl, zu Hause zu sein. Dass er hier malte, lag nicht nur daran, dass er seine Ruhe haben wollte – die Panoramafenster an drei von vier Seiten des offenen Parterregeschosses boten zu fast jeder Tageszeit das ideale Licht. Überall lagen Arbeiten für seine Ausstellung in Everlys Galerie, die bald eröffnet werden würde. Sie zeigten die Gesichter von Mitbürgern, die er auf ziellosen Wanderungen durch die Stadt getroffen hatte. Senioren, Kinder, Börsenmakler, Taxifahrer, Kindergärtnerinnen, Schichtarbeiter. Rentner. Babys. Sie alle erzählten die Geschichte von Harbor City. In der Ausstellung würden die Bilder mit Tafeln versehen, die ihre Geschichte erzählten. Das Projekt hatte über ein Jahr in Anspruch genommen, und die Gesichter – nervös, aufgeregt, mürrisch, sogar feindselig – waren wie alte Freunde für ihn.

Felicia ging von einem Gemälde zum anderen, überging diejenigen, die noch abgedeckt waren, und verharrte vor denen, die bereits fertig waren. Bei jedem ihrer Schritte, jedes Mal wenn sie sich beim Betrachten vorbeugte, legte sich ein eiserner Ring um seinen Brustkorb. Hunderte, Tausende Male hatte er zugesehen, wenn Menschen seine Werke betrachteten. Nie hatte es so an seinen Nerven gezerrt wie jetzt, da er versuchte, ihre Mimik zu deuten. Zum ersten Mal gelang es ihm nicht. Es machte ihn so verrückt, dass er sich fast die Innenseiten seiner Wangen blutig nagte.

Irgendwann wandte sie sich ab von dem Kneipenwirt, dessen Lächeln so breit war wie der Horizont, und neigte leicht den Kopf zur Seite. »Die kommen mir bekannt vor, aber ich bin mir sicher, dass ich sie noch nirgends gesehen habe. Sie sehen fast aus, als wären sie von …«

»Hughston«, ergänzte er ihren Satz.

Sie nickte und trat an seine Seite. »Du scheinst ein großer Fan von ihm zu sein.«

»Ich bin Hughston.« Die Worte platzten aus ihm heraus. »Niemand weiß es. Du darfst es nicht verraten.«

Was immer er auch erwartet hatte – er hätte niemals damit gerechnet, dass sie lachte. Sie schüttelte sich förmlich vor Lachen, bis ihr fast die Tränen kamen. In ihm löste sich ganz allmählich die Anspannung, und er stimmte mit ein.

»Warum die Geheimnistuerei?«, fragte sie, als sie sich wieder beruhigt hatte.

»Das ist eine lange Geschichte.« Eine Geschichte, die er ihr bestimmt nicht jetzt erzählen würde. Vielleicht nie. Er pflegte seine Gefühle mit dem Pinsel zu verarbeiten. »Außerdem«, er beugte sich vor und schlüpfte in die Rolle des Charmeurs wie in ein Paar alte Jeans, das ihm jedoch längst nicht mehr so gut passte wie früher, »hast du mir noch gar nicht verraten, welche Farbe deine Unterwäsche heute hat.«

Sie errötete und sagte kein Wort mehr, während sie die kleine Führung durch das Haus fortführten und sich der Wind draußen zu einem heulenden Sturm ausweitete. Als sie das Gästezimmer erreichten, war der Himmel beinahe so finster wie seine Stimmung. Es passte ihm gar nicht, sie hier unterzubringen, aber sie hatte ja keine Zweifel aufkommen lassen, worum es ihr wirklich ging: Tyler Jacobson. Mr Ahnungslos. Mr Superschwachkopf. Graf von und zu Glückspilz. Nicht dass Hudson unbedingt auf eine feste Beziehung mit ihr aus war, er war eher der Mann für eine Nacht – ganz Harbor City wusste das –, doch Felicia verdiente jemanden, der genau wusste, was er an ihr hatte. Außerdem hatte er schon vor langer Zeit eingesehen, dass jede Frau, die etwas auf sich hielt, besser die Finger von ihm ließ. Es verging kein Tag, an dem ihn nicht Schuldgefühle plagten, doch zum Glück hatte bislang nie eine versucht, hinter seine charmante Fassade zu blicken. Außer Clover. Und jetzt Felicia.

Plötzlich wütend, ließ Hudson ihre Tasche fallen wie heiße Pommes frites, die gerade frisch aus der Fritteuse bei *Vito's Diner* kamen. Sie landete mit einem dumpfen Schlag, der im nächsten Augenblick von einem ohrenbetäubenden Donner übertönt wurde. Felicia stieß einen überraschten Schrei aus, dann gingen alle Lichter aus und sie standen im Dunkeln.

Es war nicht so, dass Felicia sich vor der Dunkelheit fürchtete, aber sie fühlte sich nicht unbedingt wohl. Sie ließ zum Beispiel im Bad immer ein Licht an – für Honeypot natürlich – und huschte sofort ins Bett, sobald sie im Schlafzimmer die Lampe ausgeschaltet hatte. Als Hudson nun ihre Hand nahm und sie die Treppe ins Erdgeschoss hinunterführte, wo riesige weiße Blitze hinter den Panoramascheiben zuckten, lockerte das die eiserne Faust ein wenig, die auf ihre Lunge drückte. Gemeinsam schafften sie es in die Küche, wo er eine große laternenartige Taschenlampe unter der Spüle herausholte und auf die Kücheninsel stellte. Das weiche Licht schuf eine schummerig gelbe Oase in dem wütenden Sturm, der draußen die Bäume traktierte.

»Die Leitungen verlaufen alle überirdisch, deshalb kommt es bei solchen Stürmen oft zu Stromausfall.« Hudson hielt immer noch ihre Hand und blickte aus dem Fenster auf die Bäume, die hin und her schwangen. »Das wird nicht lange dauern.«

Ihr Körper schien seinem Versprechen zu trauen, denn in diesem Moment fing ihr Magen an zu knurren. »Tut mir leid. Ich habe einen nervösen Magen.«

»Magst du die Dunkelheit nicht?«

»Nicht mit offenen Augen.« Verdammt. Das hatte sie nicht sagen wollen. Bei ihrer Körpergröße wurde sie sowieso nie richtig ernst genommen. Sonst gab sie nie zu, dass Dunkelheit sie nervös machte. Aber jetzt hatte sie es gerade getan.

Doch Hudson machte sich deswegen nicht lustig über sie wie Frankie und verdrehte auch nicht die Augen wie Fallon. Stattdessen hielt er sie fest an der Hand, während sie sich innerhalb ihrer beleuchteten Sicherheitszone hin und her bewegten, um zwei Schüsseln, eine Schachtel Lucky Charms – mit Marshmellows in Kleeblattform, lecker! – und Milch aus dem dunklen, aber noch kalten Kühlschrank zusammenzusuchen. Eine halbe Portion später hatten sich ihr Magen und ihre Geschmacksnerven dank Zucker wieder beruhigt, und sie versuchte, das Bild, das sie von Hughston hatte, mit dem Mann in dem dunkelblauen Pulli abzugleichen, der mit ihr Frühstücksflocken löffelte, während draußen ein Sturm tobte. Warum hatte sie ihm sofort geglaubt? Nun, es erschien alles so logisch. Hughstons Werk war geprägt von Freude, gemischt mit bittersüßer Sehnsucht, und das passte zu dem Hudson, den sie inzwischen kennengelernt hatte. Als er sich also geoutet hatte, ergaben alle Puzzleteile plötzlich ein Bild.

»Wozu die Geheimniskrämerei? Deine Familie wäre doch bestimmt stolz auf dich.«

»Stolz?« Schnaubend schüttelte er den Kopf. »Sehr unwahrscheinlich.«

Sie hatte seinen Bruder und seine Mutter kennengelernt. Sie waren nicht ganz so aufgeschlossen wie die Hartigans, aber es bestand kein Zweifel, dass sie Hudson liebten. Was war das Problem? »Warum?«

Er nahm einen Löffel mit Flocken. »Wann hast du gemerkt, dass du Ameisen toll findest?«

»Als mich meine Eltern zum ersten Mal zu einem Gemeindepicknick mitgenommen haben. Ich habe die Ameisen beobachtet, wie sie unermüdlich Krümel wegschleppten. Von da an war ich süchtig.« Sie war der kleinen Polonaise zum Bau gefolgt und hätte dabei fast ein älteres Kind angegriffen, das die Ameisen zertrampeln wollte. Wenn Frankie nicht dazwischengegangen wäre, hätte sie sich eine Tracht Prügel eingefangen. Ihrem älteren Bruder, damals zwölf und ziemlich groß für sein Alter, gelang es zum Glück, den Blödmann mit einem finsteren Blick in die Flucht zu schlagen.

Hudson nickte und atmete tief durch, als müsste er sich überwinden, um mehr zu erzählen. »Genauso war es bei mir, als ich zum ersten Mal einen Pinsel in die Hand nahm. Ich wollte nichts anderes mehr. Im College habe ich jeden Kunstkurs belegt, den ich in meinen BWL-Stundenplan quetschen konnte. Meinen Vater hat das wahnsinnig gemacht. Er war der Meinung, dass mich das Malen nur von meiner eigentlichen Aufgabe ablenkt – nämlich das Familiengeschäft zu übernehmen. Neben ihm wirkt Saywer wie ein Waisenkind, so getrieben war er.«

Was für ein Arschloch. »Hat er nicht gesehen, wie begabt du bist?«

Seine Lippen pressten sich zu einer schmalen Linie zusammen, während ein düsterer Schatten über sein Gesicht huschte. Doch eine Sekunde später war sein lässiges Lächeln zurück, und er zuckte mit seinen breiten Schultern. »Er hat nie eins meiner Gemälde gesehen.«

Ich korrigiere: Was für ein monströses Super-Arschloch. »Wie kann denn das sein?«

»Wenn man ein Unternehmen wie *Carlyle Enterprises* leitet, ist es leicht, alles andere auszublenden.« Der Satz klang hohl, wie auswendig gelernt, als hätte er ihn schon viel zu oft gesagt.

»Selbst die eigene Familie?«

»So schlimm war er auch wieder nicht. Er war einfach zielstrebig. Wir haben viel als Familie zusammen unternommen – Baseballspiele, Urlaube, Kino –, und ich habe nie bezweifelt, dass er für mich nur das Beste wollte. Doch ich war einfach ganz anders als Sawyer, und das hat ihn zur Weißglut getrieben. Er hat das mit der Kunst nie begriffen.«

Die schmerzvollen Erinnerungen gruben Furchen um seine Augen, und sie nahm seine Hand in ihre. Es prickelte sofort auf ihrer Haut, doch da war auch noch etwas anderes. Ein tiefes Verständnis, das zuvor nicht da gewesen war.

»Mein Dad hatte durchaus den Willen, es zu verstehen, ich glaube, er konnte einfach nicht. Dann starb mein Großvater, und wir lebten in der Angst, dass meine Mutter Krebs hat – was sich zum Glück nicht bewahrheitete –, aber in dieser Phase hatte er wohl Sorge, die Erziehung der nächsten Carlyle-Generation zu vermasseln – jedenfalls bei mir. In meinem Abschlussjahr im College hat er mich dann vor ein Ultimatum gestellt: Entweder ich gebe die Malerei auf und konzentriere mich auf das Geschäft oder ich werde enterbt. Das Geld war mir egal, aber ich war nicht bereit, meine Familie aufs Spiel zu setzen.«

Sie versuchte, sich Hudson im Alter von einundzwanzig vorzustellen, wie er zwischen seiner Familie und seiner großen Leidenschaft wählen musste. Dass er sich für die Familie entschieden hatte, erfüllte sie gleichermaßen mit Stolz und Trauer. »Und wie hast du es dann angestellt?«

»Ich habe meinem Vater gegeben, was er wollte, oder zumindest die Illusion. Ich habe weiterhin gemalt, es allerdings geheim gehalten. Zuerst wollte ich es nur noch für mich privat tun, aber dann hat meine Freundin Everly die Bilder gesehen und mir geholfen, eine Strategie zu entwickeln. So bin ich zu Hughston geworden. Und alle waren glücklich.«

Kein Wunder, dass er so geschmeidig zwischen seiner öffentlichen Person, dem stadtbekannten Charmeur, und seinem wahren Ich hin und her wechseln konnte. Er hatte jahrelange Übung darin. Es musste schrecklich anstrengend gewesen sein. »Warum sagst du es ihnen nicht jetzt?«

»Vor ein paar Jahren hatte ich es vor, doch dann bekam mein Vater einen Herzanfall. Seine letzten Worte an mich galten *Carlyle Enterprises* und dass ich meinen Platz darin finden solle. Ich habe ihm versprochen, mich zu bemühen.« Er hielt inne, schob seine halb aufgegessenen Frühstücksflocken von sich und strich sich mit den Fingern durch das Haar. »Nach seinem Tod verlor meine Mutter jeglichen Halt. Sawyer und ich gaben uns die größte Mühe, ihr das Leben so einfach wie möglich zu machen. Ich hätte ihr unmöglich erzählen können, dass ich mein Versprechen gebrochen habe. Stattdessen setzte ich die Idee in die Welt, dass Sawyer dringend eine Frau brauchte. Mom machte sich sofort mit Feuereifer auf die Suche, allerdings waren die Ergebnisse so bescheiden, dass ich mich selbst einschalten musste. Zum Glück erschien Clover auf der Bildfläche.«

»Aber du kannst nicht du selbst sein.« Es war nicht zu übersehen, dass er darunter litt.

»Doch, doch«, widersprach er und löste seine Hände von ihren. »Ich gebe ihnen einfach das Ich, das sie sehen wollen.«

Sie hätte es dabei bewenden lassen sollen, schließlich war es sein Leben. Es ging sie überhaupt nichts an. Es hatte nichts mit ihr zu tun. Es sollte ihr vollkommen egal sein. War es aber nicht. Außerdem war es nicht fair – weder ihm noch seiner Familie gegenüber –, und es zehrte an seinen Nerven. Das war selbst im Schummerlicht der Laterne zu sehen. Wie hatte ihr das nur bis jetzt entgehen können?

»Findest du nicht, sie verdienen es, dein wahres Ich zu kennen, und nicht bloß die Fassade des Charmeurs?«

Er sah sie an, als wäre ihm der Gedanke nie in den Sinn gekommen, und öffnete den Mund. Doch ehe er etwas sagen konnte, ging im gesamten Haus das Licht wieder an und beendete den vertraulichen Moment. In der Küche war wohl vor dem Stromausfall keine Lampe eingeschaltet gewesen, dennoch war die Veränderung spürbar, auch bei Hudson, der sofort wieder in die Rolle schlüpfte, die sie allmählich zu hassen begann.

Er beugte sich so nah zu ihr, dass sie seine Wärme im Nacken spüren konnte, und flüsterte: »Du hast mir immer noch nicht verraten, welche Farbe dein Höschen heute hat.«

Und schon wieder hatte er sie aus dem Konzept gebracht. Aber diesmal würde er nicht damit durchkommen. Sie hatte viel zu viel vom echten Hudson gesehen. »Du sollst mich doch nicht ablenken.«

»Vielleicht ...« Er ließ seinen Finger über ihr Rückgrat wandern und hinterließ dabei eine heiße Spur des Verlangens. »... versuche ich mich selbst abzulenken.«

Ihr Atem beschleunigte sich, und sie presste die Schenkel

zusammen, während sie zugleich versuchte, an der vertraulichen Nähe von vorhin festzuhalten. Leider spielte ihr Körper dabei überhaupt nicht mit. Er wollte Hudson. Sofort. »Mit meinem Slip?«

Er knabberte an ihrem Schlüsselbein. »Du könntest ihn mir einfach zeigen.«

Bei diesen Worten traf sie schlagartig eine Erkenntnis. Er brauchte Hughston nicht nur als Schutz gegen seine Familie und deren Erwartungen. Er brauchte ihn auch für den Rest der Welt. Der Name Carlyle forderte seinen Tribut. Dieser Ort – diese Hütte mitten im Wald – war der einzige Ort, an dem er wirklich er selbst sein konnte. Und hierher hatte er sie gebracht. Sie und niemand anders.

Ohne einen weiteren Gedanken schob sie ihn weg und trat einen Schritt zurück. Sie ergriff den Saum ihres weichen grauen Pullis und zog ihn aus. Ihre Nippel waren ohnehin längst steif und drückten gegen ihren Spitzen-BH. Drängendes Verlangen erhitzte sie von innen und verdrängte die herbstliche Kühle in der Luft. Sie legte die Hände an den Knopf ihrer Jeans.

Hudson sah zu, wie sie sich bis auf ihren kirschroten Spitzen-BH und das passende Höschen auszog. Seine Augen verdunkelten sich vor Lust. »Was tust du da?«

Beflügelt von einem Selbstvertrauen, das normalerweise nur die Forschung bei ihr auslöste, schritt sie auf ihn zu. »Es wird Zeit für eine neue Lektion, aber diesmal werde ich dir etwas beibringen.«

»Ach tatsächlich, und was soll das sein, Fünkchen?« Bei dem rauen Ton in seiner Stimme zog sich ihr Unterleib zusammen.

»Wie du einfach du selbst sein kannst.« Sie schob ihre Hände unter seinen Pullover, und die raue Behaarung seiner Brust kitzelte in ihren Handflächen. »Es war nicht leicht, als stille kleine Streberin in einer großen lauten irisch-katholischen

Familie aufzuwachsen. Ich musste erst lernen, damit klarzukommen, dass man mich ständig wegen meiner Größe aufzog und weil ich immer die Nase in Bücher steckte.«

Unaufgefordert hob er die Arme, und sie schob den Pullover hoch. Stück für Stück wurde seine muskulöse Brust sichtbar, und sie genoss den Anblick, während sie ihm den Pulli über den Kopf zog und zu Boden fallen ließ. Gott, er war einfach ein Bild von einem Mann. Austrainierte Muskeln, glatte Haut und bebend vor Verlangen – nach ihr.

»Dass wir uns ausziehen«, begann er und legte die Finger um ihr Handgelenk, um sie davon abzuhalten, seine Jeans aufzuknöpfen. »Was soll ich dabei lernen?«

Sie hob sich auf die Zehenspitzen und lehnte sich an ihn, sodass ihre Brüste gegen seinen Oberkörper drückten, während er seine Erektion durch die Jeans an sie presste. »Loszulassen.«

15. KAPITEL

Hudson hatte die *Mona Lisa* schon aus allernächster Nähe gesehen. Er hatte stundenlang vor Botticellis *Geburt der Venus* und anderen für ihre reizvolle Anmut berühmten Gemälden gestanden. Doch nichts glich dem Bild, das Felicia hier abgab, in ihrem roten Spitzen-BH und dem gleichfarbigen Stringtanga, mitten in der Küche seiner Hütte im Schein der Notlaterne.

»Du glaubst also ernsthaft, du kannst mir etwas beibringen?« Er war selbst überrascht, dass er noch sprechen konnte, so trocken war sein Mund bei ihrem Anblick geworden.

»Eine schlechte Schülerin, die ihren Meister nicht übertrifft«, sagte sie und fuhr mit dem Finger über sein Schlüsselbein, eine Stelle, die er nie als erogen betrachtet hatte – bisher. »Man sollte mit Flirten beginnen.«

»Kommst du mir jetzt mit einer Ameisen-Anmache?«

»Nein.« Sie neigte den Kopf und fuhr unvermittelt mit der Zungenspitze über seine Brustwarze, was einen lustvollen Blitz in seinen ohnehin erregten Schwanz jagte. »Ich werde ohne Worte flirten.«

»Und …« Die spöttische Bemerkung, die er sich zurechtgelegt hatte, verpuffte in seinem Kopf, als sie auf die Fußbarren des Barhockers stieg, um die Beine um seine Mitte zu schlingen.

Ihre Brüste waren nun auf der Höhe seines Mundes, während sie sich an der Lehne seines Hockers festhielt. Ihre steifen Nippel, die gegen die BH-Körbchen drückten, waren eine Versuchung, der auch der willensstärkste Mann nicht widerstanden hätte. Er nahm die harte Knospe in den Mund und begann, durch den Spitzenstoff daran zu saugen und die empfindliche Stelle zwischen die Zähne zu nehmen. Sie stöhnte dankbar, legte ihm jedoch die Hand auf die Stirn, um ihn wegzudrücken.

Mit einem tadelnden *ts-ts* bahnte sie sich küssend einen Weg über seinen Hals. »Fragen und Anmerkungen bitte am Ende meines Vortrags.«

Gott. Das war nicht fair. Es war verdammt sexy, aber alles andere als fair. Doch das war ihm egal. Wenn die heißeste Frau der Welt ihn quälen wollte, indem sie ihn verführte, bitte schön. »Okay, ich befinde mich also im Stripclub, im Champagnerzimmer, aber berühren ist verboten?«

»Streng genommen ja.« Sie ließ sich auf seinen Schoß sinken und rieb ihr Becken an seiner Erektion. »Nicht küssen. Nicht schlecken. Nicht saugen. Und deine Hände bleiben am Hocker.«

Er packte den Sitz und klammerte sich fest, bis ihm das Metallgestänge in die Handflächen schnitt. »Hoffentlich weißt du noch den Unterschied zwischen Flirten und Kokettieren.«

Sie rieb sich weiter an ihm, ein Gefühl zwischen Himmel und Hölle. »Ich hoffe, du weißt den Unterschied auch noch, denn wenn ich mit der Vorführung meiner Künste fertig bin, wirst du völlig am Ende sein.«

Dachte sie ernsthaft, er stünde nicht längst kurz vor der Explosion? Er hatte eine splitternackte Frau – nun, eine fast nackte Felicia –, die sich an seinem Schoß rieb, und er durfte sie nicht anfassen. Er wollte dieses Spiel nicht mitspielen. Sie zu berühren, das war in letzter Zeit so ziemlich alles, was ihm im Kopf herumging. Doch ein Blick in ihre blauen Augen genügte, und er gab auf. Sie musste es gespürt haben, denn sie nahm ihre Brille ab und legte sie auf die Kücheninsel.

Sie spielte mit dem vorne liegenden BH-Verschluss, ohne ihn zu öffnen. »Schließ die Augen.«

Alles an ihm sträubte sich. »Aber ich möchte dich sehen.«

Sie hob einen Mundwinkel zu einem kecken Schmunzeln. »Später.«

Mit dem Gedanken, dass er wohl ein Sexmonster mit Humor erschaffen hatte, machte er die Augen zu.

Hudson so unter sich zu haben setzte sie ebenso unter Strom wie der erste Blowjob mit ihm. Er hatte die Augen geschlossen, und sein Atem ging gleichmäßig und beherrscht – noch.

Sie fuhr mit den Fingern über seine Schultern und die Arme entlang. Ein wundervolles Gefühl war das, zu spüren, wie sich sein Bizeps hervorwölbte, während er mit offensichtlicher Mühe versuchte, die Hände am Hocker zu lassen. Doch er würde nicht loslassen, das wusste sie. Er wollte gefallen – was auch immer andere über Hudson Carlyle sagten. Heute Abend aber sollte er selbst das Objekt der Begierde sein, so wie sie am ersten Abend. Es war Zeit, dass der Lehrer einmal selbst zum Schüler wurde.

»Was soll ich als Erstes berühren?«, fragte sie und gab der Versuchung nach, sich mit Küssen über seinen Hals nach oben zu bewegen.

»Ist mein Schwanz tabu?«

Sie rieb ihr Becken an seiner Erektion. »Meinst du das hier?«

»Ich bin ein ganz normaler Kerl. Ich will einfach sehen, wie du ihn zwischen deine süßen Lippen nimmst.«

Sie setzte die Füße auf den Boden und stellte sich zwischen seine geöffneten Beine. Dann griff sie zum Knopf seiner Jeans und löste ihn. »Heb die Hüften.«

»Einfach so? Ohne vorglühen?«, spottete er.

Sie umfasste seinen Schwanz, so gut es durch die Jeans ging, und drückte zu. »Der fühlt sich auch so schon ziemlich heiß an.«

Er stieß ein gequältes Stöhnen aus und hob das Becken an, sodass sie Jeans und Boxershorts herunterziehen konnte. Sein Schwanz sprang auf. So dick und hart, dass ihr das Wasser im Mund zusammenlief und sie am liebsten sofort auf die Knie gegangen wäre und ihre Lippen um ihn geschlossen hätte. Stattdessen wartete sie ab, die Hände in die Seiten gestützt.

»Willst du mich fertigmachen, Fünkchen?«

Durch den Schleier ihrer Wimpern musterte sie seinen Körper, in dem jeder Muskel angespannt war und der vor kaum beherrschter Raubtierenergie fast platzte. Es war faszinierend. »Vielleicht ein bisschen.«

Er hob leicht einen Mundwinkel. »Ich soll dir sagen, was ich will?«

»Kommt dir das bekannt vor?« Als würde es nicht genügen, ihn nackt vor sich zu sehen, um vor Erregung zu zerfließen. Bei der Erinnerung an ihren ersten gemeinsamen Abend musste sie sich an seinen Schenkeln festhalten.

Er zog scharf die Luft ein und atmete gepresst wieder aus. »Es ist nicht nett von dir, meine Methoden gegen mich zu verwenden, aber wenn schon, dann möchte ich, dass du die Spitze küsst. Liebkose meine Eichel.«

Und sie dachte, sie wäre schon feucht gewesen. Da hatte sie sich aber getäuscht. Bei dieser Aufforderung musste sie die Schenkel zusammenpressen, um wenigstens ein wenig von der Spannung abzubauen, die in ihrem Unterleib herrschte.

»Mach die Augen auf«, befahl sie mit vor Begehren heiserer Stimme.

Als sie die ungezügelte Lust in seiner Miene aufflammen

sah, vergaß sie beinahe, was sie sich vorgenommen hatte – ihn dazu zu bringen, die Beherrschung zu verlieren und die Maske des Charmeurs fallen zu lassen. Das hier war der echte Hudson. Der, der ihren Puls beschleunigte und dem sie immer und jederzeit verraten würde, welche Farbe ihr Slip hatte. Leidenschaftlich, drängend und jederzeit bereit, sie auf die nächste glatte Fläche zu legen und besinnungslos zu vögeln – aber damit würde er noch warten müssen. Er beherrschte sich, doch es verlangte ihm alles ab. Sein stockender Atem und die angespannten Muskeln in seinen Unterarmen, die die Adern hervortreten ließen, sprachen Bände.

Sie kniete sich hin, legte ihre Finger um seinen Schwanz, sodass sich die Fingerspitzen fast berührten, und küsste die Eichel – bedächtig und federleicht, nur so fest, dass er gegen ihre Lippen zuckte.

»Fuck.« Mit einem heiseren Stöhnen sah er zu, wie ihr Mund mit seinem Schwanz flirtete. »Das ist gut.«

»Und wie ist das?« Seine Augen im Blick behaltend, saugte sie ihn tiefer in den Mund, bis er an ihre Kehle stieß und sie schluckte.

Nach dem Schwall sinnentleerter Worte zu urteilen, die er mit rauer Stimme herauspresste, musste es ihm sehr gefallen haben. Sein warmer Schwanz pulsierte in ihrer Hand, und sie zog ihren Mund zurück bis zur Spitze, die sie einmal mit der Zunge umkreiste, ehe sie den ganzen Vorgang wiederholte. Bei jeder Wiederholung nahm sie ihn ein Stückchen weiter in sich auf, bis ihre Lippen seine Hoden berührten. Sein Körper blieb in höchster Anspannung, während sie so verharrte – länger, als sie es für möglich gehalten hätte – und schließlich mit der Zungenspitze an seine Hoden tippte.

Plötzlich waren seine Finger in ihrem Haar. Er hob ihren Kopf, bis er genug Spielraum hatte, um auszuholen und zuzustoßen, bis ihr Mund ganz und gar ausgefüllt war. Das war es. Das war es, was sie beide wollten – in diesem Moment, in dem es nicht mehr um seine oder ihre Bedürfnisse ging, sondern nur noch um die gemeinsame Gier, eine urtümliche, animalische Gier, deren einziger Zweck es war, sich gegenseitig ins Nirvana zu schicken, und die zuckende Blitze der Lust durch ihren vor Verlangen bebenden Körper jagte. Sich jetzt von ihm zu lösen kam überhaupt nicht infrage, dazu liebte sie dieses Spiel viel zu sehr. Und so fuhr sie mit der Hand unter das elastische Band ihres Slips und in ihre heiße Feuchte.

»Ja, das ist es«, sagte Hudson angestrengt und verlangsamte die Bewegung seines Beckens zu langsamen, aber tiefen Stößen. »Reib deine Klitoris.«

Und das tat sie. Genau im Takt zu seinen Stößen strich sie mit der Fingerspitze darüber. Feucht. Sie war so verdammt feucht und so heiß, dass sie bei der sanftesten Berührung schon fast kam.

»Ich will spüren, wie du kommst, wenn mein Schwanz in deinem Mund ist.«

Die Worte machten sie noch mehr an, dabei war es mehr der Tonfall – heiser und voller geballter Leidenschaft. Das war es, was sie von ihm wollte, was sie für ihn wollte: dass er zusammen mit ihr diese Welle ritt.

»Wie schnell deine Finger sich unter dem Spitzenstoff bewegen.« Er nahm die Hände aus ihrem Haar und legte sie auf ihre Wangen. »So verdammt heiß.«

Sie war ganz nah dran. Die Kombination aus seinem Schwanz in ihrem Mund, ihren Fingern auf ihrer Klitoris und dem Dirty Talk aus seinem Mund machte sie fast besinnungslos. Die Anspannung in ihrem Körper lud sich immer mehr auf, während sie auf ihren Orgasmus zusteuerte, mit jedem Stoß seines Beckens und jedem Strich ihres Fingers. Ihre Schenkel bebten. Ihr Unterleib verkrampfte und löste sich in immer schnellerem Rhythmus. Ihr Puls, der in ihren Ohren rauschte, übertönte alles außer Hudsons Stimme.

»Reib deine Klitoris, bis du kommst, Felicia. Ich will dich zum Stöhnen bringen.«

Er stieß zu und traf genau den Moment, als der Höhepunkt kam. Ihr Schrei wurde von seinem Schwanz gedämpft, ehe er sich zurückzog. Während sie vom Höhenflug ihres Orgasmus heruntersegelte, schob er seine Hände unter ihre Arme und hob sie hoch. Viel Mühe kostete ihn das nicht. Sie war so selig und benommen, dass sie ohne Sonnenschutz in die Wüste mitgegangen wäre. Und dann baumelten ihre Beine im Leeren, als er sie auf die Kücheninsel hob und alles beiseiteschob, was dort stand. Der kühle Granit an ihrem Hintern – besten Dank, Stringtanga – holte sie in die Wirklichkeit zurück.

»Ich würde dir liebend gern mehr Zeit geben, um dich von diesem Wahnsinnsorgasmus zu erholen«, sagte er und trat zwischen ihre Beine. »Aber wenn du jetzt nicht auf der Stelle deine restlichen Klamotten ausziehst, reiße ich sie dir vom Leib.«

Noch immer high, stützte sie sich mit den Händen auf der Arbeitsplatte hinter sich ab und drückte den Rücken durch, sodass ihre Brüste so weit wie möglich vorragten. »Und ich dachte, du könntest Frauen die Höschen vom Leib zaubern.«

Er hakte einen Finger in das Band ihres Tangas, und ein Schauder überzog sie, der ihren Unterleib zusammenzog. »Deine letzte Chance, Fünkchen.«

Die Versuchung war groß, aber sie würde es nicht tun. Sie mochte diese leidenschaftliche Version von Hudson, und sie war mit ihrer Lektion noch längst nicht fertig.

Sie wedelte mit dem erhobenen Zeigefinger. »Du sollst

mich nicht anfassen. Jetzt müssen wir noch mal von vorne anfangen.«

Der Ausdruck in seinen Augen jagte einen Schauer der Erregung durch ihren Körper. »Wir werden heute Abend noch vieles tun, aber mich davon abzuhalten, dich zu berühren, wird nicht dazugehören.« Er riss fest an dem Spitzenstoff, der sofort nachgab. »Sag nicht, ich hätte dich nicht gewarnt.«

Davon abgesehen, dass er ihr Höschen zerfetzte, hielt er sich nicht zwischen ihren Beinen auf – vielleicht auch, weil er ihr Verlangen in unermessliche Höhen treiben wollte. Dieser sexy Mistkerl liebte es, sie auf die Folter zu spannen. Stattdessen fing er an, ihren Hals mit spielerischen Küssen zu bedecken, während seine Hände mit ihrem BH kurzen Prozess machten. Er nahm ihre Brustwarzen, die er rieb, bis sie hart waren, und fuhr mit dem Mund über ihre empfindliche Haut. Es war gar nicht nötig, ihr zu sagen, dass sie die Augen schließen sollte. Sie konnte sie gar nicht offen halten. Es fühlte sich zu gut an. Er fühlte sich zu gut an, als wären sie füreinander bestimmt, und die Lektionen, das Flirten und alles andere hätten nur einen Sinn gehabt: Das Universum sollte sie zusammen hierherführen.

Mein Gott, Felicia, reiß dich zusammen. Du bist Wissenschaftlerin und keine Dichterin.

Doch die Stimme in ihrem Kopf hatte keine Chance, denn er nahm einen ihrer Nippel in den Mund und begann geschickt daran zu saugen. Ab da war der Rest der Welt völlig unbedeutend. Es gab nur noch sie beide. Und genau so sollte es sein. Tief in ihrem Innern wusste sie das, mit der gleichen Gewissheit, mit der sie an die Wissenschaft glaubte. Ein elektrisches Prickeln überzog ihre Haut, eine Hitze, die in ihr hin und her wogte, bis sie zu bersten glaubte – erst dann bewegte er sich abwärts, mit der Zunge über ihren Bauch, wo er nach links Richtung Hüftknochen abbog.

Sie hätte beinahe aufgeschrien vor Frust. »Hudson, bitte.«

»Was möchtest du denn gern, Fünkchen?« Sie spürte sein Grinsen an ihrer Hüfte.

»Deinen Mund auf mir.«

»Schon geschehen.«

»Leck meine Klitoris, saug an meiner Klitoris, mach, dass ich komme.«

»Ganz schön gierig, was?«

»Du bist doch bloß neidisch, weil du heute nur einmal kommen darfst.«

»Ich weiß ja nicht, mit was für Männern du bislang so zusammen warst, Fünkchen, aber die waren garantiert nicht so wie ich«, sagte er angeberisch wie ein betrunkener Erstsemesterstudent auf einer Uniparty. »Ich erwarte eine umfassende Entschuldigung, sobald ich dir das Gegenteil bewiesen habe.«

Endlich senkte er seinen Kopf zwischen ihre Beine und schob die Hände unter ihren Hintern, um sie etwas anzuheben. Seine Zunge berührte ganz leicht ihre Klitoris, so leicht, dass sie überhaupt nicht begriff, wieso sie so extrem darauf reagierte. Er wanderte auf und ab und darum herum, kam ganz nah und zog sich dann wieder zurück, um von vorn zu beginnen. Sie bäumte sich gegen seinen Mund, die Hände in seinem Haar vergraben, und schob sich entschlossen näher an ihn heran. Das war genau das, was sie wollte. Sie wollte ihn überall haben. Sofort. Es war fast nicht zu ertragen. Dann nahm er eine Hand von ihrem Hintern und führte sie zwischen ihre Beine, um zwei Finger in sie zu schieben und so zu spreizen, dass sie sie öffneten und zugleich mit den Spitzen ihren G-Punkt rieben.

»Nicht aufhören. Bloß nicht aufhören.«

Und zum Glück hörte er auch nicht auf. Hudson bewegte seine magischen Finger in ihr und nahm zugleich mit seiner

Zunge Tempo auf. Er wurde schneller, härter, intensiver. Die Empfindungen bauten sich immer mehr auf, bis ein Orgasmus über sie hinwegfegte, der alles mit sich riss außer ihnen beiden.

Hudson liebte ihren Geschmack auf seiner Zunge fast genauso, wie er es liebte, sich in ihr zu versenken, sie lächeln zu sehen oder ihr zuzuhören, wenn sie über ihre Honigtopfameisen sprach. Während sie sich nach dem Höhepunkt allmählich entspannte und er ihren verschleierten Blick betrachtete, wurde ihm klar, dass er ganz schön tief im Schlamassel steckte – eigentlich schon seit dem Moment bei der Benefizveranstaltung, als er sie zum ersten Mal gesehen hatte –, doch es war ihm vollkommen egal. Es zählte nur, dass sie hier war, nackt vor ihm auf dieser Kücheninsel lag und er ebenso sehr in ihr sein wollte, wie sie ihn sich in ihr wünschte. Er griff nach seiner Jeans, zog seine Brieftasche aus der Gesäßtasche und nahm ein Kondom heraus.

»Du bist so wunderschön«, sagte er, während er das Kondom über seinen Schwanz streifte.

Ihr vor Lust verschleierter Blick blieb an seinem Unterleib hängen. »Du bist auch nicht schlecht.«

Sie sog die Unterlippe zwischen die Zähne, und er wäre beinahe gekommen, ehe er überhaupt anfing. »Ich werde nicht lange durchhalten.«

»Schon okay. Einmal Nachschlag geht immer.«

»Mit dir? Ich glaube nicht, dass das reicht.« Er packte sie bei den Hüften und drehte sie um, sodass ihre Brüste sich gegen die Arbeitsplatte drückten. »Halt dich fest.«

Unfähig, auch nur eine weitere Sekunde zu warten, drang er in ihre Feuchte ein. Um ein Haar wäre ihm schwarz vor Augen geworden. So gut fühlte es sich an. So verdammt gut. So eng. Sie war so verdammt eng um ihn herum, alles passte perfekt.

Er schaltete komplett den Verstand aus und gab sich seiner Lust hin. Er packte ihre Hüften, hob sie an und riss ihren Rücken mit aller Macht an sich, fest und schnell. So war es richtig. Auch wenn Felicia nicht ihm gehörte, sosehr er sich das auch wünschte, in diesem Moment war sie sein, und er würde alles dafür tun, dass sie das wusste.

»Oh mein Gott, Hudson.« Sie schob sich gegen ihn. »Ja. Nimm mich. Nimm mich hart.«

»Du willst es hart?« Er stand kurz davor, die Beherrschung zu verlieren.

»Bitte«, rief sie aus.

Dann würde sie genau das bekommen. Er rammte sich in sie hinein, fest und hart, genau so wie sie es beide wollten. Immer wieder, bis sich an seinem Steißbein Vibrationen aufbauten und er es nicht mehr länger aushielt. Vor und zurück bewegte er sein Becken und drang in sie ein, während sie sich ihm entgegenstemmte, jeden seiner Stöße begierig aufnahm, ihre Körper aneinanderschlugen, bis sie schließlich den Kopf zurückwarf und kam, seinen Namen als verzweifelten Schrei auf den Lippen. Er folgte ihr auf der Stelle.

Es kostete ihn unendliche Mühe, nicht zu einem Bündel befriedigter Männlichkeit auf den Boden zusammenzusinken, doch das konnte er ihr nicht antun. Nachdem er das Kondom entsorgt hatte, hob er Felicia auf die Arme, griff zur Taschenlampe und ging nach oben in sein Schlafzimmer. Sie brauchte jetzt ein Bett, und er wollte sie in seiner Nähe haben – zumindest heute Nacht. Mit der Zukunft würde er sich morgen befassen. Heute gehörte sie ihm.

16. KAPITEL

Ein kratzendes Geräusch weckte sie, aber Felicia wollte die Augen nicht öffnen. Ihr kam der Gedanke, dass der gestrige Abend definitiv etwas Besonderes gewesen war. Hudson Carlyle stand zwar nicht auf der Liste der Dinge, die sie bis zu ihrem dreißigsten Geburtstag erledigt haben wollte – und trotzdem war diese Vorstellung verlockend. Da war wieder dieses Kratzen. Ihre Neugier siegte, außerdem war sie ziemlich schlecht darin, sich schlafend zu stellen. Sie öffnete ein Auge.

Hudson saß in Boxershorts in einem Sessel neben dem Bett und hatte ein Zeichenbrett auf dem Schoß. Seine Haare fielen ihm teils auf die Wangen, teils standen sie nach oben ab, als wäre er mehrfach mit der Hand durchgefahren. Völlig gebannt vom Skizzieren, bemerkte er nicht, dass sie wach war, und so nutzte sie die Chance, ihn in seiner natürlichen Umgebung zu beobachten. Sein Kohlestift flog über das Blatt, aber er unterbrach sich alle paar Minuten, um etwas mit dem Finger zu verreiben oder mit einem Fingernagel zu kratzen. Dann ging es wieder mit dem Stift weiter, mit entschlossenen und selbstbewussten Bewegungen.

»Ich weiß, dass du wach bist«, sagte er, ohne sich zu unterbrechen.

Erwischt. Sie blickte zu den zwei Kaffeebechern, die auf dem Nachttisch standen. Der eine war voller schwarzer Flecken, der andere schien unberührt. Einer für ihn, einer für sie? Sie hätte ihr schönstes Ameisen-T-Shirt darauf verwettet.

»Bitte sag mir, dass in dem Becher Tee ist.«

Einer seiner Mundwinkel bog sich aufwärts, doch sein Blick blieb unverändert auf dem Blatt. »Wo ist denn die kleine Frühaufsteherin geblieben?«

Ja, wo wohl? Nach einer Nacht voller Orgasmen, nach der ihr Stellen wehtaten, die sie erst bemerkte, als sie sich streckte. »Jemand hat mich nicht schlafen lassen. Was zeichnest du da?«

Bei der Frage blickte er auf, und das anzügliche Grinsen, das er ihr zuwarf, löste alles Mögliche in ihr aus, gute Gefühle, die zu anderen Gefühlen führten, die ihr schließlich Gänsehaut machten, aber nur auf die allerangenehmste Weise. »Dich.«

Heiße Röte flammte von ihrer Brust her bis hoch zu ihrem Hals. »Nackt?«, fragte sie, und ihre Stimme klang eine Oktave höher als normal, während sie sich die Decke bis zum Kinn hochzog.

Hudson schmunzelte und zupfte mit der freien Hand an der Decke. »Die menschliche Gestalt ist eine der ersten Inspirationen für Künstler.«

»Das war die peinlichste Anmache, die ich je gehört habe.« Und der sie auf keinen Fall nachgeben würde. Sie hielt die Decke fest.

»Lehn dich einfach entspannt zurück, und lass mich dich zeichnen.« Er hörte auf zu zupfen und wartete auf ihre Entscheidung.

Sie sollte Nein sagen. Es war völlig unbedeutend, dass er Hughston war. Sie war immer noch nackt. Das ging gar nicht. Zumindest nicht, bis sie ihn wieder anblickte, denn es war nicht Hughston, der sie zeichnete. Sondern Hudson. Und ihm vertraute sie.

»Ohne Gesicht?«, fragte sie und lockerte ihren Griff.

»Ohne Gesicht.« Er zwinkerte ihr zu. »Nur ein ganz normales Handy-Nacktbild.«

In ihrer Brust zerplatzte eine Blase aus Eifersucht, und sie setzte sich ruckartig auf, wobei ihr die Decke bis zur Taille rutschte. »Bekommst du viele davon?«

»Bleib so«, sagte er, plötzlich ganz ernst. »Genau so will ich dich haben.«

Für die nächsten zwanzig Minuten verharrte sie in dieser Stellung – zumindest versuchte sie es; es war ihr nie bewusst gewesen, wie viel sie zappelte – und sah Hudson bei der Arbeit zu. Es war faszinierend. Er flirtete nicht, zog sie nicht auf und verkniff sich seine üblichen Sprüche. Stattdessen war er voll und ganz bei der Sache. Gott, das war so sexy – zumal er in seinen Shorts dasaß und sie volle Sicht auf seine sehnigen Muskeln hatte. Doch obwohl sie so viel zu bestaunen hatte, wanderte ihr Blick immer wieder zu seinem Arm zurück. Es war fantastisch, die Muskeln an seinem Unterarm zu beobachten, während er zeichnete, aber nicht bloß das. Es war erregend. Um nicht sofort aus dem Bett zu springen und sich auf ihn zu stürzen, griff sie das erste Gesprächsthema auf, das ihr in den Sinn kam.

»Hast du mal überlegt, jetzt deiner Familie von Hughston zu erzählen, nachdem deine Mutter nicht mehr trauert?«

Seine Hand mit dem Stift verzögerte etwas, doch er zeichnete weiter. »Der Gedanke ist mir durchaus gekommen.«

Oh nein, so leicht würde sie nicht lockerlassen. »Und?«

»Es geht schon viel zu lange so.« Er hielt inne, legte seinen Kohlestift und den Block auf den Nachttisch. »Ich hätte … ich hätte schon vor Jahren etwas sagen sollen. Aber nach allem, was meinem Dad passiert ist – und nachdem ich ihn praktisch jahrelang angelogen habe –, wäre es wie Verrat an seinem Andenken.«

Der Schmerz in seiner Stimme löste Mitleid in ihr aus, doch davon wollte er bestimmt nichts wissen. Damit würde sie sicherlich irgendeine männliche Regel verletzen. Stattdessen drehte sie sich auf Hände und Knie und krabbelte hinüber zu ihm. Sein heißer Blick liebkoste sie dabei und wanderte von ihrem Mund zu ihren baumelnden Brüsten mit den steifen Nippeln. Sein Schwanz fing an, gegen die blauen Boxershorts zu drücken, und er zog sie näher heran, bis zum Bettrand, während er mit gespreizten Beinen in seinem Sessel saß, die Hände fest um die Armlehnen gekrallt und ein sexy Grinsen im Gesicht. Er wusste genau, was sie tat, denn sie spielte sein Spiel. Das Hinauszögern machte sie beide gleichermaßen an.

»Du willst also behaupten«, sagte sie, legte ihre Hände auf seine muskulösen Schenkel und fuhr so weit hoch, dass die Fingerspitzen unter den dünnen Baumwollstoff seiner Shorts fuhren, »dass der Mann, der seinem arbeitssüchtigen Bruder zu einer Ehefrau verholfen und der seine Mutter aus ihrer Trauer geholt hat, indem er sie auf die Idee brachte, ihrem Ältesten eine Frau zu suchen … dass derselbe Mann nicht weiß, wie er sich als begnadeter Maler mit internationalem Renommee outen soll?« Seine Augen verdunkelten sich und seine Pupillen weiteten sich vor Lust, als sie sich näher zu ihm beugte. »Du regelst immer alles Mögliche für andere, aber nie für dich selbst. Manchmal muss man seine Prinzipien infrage stellen und sich für neue Wege öffnen. Vielleicht ist es Zeit, dass du dich mal um dich kümmerst.«

Als sie verstummte, berührten ihre Lippen beinahe die seinen, und sie zitterte, so viel Mühe kostete es sie, nicht den Abstand zwischen ihnen zu schließen. Sie wollte Hudson. Mit Haut und Haaren. Doch sie hatte ihm etwas zu sagen, und er sollte zuhören. Natürlich – und wenn sie ihre grauen Zellen eingesetzt hätte, wäre ihr das klar gewesen – hätte sie so ein Gespräch nicht so führen sollen, nackt und erfüllt von dem drängenden Verlangen, ihn in sich zu spüren, voll und ganz, bis er jede noch so kleine Stelle von ihr für sich beansprucht hatte.

Was sollte sie sagen? Es war absolut unmöglich, ihn nicht zu berühren, solange er praktisch nackt vor ihr saß.

Er löste seine Hände von den Armlehnen, aber statt aufzugeben und sie zu berühren, lehnte er sich zurück und legte die Hände auf seine Erektion. »So ein ernstes Thema kann ich nicht mit einer Frau besprechen, die total zerzauste Haare hat, weil sie die ganze Nacht auf ihre Kosten gekommen ist.«

Sie musste ihre ganze Willenskraft aufbieten, um ihm nicht dabei zuzuschauen, wie er seinen harten Schwanz rieb. Andernfalls hätte sie sofort ihr stummes Duell verloren. »Möchtest du lieber über die Farbe meines Slips sprechen?«

»Du hast doch gar keinen an.«

»Ups«, sagte sie, setzte sich zurück und spreizte die Beine. Dann legte sie ihre Finger auf ihre feuchte Mitte. »Erwischt.«

»Fuck«, stöhnte er. »Stell sofort deine Füße auf den Sessel.«

Sie folgte seiner Aufforderung, und die Bewegung spreizte ihre Beine sogar noch weiter, während sie begann, sich mit den Fingern zu reiben, ohne jedoch die Klitoris zu berühren. Sonst würde sie kommen, ehe sie überhaupt angefangen hätten.

»Genau so, Fünkchen.« Er schloss die Finger um ihre Knöchel und hielt sie in der Position fest. »Spiel mit deiner hübschen rosigen Pussy. Fühlt sich das gut an?«

»Ja.« Es fühlte sich verdammt gut an, wenn er dabei zusah, wie sie erst einen, dann zwei Finger in sich schob.

»Riecht es gut?«

Ohne den Blick von ihm abzuwenden, hob sie ihre feucht glitzernden Finger und fuhr sich damit über die leicht geöffneten Lippen. »Sag du's mir.«

Darum musste sie nicht zweimal bitten. Mit einem leisen Fluch war er im nächsten Moment über ihr und stützte sich mit den Händen neben ihren Schultern ab, ohne sie jedoch zu berühren. Der Ausdruck in seinen Augen, mit dem er ihren

Mund betrachtete, machte sie völlig fertig. Dominant. Besitzergreifend. Wild in seiner Gier. Das war keine Lektion. Das war Hudson in seiner ganzen hemmungslosen erotischen Pracht. Das war nicht der Hudson, den er der Welt zeigte. Das hier war nur für sie. Und schon war sie wieder kurz vor dem Kommen, und ihr Körper zitterte und bebte, während sich in ihrem Unterleib eine unter Strom stehende Kugel ballte und vergrößerte.

»Hör bloß nicht auf, dich zu reiben«, befahl er und musste sich ganz offensichtlich zusammenreißen, um sie nicht zu berühren. »Aber kommen darfst du nicht. Erst wenn ich es erlaube.«

Wenn er wollte, dass sie nicht kam, durfte er so etwas nicht sagen. »Warum nicht?«

»Weil ich sehen will, wie sich deine Pussy um deine Finger zusammenzieht, und du schreist, weil du weißt, dass genau das Gleiche wieder passieren wird, wenn mein Schwanz so tief wie möglich in dir steckt.« Mit langsamen, bedächtigen Bewegungen leckte er die Feuchte von ihren Lippen, ehe er ihren Mund mit einem kurzen, intensiven Kuss bedeckte. Dann schob er seine Boxershorts nach unten und setzte sich wieder in den Sessel.

Mit klopfendem Herzen und immer wieder mit den Fingern abgleitend, weil sie so feucht war, sah sie zu, wie er in ruhigem, gleichmäßigen Tempo in seine Hand stieß. Auf der Eichel glitzerte ein Lusttropfen, bei jeder langsamen Bewegung etwas mehr.

»Du schaust mir gern zu.«

»Ja.« Es klang wie ein Stöhnen.

»Ich schau dir auch gern zu«, sagte er mit gepresster Stimme. »Ehrlich gesagt, hätte ich gern einen besseren Blick darauf.«

Er ging in die Knie und hockte sich auf seine Fersen, sodass sein Gesicht auf einer Höhe mit ihrem nass schimmernden

Geschlecht war. »Wie geschickt du mit deinen Fingern bist. Alles ist ganz geschwollen, ganz feucht. Du bist kurz davor, oder?«

Sie konnte nichts sagen, nur noch wimmern, während ihre Schenkel immer stärker zu vibrieren begannen. Sie konnte ihn auch nicht mehr ansehen. Die Begierde in seiner Miene war erotischer als alles andere, und sie würde sofort kommen, wenn sie nicht die Augen schloss.

»Genau so. Bloß noch ein bisschen. Zögere es hinaus, Fünkchen. Lass mich zusehen.«

Es war so verdammt erotisch. Die Augen fest zugepresst, versuchte sie das Unvermeidliche aufzuschieben, auch wenn ihr Körper nur noch ein Ziel kannte. Doch dann spürte sie etwas Neues. Etwas Köstliches und Sündiges. Hudsons weiche, feuchte Zunge an ihrem After, die die empfindliche Stelle und jeden einzelnen Nerv liebkoste. Sie sprang fast vom Bett, so sehr zuckte die Lust durch sie hindurch. Sie hatte keine Ahnung, woher das kam, es war einfach allumfassend und überwältigend.

»Hudson«, rief sie aus, und ihr Orgasmus war so nah, dass sie dachte, ihre Beine stünden unter Strom.

Er ersetzte seine Zunge durch den festen Druck seines Daumens, der sie umkreiste, während sie sich weiter rieb. »Was willst du?«

»Ich will kommen.« Schweißperlen überzogen ihre Haut, so sehr brannte sie.

»Dann los.« Er bekräftigte seine Worte, indem er seinen Daumen in sie schob, genau in dem Moment, in dem sie ihre gierige, geschwollene Klitoris rieb.

Es war, als würde die Erde aufhören, sich zu drehen, um dann in eine Milliarde neonleuchtender Blitze zu zerplatzen. Ihr Orgasmus machte ihr nicht einfach Gänsehaut, er durchfuhr ihren gesamten Körper wie ein lustvoller Krampf, so intensiv und allumfassend, dass sie nichts mehr sah und nichts mehr hörte, sondern bloß noch fühlte. Gerade als sie sich zu erholen begann, packte Hudson sie bei den Hüften und drehte sie um, sodass sie auf dem Bauch zu liegen kam.

»Genau so will ich dich.« Er versetzte ihr einen festen Klaps auf den Hintern, der ihr direkt in die Klitoris fuhr.

Als sie über die Schulter blickte, erkannte sie den Mann kaum, der eine Kondompackung aufriss, dann hinter sie auf das Bett kletterte, die Beine so weit gespreizt, dass sie ihre Schenkel einschlossen. Die Fassade des unerschütterlichen Charmeurs war verschwunden. Stattdessen sprach aus jeder angespannten Faser seines Körpers brennende Leidenschaft, die voll und ganz auf sie gerichtet war. Er streifte das Kondom mit der Konzentration eines Mannes über, der kurz davorstand, die Beherrschung zu verlieren, und packte ihre Hüften. Diesmal aber riss er sie nicht an sich, sondern presste sie fest in die Matratze, als er seinen harten Schwanz mit einem langen Stoß in sie versenkte.

»Verdammt, du bist so eng.« Er zog sich zurück und stieß erneut zu. »Ich werde nicht lange durchhalten. Dieses kleine Vorspiel hat sich richtig gelohnt.«

Er würde nicht lange durchhalten? Sie war auch schon wieder fast da.

»Fester.«

»So willst du es also?« Er fuhr mit einer Hand von ihrer Hüfte zu ihrem unteren Rücken, drückte sie nach unten und passte seinen Winkel an, um mit jedem harten Stoß genau den richtigen Punkt zu treffen.

»Ja.« Sie schob sich rücklings gegen ihn.

Seine Hand auf ihrem Rücken zwang sie nach unten und hielt sie auf der Matratze fest. »Dann sollst du es bekommen.«

Und sie bekam es, vorwärts, rückwärts, abwärts und aufwärts. Er stieß in sie, bis sie beide in Schweiß gebadet waren und nur noch mühsam schmutzige Wörter ausstoßen konnten, die sie noch mehr erregten. Diesmal würde sie ihren Orgasmus nicht hinauszögern. Als sich ihr Körper um seinen pumpenden Schwanz zusammenzog, ließ sie sich mitnehmen in einen Rausch, dem sie jeder Atemzug ein Stückchen näher brachte, bis er endgültig über sie hereinbrach und sie bloß noch Hudsons Namen hinausschreien konnte.

»Genau so«, sagte er und drang mit neu entfachter Ekstase in sie ein. »Umklammere meinen Schwanz, pump ihn leer.«

Dann kam er mit einem letzten harten Stoß, und sein Körper erstarrte, als ihn die Welle überrollte. Als er sich neben sie fallen ließ und sie an sich zog, wurde ihr bewusst, dass sie seit dem Moment, als sie zu Hudson ins Auto gestiegen war, nicht mehr an Tyler und ihre Mission gedacht hatte. Was das zu bedeuten hatte, würde sie morgen herausfinden, wenn sie wieder zu Hause war.

Die Fahrstuhltür, die zu Helenes Penthouse führte, schloss sich im vierzehnten Stock hinter einem jungen Paar mit einem weinenden Baby, und er atmete erleichtert auf. Wenn er sich dem Suff hingegeben hätte, nachdem er Felicia gestern Abend zu Hause abgeliefert hatte, würde er das dumpfe Klopfen in seinem Kopf dem Kater zuschreiben. Es war ganz schön verlockend gewesen, so schnell wie sie ihn abgefertigt hatte. Bestimmt hatte sie längst den nächsten Coup mit Tyler im Kopf. Bei der Vorstellung, sie mit einem anderen Mann zu sehen, ballten sich seine Hände zu Fäusten. Sie konnte nicht ihm gehören. Das wusste er. Das verstand er. Aber es passte ihm nicht. Mit ihr zusammen zu sein hatte nur den einen Zweck – ihr zu helfen, Mr Ahnungslos auf sich aufmerksam zu machen.

Das war alles, was sie von ihm wollte, und es war das Mindeste, das er für sie tun konnte, sich nicht wie ein Arschloch aufzuführen, sondern dafür zu sorgen, dass sie den Nullchecker bekam.

Statt also immer wieder an all die schmutzigen Dinge zu denken, die sie am Wochenende in seiner Hütte getan hatten – und ihre lustige Gewohnheit, ihren Frühstückspfannkuchen kleinzuschneiden, bevor sie Sirup darüber goss (wer machte denn so was?) –, hatte er sich mit dem lästigsten Aspekt seines Künstlerdaseins beschäftigt, nämlich dem Geschäft. Den größten Teil des Sonntagabends und des Montags hatte er an seiner Steuererklärung gearbeitet und Rechnungen bezahlt, Interviewanfragen beantwortet und ein Treffen mit Everly vereinbart, um die bevorstehende Ausstellung zu besprechen. Sein Wirtschaftsstudium hatte ihm zwar nie Spaß gemacht, aber er musste zugeben, dass es sich in dieser Hinsicht als äußerst hilfreich erwies.

Der Aufzug hielt mit einem Klingelton in der obersten Etage und öffnete sich zu einem kleinen Eingangsbereich mit zwei Türen. Die eine gehörte zum Penthouse eines Schauspielers im Ruhestand, der in praktisch allen Filmen mitgespielt hatte, die Hudson als Kind geliebt hatte, die andere führte in Moms Reich, wo sie ihre wöchentlichen Familien-Cocktailpartys abhielt – wobei Helene den Zusatz »Familie« ziemlich weit fasste. Am liebsten hätte er an Hank Murphys Tür geklopft, um über die guten alten Zeiten zu reden, in denen der alte Mann alle Stunts selbst gedreht hatte, doch er riss sich zusammen und wandte sich in die andere Richtung.

Helene öffnete die Tür, bevor er anklopfen konnte.

Sie warf ihm ein flüchtiges Küsschen zu und zog ihn hinein, indem sie ihren Arm bei ihm unterhakte. »Ich dachte schon, du hättest dich wieder in deiner Hütte eingeschlossen.«

»Sodass ich unsere wöchentliche Familien-Happy-Hour verpasse?« Er zwinkerte ihr schelmisch zu. »Nie im Leben.«

»Du hast schon öfter eine verpasst, und diesmal ist nicht nur Familie da.« Sie führte ihn ins Wohnzimmer, in dem – wie pikant – ein echter Hughston über dem Kamin hing. »Ich habe Tyler eingeladen, und auch deine neue Freundin ist hier.«

Sein Hirn überging Tylers Namen und sprang sofort zum zweiten Teil ihres Satzes. »Freundin?«

»Dort drüben. Sie unterhält sich mit Clover.« Zu gut erzogen, um mit dem Finger zu zeigen, nickte Helene in Richtung des von Familienfotos bedeckten Flügels, neben dem Felicia und Clover standen. »Als ich das letzte Mal vorbeiging, sprachen sie gerade über Ameisen, die wie lebendige Kühlschränke funktionieren.«

»Honigtopfameisen«, erwiderte er mechanisch.

Hätte sein Hirn ordentlich gearbeitet, wäre er über seine eigene Antwort ziemlich irritiert gewesen. Allerdings war es so, dass in dem Moment, als er Felicia entdeckte, sämtliches Blut eine Etage tiefer rauschte. Sie stand mit dem Rücken zu ihm, und sie trug ein marineblaues Kleid mit enger Taille und ausgestelltem Rock, der rund fünf Zentimeter über dem Knie endete. Ihr langes braunes Haar war zu ihrem typischen Pferdeschwanz gebunden, doch statt nachlässig an den seltsamsten Stellen Strähnen heraushängen zu lassen, hatte sie ihn zu wippenden Wellen aufgedreht. Am liebsten hätte er sie in das nächstgelegene Schlafzimmer gezerrt, um ihn sich um die Hand zu wickeln, während er sie nahm.

»Du kennst dich da auch aus?«, unterbrach Helene seine für Familienzusammenkünfte absolut unpassenden Gedanken. »Ich habe mich schleunigst aus dem Staub gemacht, um nicht in diese Unterhaltung hineingezogen zu werden.«

Hudson verdrängte die Gedanken an Felicia und führte seine Mutter etwas näher an den Flügel, weil dort ein Kellner mit einem Tablett voller Champagnergläser stand. »Ich wusste gar nicht, dass du so zart besaitet bist.«

»Bin ich gar nicht. Trotzdem bin ich froh, dass du heute Abend gekommen bist«, sagte sie. »Du bist nämlich im Dienst.«

»Ach ja?«

»Ja.« Sie drehte ihn mit sich, sodass sie Richtung Sawyer und Tyler blickten, die zusammenstanden und aussahen, als würden sie am liebsten aufeinander losgehen. »Sie sind hier, aber sie reden nicht miteinander.«

Er hatte keine Lust, sich zu ihnen zu gesellen. Allein bei Tylers Anblick stellten sich seine Nackenhaare auf. Warum sollte er diesem Idioten das Leben leichter machen?

»Weißt du, man kann sie schließlich nicht dazu zwingen.«

»Ich weiß. Es ist zum Ausrasten«, sagte Helene ernst. »Los, lass deine magischen Kräfte wirken.«

Sie hatte einfach einen eisernen Willen und war fest entschlossen, sich die Welt nach ihren Vorstellungen zu formen. Auf den ersten Blick konnte man glauben, dass nur Sawyer nach ihr kam. Doch das Hughston-Gemälde – das Universum im Auge eines kleinen Mädchens – erzählte eine andere Geschichte. Wenn Sawyer der Hammer war, dann war Hudson das Schmiermittel. Auf jeden Fall waren sie beide die Söhne ihrer Mutter, die immer bekamen, was sie wollten, nur auf unterschiedliche Art und Weise. Er gab Helene einen schnellen Kuss auf die Wange und ging los in die Richtung, in die er gar nicht wollte, zu Sawyer und Tyler.

»Wie war's bei den *Giants?*«, erkundigte er sich.

»Die haben mich sämtliche Nerven gekostet«, sagte Sawyer und erging sich in minutiösen Details über jeden Hit, Error und Run Batted In des Spiels, das immerhin zwölf Innings gedauert hatte.

Als er geendet hatte, waren alle sichtlich entspannt, außer Hudson. Tyler hatte so oft zu Felicia hinübergespäht, dass er einfach nicht ruhig bleiben konnte. Genau genommen, überlegte er gerade, wie er es anstellen sollte, den Mann straffrei vom Balkon zu stoßen, als sein Bruder ihn fragte, ob er noch einen Drink wolle.

»Klar«, sagte er. »Bring mir einen doppelten.«

Kaum war Sawyer weg, dauerte es keine fünfzehn Sekunden, bis Tyler zum Thema kam. »Bist du mit ihr zusammen?«

Zum Glück hatte Hudson große Erfahrung darin, sich dumm zu stellen, sodass seine Antwort überzeugend klang. »Wen meinst du?«

»Felicia.« Tyler blickte an Hudson vorbei auf die Frau am anderen Ende des Raumes.

Hudson sah zur Balkontür. *Du hast genug Geld, um dir einen guten Anwalt zu leisten, Carlyle. Wahrscheinlich kommst du mit fünfzehn Jahren davon. Höchstens.*

Mit zusammengebissenen Zähnen beschwor er den Ausdruck hoffnungsvoller Entschlossenheit in Felicias Augen, als sie ihm erzählt hatte, warum sie seit ihrer Kindheit in diesen Vollpfosten verliebt war. Trotzdem musste er sich schwer zusammenreißen, um den Kerl nicht in Richtung Balkon zu stoßen.

»Felicia?« Es gelang ihm mit Müh und Not, ein ungesagtes *Fick dich doch* nicht mitschwingen zu lassen. »Wir sind nur Freunde. Das ist alles.«

Tylers Gesicht hellte sich auf. »Ich will mich nicht reindrängen, falls da was zwischen euch läuft.«

Läuft? Nur Orgasmen. Pfannkuchen. Eine einäugige Katze. Und das Geheimnis seines Lebens.

»Mit Felicia? Nein. Wir arbeiten an einem gemeinsamen Projekt – rein hobbymäßig.« Mord war keine Option. Auch

Verprügeln nicht. Aber ihm ein Bein zu stellen, sodass er in das kalte Büfett krachte, das war denkbar. »Sie ist nicht mein Typ.«

Er spürte einen leichten Lufthauch hinter sich, noch ehe ihm der fruchtige Duft des Shampoos in die Nase stieg. Im Umdrehen blickte er auf Felicia hinab, die ihm ein keckes Lächeln schenkte.

»Ich hoffe, ich störe nicht.«

Felicia konnte das. Sie war absolut dazu in der Lage, einer einfachen Unterhaltung zu folgen, obwohl ihr die ganze Zeit nur ein Satz im Kopf herumschwirrte: *Sie ist nicht mein Typ*. Dabei wusste sie das doch. Sie war nicht sein Typ. Das hatte sie immer gewusst. Und es war ja nicht so, dass sie Tyler wollte. Moment. Sie wollte Tyler. Hudson wollte sie nicht. Wirklich nicht.

Wie lange willst du dir eigentlich noch in die eigene Tasche lügen? Dafür, dass du so eine Intelligenzbestie bist, hat dein Hirn manchmal ganz schöne Aussetzer.

Als sie zwischen den beiden Männern hin und her blickte, traf sie mit einem Mal die Erkenntnis, ein Aha-Moment wie aus dem Lehrbuch. Während sie sich die ganze Zeit auf das konzentriert hatte, was sie für ihr Ziel hielt, war ihr komplett entgangen, dass sie Hudson wollte und nicht Tyler, und zwar seit dem ersten Abend bei der Benefizveranstaltung. Tyler war nicht ihr Traummann, sondern ein Hirngespinst. Hudson dagegen war aus Fleisch und Blut, und sie reagierte auf ihn, ob sie wollte oder nicht. Das hatte nichts mit Projektion zu tun. Sie hatte von Anfang an Hudson gewollt. Warum um alles in der Welt hatte sie das bisher nicht gemerkt? Es war unfassbar und frustrierend, aber absolut logisch. Sie war nur zu stur gewesen, um zu begreifen, warum sie ihren »Professor« nicht aus dem Sinn bekam. Die Frage war bloß, was sollte sie jetzt tun?

»Scheiße.« Das Wort rutschte ihr einfach so heraus.

Beide Männer sahen sie an.

»Alles in Ordnung?«, fragte Tyler.

»Tut mir leid, aber mir ist gerade eingefallen, dass ich noch einen Artikel für das *Journal of Myrmecology* fertig schreiben muss.« Sie klang fast so, als würde sie nicht das Blaue vom Himmel herunterlügen.

Hudson sah aus, als glaubte er ihr kein Wort, doch Tyler schluckte den Blödsinn.

»Du siehst heute Abend umwerfend aus«, sagte Tyler.

»Danke.« In ihrem Kopf drehte sich nach wie vor alles.

Ehe sie noch etwas anderes sagen musste, meldete sich Tylers Handy. »Entschuldigt mich.« Er holte es heraus und warf einen kurzen Blick auf die SMS, wobei sich seine Miene zusehends verfinsterte. Als er es wieder in die Innentasche seines Jacketts steckte, schien er vor Wut regelrecht zu kochen.

»Ärger?«, fragte Hudson in einem für die Situation etwas zu fröhlichen Ton.

Tyler warf ihm einen funkelnden Blick zu. »Nur wieder diese lästige Person, die über mir wohnt. Jetzt hat sie eine Mieterversammlung einberufen.«

Das verhieß nichts Gutes. Wenn sich die Mieter offiziell über einen Mangel im Haus beschwerten, dann würden die Behörden eingreifen, da waren ihm die Hände gebunden, obwohl er selbst der Eigentümer war. Für einen Kontrollfreak wie Tyler gab es nichts Schlimmeres, als sich von anderen sagen zu lassen, was er tun sollte.

Felicia drückte beschwichtigend seinen Unterarm. »Was hast du angestellt?«

»Wie kommst du darauf, dass ich etwas angestellt habe?«, protestierte er, ohne jedoch zu widersprechen.

Sie musste lachen. »Weil ich dich schon mein Leben lang kenne, Tyler Jacobson.«

»Jedenfalls nichts, was rechtfertigen würde, dass diese Schreckschraube so schlecht auf mich zu sprechen ist«, brummte er.

Hudson verzog spöttisch das Gesicht. »Wer's glaubt.«

Ehe Tyler reagieren konnte, summte sein Handy erneut. Als er diesmal darauf blickte, nahm sein Gesicht einen Ausdruck an, der, wie sie aus langjähriger Beobachtung wusste, für irgendjemanden ganz schön viel Ärger bedeutete.

»Ich tu's nicht gern, aber ich muss los. Es gab gerade einen Rückschlag bei einer Sache, an der ich seit Jahren arbeite.« Er steckte das Handy ein und wandte sich zum Gehen, doch dann drehte er sich ein letztes Mal Felicia zu, als wäre ihm eingefallen, dass er noch etwas erledigen musste. »Ich habe Karten für den Benefiz-Maskenball in der *Dixon Library* morgen Abend. Ich weiß, das ist jetzt sehr kurzfristig, aber hättest du Lust, mit mir hinzugehen?«

»Sicher«, erwiderte sie wie auf Autopilot. Sie wusste genau, was sie sagen musste, schließlich hatte sie jahrelang auf diesen Moment gewartet. Leider stellte sich die Aufregung, die sie vor wenigen Wochen noch empfunden hätte, nicht ein. »Klingt toll.«

»Großartig! Lass uns später per SMS klären, wann wir uns treffen.« Er gab ihr einen schnellen Kuss auf die Wange und nickte Hudson zu. »Man sieht sich, Carlyle.«

Tyler beeilte sich, wegzukommen, und blieb nur noch einmal kurz bei Helene stehen, um sich – so nahm Felicia an – bei ihr zu bedanken. Ihn gehen zu sehen löste auf ihrem Gefühlsradar nicht einmal ein leichtes Flackern aus. Ein Seitenblick auf Hudson dagegen brachte ihr Herz zum Rasen. Gott, sie hatte sich viel zu sehr in ihren vorgefassten Plan verbissen, um zu bemerken, dass es eine andere Variable gab, eine, die eins fünfundachtzig groß war und sich brennend dafür interessierte, was sie für Unterwäsche trug. Hudson selbst hatte sie davor gewarnt, vorschnell zu urteilen. Was ihn anging, hatte sie sich definitiv nicht mit Ruhm bekleckert.

Gott, wieso verguckte sie sich immer in Männer, die sie nicht haben konnte? Obwohl … Sie wandte sich wieder Hudson zu und betrachtete seinen untypisch finsteren Blick, den er in Tylers sich entfernenden Rücken bohrte. Man musste nicht jahrelange Erfahrung in Feldforschung haben, um zu erkennen, dass Tyler nicht gerade zum Kreis von Hudsons Lieblingsmenschen zählte. Nachdem das Problem mit Sawyer geklärt zu sein schien, konnte es bloß noch einen Grund dafür geben, dass er ihn so anfunkelte. Die Hypothese war gewagt, allerdings nicht von der Hand zu weisen. Aber wie konnte sie sie überprüfen?

»Gratuliere«, sagte er und wandte sich zu ihr um, ohne sie anzusehen. »Sieht aus, als könntest du den Punkt *Tyler daten* endlich abhaken.«

»Ich denke, ich werde das kleine Schwarze anziehen. Dein Lieblingskleid vom Benefizball«, scherzte sie provozierend. »Oder du könntest morgen zu mir kommen und etwas für mich aussuchen. Aber bestimmt hast du längst genug von mir …«

Sie ließ den Satz im Raum stehen und wartete mit klopfendem Herzen auf seine Reaktion. Irgendwann senkte er seinen flammenden Blick zu ihr, und ihr stockte der Atem.

»Ja.« Das Wort klang fast wie ein Knurren.

Eine Welle des Verlangens rauschte durch sie hindurch und erhitzte sie so, dass sie sich am liebsten Luft zugefächelt hätte. Er wollte sie, das war klar, aber wollte er sie genauso, wie sie ihn wollte? »Es macht dir also nichts aus, mit mir für einen anderen Mann shoppen zu gehen?«

Bei der Vorstellung, das Gleiche für ihn zu tun, schoss ihr Blutdruck in die Höhe. Verdammte Eifersucht.

»Warum sollte es mir etwas ausmachen?« In seinen Augen blitzte die gleiche archaische Gier auf wie neulich Abend und strafte seine Worte Lügen. Es war für ihn auch mehr gewesen als nur Fortbildung in Sachen Verführung. »Vergiss nicht, ich bin dein persönlicher Henry Higgins.«

Sie wollte doch mal sehen, wie weit sie gehen musste, um die Wahrheit aus ihm herauszukitzeln. Sie presste ihre Hand gegen seine muskulöse Brust und hob sich auf die Zehenspitzen, um ihm ins Ohr flüstern zu können. »Danke.«

In seinen Augen züngelten Flammen hoch, doch er regte sich nicht. Was für ein Sturkopf.

Sie wusste, dass sie jetzt gehen musste, wenn sie sich nicht im Penthouse seiner Mutter blamieren wollte, und ließ von ihm ab. Ihre Lippen prickelten, als hätte sie ihn geküsst. Sie atmete tief ein und zeigte ihm ein scheues Lächeln, ehe sie Tylers Beispiel folgte, sich bei Helene verabschiedete und mit schwingenden Hüften die Party verließ.

Er wollte sie. Er wollte sie sogar sehr. Und sie würde wetten, dass er mehr in ihr sah als bloß eine schnelle Nummer, sonst würde er nicht immer noch aussehen, als wollte er Tyler in Stücke reißen. Oder? Jeder gute Wissenschaftler wusste, wenn es Zeit war, eine Hypothese zu prüfen, und Felicia war richtig gut in ihrem Job. Dank Hudsons Lektionen wusste sie genau, wie sie es anstellen musste, und nun würde sie es bei ihm ausprobieren.

Sie drückte den Knopf im Aufzug und versuchte nicht daran zu denken, dass Hudson gesagt hatte, sie sei nicht sein Typ. Denn das stimmte nicht. Die vergangenen vier Wochen hatten das gezeigt. Jetzt musste sie es ihm bloß noch klarmachen. »Wart's nur ab, Henry Higgins, wart's nur ab.«

17. KAPITEL

Die Ankleidekabinen in der Designerabteilung des *Dylan's Department Store* waren mehr als luxuriös ausgestattet: mit dickem Teppich, massiver Tür und einem wandhohen dreiteiligen Spiegel, in dem man sich von allen Seiten betrachten konnte. Felicia fühlte sich weit außerhalb ihrer Komfortzone, als sie am nächsten Tag hier stand, und da trug sie noch nicht einmal ihr erstes Kleid: schwarz, bodenlang, aus fließendem Jersey, mit einem tiefen Rückenausschnitt, der nur von hauchdünnen gekreuzten Bändern gehalten wurde. Als sie es schließlich anhatte und dazu die aus der Schuhabteilung geborgten High Heels trug – damit sie nicht über den Saum stolperte –, warf sie einen letzten Blick in den Spiegel und strich den anschmiegsamen Stoff über ihren Hüften glatt.

»Flirten, kokettieren, hinhalten«, wiederholte sie das Mantra, das sie aus Hudsons Lektionen herausdestilliert hatte. »Du schaffst das, Felicia.«

Nach dieser zweifellos lahmsten Motivationsansprache aller Zeiten machte sie sich so groß wie möglich – man sollte nicht unterschätzen, welche Wirkung zwei zusätzliche Zentimeter haben konnten – und versuchte, auf den viel zu hohen Absätzen vor die Tür zu staksen, wo Hudson in einer Dreiersitzgruppe saß und wartete. Manche Männer hätten in dieser eleganten Kulisse deplatziert gewirkt, doch er sah aus wie ein Gutsherr in seinem Salon. Sein Anblick genügte, um ihre Knie schwach werden zu lassen und andere Stellen an ihr weich und feucht.

»Und, was meinst du?«

Er blickte von seinem Handy auf, und seine Wangenmuskeln spannten sich an.

War das ein gutes oder ein schlechtes Zeichen? Oder vielleicht gar keines? Zeit, um eine weitere Variable in diesem Verführungsexperiment einzuführen. »Von vorne ist es ein bisschen brav.«

Er hob die Augenbrauen. »Brav?«

»Aber dann sieht man es von hinten.« Sie drehte sich um, sodass sie sein Gesicht nicht mehr sehen konnte. Doch das musste sie gar nicht, denn sie spürte förmlich, wie sein Blick auf ihrer Haut brannte. Hudson rührte sich nicht und sagte kein Wort. Die Schmetterlinge in ihrem Bauch schwirrten aufgeschreckt, und ihre Brustwarzen drückten sich spitz gegen den weichen Stoff des Kleides. Um all das mit ihr anzurichten, musste er sich noch nicht einmal anstrengen. Es war einfach nicht fair. Sie musste seine Logik gegen ihn verwenden. Schließlich hatte er stets gesagt, dass man immer das wolle, was man nicht haben könne. »Ich stelle mir vor, wie sich Tylers Hand auf meiner nackten Haut anfühlt, wenn wir tanzen.«

»Ich nicht so.« Seine Worte klangen abgehackt.

»Warte«, sagte sie, drehte sich zu ihm und stakste auf unsicheren Beinen auf ihn zu. »Ich zeig dir, was ich meine.«

Entschlossen, sich nicht entmutigen zu lassen, baute sie sich mit erhobenem Kinn vor ihm auf, die Arme zum Tanz erhoben. Hudson zögerte eine Sekunde, ehe er ihre Einladung annahm, doch dann stand er auf, legte eine Hand auf ihre Hüfte und nahm mit der anderen die ihre, um sie an seine Brust zu legen. Sauerstoff zum Atmen brauchte sie jetzt nicht mehr, und das traf sich gut, denn als sie in sein gut aussehendes Gesicht aufblickte, blieb ihr die Luft weg, so kantig und ernst wirkte er. Nichts erinnerte mehr an den Charmeur, den sie kennengelernt hatte, oder den echten Hudson, in den sie sich verliebt hatte. Um sie herum knisterte es verheißungsvoll. Sie musste ihn nur dazu bringen, zu erkennen, was auch ihr klar geworden war – dass man die besten Pläne über den Haufen werfen durfte und To-do-Listen nicht in Stein gemeißelt waren.

Sie machte einen winzigen Schritt vor, und seine Hand glitt über die nackte Haut an ihrem unteren Rücken. Er atmete scharf ein und schloss die Augen. Wäre sie eine unbeteiligte Beobachterin, würde sie sich fragen, was das Zucken seiner Lippen bedeutete. Lust oder Qual? Oder beides? Sie selbst jedenfalls war zwischen beiden hin und her gerissen.

»Fühlt sich das nicht gut an?« Und schlimm und absolut ungenügend?

Er murmelte etwas Unverständliches, während er mit den Fingerspitzen tiefer fuhr, bis sie knapp unter dem Stoff verschwanden. Zu den Klängen der aus den Lautsprechern dringenden Instrumentalmusik zog er sie an sich, bis sie sich von den Schenkeln bis zu den Wangen berührten. Sie konnte nicht umhin, seine Erektion zu bemerken, die sich gegen ihren Bauch drückte. Ein Schritt. Zwei Schritte. Sie bewegten sich im Einklang, und alles war gesagt, ohne ein Wort.

Er senkte den Kopf. »Welche Farbe, Fünkchen?«

Sie musste nicht fragen, was er meinte. Es kostete sie alles, ihm nicht auf der Stelle die Kleider vom Leib zu reißen. »Ich weiß nicht, ob ich das verraten soll.«

Seine Hand wanderte tiefer, und ein Finger wickelte sich um das Gummi ihres Strings. »Es gibt andere Wege, es herauszufinden.«

»Wir sind hier in der Anprobe eines Kaufhauses.« *Juhu.*

Er zog an dem Gummi, sodass sich der Stoff in lustvoller Qual über ihre Klitoris zog. »Es gibt die Kabinen.«

»Eine neue Lektion?«, fragte sie mit kokettem Lächeln.

Hudsons Unterkiefer spannte sich an, und er machte unvermittelt einen Schritt zurück. »Das Kleid eignet sich gut für dein Date mit Tyler. Was hast du sonst noch ausgesucht?«

Frustriert loszubrüllen war für Erwachsene leider keine Option – wobei man es hin und wieder einfach tun sollte –, und so zwinkerte sie ihm nur zu und ging zurück in ihre Kabine. Das zweite Kleid, das Jacqui ihr aufgeschwatzt hatte, war ein eng anliegendes türkisblaues Etuikleid mit seidenmatten Pailletten und tiefem V-Ausschnitt. Ein Modell, das Felicia nie im Leben selbst ausgewählt hätte. Aber was war noch mal die letzte Erkenntnis des Tages gewesen? Man musste hin und wieder mit seinen Gewohnheiten brechen und etwas Neues probieren.

Den Blick auf ihr Spiegelbild gerichtet, drehte und verwand sie sich, um den Reißverschluss am Rücken hochzuziehen. Als sie damit fertig war, strich sie ihr Haar zurecht und ermahnte sich, dass sie in dieser Phase des Experiments drei Optionen hatte: Flirten, Kokettieren oder Verführen. Hudson würde nicht ahnen, für welche sie sich entscheiden würde.

Als sie diesmal die Kabine verließ, blickte Hudson nicht auf sein Handy. Das räuberische Glitzern und der Ausdruck kompromissloser Gier waren aus seinem Gesicht gewichen. Stattdessen hatte er wieder das entspannte Lächeln aufgesetzt und die lässige Haltung des Charmeurs angenommen.

»Wow«, sagte er, und in seiner Stimme lag ein kaum hörbarer rauer Unterton, der sie hoffen ließ.

Langsam drehte sie sich einmal um die eigene Achse. »Das ist genau die Reaktion, die ich mir erhofft habe.«

»Von Tyler«, ergänzte er gleichmütig.

Treffer, versenkt. Wenn von ihnen beiden einer verbohrt war, dann ja wohl er. Sie musste irgendetwas unternehmen … Plötzlich war die Idee in ihrem Kopf, voll ausgereift und sofort umsetzbar. Mit einem schnellen Blick in den Verkaufsraum vergewisserte sie sich, dass Jacqui mit einer älteren Dame beschäftigt war, die aussah, als hätte sie ebenso viel Zeit wie Geld. Jetzt aber schnell, ehe sie der Mut verließ, etwas zu tun, das schlimmstenfalls auch alles versauen konnte, wenn es schiefging.

»Kannst du mit mir in die Kabine kommen?«, fragte sie und bemühte sich nicht einmal, zu verbergen, dass sie Hintergedanken hatte. »Dieser Reißverschluss ist ein Graus.«

Sein Mundwinkel hob sich ganz leicht zu einem anzüglichen Grinsen. »Ich würde doch niemals eine Dame in Nöten im Stich lassen.«

Gott, das hoffte sie auch. Sie gingen zurück zu der luxuriösen Umkleidekabine, als wäre es das Normalste von der Welt. Sobald sie das geräumige Abteil erreicht hatten, stellte sie sich sofort vor den Spiegel, damit er vom Flur hereintreten musste. Sie hob ihr Haar und blickte über die Schulter. Wenn er weiter so die Kiefer zusammenpresste, würde er sich bald einen Backenzahn ausbeißen.

»Vielen Dank.« Ihre Haut brannte lichterloh, als er hinter sie trat.

Der Reißverschluss begann zwischen ihren Schulterblättern und reichte bis ganz hinunter an ihr Steißbein. Er zog ihn nach unten. Ganz langsam. Unter quälendem Schweigen. Ihn im Spiegel zu beobachten war schlimmer, als die Augen zu schließen, denn so sah sie genau, wie sich das Verlangen in seine Züge meißelte. Er trug den gleichen Ausdruck im Gesicht wie damals, als sie ihn mit den Händen umfasst und seine geschwollene Eichel mit der Zunge liebkost hatte. Als er das Kleid endlich vollständig geöffnet hatte, war ihr Tanga tropfnass.

Er fuhr mit einem Finger über die obere Wölbung ihres Hinterns, was ein Feuerwerk an Empfindungen in ihrem Unterleib auslöste. »Schwarze Spitze«, sagte er mit gepresstem Stöhnen.

»Ganz neu.« Ihr stockte der Atem, als er eine Fingerspitze unter den kleinen Stoffeinsatz des Slips schob, der ihr zwischen die Pobacken gerutscht war. »Du solltest den passenden BH sehen.«

Ein leichtes Schütteln genügte, und das Kleid glitt über ihre Arme und Hüften, um zu ihren Füßen einen Ring aus Stoff zu bilden. Die ganze Zeit über beobachtete sie ihn im Spiegel. Sein Blick wanderte über ihr Spiegelbild, während seine Hände blieben, wo sie waren, eine an ihrer Hüfte, die andere in ihren Tanga verhakt. Sie nahm die Hand an der Hüfte und führte sie zu ihrer Brust. Dann lehnte sie sich an ihn, während er begann, ihren ohnehin schon steifen Nippel durch den Spitzenstoff des BHs zwischen den Fingern zu reiben, bis er noch spitzer wurde. Es war so unglaublich erotisch, hier in dieser Ankleidekabine zu stehen, nur in Unterwäsche und High Heels, während Hudson, der immer noch voll angezogen war, gemächlich und beherrscht mit ihrem Körper spielte. Sein harter Schwanz presste sich an ihren Rücken. In diesem Moment wollte sie nichts lieber, als auf die Knie zu gehen und ihn tief in den Mund zu nehmen.

»Ich denke«, sagte sie und drehte sich in seinen Armen. »Ich brauche dringend eine Lektion in Kaufhaussex.«

Gott, brauchte sie das dringend. Sie war kurz davor zu kommen, obwohl er sie noch kaum berührt hatte.

»Fünkchen.« Er drückte ihre Brustwarze genau so fest, dass ihr vor Lust die Knie weich wurden. »Ich glaube nicht, dass ich dir noch etwas beibringen kann.« Dann ließ er sie los, als wäre sie radioaktiv, trat zurück und blieb erst in der offenen Kabinentür stehen. »Egal welches Kleid du nimmst, sag Jacqui, sie soll es auf meine Rechnung setzen.«

Ein Gefühl der Scham überkam sie. Er hatte ihr nichts mehr beizubringen? Wollte er sie vielleicht doch nicht? Nein, unmöglich, so wie sein Körper auf sie reagierte. »Das musst du nicht tun.«

»Betrachte es als Geschenk für deine … Reifeprüfung«, sagte er in lockerem, kameradschaftlichem Ton. »Viel Spaß mit Tyler.«

Dann verschwand er ohne ein weiteres Wort und ohne sich noch einmal umzudrehen. Felicia wurde regelrecht übel, als sie ihm nachsah. Was sollte das? Hatte sie sich so grundlegend geirrt? Sie hatte alles getan, was er ihr beigebracht hatte. Sie hatte ihn verführt. Sie hatte seine Eifersucht geschürt. Sie hatte geflirtet und ihn in Versuchung gebracht, ja praktisch darum gebettelt, dass er sie begehrte. Ihre Kehle zog sich zusammen. Der Aha-Moment auf der Cocktailparty hatte wohl nur in ihrem Kopf stattgefunden, nicht bei Hudson. Warum sollte er sie sonst einfach stehen lassen, wenn das hier nichts weiter als ein Spiel à la *My Fair Lady* für ihn war? Was hatte er zu Tyler gesagt? *Sie ist nicht mein Typ*. Sie hatte sich eingeredet, dass er das nicht ernst gemeint hatte … aber offensichtlich hatte er das doch. Wieder einmal hatte sie sich etwas vorgemacht und wurde nun bitter enttäuscht. Hudson glaubte vermutlich, dass er ihr viel beigebracht hatte; aber was sie tatsächlich aus alledem gelernt hatte, war, dass die Ameisen am Ende vielleicht doch recht hatten. Vielleicht war es besser, wenn die Männchen nach dem Sex starben. Zumindest würden dann dumme Frauen wie sie nicht so schrecklich an Liebeskummer leiden.

Felicia stehen zu lassen war ihm unendlich schwergefallen, aber Hudson wusste, dass es nicht anders ging. Sie wollte Tyler. Das hätte sie nicht deutlicher ausdrücken können. Für sie war er nur eine nette Abwechslung, bevor es mit Mr Ahnungslos ernst wurde. Bei jeder anderen Frau wäre ihm das völlig egal gewesen. Dann wäre es eben einfach bloß Sex unter Freunden gewesen, ohne Verpflichtungen. Das wäre auch in Ordnung gewesen. Aber so war es nicht mehr. Zumindest nicht für ihn. Und zu allem Überfluss musste er sie heute Abend mit Tyler zusammen ertragen.

Sich vor der Veranstaltung zu drücken war keine Option, andererseits würde er den Abend unmöglich überstehen, ohne dem Blödmann eine ordentliche Abreibung zu verpassen. Er trat auf die geschäftige Harbor City Street hinaus und rief die Person an, die ihn noch nie im Stich gelassen hatte.

»Du musst mir helfen«, sagte er statt einer Begrüßung.

»Du wurdest verhaftet, und ich soll eine Kaution für dich hinterlegen.«

Trotz der ernsten Situation lachte er. »Sehr witzig.«

»Ich bin eine Stimmungskanone«, sagte Everly ohne einen Hauch von Humor in ihrem rauchigen Alt. »Das ist doch allgemein bekannt.«

Allgemein bekannt war etwas anderes: Everly Ribinski war eine bildschöne Frau mit feurigem Temperament, die High Heels liebte. Humor war bei ihr eher Fehlanzeige.

»Ich brauche ein Date«, sagte er, bog um die Ecke und suchte den Verkehr nach einem Taxi ab.

»Du bist Hudson Carlyle«, erwiderte sie spöttisch. »Du hast immer ein Date, wenn du eins brauchst.«

Kein Taxi. Kein Date. Keine Felicia. Sein Tag hatte übel begonnen und war von da an nur noch schlimmer geworden. »Diesmal nicht.«

Everly ließ einen Pfiff hören. »Das klingt ja richtig ernst.«

»Bist du dabei oder nicht?«

»Reg dich ab.« Er konnte förmlich hören, wie sie in ihrer Galerie stand, von Kopf bis Fuß in Schwarz gehüllt, und die Augen verdrehte. »Natürlich bin ich dabei. Wohin gehen wir?«

»Zum Benefiz-Maskenball in der *Dixon Library.*« Er brachte die Worte eilig hervor, weil er genau wusste, dass sie Veranstaltungen dieser Art hasste.

»Himmel«, stöhnte sie. »Dir ist hoffentlich klar, dass du unsere Freundschaft damit auf eine harte Probe stellst.«

»Du wirst bissige Bemerkungen über all die reichen Mistkerle machen, die natürlich überhaupt keinen Sinn für Kunst haben, und ich werde daneben stehen und mein charmantestes Lächeln zeigen.«

»Auf diese Art von Desaster habe ich doch immer Lust. Schreib mir eine SMS, wann und wo wir uns treffen.«

Die Erleichterung löste den Knoten in seinem Magen zumindest ein wenig. »Danke, Everly. Ich bin dir was schuldig.«

Er steckte sein Handy ein und trat auf die Powers Street. Hier fuhren immer Taxis, und er musste so schnell wie möglich weg vom *Dylan's Department Store.* Selbst wenn er nicht sicher wäre, dass sein Schwanz in Felicia verliebt war – und er ernsthaft glaubte, dass sie sich für ihn entscheiden würde, wenn sie die Wahl hätte –, hätte er sie gern für ihren großen Abend von Moms Lieblingsfriseur verwöhnen lassen. Der Benefiz-Maskenball der *Dixon Library* zog regelmäßig die Presse an und war das Ereignis in Harbor City, das einem Cinderella-Ball am nächsten kam. *Verdammt.* Er durfte seinen Frust nicht an Felicia auslassen. Es war ihr großer Abend, selbst wenn sie ihn mit Sir Spacko verbringen würde. Er holte sein Telefon heraus und wählte die erste Nummer in seinen Kontakten.

»Mom, du musst mir einen Gefallen tun.«

Wie sie in Helene Carlyles Haarstylingsalon gelandet war und zusammen mit der Grande Dame der Gesellschaft dieser Stadt

Earl-Gray-Tee aus Porzellantassen trank, war Felicia immer noch schleierhaft. Sie wusste nur, dass Jacqui sie mit den Worten, ein Wagen würde sie abholen und zu Mrs Carlyle bringen, aufgehalten hatte, als sie Hals über Kopf loswollte. Vermutlich gab es Frauen, die weniger Furcht einflößend waren, sie kannte allerdings keine. Und so saß sie nun in diesem Salon, zwischen einem Mann, der mit angewiderter Miene ihr Haar begutachtete, und Helene, die sie einer Befragung unterzog, die wohl die Reiche-Leute-Variante eines Kreuzverhörs sein musste.

»Wie reizend von Ihnen, dass Sie Hudson bei seinen Bemühungen unterstützen, Sawyers und Tylers unsinnige Fehde zu beenden«, begann Helene.

»Ich weiß gar nicht, ob ich dazu wirklich etwas beigetragen habe«, erwiderte Felicia und verfolgte im Spiegel, wie der Maître die Schere zückte. »Nur die Spitzen bitte.«

Er zeigte ihr das Lächeln, das jede Frau kennt, die jemals in einem Friseursalon ignoriert wurde. Dann schnitt er acht Zentimeter ab. »Die gesplissten Enden müssen weg.«

Was zum –

Sie öffnete den Mund, um sich mit dem Mann anzulegen, der jetzt mit der Schere in ihrem Haar herumfuhrwerkte, doch Helene ließ ihr keine Chance.

»Was immer es war, er scheint sehr von Ihnen eingenommen.«

»Hudson?« Sehr unwahrscheinlich.

»Nicht Hudson.« Helene schüttelte ihren makellos frisierten Kopf. »Tyler.«

»Natürlich.« *Schließlich warst du ja nur ein Projekt für Hudson.* Die letzten paar Wochen bedeuteten gar nichts.

»Bei der Cocktailparty konnte er die Augen gar nicht von Ihnen abwenden«, fuhr Helene fort. »Er ist ein ziemlich guter Fang.«

»Ja, allerdings.« Ein Fang, auf den ihr fünfzehn Jahre altes Ich die gesamte Leidenschaft eines verknallten Teenagers projiziert hatte. Und so war es all die Jahre geblieben, bis sie gemerkt hatte, dass es gar nicht Tyler war, in den sie verliebt war, sondern ihre Vorstellung von ihm. Die Realität war manchmal ganz schön ernüchternd.

»Wenn Charles mit Ihrem Haar fertig ist, wird Tyler auf dem Ball keine andere Frau mehr wahrnehmen.«

»Das ist der Plan.« Zumindest war das der Plan gewesen. Sie ließ die Schultern hängen. Im Grund wusste sie überhaupt nicht mehr, was sie da tat und warum sie noch zu diesem Ball gehen wollte.

Blödsinn. Du weißt, dass Hudson dort sein wird, und du willst ihn noch ein letztes Mal sehen, wenn du dich nicht gerade in Dessous vor ihm zum Narren machst. Es war eine Frage des Stolzes. Sie musste ihn nur noch einmal sehen, weil sie ihr Gesicht wahren wollte. Das war alles.

»Ein brillanter Plan«, sagte Helene und nahm einen Schluck Tee. »Wer hätte für möglich gehalten, dass Hudson so ein talentierter Kuppler ist?«

»Er hat viele Talente.« Oh Mann. Hör auf, ihn zu verteidigen.

»Allerdings.« Helene neigte den Kopf zur Seite und musterte sie prüfend; Felicia musste an Hudsons Gesichtsausdruck denken, als er sie skizziert hatte. »Ich wünschte mir nur, er würde damit nicht so hinter dem Berg halten. Aber das ist nun nicht unser Thema. Für uns zählt jetzt bloß, dass Sie Tyler endlich die Augen öffnen. Außerdem ist es praktisch ein Doppeldate. Hudson bringt Everly mit.«

Die geheimnisvolle Everly. Bestimmt war sie groß, klug, schlagfertig und bildschön, also in jeder Hinsicht perfekt für Hudson. Felicia wurde auf einmal speiübel.

»Ich kann's gar nicht erwarten, sie kennenzulernen«, brachte sie zwischen zusammengebissenen Zähnen hervor.

»Sie werden sie lieben«, erwiderte Helene mit einem wissenden Lächeln. »Alle lieben sie.«

Felicia hatte nichts anderes erwartet. Da sie jetzt Hudsons Traumfrau kennenlernen sollte, nachdem sie sich vor ihm komplett blamiert hatte, nun, dann würde sie dafür sorgen, dass sie sich mit Tyler vergnügte und dabei möglichst umwerfend aussah. Hudson durfte nie erfahren, dass ihr das, was zwischen ihnen gewesen war, etwas bedeutet hatte. Dafür würde sie sorgen, und wenn es ihr noch so schwerfiel.

18. KAPITEL

Helenes Friseur hatte ihr Haar am Ende um ganze zehn Zentimeter gekürzt, sodass es nun auf einer ungewohnten Höhe zwischen Kinn und Schultern endete. Dennoch musste Felicia zugeben, dass es ihr gefiel. Sie hatte fast ihr ganzes Leben lang die gleiche Frisur getragen, und sie erschrak immer noch jedes Mal, wenn sie sich im Spiegel sah. Selbst jetzt, während sie sich die Wimpern tuschte – wer auch immer dieses Zeug erfunden hatte, verdiente es, mit Bürsten voller klumpiger Pampe geschlagen zu werden –, hatte sie das Gefühl, eine neue Frau vor sich zu haben. Eine Frau, die nicht alle drei Minuten an Hudson dachte. Oder sich fragte, ob er wohl bemerkte, dass sie in ihrer Wut im *Dylan's* beide Kleider auf seine Rechnung hatte setzen lassen. Oder vergeblich versuchte, sich darüber zu freuen, dass sie anderthalb Wochen vor ihrem Dreißigsten endlich den letzten Punkt auf ihrer Liste abhaken konnte.

Das zumindest hätte doch ihr Wissenschaftlerherz, das Listen und Tabellen liebte, glücklich machen müssen.

»Ich bin total happy«, sagte sie zu Honeypot, die auf der Fensterbank saß und gereizt ihren Schwanz hin und her wand, während sie Felicia nicht aus den Augen ließ.

Die Katze war so schlecht gelaunt, dass sie nicht einmal warnend miaute, als es klingelte. *Ja. Das Gefühl kenne ich.* Auf dem Weg zur Tür ergriff Felicia die Handtasche, die zu ihrem blauen Paillettenkleid passte. Als sie öffnete, stand Tyler im

Smoking vor ihr, in dem er aussah wie James Bond. Ein Anblick, der Frauen überall auf der Welt zum Dahinschmelzen brachte – nur nicht sie. Nicht mehr. Sie huschte nach draußen, um möglichst schnell die Tür zu schließen, ehe Honeypot auf dumme Ideen kam.

»Wow.« Er musterte sie von oben bis unten. »Du siehst toll aus.«

»Danke. Du auch.« Und das stimmte. Er sah genauso attraktiv aus wie immer. Doch ihr schien das völlig egal zu sein. Es war, als wäre ihre Libido in Streik getreten.

Es war völlig unsinnig, aber so war es eben. Lust hatte mit Logik nichts zu tun. Und an das andere L-Wort wollte sie jetzt gar nicht denken. Das wäre nur wie Salz in einer offenen Wunde. Ach was, wie Schwefelsäure.

Sie folgte Tyler die Treppe hoch zu der Limousine, die am Straßenrand wartete. Auf der Fahrt dachte sie hauptsächlich darüber nach, wie frustriert ihr fünfzehnjähriges Ich wäre, wenn es wüsste, dass ein Date mit Tyler längst nicht so toll war, wie jahrelang davon zu träumen. Sie musste wohl immer an den richtigen Stellen »aha« gesagt und sich sämtliche schwärmerischen Bemerkungen über Hudson verkniffen haben, denn ehe sie sichs versah, öffnete der Fahrer ihre Tür, und sie schritten die Steintreppen zur *Dixon Library* hoch, in deren weitläufiger Eingangshalle einmal im Jahr der Benefizball stattfand.

Tyler legte seine Hand auf ihren unteren Rücken. »Du bist so schweigsam heute Abend.«

»Das sind nicht die Kreise, in denen ich mich sonst bewege.«

»Du wirst bezaubernd sein«, sagte er und hielt ihr die Tür auf. »So wie immer.«

In Zeitungen und Blogs fand man jederzeit Fotos vom dekorierten Ballsaal, doch die Pracht in natura zu sehen war etwas ganz anderes. Weiches Licht erhellte die Kalksteinwände, an denen impressionistische Gemälde aus der Büchereisammlung ausgestellt waren. Ein Streichquartett spielte klassische Musik, und um die bereits gefüllte Tanzfläche standen einige der reichsten und mächtigsten Bürger der Stadt – von denen allerdings nur rund ein Drittel eine Maske trug, wie auch Felicia eine in der Hand hielt.

»Ich dachte, es wäre ein Maskenball?«

Tyler zuckte mit den Schultern. »Ist es auch, aber das hier sind nicht unbedingt Leute, die sich maskieren.«

Die Frau vor ihnen in der Schlange am Eingang erstarrte und wandte sich um. »Das darf doch wohl nicht wahr sein.«

Tyler stieß einen leisen Fluch aus. Dann drehte sich auch der Mann neben der ganz in Schwarz gehüllten Glamour-Amazone, die aussah, als könnte sie mit einer gut platzierten Beleidigung auf der Stelle töten, um. Hudson. Natürlich. Felicia fluchte ebenfalls kaum hörbar.

»Felicia, Tyler«, sagte Hudson durch zusammengebissene Zähne, »das ist …«

Tyler fiel ihm ins Wort. »Wir kennen uns.«

»Wir sind Nachbarn«, sagte die Frau mit arktischer Kälte in der Stimme. »Er wohnt unter mir.«

Plötzlich ergab alles einen Sinn. Felicia blickte nach unten. Jawohl. Die Frau trug die perfekten Ich-tanz-dir-auf-dem-Kopf-rum-Stöckelschuhe, die so hoch waren, dass Normalsterblichen allein vom Hinschauen schwindelig wurde. Vermutlich waren sie auch als Waffe zu verwenden, wenn man spontan eine brauchte. Das war eine Frau nach Hudsons Geschmack. Nicht die Ameisenforscherin mit zu kleinen Brüsten und einer einäugigen Katze. Ihr kritischer Blick wanderte von der Frau in High Heels zu ihrer männlichen Begleitung. Hudson hätte wenigstens den Anstand haben können, eine betretene Miene aufzusetzen. Stattdessen sah er aus, als käme er gerade vom Fotoshooting für das Titelblatt des *Harbor City's Hottest Bachelors*. Was hatte sie sich eigentlich dabei gedacht, als sie ihn bei *Dylan's* in der Umkleidekabine verführen wollte? Ihr Magen sank ihr in die Kniekehlen, und sie wünschte sich ganz weit weg.

Hudson entspannte seinen Unterkiefer und setzte ein höflich-charmantes Lächeln auf. »Everly Ribinski, und das ist Felicia Hartigan. Felicia ist Ameisenforscherin und hat sich auf die Honigtopfameise spezialisiert, außerdem besitzt sie eine einäugige Katze mit Elefantenlungen. Everly gehört die *Black Heart Gallery* und eine der unglaublichsten Schuhsammlungen, die ich je gesehen habe.«

Everly, die Galeristin? Ja, das passte. »Wie schön, Sie kennenzulernen«, brachte sie heraus, ehe sie sich Tyler zuwandte. »Aber wir sollten uns nicht länger aufhalten. Ich weiß, dass Tyler noch jemanden treffen wollte.«

»Den Satan vermutlich«, sagte Everly mit eisigem Lächeln.

Tyler starrte sie nach wie vor an, als Felicia ihn von den beiden wegzog. Das hier war ein bedeutendes Event in Harbor City. Ihr war bewusst gewesen, dass sie Hudson hier begegnen würde. Sie hatte fest damit gerechnet. Ihm dann aber tatsächlich gegenüberzustehen war eine ganz andere Sache, nachdem er sie so brutal hatte abblitzen lassen.

»Okay, irgendetwas stimmt hier nicht«, sagte Tyler und schnappte sich zwei Gläser Champagner vom Tablett eines Kellners. »Am besten sagst du es mir gleich, denn ich finde es sowieso früher oder später heraus.«

Was hatten die Nonnen in der Schule immer gesagt? Beichten ist gut fürs Gewissen? Sie bezweifelte, dass Schwester Mary Thomas damit auch Felicias Liebesleben – oder dessen Nichtexistenz – meinte, aber egal. »Ich war so dumm.«

Tyler boxte sie lachend gegen die Schulter wie ein Bruder,

genauso wie er sie schon immer behandelt hatte. »Das kann ich mir aber jetzt gar nicht vorstellen.«

»Wirklich nicht?« Und weil das Leben ungerecht und ihr Hudson-Radar extrem empfindlich war, lag ihr Blick in diesem Moment auf ihm, während er den Raum durchquerte.

Tyler neben ihr knurrte. »Nicht er.«

Ihr Verstand sagte ihr das auch, doch ihr Körper und ihr Herz waren da ganz anderer Ansicht. »Doch. Er.«

»Und ich dachte, ich wäre dein Auserwählter.«

Felicia schluckte. Okay, diese Situation war äußerst peinlich, und sie war ein schlimmer Mensch. »Tyler …«, setzte sie an, aber was auch immer sie als Entschuldigung für ihr zickiges Verhalten vorbringen wollte, erstarb auf ihren Lippen, als sie sein Gesicht sah.

In seinen blauen Augen stand nichts als brüderlicher Spott. »Entspann dich.« Er schmunzelte. »Ich zieh dich doch nur auf. Du bist für mich die kleine Schwester, die ich nie hatte. Ich habe nie etwas anderes in dir gesehen. Aber ich dachte, Carlyle, dieser Volltrottel, hätte längst die Angel nach dir ausgeworfen. Denn du bist wirklich bezaubernd.« Er stieß mit seinem Glas an ihres.

Es war nett von ihm, das zu sagen, doch in diesem Moment fühlte sie sich ganz und gar nicht so. Schweigend nippten sie an ihrem Champagner, und Felicia vermied es, in Hudsons Richtung zu schauen, obwohl sie jederzeit genau wusste, wo er sich im Raum befand. Als wäre sie eine Fledermaus. Oder eine vor Liebeskummer kreuzunglückliche blöde Frau. Da konnten noch so viele Menschen um sie herum sein, deren Geplauder beinahe das Streichquartett übertönte, noch so viele Kellner mit Masken mit Häppchen und Champagner herumstehen – sie wusste zu jeder Sekunde, wo er sich befand. Tyler ließ ihn natürlich nicht aus den Augen, typisch.

»Im Grunde ist es klar, dass du auf ihn stehst«, sagte Tyler. »Ihr habt wohl ziemlich viel Zeit miteinander verbracht.«

»Nur um dich und Sawyer dazu zu bringen, euren albernen Streit beizulegen.« Verdammt! Sie schlug sich die Hand vor den Mund, doch es war zu spät. »Vergiss, was ich gesagt habe.«

»Was? Eure Friedensmission?« Kopfschüttelnd grinste er sie an.

Sie stieß erstaunt die Luft aus, die sie angehalten hatte. »Du wirkst nicht überrascht.«

»Das kommt bei mir selten vor.« Er tippte sich mit einem Finger an die Schläfe. »Du vergisst, dass es mein Job ist, die Gedanken meiner Mitmenschen zu lesen.«

Die Gedanken seiner Mitmenschen – »Du wusstest die ganze Zeit über Bescheid? Die Tickets? Die Essenseinladungen? Und du hast nie etwas gesagt? Du bist so ein Mistkerl.«

»Da dürftest du recht haben.« Und das schien ihn überhaupt nicht zu stören. In all den Jahren, die sie ihn kannte, war er immer dann am glücklichsten gewesen, wenn er jemandem die Hölle heißmachen durfte.

»Also, was hast du mit Hudson vor?«, fragte er.

»Nichts.« Sie hatte viel zu viele Jahre damit vergeudet, einen Mann anzuschmachten. Den Fehler würde sie nicht noch einmal machen. »Ich bin nicht sein Typ.«

Tyler schnaubte. »Wer's glaubt.«

Zum Glück ließ er es dabei bewenden, und sie gingen zum Auktionstisch hinüber, wo man für die von Ballgästen gespendeten Artikel anonym Angebote abgeben konnte. Als Tyler einen Anruf bekam, sah sie sich in aller Ruhe die Dinge an, die zur Wahl standen. Allerdings genügte ein kurzer Blick auf die Gebotszettel, um zu wissen, dass es für sie hier nichts zu holen gab. Sie liebte ihren Job im Museum, doch es gab einen Grund, warum sie in einer winzigen Zweizimmerwohnung lebte.

Die Luft begann gefährlich zu knistern, dann trat Hudson neben sie. »Wie läuft das Date?«

Als ob sie ihm das erzählen würde. Sie atmete einmal tief durch und blickte konzentriert auf die Gebotstafel für eine sechstägige Reise nach Bali. »Fantastisch.«

»Warum amüsiert sich Tyler dann mit Sawyer, statt mit dir zu tanzen?« Er nahm sie bei den Schultern und drehte sie so, dass sie den anderen Mann sehen konnte.

Ohne darauf zu achten, welche Funken seine Fingerspitzen auf ihrer nackten Haut zündeten – zumindest bemühte sie sich, es zu ignorieren –, blickte sie zu Sawyer und Tyler hinüber, die beide lachten. Sie sahen jünger, glücklicher, entspannter aus. Felicia konnte sich gut vorstellen, was für Rabauken sie in der Highschool und später am College gewesen waren. Unwillkürlich musste sie lächeln, und das, obwohl der Riesenmistkerl, der neben ihr stand, gerade mit einem einzigen Fingerstreich ihr Höschen in Brand setzte. Fuck. Sie war einfach nur erbärmlich.

Um den Zorn auf sich selbst in etwas Sinnvolles umzumünzen, richtete sie ihn auf Hudson. »Ich dachte, das war Sinn und Zweck deines kleinen Projekts mit mir – dass die beiden sich wieder versöhnen.« Noch eine Spur patziger fügte sie hinzu: »Schließlich bin ich nicht dein Typ, und du nicht meiner, oder?«

Mit hochgezogenen Augenbrauen senkte er den Blick auf ihren Mund und tiefer, ehe er sich wieder auf ihr Gesicht konzentrierte. »Das würde ich so nicht sagen.«

»Nein?« Fast hätte sie laut losgelacht bei dieser offensichtlichen Lüge. Vom anderen Ende des Raumes her strahlte Tyler sie an und kam auf sie zu. »Nun, jetzt ist es sowieso egal. Wir haben beide bekommen, was wir wollten.«

»Ja«, sagte Hudson und nahm seine Hand von ihr. »Genau was wir wollten.«

Helenes Erscheinen ersparte Felicia eine Antwort. In ihrer

eleganten Abendrobe wirkte sie wie eine Königin, und die glitzernde Halbmaske, die sie sich vor das Gesicht hielt, tat diesem Eindruck keinen Abbruch. Zu dritt plauderten sie über die Dinge, die zu ersteigern waren, und sahen zu, wie die Tänzer in Smoking und bunten Kleidern über die Tanzfläche wirbelten.

Als ein Lied zu Ende war und das nächste begann, stieß Helene einen leisen Laut des Entzückens aus. »Oh, ich liebe dieses Stück. Dein Vater und ich haben immer dazu getanzt.«

Hudson hielt ihr seinen Ellbogen hin. »Darf ich bitten?«

»Oh nein, ich habe keine Lust heute Abend«, wehrte Helene ab und sah Felicia an. »Ihr beide geht.«

In ihrem Magen gingen sofort Team Oh-ja und Team Auf-keinen-Fall in Stellung. Tanzen? Mit Hudson? Das konnte nur gewaltig danebengehen.

»Nein, danke.« Wenn sie schlau war, musste sie sofort das Weite suchen.

»Ich bestehe darauf.« Es fehlte nicht viel, und Helene hätte sie auf die Tanzfläche geschoben. »Na los.«

Keine Chance, sich elegant aus der Affäre zu ziehen. Sie sah Hudson an. Seine grimmig schmalen Lippen und der stiere Blick verrieten ihr, dass er ganz genauso empfand, nur vermutlich aus anderen Gründen. Bestimmt hatte er keine Angst davor, auf der Tanzfläche vor Verlangen zu zerfließen. Schweigend stellten sie sich zum Tanz auf.

Willkommen in der Hölle, Carlyle.

Nicht reden.

Nicht lachen.

Sich nicht in die Augen schauen.

Nicht scherzen.

Nicht flirten.

Nichts über eklige Ameisen sagen.

Bloß ein stummes Paar, das sich zur Musik bewegte wie in einem Bottich schnell trocknendem Zement. Es war zum Ausrasten.

Hudson achtete darauf, beim Tanzen immer den gebotenen Abstand zu halten, doch das genügte nicht. Es hätte mindestens ein Football-Feld zwischen ihnen gebraucht, um sein Verlangen nach ihr zu zügeln. Aber wem machte er eigentlich etwas vor? Er hätte in einem anderen Sonnensystem sein müssen. Zumal sie dieses blaue Kleid trug, das ihre Kurven so gut zur Geltung brachte. Am liebsten hätte er den Stoff auf der Stelle von ihrer weichen Haut gestreift, um zu sehen, was sich darunter verbarg. Wobei sie genauso gut diesen schwarzen Sack hätte tragen können, in dem er sie kennengelernt hatte, er würde sie genauso begehren. Dass sie nicht dieses Kleid trug, sondern das, das sie eigens für Tyler gekauft hatte, erinnerte ihn umso deutlicher daran, dass dies sein letzter Tanz mit ihr war. Sie hatte bekommen, was sie wollte. Er hatte seine Aufgabe als Henry Higgins erfüllt. Jetzt war es an der Zeit, dass sich ihre Wege trennten.

Er wollte etwas sagen, doch die Worte blieben ihm im Hals stecken – außerdem machte Felicia nicht den Eindruck, als hätte sie Lust, ihm zuzuhören. Ihr Körper blieb steif in seinen Armen, und ihr süßer Mund ließ keinen Laut hören. Es war zum Wahnsinnigwerden.

»Fünkchen.«

Endlich hob sie die Augen, und durch ihre Brille glaubte er einen gekränkten Ausdruck darin zu erkennen. Fuck. Er hatte es vermasselt. Wie aufs Stichwort spürte er, dass ihn jemand an die Schulter tippte.

»Darf ich?«, fragte Tyler.

Darf ich dir eine reinhauen? »Selbstverständlich.«

Ganz das Arschloch, das er war, ließ Hudson die Frau stehen, die er nicht aus dem Kopf bekam, überließ sie dem Mann, mit dem sie in Wahrheit tanzen wollte, und ging an die Bar, um sich einen dringend benötigten starken Drink zu genehmigen. Offenbar hielt seine Glückssträhne an, denn als er endlich seinen Scotch in der Hand hielt, gesellten sich seine Mutter, Everly, Sawyer und Clover zu ihm.

»Ein hübsches Paar, findest du nicht auch?«, fragte Helene. »Wer auch immer die beiden zusammengebracht hat, verdient Lob und Dank – und sollte er oder sie selbst noch Single sein, sollte er oder sie unbedingt bald den Traumpartner finden.«

»Sie sehen wirklich gut zusammen aus«, stimmte Everly zu, wobei sie Hudson fixierte, als könnte sie seine Gedanken lesen.

Das Schlimmste war, dass sie wirklich ein schönes Paar waren, mit ihren dunklen Haaren und blauen Augen, wie sie sich leichtfüßig über das Parkett bewegten, als wären sie schon immer dafür bestimmt gewesen. Ihm war regelrecht speiübel. Statt sich etwas zu essen zu besorgen, bestellte er noch einen doppelten Scotch. Als die Gewinner der Stillen Auktion verkündet wurden, hatte der Alkohol seine Wahrnehmung bereits leicht getrübt. Irgendwann rief der Moderator Felicias Namen auf. Sie hatte einen Hughston ersteigert, ein Werk ihrer Wahl aus seiner Ausstellung, die nächste Woche eröffnet werden würde. Natürlich hatte sie das sechsstellige Gebot nicht selbst abgegeben. Vermutlich hatte Tyler einmal mit seiner Brieftasche gewedelt. Felicia musste denselben Schluss gezogen haben, denn sie redete offenbar erbost auf Tyler ein, der jedoch nur mit den Schultern zuckte. Schließlich aber schenkte sie ihm ein sanftes Lächeln und reckte sich – falls er das mit seinem vom Alkohol getrübten Blick nicht missinterpretierte –, um ihm einen Kuss auf die Wange zu geben.

Jemand brummte angewidert. Hudson brauchte einen Moment, um zu begreifen, dass er das selbst gewesen war.

Everly legte ihre Finger um seinen Unterarm, als er auf Felicia und Tyler zugehen wollte. »Du wirst doch keine Dummheit begehen?«

Die Warnung kam leider viel zu spät. Wie der letzte Vollidiot hatte er sich in eine Frau verliebt, die er nicht haben konnte. »Zum Beispiel?«

»Sag du's mir.« Everly nahm ihm das fast leere dritte Scotchglas ab und stellte es auf die Theke. »Ich bin nicht sicher, was mit dir los ist, und ich kenne dich seit dem ersten Semester aus dem Kunsterziehung-Grundkurs.«

»Ich werde keine Dummheit begehen.« Er nahm sein Glas von der Bar und hielt es hoch, um dem Barmann anzuzeigen, dass er noch eines wollte.

Everly schüttelte den Kopf, und zwischen ihren dunklen Augen bildeten sich zwei besorgte Furchen. »Hoffentlich hast du recht.«

»Keine Sorge.« Er würde sich gepflegt den Verstand wegsaufen und unterdessen Felicia dabei zusehen, wie sie endlich bekam, was sie wollte. Das war seine Rolle. Er sorgte dafür, dass alle um ihn herum glücklich waren. Nur sich selbst konnte er nicht glücklich machen.

Der Barmann kam herüber und goss ihm einen einfachen Scotch ein – den er sofort verdoppelte, als ihn Hudsons finsterer Blick traf. Schon besser.

»Sie verabschieden sich«, sagte Everly.

Gegen seinen Willen blickte Hudson den beiden nach. Da ging sie dahin, Felicia. Aus seinen Augen, aus seinem Leben.

»Auf eine erfolgreiche Mission.« Er hielt sein Glas zum Toast hoch.

Everly verdrehte die Augen, behielt jedoch ihre Meinung – ausnahmsweise – für sich. Zum Glück. Die Stimme in seinem Kopf, die ihn dafür verfluchte, dass er Felicia ziehen ließ, dröhnte auch so schon laut genug.

19. KAPITEL

Der Scotch hatte ihm den Blick auf die Realität erfolgreich verschleiert, dennoch hörte sie nicht auf, unerbittlich an ihm zu nagen. Es gab nur einen Weg, etwas dagegen tun.

Nachdem er Everly zu Hause abgesetzt hatte, wollte er der Fahrerin des Ubers eigentlich die Adresse seines Penthouses nennen. Stattdessen sagte er der netten jungen Frau mit dem rosa Kurzhaarschnitt und dem Tigertattoo im Nacken die von Felicia. Und so stand er jetzt vor ihrem Haus. Honeypot miaute ihm hinter der Fensterscheibe entgegen.

Bestimmt war sie nun mit Tyler da drin. Deshalb war er hier. Unbewusst war ihm klar, dass er es mit eigenen Augen sehen musste. Dass er sie beide zusammen sehen musste – nicht wie ein Spanner, sondern mehr als Form der Selbstgeißelung, auf eine Kopf-gegen-die-Wand-mit-rostigen-Nägeln-drin-Art. In der Küche war es dunkel, doch von weiter hinten drang ein schummeriger Lichtschein heraus, gerade genug, um Honeypot auf ihrer Fensterbank ausmachen zu können. Wahrscheinlich aus dem Schlafzimmer. Wahrscheinlich waren sie dort, die beiden, auf ihrem Bett mit dem riesigen blauen Überzug und all ihre Mädchenkuschelkissen lagen auf dem Boden verstreut.

Sein Magen ballte sich zu einem Knoten zusammen, und in seinen Augenwinkeln erschienen rote Punkte.

Das Schlaueste wäre jetzt, zu Fuß nach Hause zu gehen und auf dem langen Weg den Kopf freizubekommen. Stattdessen stapfte er die Treppen hinunter und klopfte an ihre Tür.

Nur Sekunden später öffnete Felicia, Honeypot auf dem Arm, in schwarzen Yogaleggins und einem fadenscheinigen Langarm-T-Shirt, das die Katze gerade mit ihren Klauen bearbeitete. Sie trug kein Make-up. Ihr Haar war zu einem nachlässigen Pferdeschwanz zurückgebunden, aus dem dicke Strähnen herausstanden. Ihre Nasenspitze war gerötet, und ihre Augen hinter den Brillengläsern sahen geschwollen aus.

Hudson ballte seine Hände zu Fäusten. »Was hat er angerichtet? Mr Ahnungslos?« Was auch immer es war, er würde dafür bezahlen.

»Tyler?« Sie zwinkerte. »Gar nichts.«

Etwas war schiefgelaufen, und er würde alles tun, um es wieder in Ordnung zu bringen. Aber zuerst musste er herausfinden, was passiert war. »Warum siehst du dann aus, als hättest du geweint?«

Sie packte Honeypot fester, als die erneut anfing, sich befreien zu wollen. »Ich sehe immer so aus, wenn ich faszinierende Artikel über Honigtopfameisen lese und zum Beispiel erfahre, dass deren Königinnen bis zu zweitausend Eier am Tag legen können.«

Ameisen. Er hatte sie beim Lesen eines Fachartikels unterbrochen. Ein Gefühl der Erleichterung umhüllte seine verkrampften Schultern und lockerte ein wenig die Anspannung, die sich wie eine Schraubzwinge um ihn gelegt hatte. Doch das Vakuum, das Felicia in ihm hinterlassen hatte, war nach wie vor da und entwickelte – ganz gemäß den Gesetzen der Physik – einen Sog, aus Begehren und bittersüßer Lust, der so stark war, dass er Hudson förmlich durch die Tür katapultierte. Er schloss sie mit einem Tritt hinter sich und nahm Felicias Gesicht zwischen seine Handflächen. Honeypot protestierte kreischend und zappelte sich erfolgreich frei, während Hudson Felicia rückwärts drängte, bis ihr Hintern an dem blauen Sessel anstieß. Ihre Zungenspitze lugte kurz heraus, um ihre Lippen zu befeuchten, und er musste ein leidenschaftliches Stöhnen unterdrücken.

»Was machst du da?«, hauchte sie, und ihre Wangen röteten sich.

»Einen großen Fehler.« Einen Fehler, den er bereuen würde, aber das war ihm egal.

Sie sog ihre Unterlippe zwischen die Zähne und sah zu ihm auf. »Warum gehst du dann nicht?«

»Ich kann nicht.« Und das war die Wahrheit – jedenfalls hier und jetzt.

Getrieben vom Verlangen nach ihr, drückte er seinen Mund auf ihren. Sex war für ihn immer nur die Befriedigung eines körperlichen Grundbedürfnisses gewesen – bis Felicia in sein Leben trat. Sie hatte alles verändert. Doch dieses Mal musste das letzte Mal sein. Auf lange Sicht würde er sich nicht zusammenreißen können. Es war schon schlimm genug gewesen, sie heute Abend mit Mr Ahnungslos zusammen zu sehen.

Er zog sie nicht aus. So viel Zeit war nicht. Das Verlangen, in diesem schicksalhaften Moment der einzige Mann zu sein, den sie begehrte, war zu stark.

Er löste seinen Mund von ihrem. »Zieh die Leggins aus.«

Mit flammendem Blick, der seine eigene Erregung spiegelte, folgte sie seiner Aufforderung. Als das schwarze Lycra durch die Luft flog, hatte er längst seine Hose bis zu den Schenkeln heruntergestreift und aus seiner Brieftasche ein Kondom genommen.

»Bist du feucht für mich?«, fragte er, als er es über seine Erektion streifte. »Ohne dass ich dich berührt habe?«

»Ja.« Ihre Stimme war heiser vor Lust.

»Wie feucht?«

Sie griff mit der Hand zwischen ihre Schenkel. Obwohl sie

breitbeinig dastand, war ihr Oberteil viel zu lang, und er konnte längst nicht so viel sehen, wie er wollte. Seine Muskeln verkrampften vor Frust, während er zusah, wie ihr Handgelenk rhythmisch gegen den T-Shirt-Saum drückte. Am liebsten hätte er sie angebrüllt, sie solle damit aufhören, aber gleichzeitig wollte er unbedingt, dass sie weitermachte. Verdammt, diese Frau trieb ihn einfach in den Wahnsinn. Als er schon dachte, er könnte es nicht mehr länger aushalten, hob sie ihre Hand ans Gesicht, genau wie er vor einigen Wochen, und strich sich mit einem feucht schimmernden Finger über die Lippen.

Herausfordernd blickte sie ihn an. »Küss mich doch und find's selbst heraus.«

In dem Moment brannten die letzten Sicherungen bei ihm durch. Konsequenzen spielten keine Rolle. Es zählte nur das Hier und Jetzt.

Er packte sie an der Taille und hob sie an, während er sich zugleich um die eigene Achse drehte, bis er selbst auf der Lehne des blauen Sessels zu sitzen kam. Ihre Hände in seinem Haar verkrallt, presste sie ihren Mund auf seinen und kippte ihr Becken genau so, dass die Spitze seines Schwanzes sie berührte. Ganz ohne Zögern, ohne Kokettieren. Im nächsten Moment hatte sie sich auf ihn gesetzt und glitt an ihm herab, bis er so tief es ging in ihr war und ihre Beine sich eng um seine Mitte schlangen.

»So. Verdammt. Eng.« Und feucht. Und die Geräusche, die ihre Körper machten, als sie anfingen, sich zusammen zu bewegen.

Er packte ihr schaukelndes Becken und half ihr beim Heben und Senken, so schnell, dass die Bewegung beinahe verwischte.

»Ich liebe es, wie du mich ausfüllst«, sagte sie keuchend. »Wie du machst, dass ich immer mehr von dir will, obwohl ich weiß, dass es zu viel sein wird.«

»Oh, es wird nicht zu viel sein. Du schaffst das leicht.«

Er wollte ihr alles von sich geben, sich ganz in sie versenken, in die Frau, die er liebte. Bei dieser Erkenntnis kam er aus dem Takt, doch sie ließ sich nicht irritieren. Sie bog ihren Rücken durch und griff unter sich, um seine Hoden zu umfassen.

»Ich bin ganz nah dran.« Sie stieß ein sehnsuchtsvolles Stöhnen aus. »Mach, so fest du kannst.«

Das konnte er. Von neuer Energie beflügelt, rammte er sich in sie hinein, während sie ihn mit an Wahnsinn grenzender Konzentration ritt. Ihre hüpfenden Brüste waren in seinem Gesicht, und er saugte eine Brustwarze in den Mund. Als er zubiss, stieß sie ein dankbares Stöhnen aus und nahm zugleich mit dem Becken Tempo auf, sodass sie fest an ihm rieb, dort wo sich ihre Körper bei jedem Stoß trafen. Er biss erneut zu und zog fest an dem steifen Nippel. Dafür riss sie ihm fast die Haare aus, und ihre inneren Muskeln pressten seinen Schwanz zusammen, bis seine Hoden prickelnd seinen nahenden Höhepunkt ankündigten.

Weil er auf keinen Fall vor ihr kommen wollte, zog er sie enger an sich, um ihre Klitoris mit zu stimulieren. »Fünkchen, ich …«

Bevor er seinen Appell vorbringen konnte, verkrampfte sie von Kopf bis Fuß und schrie auf. Sein Körper reagierte sofort. Der Orgasmus fegte wie ein Orkan durch ihn hindurch und riss alles mit sich, bis auf einen Gedanken. Die ganze Zeit über hatte er gedacht, er würde Felicia etwas beibringen, doch jetzt sah es so aus, als wäre er der Schüler.

Felicia hatte keine Ahnung, wo sie sich befand. Im Grunde konnte sie genauso gut durchs Weltall schweben. So fühlte es sich zumindest an. Es war wie dieser erste Bissen Schokolade nach einem richtig miesen Tag, wenn ihr Körper sich entspannte und ihr Geist einen Zustand erreichte, der nur mit Zen zu beschreiben war. Ihre Lider waren schwer, aber sie zwang sich, die Augen zu öffnen.

Das Erste, was sie sah, war Hudsons von Bartstoppeln überzogenes Kinn. Am liebsten wäre sie mit den Fingern darüber gefahren, um sich zu vergewissern, dass er wirklich hier war. Dass sie gerade irren animalischen Sex in ihrem Wohnzimmer gehabt hatten. Dass vielleicht …

»Felicia.« Hudson stellte sie auf dem Fußboden ab, trat einen Schritt zurück und nahm seine Wärme und das flauschige Glücksgefühl mit.

Sie atmete tief durch. Das klang nicht nach einem Gespräch, das sie in einem T-Shirt führen wollte, das bloß noch halb an ihr hing, und sonst nichts.

»Wir müssen reden«, sagte er.

Genau. Das war definitiv ein Gespräch, das man bekleidet führen sollte. »Lass mich nur schnell die Hose wieder anziehen.«

Sie ging hinüber zur Tischlampe, auf der die Leggins gelandet waren, und zog sie vom Lampenschirm. Natürlich musste in diesem Moment ihr Handy lossummen. Um diese Uhrzeit konnte es bloß noch jemand aus der Familie sein, und sie wusste genau, dass man die Hartigans nicht ignorieren konnte – selbst zu dieser späten Stunde. Wenn sie nicht reagierte, konnte sie davon ausgehen, dass binnen kürzester Zeit jemand vor ihrer Tür stand.

»Kannst du mal nachsehen?«, bat sie. »Das ist wahrscheinlich meine Schwester Fallon. Sie arbeitet als Krankenschwester in einer Notaufnahme drüben auf der anderen Seite des Hafens, in Waterbury. Sie hat immer Angst, ich könnte einem Verbrechen zum Opfer fallen, weil ich in der Stadt wohne.«

Blödsinn daherfaseln? Sie? Nie im Leben.

Noch leicht benebelt und fast vollständig bekleidet – obwohl seine Hemdenknöpfe vermutlich nie wieder auftauchen würden –, ging Hudson zur Kücheninsel hinüber und nahm das Handy in dem Moment, als es aufhörte zu summen.

»Es ist nicht deine Schwester«, sagte er kalt.

Felicia, die noch im Begriff war, ihre Leggins hochzuziehen, sah auf. Der Ausdruck tiefer Zufriedenheit, den Hudson soeben noch im Gesicht gehabt hatte, war verschwunden. Stattdessen wirkte er abweisend und streng. Sie trafen sich auf halbem Weg, und er reichte ihr das Telefon, um dann seine Hose zu schließen. Mit enger Brust stand sie da und blickte auf ihr Display.

Tyler: *Danke für heute Abend. Schlaf gut, damit du morgen schön ausgeruht bist.*

»Es war richtig von dir, ihn nicht mit nach Hause zu bringen.« Mit ruckartigen Bewegungen zog Hudson den Gürtel durch die Schnalle.

Was war bloß los mit ihm? Tyler und sie wollten morgen joggen gehen. Es war nicht … Oh Mann. Er hatte etwas ganz anderes im Sinn. Unter anderen Umständen könnte es ein gutes Zeichen sein, dass er sich aufregte. Aber so? Er hatte doch deutlich erklärt, dass sie nicht sein Typ war. Die Erinnerung an seine Worte löste einen Alarm in ihr aus.

»Was du nicht sagst«, gab sie zurück und wappnete sich gegen eine Retourkutsche. »Und wieso?«

Er zog den Gürtel glatt und wandte sich dann ihr zu, um sie von oben bis unten zu mustern. »Nachdem du so hart dafür gearbeitet hast, von ihm bemerkt zu werden, willst du nicht gleich mit ihm in die Kiste springen. Da soll er sich noch ein bisschen anstrengen.«

Es dauerte eine Minute, bis sie begriff, was er da sagte. War das jetzt Slutshaming? Nach allem, was sie getan hatten? Mehrfach? Das ging ja wohl gar nicht. »Wie kannst du es wagen!«

»Du hast es mit mir beim ersten Date gewagt.« Er deutete über ihre Schulter. »Dort drüben auf dem Fußhocker, als ich es dir mit den Fingern besorgt habe.«

»Date?« Es klang schrill, aber das war ihr egal. Mit so einem Schwachsinn würde sie ihn nicht davonkommen lassen. »Welches Date? Es war ein Projekt, schon vergessen? Operation *Rettet die Männerfreundschaft*. Du würdest dir ja nie im Leben einfach nehmen, was du willst. Nicht auszudenken!«

Er zuckte zusammen. »Was meinst du?«

Was sie meinte? War das wirklich sein Ernst? Alle Mosaiksteinchen ergaben plötzlich ein Bild, und ihr wurde so heiß, dass sie fürchtete zu explodieren. Es war nicht nur, dass sie nicht sein Typ war. Nichts von dem, was zwischen ihnen gewesen war – rein gar nichts –, hatte ihm jemals irgendetwas bedeutet. Nicht einmal ihr Besuch in seiner Waldhütte. Die Erkenntnis traf sie in Etappen, wie Schüsse aus einer Pistole. Und sie dachte, sie hätte schon Liebeskummer erlebt. Was für ein Irrtum. Wenn er nicht einen halben Meter entfernt vor ihr stehen würde, wäre sie auf der Stelle zusammengebrochen, doch er war hier, also war das keine Option. Stattdessen erinnerte sie sich, wie ihre raubeinigen irischen Hartigan-Verwandten loslegten, wenn sie stinksauer waren.

»Du hältst dich für total überlegen, du meinst, du siehst und weißt, was alle wollen. Deshalb hast du diese blöde Hütte im Wald, und deshalb gibst du den Dunkelmann, der im Hintergrund die Strippen zieht. Und warum?« Sie marschierte auf ihn zu und stach mit einem Finger in seine breite Brust. »Weil du es genießt, Geheimnisse zu haben. Das ist der wahre Grund dafür, dass du deiner Familie nie von Hughston erzählt hast, nicht irgendein Blödsinn mit deinem Dad.«

Er wischte ihre Hand beiseite und funkelte sie von oben herab an. »Du weißt nicht, was du da sagst«, fauchte er.

»Ich bin promovierte Wissenschaftlerin, beobachten und Schlüsse daraus ziehen ist mein Job.« *Genau, Kumpel. Bachelor. Master. Doktortitel.* »Du willst wissen, was ich sehe, wenn ich mir das eingezäunte und sauber aufgeteilte Habitat anschaue, das du dir eingerichtet hast?«

Seine Maske legte sich wieder über sein Gesicht, und er hob die Augenbrauen, als könnte er nur mit Müh und Not verbergen, wie gelangweilt er war. »Die Königin der Ameisen wird es mir sicher gleich verraten.«

»Ich sehe einen Mann, der glaubt, sich für das Glück seiner Mitmenschen aufzuopfern, aber das ist eine Lüge. *Du* bist eine Lüge.« Genauso wie die Freundschaft zwischen ihnen, aus der so viel mehr wurde, jedenfalls für sie. Tränen brannten in ihren Augen, doch sie blinzelte sie weg. Von wegen Beobachtungsgabe. Sie hatte das alles erst bemerkt, als es längst zu spät war. Erst jetzt war ihr alles klar. »Du machst aus deinem ganzen Leben ein Geheimnis, vor allem aus den wichtigen Teilen. Du trägst die Maske des Pseudo-Charmeurs, und du lässt die Leute in dem Glauben, dass du sie verstehst, auch wenn du keine Ahnung hast. Du hältst es für ritterlich, deinen Mitmenschen etwas vorzuspielen. Aber das ist es nicht. In Wahrheit bist du ein Feigling, der viel zu viel Angst hat, der Welt sein wahres Gesicht zu zeigen und wofür er wirklich steht.«

Wenn Hudson jetzt an sich herabsehen würde, würde er ein großes Loch in seiner Brust entdecken. Ganz sicher. Er wusste, was Schmerz war, aber so etwas hatte er noch nicht erlebt. Es war wie ein Schlag mit dem Baseballschläger gegen den Kopf, bloß ohne dass danach süße Bewusstlosigkeit folgte. So würde es nun also zu Ende gehen – mit einem alles andere als orgiastischen Knall. Schön. Er würde es überleben.

Trotz aller Wut entgingen ihm nicht ihre tränenfeuchten Augen, und er ging in die Defensive. »Bekomme ich jetzt Unterricht von der Frau, die ihr Leben nach Listen ausrichtet, die sie als Fünfzehnjährige geschrieben hat?«

Sie schnappte nach Luft und legte die Hand auf ihre Kehle. »Das ist nicht fair.«

»Fünkchen, das Leben ist nicht fair.« Wenn es fair wäre, würden sie nun nicht hier stehen und einander anschreien. »An den Gedanken solltest du dich gewöhnen. Wenn ich die Menschen, die ich liebe, anlüge, dann nur, weil sie mit der Lüge glücklicher und einfacher leben.«

Das war der wahre Grund, warum er es tat. Er hatte nichts zu verbergen, es ging allein um ihren Seelenfrieden. Und dass er gern Dinge in Ordnung brachte? Wow, ein Hammer. Es machte ihm eben Spaß, anderen zu helfen. Sollte sie ihn dafür doch verklagen.

»Klingt für mich nach Rechtfertigung«, gab sie zurück und verschränkte ihre Arme so, dass ihre Brüste sich unter dem armseligen Fetzen von einem T-Shirt hoben.

Es war gar nicht gut, dass ihm das auffiel. Er sollte lieber so schnell wie möglich Land gewinnen. Doch seine Beine waren wie angewurzelt.

»Es ist mir so was von scheißegal, was eine Frau über mich denkt, die ihr Leben in einem Labor mit lauter Ameisen verbringt.«

Sie zeigte ihm den Mittelfinger. »Zumindest weiß ich, wer ich bin, und zeige das auch offen.«

»Ach, wirklich?« Er lachte. Es war ein raues, zynisches Lachen, das perfekt zu der bitteren Wut passte, die durch seine

Adern floss. Sie irrte sich gewaltig über ihn. »Glaubst du das im Ernst?«

Vermutlich glaubte sie es tatsächlich. Er hatte sich vielleicht Illusionen gemacht, als er sich in sie verliebt hatte, aber sie log sich doch selbst in die Tasche. Wenn sich die Apokalypse nicht mehr aufhalten ließ, konnte er genauso gut hierbleiben und das Spektakel mit ansehen. Er atmete tief durch und sah zu, wie sie am ganzen Körper vor Wut bebte, eine ein Meter dreiundfünfzig große tobende Furie. Bestens. Das war genau das, was er brauchte. Sie sagte, er würde sich nie nehmen, was er wollte? Da irrte sie sich aber. Denn im Moment brauchte er vor allem ihren Hass. Nur so würde es ihm gelingen zu gehen. Nur so würde er sie wiedersehen können, irgendwo bei einer Veranstaltung der Stadt, zusammen mit Tyler. Oder – schlimmster Albtraum – bei ihrer Hochzeit. Und so ignorierte er die Stimmen, die ihn beschworen, endlich die Klappe zu halten, und tat, was er tun musste.

»Ich weiß nicht, ob ich dich auslachen oder dir den Kopf tätscheln soll, Fünkchen. Die Wahrheit ist, dass du keine Ahnung von irgendwas hast, schon gar nicht davon, was ein richtiger Mann braucht – also nicht das, was sich eine Fünfzehnjährige in ihrer Fantasie unter einem Mann vorstellt. Verdammt, du wusstest ja nicht einmal selbst, was du wolltest, bis ich es dir gezeigt habe.«

Ihre Augen verengten sich. »Ernsthaft? Das ist mal wieder typisch Mann! Willst du mir jetzt meine eigenen Wünsche und Bedürfnisse erklären?«

»Jemand muss es ja tun.« Er hob die Hand und strich ihr mit dem Daumen über ihre volle Unterlippe. Etwas Schlimmeres hätte er nicht tun können, aber er konnte nicht anders. Er musste sie berühren. Ehrliche Empörung funkelte in ihren Augen, doch ihr Mund entspannte sich leicht. Er könnte sie jetzt küssen. Es war auch das, was er am liebsten getan hätte. Doch er durfte nicht. Es war nicht das, was sie brauchte, und um ihr zu geben, was sie wollte, musste er die Napalmbombe zünden. »Wenn du das selbst herausgefunden hättest, hättest du nicht – wiederholt – den erstbesten Typen gevögelt, der sich angeboten hat, dir beizubringen, was du zur Befriedigung brauchst.«

Ihre Pupillen weiteten sich, und sie zog scharf die Luft ein. Ihre Hand holte aus und traf seine Wange. Der unerwartete Schlag tat verdammt weh, und er war froh darüber.

»Mach, dass du wegkommst, und wage es ja nicht, je wieder hier aufzutauchen«, schleuderte sie ihm mit bebender Stimme entgegen.

»Mit Vergnügen.« Und er hatte gedacht, schlimmer könnte es nicht mehr kommen. Aber da hatte er sich geirrt. Ein Fallschirmspringer, dessen Schirm sich nicht öffnete, litt nicht solche Qualen wie er in diesem Moment. Dennoch drehte er sich von ihr weg, und seine Beine trugen ihn schließlich zur Tür. »Du musst mir schreiben, wie Tyler es findet, dass du so hinreißend dezent stöhnst, wenn du kommst. Vielleicht kannst du dich ja auf den Hocker setzen und ihm einen blasen. Du machst das gut. Ich war ein guter Lehrer.«

»Geh einfach.« Ihre Stimme brach.

Hudson riss die Tür auf und machte ein paar Schritte, blieb dann aber im Eingang stehen. Er konnte nicht gehen, ohne einen letzten Blick auf sie zu werfen. Doch es war zu spät. Als er sich umwandte, war sie schon verschwunden. Ihre Schlafzimmertür war offen gewesen, jetzt war sie allerdings geschlossen. Es war besser so. Wie hätte es für einen Mann wie ihn anders enden können als in einer Katastrophe? Er zog die Tür zu und machte sich auf den Weg zu seiner einzigen Zuflucht.

20. KAPITEL

Felicia hatte sich erneut per SMS krankgemeldet. Schon zum zweiten Mal hintereinander. Das war noch nie vorgekommen. Ein schlechtes Gewissen hatte sie deswegen schon, zumindest ein klein wenig. Alles in allem aber fühlte sie sich miserabel. In dem Pyjama, den sie seit zweiundsiebzig Stunden trug, legte sie sich wieder ins Bett und startete eine neue Folge von *The Great British Bake Off*. Nicht dass sie gern kochte oder backte, doch die Serie hatte etwas tief Beruhigendes, zumindest bis jemandem das Omelette Surprise zerschmolz. Mehr Drama vertrug sie heute ohnehin nicht. Ihr immer noch unvollendeter Fachartikel wartete geöffnet auf ihrem Laptop, aber was immer sie da auch zusammenfabulierte, musste sie sofort wieder löschen, und so gab sie schließlich auf und klappte den Bildschirm zu. Britische Hobbybäcker im Fernsehen, das war genau das, was sie jetzt brauchte, nicht Ameisen, die sie sowieso nur daran erinnerten, wie sie zum ersten Mal mit Hudson zusammen durch das Labor gegangen war.

Auf dem Nachttisch summte ihr Handy. Der Familien-Gruppenchat meldete sich. Knapp einen Tag, nachdem sie alles gebeichtet hatte – außer dem Blowjob auf dem Hocker –, chatteten ihre Geschwister mit Fallon. Sie griff zum Handy.

Frank: *Ich bring ihn um.*
Fallon: *Wir könnten die Leiche im Leichenraum des Krankenhauses verstecken. Da sucht keiner.*

Ford: *Als Gesetzeshüter kann ich das nicht gutheißen.*
Faith: *Gott, Du bist so ein unerträglicher Spießer geworden, seit du Detective bist.*
Fiona: *Wir reden über das Arschloch, das deiner kleinen Schwester das Herz gebrochen hat, kleiner Bruder.*
Finian: *Oder hast du deine Eier gegen deine Dienstmarke eingetauscht? Ich habe mir sagen lassen, dass das bei Polizisten manchmal passiert. Deshalb gehen echte Männer auch zur Feuerwehr.*
Frankie: *High Five!*
Faith: *Was läuft bloß schief mit euch Männern?*
Fiona: *Alles.*
Fallon: *Stimmt, Fi.*
Ford: *Manche von uns sind einfach zu schlau, um in brennende Gebäude zu gehen.*
Finian: *Guter Witz. Ein echter Burner. (Reicht das an Sarkasmus, Frankie?)*
Frankie: *Fast. Aber er ist ein Cop, deshalb ist er ein bisschen schwer von Begriff. Leg noch einen drauf, damit er es auch ganz sicher kapiert.*
Finian: *Schlimmste Beleidigung aller Zeiten.*
Frankie: *Das sollte reichen.*
Ford: *Ihr seid alle so doof.*
Fallon: *Hallo?? Felicia. Liebeskummer. Riesenarschloch, das eine Abreibung verdient. Klingelt da was bei euch Knallköpfen?*
Fiona: *Sind wir denn sicher, ob sie den Hartigan-Clan überhaupt auf ihn loslassen will?*
…
…
…
Fiona: *Keiner von Euch Knallköpfen hat sie gefragt, oder?*
…
…

…

***Fiona:** Jetzt mal ganz im Ernst. Ihr macht gar nichts. Sie ist erwachsen. Wenn sie unsere Hilfe braucht, wird sie sich melden.*
***Frankie:** Du willst immer bestimmen.*
***Fiona:** Und das sagst ausgerechnet du.*

Auch wenn es auf eine perverse Art witzig war, Mäuschen zu spielen, wenn die Geschwister sich das Maul zerrissen, war es doch höchste Zeit, ihnen den Kopf geradezurücken.

***Felicia:** Besten Dank an Fi und alle anderen, aber ich habe alles im Griff.*
…
…
…
***Fallon:** Du hast wohl keinen neuen Chat gestartet, Frankielein?*
***Frankie:** Hoppla.*
***Faith:** Wenn man bedenkt, dass die ganze Nachbarschaft die Hartigan-Brüder für sexy hält. Wenn die wüssten, was ihr für Dumpfbacken seid.*
***Frankie:** Die lieben mich ja nicht wegen meiner Intelligenz.*
***Faith:** Iiiiiiigiiiiittt!*
***Fallon:** Felicia, gib einfach Bescheid, wenn du es dir anders überlegst.*
***Ford:** Das war übrigens ein Witz, von wegen Gesetzeshüter. Wenn ich die Sirene anmache, kann ich in einer halben Stunde drüben in der Stadt sein.*

Dass Mr Hyperkorrekt gegen die Regeln verstoßen würde, um sie zu trösten, entlockte ihr beinahe ein Lächeln. Er würde Hudson nicht umbringen. Aber Frankie und Finian? Die Zwillinge hatten das zu ihrem Beruf passende Temperament.

***Felicia:** Danke. Bei mir ist alles paletti.*
***Finian:** Nix ist paletti. So mundfaul bist du sonst nie.*
***Faith:** Halt du dich da raus.*
***Fiona:** Genau, Faith.*
***Felicia:** Gute Nacht <3*

Felicia legte ihr Handy mit dem Display nach unten unter ein Kissen. Ihre Geschwister konnten ein Gespräch nicht wie normale Menschen beenden, weder persönlich noch im Gruppenchat. Sie würden noch mindestens eine halbe Stunde weiter klatschen und tratschen. Sie liebte sie alle, doch im Moment konnte sie sie nicht ertragen, nicht einmal am Telefon. Im Moment wollte sie einfach nur Briten beim Backen zuschauen, um dann hoffentlich ein paar Stunden Schlaf zu finden, in denen sie nicht von Hudson träumte, wie in den letzten beiden Nächten.

Wenn er damit nicht einen Waldbrand riskieren würde, hätte Hudson schon vor Tagen ein Streichholz in eine Dose Lackverdünner geworfen und die ganze Hütte in die Luft gejagt. Er konnte nicht mehr länger als eine halbe Stunde am Stück schlafen. Er konnte nicht mehr malen. Nahrungsaufnahme war ihm so egal, dass er gar nicht sagen konnte, ob er essen konnte oder nicht. Er konnte bloß noch in seinem grandiosen Atelierlicht sitzen und voller Verachtung auf die Porträts für seine Ausstellung in der *Black Heart Gallery* starren. Vor Felicia hatten sie für ihn das reale Alltagsleben in Harbor City gespiegelt. Jetzt wirkten sie auf ihn nur noch wie Trugbilder – Lügen, die andere ihm aufgetischt hatten – und Hirngespinste aus seinem eigenen Kopf.

Die Hütte hatte einen riesigen Kamin. Es würde den ganzen Tag dauern, doch auf diese Weise konnte er die Bilder vermutlich am besten aus der Welt schaffen. Dann müsste er nie wieder hierherkommen.

Zehn Minuten später – er überlegte immer noch, ob sich die Mühe lohnte, aufzustehen und eine kontrollierte Müllverbrennung zu starten – hörte er, wie draußen schnell hintereinander drei Autotüren ins Schloss fielen. Super. Obwohl er genau wusste, wer da war, stand er auf und ging auf die Veranda hinaus.

Linus, seit ewigen Zeiten Chauffeur der Familie, saß noch am Steuer der schwarzen Limousine, aber Helene, Sawyer und Clover hatten bereits die Stufen zum Eingang erreicht. Hudson wusste sofort, warum sie hier waren. Zumindest dachte er das. Einmal hatte er ein Treffen hier eingefädelt, nachdem Sawyer Clovers gerechten Zorn auf sich gezogen hatte. Aber darum ging es heute nicht. Bei Sawyer und Clover herrschte eitel Sonnenschein.

Er schloss die Tür hinter sich, stellte sich davor und verschränkte die Arme. »Habe ich etwa vergessen, dass ich zu einer Party eingeladen habe?«

»Du hast vergessen, ans Telefon zu gehen«, sagte Sawyer und kam Hand in Hand mit Clover die Stufen herauf.

»Ich hatte zu tun«, erwiderte Hudson, und seine Stimme klang nach vier Tagen ohne Gesellschaft heiser und angestrengt. »Ihr wisst schon, mit meinen vielen Freundinnen.«

»Wie schön.« Helene schenkte ihm ein strahlendes Lächeln und trat auf die Veranda. »Ich möchte sie alle kennenlernen. Ich kann es gar nicht erwarten, mal wieder so richtig überrascht zu werden. Das ist mir seit Jahren nicht mehr passiert.«

Mit einem Schritt zur Seite schnitt er seiner Mutter den Weg ab. Er hatte gar keine andere Wahl. Sobald Helene, Sawyer und Clover durch diese Tür traten, konnte er sein Geheimnis um Hughston nicht mehr aufrechterhalten. Sie blieb vor ihm stehen und hob überlegen die Brauen – genau wie er es ihr gegenüber schon so oft getan hatte. In dem Moment traf ihn die Erkenntnis. Helene Carlyle würde für ihre Familie durchs Feuer gehen, und es war höchste Zeit, dass er endlich aufhörte, sie anzulügen.

Er ließ sie alle voran ins Haus gehen, um nicht ihre Gesichter sehen zu müssen. Die drei blieben mitten im Raum stehen, der vom Schein der Nachmittagssonne erfüllt war, und blickten auf die Gemälde. Wie immer vor einer Ausstellung stand alles voller Leinwände. Diesmal war es noch schlimmer, weil nicht nur die für die Galerie ausgewählten Porträts herumstanden, sondern auch noch eine ganze Reihe Bilder von Felicia. Selbst nach allem, was geschehen war, brachte er es nicht über sich, sie abzudecken. Ihr Blick verfolgte ihn, wo immer er auch stand und ging.

Sawyer ließ einen dunklen Pfiff hören und wandte sich zu Hudson um. »Ich hätte eine Flasche Scotch mitbringen sollen.«

Clover musterte ihn eingehend, und es konnte ihr unmöglich entgehen, in welch erbärmlichen Zustand er war. »Ich glaube nicht, dass Alkohol hier eine Lösung ist.« Sie trat zu ihm und umarmte ihn, löste sich aber schnell wieder und rümpfte die Nase. »Aber duschen gehört definitiv auf die To-do-Liste.«

Liste.

Unwillkürlich musste er an Felicia denken. Das mentale Bild traf ihn wie der Stich eines rostigen Messers. »An die erste Stelle.«

»Hudson Bartholomew Carlyle.« Die Stimme seiner Mutter erfüllte den offenen Raum. Sie stand vor einem Gemälde, das Felicia zeigte, so wie er sie bei seinem ersten Besuch im Ameisenlabor gesehen hatte, detailliert bis hin zu ihrem schlampigen Pferdeschwanz, dem viel zu großen T-Shirt mit Ameisenspruch und dem frechen Funkeln in den Augen. »Das hier sind deine bislang besten Arbeiten, aber *das hier* ist mein neues Lieblingswerk von dir.«

Clover verzog fragend das Gesicht. Sawyer neigte verwirrt den Kopf zur Seite. Hudsons Magen rutschte ihm in die Kniekehlen, und sein Verstand setzte kurz aus. Seine besten Arbeiten? Wieso …

»Was?« Helene zuckte anmutig die Schultern. »Dachtest du etwa, ich weiß nicht, dass du Hughston bist?«

»Was? Hughston? Der Maler?« Wenn Clover ihm nicht zuvorgekommen wäre, hätte er die entscheidende Frage selbst gestellt.

»Also keine wilden Orgien in der Hütte? Wie schade.« Sawyer nahm die Gemälde näher in Augenschein und sah dann wieder Hudson an. In seinem Gesicht lag ein Ausdruck von Stolz. »Richtig gut.«

In Gedanken immer noch damit beschäftigt, die Zusammenhänge und Reaktionen zu begreifen, wandte er sich seiner Mutter zu. »Wie hast du das herausgefunden?«

»Komm schon, ich bin schließlich deine Mutter.« Sie schlenderte von einem Bild zum nächsten und sah sich alle eingehend an. »Glaubst du im Ernst, deine Erstlingsausstellung nach dem Studium hätte bei den Kritikern eine solche Resonanz ausgelöst?«

Die Ausstellung damals war extrem gut besucht gewesen, selbst sein Studienberater hatte eine Bemerkung dazu gemacht. Die Gäste waren nur wegen seines Namens gekommen? »Du hattest die Finger im Spiel?«

»Nein.« Sie schüttelte den Kopf und kam zu ihm, um ihm den Arm um die Mitte zu legen. »Ich habe nur die richtigen Leute darauf aufmerksam gemacht. Den Rest hast du ganz allein geschafft.«

»Aber Dad …« Es ergab alles keinen Sinn. »Dad bestand darauf, dass ich aufhöre. Deshalb habe ich Hughston erfunden.«

Helene drückte ihn und ging dann zu dem größten Bild im Raum, das unvollendet war. Es bestand kein Zweifel, wen es darstellte, und der Anblick versetzte ihm jedes Mal einen Stich. Er hatte damit begonnen, bevor … nun ja, vorher. Jetzt konnte er es kaum mehr anschauen, geschweige denn vollenden.

»Dein Großvater hat diese Hütte immer gehasst«, sagte Helene und betrachtete die großen Fenster, den steinernen Kamin und die Backsteinwände.

»Warum?«, fragte Clover. »Sie ist ein Traum.«

Helene strich mit den Fingerspitzen über die Pinsel, die neben dem unvollendeten Gemälde lagen. Ein trauriges Lächeln kräuselte ihre Lippen. »Weil Michael hier sein Atelier hatte.«

Sie hätte ihm genauso erzählen können, dass sein Vater ein lila Dinosaurier war, der Chinesisch sprach. Sein Dad war Geschäftsmann aus Leidenschaft gewesen, zielstrebig, aus Überzeugung. Seine Söhne sollten würdige Nachfolger werden. Ein Künstler? Unmöglich.

»Dein Vater und ich, wir haben uns an der Uni kennengelernt«, fuhr Helene fort, die Augen auf ein Gemälde gerichtet, wobei sie ganz offensichtlich ein anderes vor sich sah. »Das haben wir dir immer erzählt, doch es ist nicht die ganze Geschichte. Es war in einem Kunstseminar, und ich war das Modell. Er war gut, aber nicht so gut wie du, Hudson. Ich wünschte, er könnte noch sehen, wie begabt du wirklich bist.« Ihr Kinn bebte fast unmerklich, dann schloss sie die Augen und atmete tief ein. Beim Ausatmen hatte sie sich wieder im Griff. »Michael malte leidenschaftlich gern, fand allerdings nie ein Publikum für seine Kunst, und das hat ihm sein Vater bei jeder Gelegenheit unter die Nase gerieben. Als wir schließlich beschlossen zu heiraten, gab dein Vater die Malerei auf und konzentrierte sich voll aufs Geschäft. Er war davon überzeugt, dass es für das Wohl seiner Familie am besten wäre, die Kunst ganz aus seinem Leben zu verbannen.« Sie atmete erneut tief durch und presste ihre zur Faust geballte Hand gegen ihren Bauch. »Er hat etwas geopfert, das ihm sehr wichtig war, weil er dachte, dass es so für seine Lieben am besten wäre. Ich habe versucht, ihm das auszureden. Am Anfang habe ich ihm Pinsel und Farbe geschenkt und ihn hierhergebracht – doch das weckte in ihm nur Erinnerungen an etwas, das er als schmerzvolles Scheitern empfunden hatte, dank der ewigen Sticheleien deines Großvaters.«

Sein Großvater war berühmt-berüchtigt gewesen, innerhalb der Firma, aber auch privat. Dass er sich seinem eigenen Sohn gegenüber so verhalten hatte, kam nicht überraschend.

»Als du anfingst zu malen«, erzählte Helene weiter, »kam bei deinem Vater alles wieder hoch. Er wollte dir die Enttäuschung ersparen. Er hätte dich niemals lächerlich gemacht – anders als sein Vater –, wollte dich allerdings vor dem Schmerz bewahren, etwas mehr als alles andere in der Welt zu wollen und es doch nie bekommen zu können. Ich wollte ihn davon abbringen, dir mit Enterbung zu drohen, aber er war ein Carlyle, und ihr wisst alle, dass die Carlyle-Männer unglaubliche Dickschädel sind.«

»Da kann ich nicht widersprechen«, sagte Clover und schmiegte sich enger an Sawyer.

Helene ging zu Hudson, reichte ihm den Pinsel, den sie auf ihrem Rundgang in der Hand gehalten hatte, und bog seine Finger um den Holzstiel. Als er den Blick darauf senkte, kam es ihm vor, als würde er alles aus weiter Entfernung betrachten. Vielleicht würde irgendwann Wut, Frust und Trauer über die verlorene Zeit einsetzen, doch im Moment fragte er sich nur, wie alles gekommen wäre, wenn er den Mut gehabt hätte, seinem Vater die Wahrheit zu sagen.

»Als Eltern wollen wir immer das Beste für unsere Kinder, aber manchmal packen wir es falsch an.« Helene blickte mit Tränen in den Augen zwischen Sawyer und Hudson hin und her. »Dafür bin ich der beste Beweis.« Sie hakte sich bei ihm unter und ging mit ihm zu dem unvollendeten Gemälde von Felicia. »Dein Vater wusste die ganze Zeit über, dass er einen Fehler gemacht hatte. Er wollte mit dir reden, ihm fehlten allerdings die Worte. Am meisten hat er bereut, dass er nicht zu deiner Ausstellung gegangen ist. Von Hughston hat er nie erfahren. Ich konnte es ihm nicht sagen. Es hätte ihm das Herz gebrochen, wenn er gewusst hätte, dass er dich zu einem Doppelleben zwang. Er hat dich geliebt, das musst du wissen, aber er dachte, er wüsste, was das Beste für dich ist. Er wollte nur, dass du glücklich wirst. Er hat wirklich geglaubt, das Richtige zu tun. Ich hoffe, du machst nicht irgendwann denselben Fehler wie dein Vater und ich.« Schweigend betrachteten sie das halb fertige Bild von Felicia. Die Stille war so rein, dass sie sich fast schwerelos anfühlte. Hudson ließ den Pinsel fallen und schlang seine Arme um seine Mutter. Zum ersten Mal seit Ende der Trauerperiode spürte er, wie zerbrechlich sie in Wirklichkeit war. Sie konnte das gut verbergen. Genauso wie er spielte sie ihre Rolle gut. Doch vielleicht würden sie von jetzt an wenigstens füreinander nicht mehr Theater spielen müssen.

»Danke, dass du mir das sagst, Mom.« Seine Kehle war rau. »Es tut mir so leid, dass ich es dir nie erzählt habe. Ich hätte es euch beiden erzählen sollen, bevor er …«

Er konnte den Satz nicht beenden, doch das musste er auch nicht. Sie wussten beide, was er sagen wollte. Nachdem sie ihn noch einmal gedrückt hatte, tätschelte Helene ihm den Rücken und löste sich aus seinen Armen.

»Ich werde mich ein bisschen umsehen«, sagte sie. »Ich war lange nicht mehr hier.«

Mit Clover zusammen ging sie nach oben. Dass sich diese beiden Frauen so gut verstanden, war ihm immer noch ein Rätsel, aber vermutlich waren sie sich einfach sehr ähnlich.

Er bückte sich, um den Pinsel aufzuheben, und legte ihn neben das unvollendete Gemälde, wobei er sich tunlichst bemühte, nicht in Felicias blaue Augen zu blicken, die ihn anstarrten, ohne zu zwinkern. Sawyer trat neben ihn und verschränkte die Arme, während er das Bild betrachtete.

»Ist sie der Grund, warum du dich verkrochen hast und muffelst wie ein Stinktier?«, fragte er.

»Wer?« Hudson tat, als hätte er keine Ahnung. Felicia hatte recht: Er war ein Feigling. »Da sind so viele Frauen in meinem Leben.«

»Red keinen Schwachsinn«, konterte sein Bruder. »Es ist doch offensichtlich, dass du bis über beide Ohren in Felicia verknallt bist. Das ist sogar mir bei den Geschäftsessen mit Tyler aufgefallen.«

»Nein, nein. Wir wollten nur, dass es so aussieht.« Hudson drohte sich der Magen umzudrehen, und die ganze Wut auf sich selber flammte wieder hoch. »Sie will Tyler.«

Sawyer murmelte leise etwas, das sich nach einem ausgiebigen Fluch anhörte. »Das redest du dir also ein?«

Das musste er sich gar nicht einreden. Sie selbst hatte es ihm gesagt. Mehrfach. »Nein, es ist die Wahrheit.«

»Seit ich mit Clover zusammen bin, achte ich mehr auf Details. Weißt du, was mir gerade aufgefallen ist, kleiner Bruder?«, fragte er und trat vor Hudson. »Du behauptest, du liebst sie nicht. Aber das hier –« Er nickte mit dem Kinn in Richtung der Gemälde, die alle Felicia zeigten. »Das sagt doch wohl alles. Wenn du sie willst, solltest du dir allerdings überlegen, wie du um sie kämpfen willst. Hier zu hocken und zu schmollen bringt dich keinen Schritt weiter.«

Schmollen? Wut schürte das Gefühl von Selbsthass und Enttäuschung. Er schmollte nicht. Sie wollte ihn eben nur für den Sex. Ganz einfach. Es war absolut richtig, die Finger von ihr zu lassen. »Kümmere dich gefälligst um deinen eigenen Dreck.«

Natürlich mussten seine Mutter und Clover genau in diesem Moment die Treppe herunterkommen. Helene blickte kopfschüttelnd zwischen ihren Söhnen hin und her.

»Alles okay?«, erkundigte sich Clover.

»Ja.« Sawyer warf einen finsteren Blick auf Hudson. »Jemand brauchte mal einen gehörigen Tritt in den Hintern.«

Hudson begleitete die drei nach draußen zum Wagen, in dem Linus nach wie vor saß und in einem Spionagethriller las. Er blieb auf der Veranda stehen, bis die Limousine nur noch ein Punkt am Ende der Einfahrt war. Um Felicia kämpfen. Sie hasste ihn – dafür hatte er selbst gesorgt, weil er wusste, was sie wollte, was sie brauchte. Er hatte das Richtige getan.

Zwei Tage später war er sich nicht mehr so sicher. Er war ein nervliches Wrack. Und er brauchte Felicia mehr als die Luft zum Atmen. Schlimmer noch, ihm war in diesen zwei Tagen klar geworden, dass sein Bruder recht hatte. Er würde kämpfen müssen, wenn er sie zurückgewinnen wollte. Sie wollte Tyler – na und? Er hatte es einmal geschafft, dass sie ihn, Hudson, wollte, und er würde es wieder schaffen. Tyler würde sie nie glücklich machen, und ihr Glück ging ihm über alles.

Es würde verdammt schwer werden, sie zurückzugewinnen. Er hatte sie bewusst gedemütigt, um sie ein für alle Mal zu verprellen. Sie hatte von Anfang an recht gehabt. Er war ein Feigling. Ein Schisser. Aus Feigheit hatte er sich in seiner Hütte verkrochen und einen Teil seines Ichs vor aller Welt verborgen. Sein Herzschlag stockte, als er daran dachte, dass sein Dad niemals erfahren würde, was für ein Mensch sein Sohn geworden war, dass sie niemals ihre Liebe zur Kunst geteilt hatten. All die vergeudete Zeit. Diesen Fehler würde er nicht noch einmal machen.

Er würde Felicia zurückgewinnen. Sobald er wusste wie.

Die Worte seiner Mutter fielen ihm wieder ein, und plötzlich ergab alles einen Sinn. Das Richtige zu tun war manchmal das Schlimmste, was man tun konnte. Er eilte zurück zu dem halb vollendeten Gemälde und suchte hastig nach dem passenden Pinsel. Es war eine gewagte Idee, doch vielleicht konnte sie funktionieren. Als Nächstes riss er überall in dem großen Raum die Laken von Felicias Bildern. Es waren so viele – aber würden sie genügen, um Felicia umzustimmen?

Er nahm sein Telefon und wählte Everlys Nummer. Sie hob sofort ab.

»Die Bilder für die Ausstellung kommen in die Tonne«, sagte er, von Minute zu Minute mehr überzeugt von seinem Plan.

»Was?«, krächzte Everly. Zum ersten Mal in all den Jahren, in denen er sie kannte, war ihre für Harbor City typische unerschütterliche Ruhe dahin. »Du kannst jetzt nicht abspringen. Die Eröffnung ist in drei Tagen.«

»Ich springe nicht ab. Ich habe komplett neue Bilder für dich. Meine besten Werke bislang.«

Es musste sein. Worte allein würden nicht genügen, um wiedergutzumachen, was er bei Felicia zerstört hatte. Er musste es ihr zeigen.

Die letzte Person, die Felicia vor ihrer Tür erwartet hätte, war Helene Carlyle. Sie stutzte überrascht, und sogar Honeypot unterbrach ihre Versuche, sich mit ihren Krallen aus Felicias Armen zu befreien. Was um alles in der Welt tat Hudsons Mom in ihrem Tausend-Dollar-Outfit von Michael Kors in ihrer kleinen Souterrainwohnung?

»Hallo«, krächzte sie.

»Hallo.« Helene lächelte, dann kräuselte sie die Nase und nieste.

»Gesundheit«, erwiderte Felicia mechanisch und trat beiseite, während sie fieberhaft überlegte, was das zu bedeuten hatte. »Bitte kommen Sie herein.«

Helene machte einen Schritt durch die Tür, woraufhin die Katze – die offenbar die Besucherin sofort als gefährliches Raubtier identifiziert hatte – aus Felicias Armen floh und ins Schlafzimmer sauste, um sich höchstwahrscheinlich unter dem Bett zu verstecken.

Von der Tür aus sah sich Helene im Raum um, bis ihr Blick an dem Hughston-Druck an der Wand hängen blieb. »Ich hatte gerade ein äußerst interessantes Gespräch mit meinem Sohn Hudson.«

»Ach ja? Aber was hat das mit mir zu tun?« Selbst wenn es sie betreffen sollte, wollte sie es nicht hören. Heute war der erste Tag, an dem sie nur jede zweite Minute an ihn dachte.

Helene hob die Augenbrauen. »Es hat mit Ihnen zu tun, wenn Sie ihn lieben.«

Okay. Die Frau Mama war gekommen, um Tacheles zu reden. Leider würde Felicia nicht auf sie eingehen. »Ich liebe ihn nicht.«

»Das ist schade, denn er ist Hals über Kopf in Sie verliebt.« Ihre Nase kräuselte sich erneut, und sie nieste in ein zartes pastellfarbenes Stofftaschentuch, das sie aus ihrer Tasche gezogen hatte. »Entschuldigen Sie bitte. Ich bin schrecklich allergisch gegen Katzen. Wie heißt Ihre denn?«

Felicia hatte Mühe, dem abrupten Themenwechsel zu folgen. »Honeypot.«

Wieder hob Helene die Brauen. »Ein interessanter Name.«

Felicia war zu müde und zu frustriert, um zu erläutern, woher der Name kam. »Sie ist ja auch eine interessante Katze.«

»Das kann ich mir vorstellen«, sagte Helene. »Wissen Sie, Haustiere ähneln charakterlich oft ihren Besitzern. Ich denke, das war es, was Hudson in Ihnen gesehen hat und warum er sich in Sie verliebt hat. Ich könnte mich natürlich irren. Das ist durchaus auch schon ein- oder zweimal vorgekommen. Aber ich bin mir ziemlich sicher. Er war noch nie so glücklich wie seit dem Abend auf der Benefizgala im Museum, als er Sie zum ersten Mal sah. Es ist mir damals schon aufgefallen, dass er die Augen gar nicht von Ihnen abwenden konnte.«

Ganz klar, woher Hudson sein Talent hatte, Menschen zu manipulieren, und warum er das so gern tat. Doch diesmal würde Felicia nicht darauf hereinfallen.

»Es war nichts zwischen uns.« Zumindest musste Hudsons Mom nicht wissen, was genau zwischen ihnen gewesen war. Sie griff nach dem Türknauf. »Nun, wenn ich sonst nichts mehr für Sie tun kann …«

Helene bedachte sie mit einem nachdenklichen Blick, bei dem die meisten Menschen vermutlich die Nerven verloren hätten, aber Felicia fühlte sich nur schmerzlich an Hudson erinnert.

»Nein, das war alles«, sagte die ältere Frau. »Tut mir leid, wenn ich Sie gestört habe.«

Felicia öffnete die Tür für Helene, die mit einer Selbstverständlichkeit hindurchtrat, als würde sie niemals selbst eine Tür anfassen. Vermutlich hatte sie Lakaien für solche Dinge. Dann blieb sie jedoch noch einmal stehen.

»Er arrangiert seine gesamte Ausstellung um«, sagte sie und drehte sich zu Felicia um. »Everly hat mir erzählt, dass er sie aus heiterem Himmel angerufen hat, um ihr mitzuteilen, dass er alles anders haben will. Ich weiß nicht, was das neue Thema sein wird, aber Sie sollten es sich ansehen. Wenn Sie noch nie eine Hughston-Ausstellung besucht haben, verpassen Sie was.«

Felicia zwinkerte überrascht. Seine Ausstellung? Helene wusste es also? Das war jetzt allerdings eine Sensationsmeldung. »Er hat es Ihnen erzählt?«

»Meine Liebe, das musste er mir gar nicht erzählen. Mütter wissen sowieso alles. Aber, nun ja, er hat es offen eingestanden.« Sie zog ein Ticket von der Größe einer Postkarte aus ihrer Handtasche und reichte sie Felicia. »Hier ist eine persönliche VIP-Einladung für die Ausstellung, falls Sie kommen möchten. Bringen Sie Tyler mit. Es ist schön, dass er wieder zur Familie gehört. Auf Wiedersehen.«

Ohne ein weiteres Wort setzte Helene ihren Weg fort, die Stufen hoch zu ihrer Limousine, die in zweiter Reihe parkte, und ein Chauffeur hielt ihr die Wagentür auf. Felicia blickte auf die Karte. Hughston, *Black Heart Gallery*, Datum und Uhrzeit der Eröffnung. Sie las die Infos mindestens zehn Mal und biss dabei fest die Zähne zusammen, um nicht loszuheulen. Dann warf sie die Karte in den Küchenabfall und ging ins Schlafzimmer, um früh zu Bett zu gehen.

21. KAPITEL

Sämtliche Tische im *Grounded Coffee* bei Felicia um die Ecke waren besetzt mit Leuten, die einen Laptop vor sich hatten, oder Müttern mit Kinderwagen. Es war laut, voll und der letzte Ort, wo sie ihren Feierabend verbringen wollte. Sie hatte den ganzen Tag gearbeitet und fand, dass sie genug Menschen gesehen hatte.

»Wenn du jetzt abhauen willst, verstelle ich dir den Weg«, sagte Tyler und trat zwischen sie und ihre Fluchtroute.

»Das ist Freiheitsberaubung«, protestierte sie mit einem letzten sehnsüchtigen Blick auf den Ausgang.

Kopfschüttelnd schob er sie in die Warteschlange aus Koffeinjunkies und Muffinliebhabern. »Felicia, du kannst dich nicht länger vor der Welt verkriechen. Entweder du trinkst nun Kaffee mit mir, oder ich rufe deine Brüder.«

Um Gottes willen. Den Hartigan-Clan in ihrer Wohnung – das konnte sie gar nicht gebrauchen. »Das würdest du nicht tun.«

»Nicht, wenn du dich jetzt mit mir auf einen Espresso hier niederlässt.«

Sie dachte daran, wie Hudson ein Tablett mit verschiedenen Getränken zu ihr nach Hause mitgebracht hatte, weil er nicht wusste, was sie trinken wollte. »Auf einen grünen Tee.«

»Von mir aus.« Tyler zuckte mit den Schultern. »Bestell einfach, und dann verscheuchen wir einen von den WLAN-Schmarotzern.«

Zum ersten Mal seit Tagen musste sie lachen. »Mich zu erpressen ist aber nicht nett von dir.«

»Stimmt.« Er grinste. »Aber anders funktioniert es nicht.«

Sie bestellten, und Tyler nahm tatsächlich einen Gast ins Visier, der einen Laptop und sechs leere Kaffeepappbecher vor sich stehen hatte. Irgendwann stand die Frau auf, die neben ihm saß, und sie schnappten sich den Tisch. Als sie Platz genommen hatten, holte Felicia die Ausdrucke heraus, die sie für Tyler gemacht hatte. Ein Ablenkungsmanöver? Nie im Leben.

»Hier ist die Info über den Sponsor«, sagte sie und reichte ihm die Blätter. »Was hast du damit vor?«

Er faltete das Papier, ohne einen Blick darauf zu werfen, und schob es unter sein Handy, das auf dem Tisch lag. »Du lenkst vom Thema ab.«

Es war einen Versuch wert. »Hatten wir denn schon ein Thema?«

»Ja. Dass du dich abschottest.«

»Was soll ich dazu sagen?« Es würde ohnehin nichts bringen. Hudson hatte Wort gehalten. Nachdem sie ihn aus der Wohnung geworfen hatte, war er nicht mehr bei ihr erschienen. »Über mein Liebesleben breiten wir lieber den Mantel des Schweigens.«

»Denk dir nichts dabei, dass du dich in mich verliebt hast«, scherzte Tyler. »Es ist schwer, sich *nicht* in mich zu verlieben, schließlich bin ich sexy, intelligent und reich.«

Nur dass das eben nicht alles war. Ihre Schwärmerei für Tyler gründete auf den Traumvorstellungen einer Halbwüchsigen, wie der Märchenprinz beschaffen sein müsste. Sexy. Intelligent. Reich musste er zwar nicht unbedingt sein, aber Geld schadete natürlich nie. Das Bild war nicht verkehrt, doch sie war eigentlich klug genug, um zu wissen, dass bei der Liebe noch mehr Faktoren eine Rolle spielten. Stattdessen hatte sie ihr Fantasiebild beibehalten und sich geweigert, zu erkennen, dass ihre Hypothese falsch war – bis sie sich in Hudson verliebte. Ab da war plötzlich alles anders, und im Grunde wusste sie, dass sie ihrem Bauchgefühl trauen konnte. Doch um ganz sicherzugehen, musste sie die Gegenprobe machen.

Mit vor Verlegenheit brennenden Wangen nahm sie zur Stärkung einen Schluck grünen Tee. »Frag mich, welche Farbe meine Unterwäsche hat.«

Tyler erbleichte. »Bitte, verlang das nicht von mir. Du bist für mich wie eine Schwester, und es gibt Dinge, die ich gar nicht wissen will.«

Es gab auch Dinge, die er gar nicht wissen sollte, aber das war wiederum eine andere Geschichte. »Frag einfach.«

Er verzog das Gesicht und schloss die Augen. »Unterwäsche. Welche Farbe?«

»Geht dich nichts an.« Sie verspürte nicht das leiseste Bedürfnis, ihm zu verraten, dass sie heute Grün trug.

»Gott sei Dank.« Er seufzte erleichtert auf.

Und jetzt eine Bitte, die nur geringfügig weniger peinlich war. »Sag ›Fünkchen‹ zu mir.«

»Ich glaube, es wird höchste Zeit, Fallon anzurufen.« Er griff nach seinem Handy.

Sie schlug mit der Hand auf seine und hielt sie fest. »Bitte.«

Er riss die Augen auf. »Fünkchen.«

Nichts passierte. Nicht die kleinste Spur Herzflattern. Sie nahm ihr Telefon und scrollte durch ihre Textnachrichten. Sie musste nur Hudsons Namen lesen, schon beschleunigte sich ihr Puls, ihre Handflächen wurden feucht und sie bekam Atemnot. Tyler hatte nie solche körperlichen Reaktionen bei ihr ausgelöst. An ihm hatte sie bloß spannend gefunden, dass er ein Punkt auf ihrer Liste war, den sie abhaken wollte. Er war eine Projektionsfläche gewesen. An dieser Analyse gab es nicht den geringsten Zweifel, und das konnte nur eines bedeuten: Sie fand Hudson nicht einfach nur gut. Sie hatte sich nicht einfach nur ein bisschen in ihn verknallt. Sie liebte ihn. Unwiederbringlich.

»Oh Gott«, seufzte sie und nahm noch einen Schluck Tee. »Es ist schlimmer, als ich dachte.«

»Der Tee?«, fragte er. »Na klar. Das Zeug ist schlimm. Du solltest besser Kaffee trinken.«

Nun, immerhin war sie nicht die Einzige, die nichts kapierte. »Ich liebe Hudson.«

»Ach, und das merkst du jetzt erst?« Tyler lehnte sich zurück und lachte.

Okay, vielleicht war sie doch die Einzige. Die Worte brachen bloß so aus ihr heraus. »Ich habe versucht, ihn auf dich eifersüchtig zu machen. So was von dumm und unreif. Ich habe versucht, mit ihm zu spielen, ihn zu verführen. Und die ganze Zeit habe ich ihm weisgemacht, dass ich bloß etwas von ihm lernen will, weil ich dich haben will.«

Tyler lehnte sich vor, stützte die Ellbogen auf den Tisch und hielt einen Finger hoch. »Erstens: Will ich alles gar nicht wissen.« Ein zweiter Finger kam dazu. »Zweitens: Du bist nicht der erste Mensch auf der Welt, der aus Liebe Fehler macht.«

»Du verstehst das nicht.« Sie schluckte um den Kloß in ihrem Hals herum. »Wir haben gestritten. Wir haben uns schreckliche Dinge an den Kopf geworfen.«

»Dann vergiss ihn.« Tyler zuckte mit den Schultern. »Du wirst jemand anders finden. Da sind noch viele andere Fische im Teich. Schau, wie schnell du über mich hinweg warst.«

»Ich war nie richtig in dich verliebt.« Ihr Körper hatte das schneller begriffen als ihr Sturkopf.

Tyler schlug sich melodramatisch mit der Hand auf die Brust. »Ich fürchte, ich brauche sofort irgendeine sexy Frau, die mir hilft, über diesen herben Schlag hinwegzukommen und mein angeknackstes männliches Ego wiederaufzubauen.« Er ließ die Hand sinken und wirkte plötzlich ernst, was normalerweise bedeutete, dass er irgendetwas ausheckte. »Du weißt doch genau, was du nun zu tun hast.«

Sie hatte keine Ahnung. »Nein. Was denn?«

»Wie war das noch mal, als du zum ersten Mal deine Doktorarbeit vorgestellt hast?«

Jetzt wurde das Gespräch erst richtig peinlich. »Sie haben mich heimgeschickt. Sie fanden, die Arbeit sei nicht kreativ genug.«

Tyler nickte und trank von seinem Kaffee. »Und dann hast du einfach aufgegeben?«

»Nein.« Sie schüttelte den Kopf. »Ich habe alles überarbeitet und noch einmal vorgestellt.«

»Du hast dafür gekämpft«, sagte er wie ein Anwalt, der seinem Zeugen auf die Sprünge helfen wollte.

»Nun ja …« Der Rest des Satzes erstarb auf ihren Lippen, weil ihr erneut ein ziemlich grelles Licht aufging, das alles ausblendete außer dem, was als Nächstes zu passieren hatte. »Genau so werde ich auch für Hudson kämpfen, aber diesmal brauche ich deine Unterstützung.«

»Stets zu deinen Diensten.«

»Wir müssen die Dame, die über dir wohnt, besuchen.«

Seine Miene sank. »Alles, nur das nicht.«

Ehe er reagieren konnte, hatte sie sich den Ausdruck aus der Datenbank des Museums geschnappt, den sie ihm mitgebracht hatte. »Hilf mir, oder das kommt in den Schredder.«

Er warf ihr einen grimmigen Blick zu und ließ ein Ächzen hören. Aber sie würde ihn zappeln lassen.

»Also gut«, knurrte er. »Normalerweise übt sie am Tag vor einer Ausstellungseröffnung zu Hause ihren Paradeschritt.«

»Du weißt erstaunlich viel über sie, dafür dass du sie nicht ausstehen kannst.«

»Sie wohnt über mir, und ihre Galerie nimmt einen Großteil vom Erdgeschoss unseres Gebäudes ein«, rechtfertigte er sich und interessierte sich plötzlich brennend für die Zuckertütchen auf dem Tisch. »Natürlich kenne ich ihre Gewohnheiten.«

»Das ist alles?«, hakte sie nach. Wie nett, zur Abwechslung mal auf der anderen Seite zu stehen.

»Jetzt nicht wieder das Thema wechseln.« Er stand auf. »Komm, bringen wir's hinter uns. Lass uns der Zicke einen Besuch abstatten.«

Mit Vergnügen. Je eher sie ihren Plan in die Tat umsetzen konnte, umso besser.

Everly hatte gerade die letzten beiden Magentabletten geschluckt, als es an ihrer Tür klopfte. Toll. Am Tag vor einer Eröffnung gab es meist nur böse Überraschungen. So wie meistens genau dann, wenn man gerade ein bisschen mehr Geld als sonst auf der hohen Kante hatte, irgendetwas Teures kaputtging. Zumindest kam es ihr so vor. Doch sie hatte sich nicht von ganz unten hochgearbeitet und binnen vier Jahren ihr Studium abgeschlossen – während sie sich gleichzeitig mit zwei Jobs über Wasser hielt, bis sie schließlich ihre eigene Galerie eröffnete –, um dann vor lauter Panik den Kopf in den Sand zu stecken. Barfuß ging sie zur Tür – besten Dank, Tyler Jacobson, Sie Arsch – und lugte durch den Spion.

Kaum dachte man an diesen arroganten Schnösel von einem Nachbarn, schon stand er vor der Tür.

»Super«, murmelte sie zu sich selbst.

Da sie grundsätzlich nicht nachgab, schlüpfte sie in die Zehn-Zentimeter-Schuhe neben der Tür, ehe sie öffnete. »Was wollen Sie?«

Die kleine Brünette, die Hudson den Schneid abgekauft hatte, sprach zuerst. »Ihre Hilfe.«

»Tut mir leid, ich habe schon gespendet.« Sie setzte an, die Tür zu schließen, doch Tylers Hand im Türrahmen hielt sie auf.

Dachte er etwa, sie würde auf seine Finger Rücksicht nehmen? Da war er aber naiv. Also gut, er hatte recht, allerdings musste er das ja nicht wissen, und so begann sie ganz langsam, die Tür zu schließen.

Tylers großer Fuß stoppte ihren Versuch. »Tun Sie einfach so, als wäre ich nicht da, und hören Sie Felicia an.«

»Warum sollte ich das tun?«

Seine durchdringenden blauen Augen sahen aus, als könnte er direkt in sie hineinblicken und genau sehen, was sie vom Leben am meisten wollte – und das war kein Pony. »Weil ich den Hauseigentümer dazu bringen kann, Ihren Mietvertrag für die Galerie zu verlängern, sofort und ohne die zehn Prozent Mieterhöhung, die er eigentlich haben wollte.«

Ein Schuss. Ein Treffer.

»Wie wollen Sie das denn hinbekommen?«

Er schürzte seine Lippen zu einem anmaßenden Grinsen, das ihr gegen jede Logik wie ein Blitz in den Unterleib fuhr.

»Stellen Sie keine Fragen«, sagte er, »dann bekommen Sie keine Lügen von mir zu hören.«

Everly war in einem Teil von Harbor City aufgewachsen, wo vom Lkw gefallene Fernseher im Laden verkauft wurden und jedes dritte Kind einen Onkel mit Beziehungen hatte. Ein netter kleiner Deal, der die Galerie in den schwarzen Zahlen hielt und für den trotzdem niemand in den Knast musste? Da würde sie doch nicht eine Sekunde lang nachdenken.

»Sie kommt rein«, sagte sie. »Aber Sie bleiben draußen.«

»Was? Ich würde schon gern Ihren Exerzierplatz sehen, auf dem Sie das Marschieren üben.«

Sie verdrehte die Augen. »Sehr witzig. Ich lach mich kaputt.«

»Ja? Ich dachte immer, Sie wären völlig humorlos und gefühlskalt.«

»Aua. Mir kommen die Tränen.« Insgeheim hatte sie einen Mordsspaß bei diesem Schlagabtausch. Harbor City war berühmt-berüchtigt dafür, hart, aber herzlich zu sein, und sie war ein typisches Kind ihrer Stadt.

»Wenn ihr zwei mit Süßholzraspeln fertig seid«, schnaubte Felicia, »würde ich gern zum Thema kommen. Tyler, wir treffen uns gleich in deiner Wohnung.«

Damit duckte sie sich unter Tylers Arm hindurch, trat in die Wohnung und gab der Tür einen Stoß, sodass sie ins Schloss fiel. Tyler nahm seine Finger gerade noch rechtzeitig heraus. Eigentlich war diese junge Frau gar nicht unsympathisch, wenn man davon absah, dass sie den armen Hudson, der ganz offensichtlich in sie verliebt war, völlig fertiggemacht hatte, und zwar so, dass er einen Tag vor Ausstellungseröffnung sämtliche Bilder ausgetauscht haben wollte. Hudson war einer ihrer ältesten Freunde – sie hatte nicht viele –, und das war auch der Grund, warum ihr Magen verrücktspielte, seit er angerufen hatte, um sie um einen unmöglichen Gefallen zu bitten.

Der Blick, mit dem sie Felicia bedachte, enthielt größtmögliche Verachtung. »Raus damit, und dann tschüss.«

»Sie müssen dafür sorgen, dass Hudson morgen zu seiner Eröffnung kommt«, sagte Felicia.

Das war jetzt mal ein Knaller. »Zu seiner Eröffnung?«

Felicia verschränkte die Arme und gab sich Mühe, ihrem Blick standzuhalten. »Ich habe im Moment keine Zeit für Spielchen. Sorgen Sie einfach dafür, dass er da ist.«

»Warum sollte ich das tun?« Zum Beispiel weil Hudson sie gebeten hatte, dafür zu sorgen, dass Felicia kam.

»Weil ich mit ihm reden muss.«

»Besuchen Sie ihn doch zu Hause in seinem Penthouse.« Wie ein normaler Mensch.

Felicias Wangen färbten sich rosa. »Das geht nicht.«

»Warum nicht?« Everly war nun ernsthaft neugierig.

Die kleine Brünette schwieg einen Augenblick lang und atmete dann tief durch. »Es gibt Dinge, die lassen sich nicht einfach so aus der Welt schaffen.«

»Wollen Sie vielleicht vor ihm auf die Knie fallen und ihn um Verzeihung bitten dafür, dass Sie sich aufgeführt haben wie die letzte Idiotin?« Hudson hatte ihr nicht alles von dem erzählt, was Felicia ihm an den Kopf geworfen hatte, doch sie wusste genug. Dass sie ihn nicht umgehend für geisteskrank erklärt hatte, als er sie bat, Felicia zur Eröffnung einzuladen, lag einzig und allein daran, dass sie der jungen Frau eine gewisse Menschenkenntnis nicht absprechen konnte.

»So ähnlich.« Felicia wandte sich ab und blickte aus dem Fenster auf den Park, ehe sie mit Tränen in den Augen wieder Everly ansah. »Weil ich ihn liebe und zu dumm war, um es ihm zu sagen.«

Das war nicht hundertprozentig das Gleiche, was Hudson Everly erzählt hatte, aber es war verdammt nah dran. »Und wenn er Sie nicht sehen will?«

»Ich werde jedenfalls nicht kampflos aufgeben.« Sie klang wie eine verliebte Frau, die zu allem bereit ist.

»Er ist also den Kampf wert?«, hakte Everly nach und entschärfte ihre Stimme kaum merklich.

Felicia schob ihre Brille hoch, straffte die Schultern und blickte ihr direkt in die Augen. »Ohne jeden Zweifel.«

Everly hatte schon zu oft am eigenen Leib erfahren, wie es sich anfühlte, wenn jemand log. »Ich werde sehen, was ich tun kann.«

»Danke.« Felicia nickte und wandte sich zur Tür.

Aber so leicht würde sie nicht davonkommen. »Felicia?«

»Ja?« Sie drehte sich noch einmal zu Everly um.

Everly hatte keine Geschwister und nicht viele Freunde, doch sie wusste, was Treue war und was es bedeutete, füreinander einzustehen. Sie wusste, wie wichtig es war, Menschen zu haben, die einen unterstützten. »Wenn Sie ihm noch mal das Herz brechen, brechen ich Ihnen alle Knochen.«

Felicia grinste. »Etwas anderes hätte ich auch nicht erwartet.«

Dann entfernte sie sich, noch immer kaum größer als eins fünfzig, aber erhobenen Hauptes.

Eine Minute lang starrte Everly auf die geschlossene Eingangstür und versuchte, sich vorzustellen, was morgen Abend in der Galerie passieren würde. Wenn sie ein netterer Mensch wäre, hätte sie Felicia vielleicht erzählt, dass Hudson eine Überraschung für sie geplant und sie regelrecht angefleht hatte, dafür zu sorgen, dass sie kommen würde. Aber wenn sie ein netterer Mensch wäre, dann würde sie unter Umständen nach wie vor in dem Dreckloch hausen, in dem sie aufgewachsen war. Außerdem stand sie Hudson sehr nahe und fand es nur gerecht, die Frau, die ihm so viel Schmerz bereitet hatte, ein wenig zappeln zu lassen. Für gute Freunde tat sie alles.

Auf dem Weg zurück in die Küche klackten ihre Absätze auf dem Boden. Sie blieb stehen und wollte schon die Schuhe ausziehen, doch dann erschien plötzlich Tylers überheblich grinsendes Gesicht vor ihr. Was für ein Blödmann. Er war vielleicht sexy, aber ein Blödmann war er trotzdem. Und schwer von Begriff noch dazu. Warum hatte er nicht zur Bedingung gemacht, dass sie zu Hause auf High Heels verzichtete?

Der Punkt ging klar an sie.

Sie stolzierte durch die Küche und trat dabei ein bisschen fester auf als nötig. Das *Tock Tock* eines Besenstiels, das sie darauf als Antwort von unten erhielt, löste nur ein zufriedenes Lächeln bei ihr aus.

22. KAPITEL

Felicia hielt das blaue Wickelkleid hoch. Es war genau das Richtige für das, was sie nachher in der Galerie vorhatte. Wenn Hudson sie in dem Kleid sah, würde er daran denken, wie sie zum ersten Mal Sex hatten, und dann würde er sicher zustimmen, sich mit ihr auszusprechen. Sie hatten beide schreckliche Dinge gesagt, die durchaus einen wahren Kern hatten, aber trotzdem verletzend gewesen waren. Wenn er Hughston vor seiner Familie verbergen wollte, dann war das seine Entscheidung. Obwohl es nun so aussah, als hätte er zumindest seine Mom endlich eingeweiht. Allerdings änderte das alles nichts an der Tatsache, dass sie sich in ihn verliebt hatte. In den letzten Tagen war ihr allmählich klar geworden, dass das Leben ohne ihn schlimmer war, als sie es in Erinnerung hatte. Das musste sich ändern.

Sie musste ihn jetzt nur dazu bringen, ihr zuzuhören.

Während sie das Kleid vor dem Anziehen noch ein letztes Mal an sich hielt, fiel ihr Blick im Spiegel auf etwas hinter ihr im Schrank – ein schwarzer Streifen unter einer durchsichtigen Plastikschutzhülle aus der Reinigung. Es war das Kleid von der Benefizgala, auf der sie Hudson kennengelernt hatte. Geeignet für Partys und Beerdigungen, hatte sie ihm damals erklärt. Ihre Mutter hatte es ihr indirekt mit ihrem Geld vorzeitig zum Dreißigsten geschenkt, und morgen war ihr Geburtstag. Fallon hatte sie vor ein paar Tagen beschwatzt, es ändern zu lassen; ihre Schwester hatte sie besucht, um sie ein bisschen aufzuheitern, doch das konnte im Moment niemandem gelingen – außer Hudson.

Ohne noch weiter darüber nachzudenken, hängte sie das blaue Kleid weg und schlüpfte in das schwarze. Es war nun etwas kürzer und enger, aber immer noch ihr Kleid. Sie löste ihr Haar, sodass es ihr in weichen Wellen bis fast auf die Schultern herabfiel. Ein bisschen roter Lippenstift, und sie war bereit, sich dem Unbekannten zu stellen, ohne Strategie, aber voller Hoffnung.

Als sie ins Wohnzimmer trat, fand sie Tyler und Honeypot vor, die sich feindselig anstarrten.

»Ich glaube, sie hat vor, mich zu erlegen«, sagte Tyler, ohne den Blick von der hin und her streifenden Katze zu nehmen.

Es gab nur einen Menschen, den Honeypot nachweislich mochte, und der befand sich gerade nicht in der Wohnung. »Gut möglich.«

Mit fahrigen Bewegungen schlüpfte sie in ihre schwarzen Pumps mit den flachen Pfennigabsätzen und nahm ihre Handtasche von der Küchentheke, während sie sich im Stillen Mut zusprach. Öffentliche Erklärungen waren ihr ein Gräuel. Frankie zum Beispiel war darin großartig, und das war auch okay, schließlich hatte er bei Frauen kein Glück. Faith war ebenso vorlaut wie mutig, sie würde es tun, ohne nachzudenken. Doch Felicia? Sie hasste es schon, in einer Personalbesprechung vor fünf Leuten zu reden, geschweige denn vor einem Haufen Kunstsnobs. Am liebsten hätte sie sich übergeben.

»Bist du sicher, dass du das willst?« Tyler drückte sie kurz.

Kein Zweifel. »Absolut sicher.«

Er grinste. »Komm, wir schnappen uns deinen Mann.«

Erschöpft und immer noch leicht mit Farbe besprenkelt, streifte Hudson durch die *Black Heart Gallery*. Er hatte in den letzten Tagen nie länger als eine halbe Stunde am Stück geschlafen, und das sah man ihm auch an. Der attraktive Strahlemann, den die Leute kannten, war nur vage zu erahnen. Aber das war ihm egal. Für ihn zählte bloß, dass er Felicia endlich zeigen konnte, was sie ihm bedeutete. Everly hatte versprochen, dass sie da sein würde.

Nur deshalb hatte er sich heute Morgen aufgemacht, um sämtliche Gemälde persönlich in die Galerie zu bringen – wie ein blutiger Anfänger und in letzter Minute. Normalerweise dauerte es Tage, bis die Exponate arrangiert und aufgehängt waren. Everly hatte ihn unter wüstem Fluchen empfangen, ihn dann aber wie eine strenge Mutter beschworen, gefälligst etwas zu essen, statt immer bloß Kaffee mit Zucker in sich hineinzuschütten.

Everly stellte sich neben ihn und betrachtete sein Lieblingsgemälde, an dem er fast die ganze Nacht wie ein Besessener gearbeitet hatte, damit es rechtzeitig fertig wurde. Das riesige Bild drückte all das aus, was er niemals hätte in Worte fassen können. Er hoffte nur, diese Geste würde genügen.

»Es ist alles so unausgegoren«, sagte Everly. »Bist du sicher, dass du das durchziehen willst? Es könnte nach hinten losgehen. Sie scheint mir nicht auf Tamtam zu stehen.«

»Schon möglich, aber es ist die einzige Chance, wie ich meine Gefühle für sie zum Ausdruck bringen kann.«

»Nun, das Bild sagt definitiv mehr als tausend Worte.« Everly seufzte. »Wir könnten uns eine goldene Nase daran verdienen.«

»Die Bilder stehen nicht zum Verkauf.« Es hätte gar nicht so schroff klingen sollen.

»Ich werde mir den Mund fusselig reden, bis sämtliche Gäste das begriffen haben.« Sie nahm ihn kurz in die Arme. »Es wird Zeit, aufzuschließen.«

Sie entfernte sich und ließ ihn mit Felicias Konterfei allein. Er hatte das Gemälde anhand der Skizze geschaffen, die er in der Hütte von ihr gemacht hatte; mit vom Sex zerzaustem Haar und einem befriedigten Lächeln auf den Lippen. Das Laken war um ihre Hüften geschlungen, und ihre Arme hatte sie vor der Brust verschränkt, sodass der Betrachter nur die sanfte Wölbung ihres Dekolletés sehen konnte, aber nicht mehr. Was ihn allerdings am meisten traf, war die Mischung aus Selbstvertrauen und Mitgefühl, aus Verletzlichkeit und Stärke, aus Neugier und Erfahrung, die aus ihrer Miene sprach. Aber es war nicht bloß dieses eine Bild. Sie war überall. Ihre Haut, die errötete, wenn sie nervös war. Die Haarsträhnen, die sich im Weggehen aus ihrem Pferdeschwanz lösten. Die neuen Kleider. Die Intelligenz, die in ihren Augen blitzte. Einfach alles an ihr. Sie war mehr, als er sich je erhofft hatte. Leider verdiente er sie nicht. Doch er konnte nicht ohne sie leben.

Allmählich füllten sich die Räume mit dem Geplauder der Besucher, und er tat, was er bei einer Hughston-Ausstellung immer tat: Er ging an die Bar. Auf halbem Weg dorthin entdeckte er inmitten der Menge Felicia.

Sie stand vor dem Gemälde, das sie bei der Benefizgala zeigte, mit nachlässig gebundenem Pferdeschwanz, in dem schrecklichen schwarzen Kleid, aber mit einem Leuchten in ihren blauen Augen, das den Betrachter fesselte. Auf dem Bild lächelte sie schüchtern. Ihr reales Ich hatte die Lippen zu einer schmalen Linie zusammengepresst, und ihre Haut war vom Dekolleté bis hin zu den Wangen errötet. Hudson drehte sich der Magen um. Sie fand es schlimm. Er sah das daran, wie verkrampft sie von einem Gemälde zum nächsten trat, bis sie vor einem weiteren seiner Lieblingsbilder stehen blieb.

Er hatte sie in ihrem Labor gemalt, umgeben von Ameisenkolonien hinter Glas, in einem ihrer Ameisen-T-Shirts und schlabberigen Jeans, während sie ihm detailgetreu die Fressgewohnheiten der Honigtopfameisen beschrieb. Das Feuer in ihren Augen und die Begeisterung für das Thema waren nicht zu übersehen. Er hatte ihr Lächeln eingefangen, kurz bevor sie laut loslachte. In diesem Moment hätte ihm klar sein müssen, dass er ihr nicht dabei helfen konnte, einen anderen Mann zu gewinnen. In diesem Moment hatte er sich in sie verliebt. Kurz darauf hatte sie ihn erst einmal rausgeworfen und damit deutlich gemacht, dass sie weder seine charmante Fassade noch sein Geld interessierten. Sie war Wissenschaftlerin. Für sie zählten nur harte Fakten. Und Tatsache war, dass sie recht gehabt hatte. Es war wirklich feige von ihm gewesen, zu verschweigen, dass er Hughston war, und nicht offen zu sagen, dass er sie liebte.

Er machte zwei Schritte auf sie zu, blieb dann aber abrupt stehen, als Tyler neben ihr erschien, mit zwei Gläsern Champagner in der Hand, von denen er ihr eines reichte. Sie leerte es in einem Zug und schnappte ihm auch das zweite aus der Hand. Hudson musste alles geben, um den eifersüchtigen Höhlenmenschen in sich zu unterdrücken, der sofort ausrasten wollte, als Tyler Felicia am Arm nahm, um mit ihr den Rundgang fortzusetzen. Er hätte der Aussage der Bilder mit Worten nichts hinzusetzen können. Er hatte seine Emotionen, sein Begehren und seine Hoffnung in jeden Pinselstrich gelegt und Werk für Werk eine Sammlung geschaffen, die seine tiefsten Gefühle für Felicia zeigte.

Sie blieb vor dem Akt stehen und verkrampfte am ganzen Körper, während sich ihre Pupillen vor Entsetzen weiteten und ihre Wangen sich von zartrosa zu tiefrot verdunkelten. Verdammt. Das war nicht die Reaktion, die er sich erhofft hatte. Ja, er hatte sie damit an die Öffentlichkeit gezerrt, aber so liebte er sie am meisten – wenn sie ganz sie selbst war, ohne Make-up, ohne Filter. In diesem Moment waren sie zutiefst verbunden gewesen.

Langsam, wie in einem Horrorfilm, drehte sie sich zu ihm um, mit vorgeschobenem Kinn und angespannten Schultern. Woher sie wusste, dass er nur ein paar Meter entfernt hinter ihr stand, entzog sich seiner Kenntnis. Jedenfalls stapfte sie jetzt entschlossen auf ihn zu, und das Stimmengewirr im Raum nahm zu. Alle hatten mitbekommen, dass sie die Frau auf den Bildern und verdammt sauer war.

Felicia spürte, dass alle Blicke auf sie gerichtet waren – einschließlich die ihrer omnipräsenten Abbildungen –, doch sie konzentrierte sich bloß auf den Mann, der sie alle geschaffen hatte – über Monate hinweg –, ohne das Geringste darüber verlauten zu lassen. Was er beim Malen empfunden hatte, war nicht zu übersehen – vor allem nicht bei dem Bild, das sie in dem schwarzen Kleid zeigte, das sie auch heute Abend trug. Als sie ihn erreichte, taten die Umstehenden nicht einmal mehr so, als betrachteten sie die Gemälde. Aber darauf würde Felicia nun keine Rücksicht nehmen.

Mit wild trommelndem Herzen baute sie sich vor Hudson auf. »Du bist dumm, nervig und wirklich das Allerletzte«, sagte sie und stach ihn mit einem Finger so in die Brust, dass er einen blauen Fleck davon bekommen musste. »Wie kannst du es wagen. Du …«

»Lass es mich dir bitte erklären«, fiel er ihr ins Wort.

Oh nein. Diesmal würde er sich nicht herausreden können. »Was gibt es da zu erklären?« Sie schwenkte mit dem Arm über die Bilder im Raum, und ihre Kehle verengte sich, wenn sie daran dachte, was er damit ausdrücken wollte. »So hast du die ganze Zeit für mich empfunden? Warum hast du mir das nie gesagt?«

Die Ader in seiner Schläfe pulsierte. »Was hätte ich denn sagen sollen?«

Sie betrachtete die Gemälde. Sicher, es war schon ein bisschen unangenehm, überall sich selbst zu sehen – manchmal sehr viel von sich selbst –, doch sie konnte nicht bestreiten, dass es genau das war, was sie sich in ihren kühnsten Träumen erhofft hatte.

»Dass du vom ersten Moment an gesehen hast, was sonst niemand sah«, sagte sie mit zitternder Stimme. »Du hast vom ersten Moment an mein wahres Ich gesehen.«

»Wie denn auch nicht? Von dem Moment an, als ich dich zum ersten Mal sah, konnte ich die Augen nicht mehr von dir abwenden«, sagte er. »Es tut mir so leid. Ich hätte dir wegen der Ausstellung Bescheid sagen sollen, aber ich wollte, dass du es selbst siehst. Wenn dir all das nichts bedeutet, dann weiß ich, dass dein Herz Mr Ahnungslos gehört.«

»Ich bin hier drüben«, rief Tyler irgendwo von links aus dem Off.

»Tyler, halt den Mund«, erwiderten Hudson und sie synchron.

Im Raum erhob sich leises Gelächter, doch Felicia nahm es kaum wahr. In diesem Moment ging es nicht um die anderen. Es ging einzig und allein um sie und den schlimmsten Kerl, in den sie sich je verliebt hatte und der ihr beinahe das Herz gebrochen hätte.

Sie hob sich auf die Zehenspitzen, sodass sie ihm bis an die Schultern reichte, und zog ihn ungestüm an sich. In ihrem Innern tobte ein Tornado aus Erleichterung, Verwirrung und Leidenschaft. »Wenn du so empfunden hast, warum hast du mich dann kalt abserviert? Warum hast du gesagt, ich wäre nicht dein Typ? Warum hast du mich in der Umkleide stehen lassen? Und als wir uns zum letzten Mal gesehen haben? Was sollte das?«

Diesmal war es Hudson, dessen Wangen sich leicht rot färbten. »Alles was ich je wollte – und immer noch will –, ist, dir zu geben, was du wolltest und was dich glücklich macht.«

Plötzlich fiel es ihr wie Schuppen von den Augen. Die verzweifelte Leidenschaft an jenem Abend, als sie beide die körperliche Nähe dringender brauchten als die Luft zum Atmen, die SMS von Tyler, der Streit. Nie im Leben hätte sie damit gerechnet, Bilder von sich in dieser Ausstellung zu sehen. Sie war gekommen, um sich zu entschuldigen. Alles, was sie wollte, war eine zweite Chance bei dem Mann, den sie liebte – falls es möglich war, den Streit zu vergessen.

»Was ich neulich Abend gesagt habe, tut mir leid. Es ist dein Leben, und du entscheidest, wem du was darüber erzählst. Aber du solltest dir im Klaren darüber sein, dass du nicht nur deine Mitmenschen in ihren Entscheidungen einschränkst, wenn du bestimmst, was das Beste für sie ist. Du beschränkst auch dich selbst.« Eine Träne löste sich und lief ihr über die Wange, bis sie sie mit dem Handgelenk wegwischte. »Um genau zu sein, musst du einfach aufhören, so ein selbstloses Arschloch zu sein.«

»Was neulich Abend angeht ...« Er senkte den Blick für den Bruchteil einer Sekunde und sah sie dann wieder an. »Ich habe mich von meiner Eifersucht leiten lassen und ein paar Dinge gesagt, die absolut unter der Gürtellinie waren. Ich konnte einfach nicht mehr so tun, als würde ich dich nicht lieben. Und das hat mir selbst Angst gemacht.«

Ihr Herzschlag setzte aus. Sie musste sich verhört haben. »Du liebst mich?«

Lachend schwenkte er mit dem Arm über die Gemälde um sie herum. »Was könnte das hier denn sonst bedeuten?«

Vielleicht machte sie den ersten Schritt, vielleicht er. Es spielte keine Rolle. Der Kuss war Bitte um Vergebung, Liebeserklärung und Verheißung in einem. Er offenbarte einen Blick in eine Zukunft im Kreis von Familie und Freunden voller lebenslangem Glück. Erst als sie sich endlich voneinander lösten, bemerkten sie, dass man ihnen rundherum applaudierte, einschließlich Tyler, der neben Everly stand, Helene, Sawyer und Clover.

Es dauerte einen Augenblick, bis sie voll erfasste, was gerade passiert war. »Mist. Ich fürchte, ich habe dich gerade als Hughston geoutet. Das tut mir leid.«

Er zog sie an seine Seite und hauchte ihr einen Kuss auf den Scheitel. »Mir scheint, du hast das Plakat nicht gesehen.«

»Ich war ein wenig abgelenkt von meinen überlebensgroßen Konterfeis.« Und das war mehr als milde ausgedrückt.

»Komm.«

Hand in Hand gingen sie durch ein Spalier aus Besuchern, die ihnen aus irgendwelchen Gründen Glück und alles Gute wünschten. Was das sollte, würde sie später herausfinden. Im Moment genoss sie einfach nur, mit dem Mann zusammen zu sein, den sie liebte. Hudson trat vor ein großes schwarzes Poster mit Honigtopfameisen und der Aufschrift: *Hughston alias Hudson Carlyle präsentiert seinen neuen Werkzyklus: DIE FRAU AN MEINER SEITE.*

Ihr blieb das Herz kurz stehen, und sie ließ ihren Blick über die Gemälde schweifen, um schließlich an Hudson hängen zu bleiben, den sie als *Familie: Mann, Gattung: Nichts für mich* klassifiziert hatte. Gott sei Dank hatte sie ihn so grandios fehleingeschätzt. Doch natürlich durfte sie ihm das nie erzählen. Hudson, der Charmeur, war schon kaum zu ertragen, aber Hudson, der Überflieger, noch viel weniger. Ach was, egal. Sie würde ihn auch so vergöttern.

Sie nickte mit dem Kinn in Richtung des Plakats. »Soll das ein Antrag sein?«

Er schenkte ihr sein typisches unwiderstehliches Lächeln. »Ich hoffe, es ist das unausweichliche Happy End. Wer könnte meinem Charme schon widerstehen?«

Sie jedenfalls nicht. »Ich liebe dich, Hudson Carlyle.«

Er neigte den Kopf, sodass sein Mund beinahe auf ihrem lag. »Ich liebe dich auch.«

Diesmal ging der Kuss definitiv von ihr aus, denn sie lernte schnell, und was gab es Schöneres, als zu lernen, wie man sich verliebte.

Epilog

Drei Jahre später …

Das Gemälde prangte über dem Kamin in Helene Carlyles Penthouse. Mit seinen einhundertzwanzig auf einhundertfünfzig Zentimetern war es eines von seinen größeren Werken. Die rechte untere Ecke zierte anstelle von Hughstons ebenso bekannter wie schwer leserlicher Klaue Hudsons Signatur – in sauberer Handschrift und klar zu entziffern. Helene hatte darauf bestanden, und Felicia war der gleichen Meinung gewesen. Er hatte nicht einmal versucht, sich davor zu drücken, zum ersten Mal in seinem Leben eines seiner Gemälde mit seinem echten Namen zu signieren.

»Weißt du, was ich an diesem Bild am meisten mag?«, fragte Felicia, die hinter ihn trat und dabei nur knapp seinem Neffen Michael ausweichen konnte, der wie ein Wirbelwind auf den Flügel zustürmte.

»Dass dich dein Zukünftiger damals nicht in Dessous gemalt hat?«, fragte er zurück und zog sie an sich.

»Heute übrigens in Rosa.«

Die Antwort gefiel ihm. Sogar sehr. »Wir können sofort gehen.«

»Oh nein, so leicht kannst du dich hier nicht verkrümeln«, sagte sie und schubste ihn zurück. »Oder willst du etwa die Party anlässlich deiner Ausstellungseröffnung bei Everly morgen verpassen?«

Alle waren gekommen, um ihn zu feiern. Sawyer und Clover

standen draußen auf dem Balkon und blickten über die Stadt, die sein Bruder mit gebaut hatte – als einziger Carlyle, der noch in der Firma tätig war. Michael, der Sohn der beiden, der nach seinem Großvater hieß, spielte mit Helene Fangen. Clovers Eltern saßen auf der Couch und freuten sich an dem bunten Treiben. Und Tyler stand mit seiner neuen Frau am Flügel. Die beiden sahen aus, als würden sie eine weltumspannende Revolution planen.

»Ja, einschließlich Mr Ahnungslos.« Sein Bruder hatte sich mit Tyler wieder vollständig versöhnt, doch er war immer noch ein wenig sauer auf ihn. Er war eben ein Höhlenmensch, der lieber der Erste und Einzige im Leben seiner Auserwählten sein wollte. »Ich werde nie begreifen, was sie in ihm sieht.«

Felicia hob sich auf die Zehenspitzen und hauchte ihm einen Kuss auf die Wange. »Hoffentlich das Gleiche, was ich auch in dir sehe.«

»Einen Mann mit außerordentlich geschickten Händen?« Flüsternd fuhr er fort: »Und einer ebenso geschickten Zunge? Und …«

Sie schüttelte nur grinsend den Kopf. »Den Mann, den ich liebe.«

»Ist das der Grund, warum ich dich vierhundertzweiundachtzig Mal fragen musste, ehe du Ja gesagt hast?« Aus Scherz hatte er tatsächlich Buch darüber geführt, und er hätte nie für möglich gehalten, dass er so eine hohe Zahl erreichen würde. Immerhin war er der Charmeur der Carlyle-Familie.

Sie zuckte mit den Schultern. »Ich habe dir von Anfang an gesagt, dass es zeitlich nicht hinhaut.«

»Stimmt. Heiraten war auf der Liste mit den Dingen, die du frühestens mit dreiunddreißig tun wolltest.« Und stur wie sie war, hatte sie sich daran gehalten.

»Zieh mich nur auf. Ich weiß, dass du meine Listen liebst – vor allem wenn darauf steht, dass wir zu *La Perla* shoppen gehen.«

Allerdings. Wer hätte gedacht, dass seine kleine Ameisenspezialistin ein Faible für Dessous hatte? Da war er doch der Letzte, der sich sträubte.

»Apropos Dessous. Es ist also nicht dein Lieblingsdetail auf dem Familienbild der Carlyles, dass du vollständig angezogen bist. Was ist es dann?«

Felicia sah zu dem Gemälde hoch, und ihr Blick hinter ihrer neuen roten Brille wurde weich. »Wenn man aus der richtigen Perspektive darauf schaut, sieht es aus, als hätte ich einen kleinen Babybauch.«

Er fühlte sich plötzlich ganz benommen. »Nein.«

»Doch, doch.« Sie nahm seine Hand und legte sie auf ihren Bauch. »Auf der Leinwand und bald im richtigen Leben.«

Die Welt um ihn herum verschwamm, als er auf den flachen Bauch seiner Frau sah, und er spürte eine Welle der Ehrfurcht. »Seit wann weißt du es?«

»Der Arzt hat es heute Morgen bestätigt. Ich würde sagen, Eliza, wenn's ein Mädchen wird, Henry für einen Jungen.«

Sie hätte Apfel-Rucola vorschlagen können, er freute sich viel zu sehr, um über Vornamen nachzudenken. Der Künstler in ihm sah jedoch sofort die neuen Chancen, die sich boten. »Ich kann's gar nicht abwarten, dich in deiner ganzen schwangeren Pracht zu malen.«

Ihre Pupillen weiteten sich, und sie schüttelte den Kopf. »Kommt gar nicht infrage. Die Welt hat auch so schon viel zu viel von mir gesehen.«

»Aber ich nicht. Ich bekomme nie genug von dir, auf der Leinwand, im Bett, an meiner Seite.« Er senkte den Kopf, bis seine Lippen beinahe die ihren berührten. »Ich liebe dich, Felicia Hartigan Carlyle.«

»Ich liebe dich mehr«, erwiderte sie und schmiegte sich an ihn. Er würde ihr später am Abend tatkräftig beweisen müssen, wie sehr er sie liebte.

Er küsste sie, und dabei war es ihm im Grunde egal, ob sie wieder für ihn Modell stehen würde. Felicia war so viel mehr als seine Muse. Sie war sein Leben. Für immer. Besser konnte es nicht kommen.

Leseprobe

AVERY FLYNN

Dealbreaker

1. KAPITEL

Von Jetlag geplagt und so müde, dass sich alles vor seinen Augen drehte, blieb Tyler Jacobson in dem schmalen Flur seines Mietshauses gerade noch rechtzeitig stehen, um nicht von einem knapp drei Meter hohen Kistenstapel zerquetscht zu werden.

So wird also alles enden. Er würde sterben, indem er von einem Stapel Kisten überfahren wurde, die sich direkt auf ihn zubewegten, scheinbar ganz aus eigener Kraft. Immerhin war es ein ziemlich einzigartiger Tod, obwohl tot sein seinen Plänen, die Weltherrschaft zu übernehmen, wirklich in die Quere kommen würde.

»Hey, hier kommt wer!«, rief er scherzhaft einen Satz aus einem seiner Lieblingsfilme, und zwar mit einem waschechten Proletenakzent. Seine übliche Aussprache war viel kultivierter, dank des halben Jahres Sprechunterricht vor seinem Collegeabschluss damals, in dem er seinen Banausenslang losgeworden war.

Der Kistenstapel hielt inne und neigte sich leicht nach vorn, gefolgt von dem gedämpften Klacken einer Sackkarre, die auf den mit Teppich ausgelegten Boden abgesenkt wurde. Aber es erschien niemand. Okay, die Kisten fuhren also doch nicht von selbst. Ihm gehörte das Gebäude, und obwohl er sich nicht als Hausmeister betätigte, wusste er, dass es darin nicht spukte, selbst wenn er der Typ Mensch gewesen wäre, der an solchen Schwachsinn glaubte – was er nicht war. Er mochte sich weder so anhören oder so aussehen noch sich so benehmen, doch seine Kindheit und Jugend am anderen Ende des Hafens, fernab des Glamours und des Geldes von Harbor City, hatten ihn geprägt, und er hatte definitiv einen skeptischen Blick auf die Welt.

»Tut mir leid, hab Sie nicht gesehen«, erklang eine körperlose Frauenstimme hinter den Kisten.

»Das überrascht mich nicht.«

Die Frau brauchte Unterstützung. Bei Gelegenheiten wie dieser wünschte er, das Haus hätte einen Portier, der dabei behilflich war, Kisten zu transportieren. Er musste wirklich über eine Sanierung nachdenken, damit er Platz für eine kleine Eingangshalle schaffen konnte. Als sie keine Anstalten machte, um die Kisten herumzugehen, konnte er seine Neugier nicht zurückhalten. »Verstecken Sie sich etwa dahinten?«

Eine Frau spähte um die Kisten herum. Eine hübsche Frau. Moment. Eine zauberhafte Frau – mit großen, ausdrucksvollen Augen, die zu riesig für ihr Gesicht waren, und Haaren, die ein Mann im Bett um die Hand schlingen konnte.

Sie kniff ihre klugen braunen Augen zusammen und musterte ihn von ihrer ziemlich beeindruckenden Höhe aus flugs von Kopf bis Fuß, schätzte die Situation mühelos ab, was ihm, auch ohne dass sie ein Wort zu sagen brauchte, verriet, dass hinter dem Aussehen dieser Frau mehr steckte. Alles an ihr schien dermaßen perfekt – das glatte Haar, ihr Make-up und ihre langen Beine, die in sexy Designer-Jeans steckten –, dass alles an ihr nach Zurückhaltung schrie. Na ja, zumindest fast.

»Warum sollte ich mich denn verstecken?«, fragte sie, und ihr starker Riverside-Akzent widersprach ihrer Attitüde der Unnahbarkeit vollkommen. »Sie machen mir keine Angst.«

Tyler hatte das Gefühl, dass ihr nichts so schnell Angst

machte. Das gefiel ihm. Und an ihrem Akzent konnte er erkennen, dass sie aus der Arbeiterklasse stammte so wie er, obwohl er sein Bestes tat, das zu verbergen. Die Geschworenen berieten sich noch immer darüber, wie er dazu stand.

Er streckte die Hand aus. »Tyler Jacobson.«

»Everly Ribinski«, stellte sie sich vor und schüttelte ihm die Hand, schnell nach oben, nach unten und loslassen. Ihre Pupillen hatten sich für einen kaum merklichen Moment geweitet, als ihre Hände sich berührt hatten, allerdings hatte sie sich schnell wieder gefangen. Das konnte beiderseitige Anziehung sein, vielleicht aber auch bloß Überraschung darüber, dass er nicht versuchte, den Augenblick in die Länge zu ziehen. Diesbezüglich berieten sich die Geschworenen ebenfalls noch. Er stellte sich vor, dass eine so schöne Frau wie sie oft unerwünscht von Männern angefasst wurde, wenn strikte Geschäftsmäßigkeit angesagt sein sollte. Sein Magen zog sich kurz zusammen bei dem Gedanken, dass irgendein Mann sie sexuell belästigen könnte, doch sie erwiderte seinen Blick mit derartigem Selbstbewusstsein, dass solche Kandidaten vermutlich eine Abfuhr bekamen, wenn sie es versucht hatten. Er grinste bei der Vorstellung, wie sie einen Mann in seine Schranken verwies.

Und dann begriff er, dass er im Flur stand und sie daran hinderte, ihren Umzug fortzusetzen, und sie wie ein Idiot angrinste. Als sie die Brauen hochzog, schüttelte er den Kopf. Reiß dich zusammen, Jacobson.

Er versuchte, seine Benommenheit abzuschütteln. Zauberhafte Frauen waren nichts Neues für ihn. Sie mochten ihn. Er mochte sie. Passt. Doch aus irgendeinem Grund ließ Everly sein ziemlich fixes Denken fast zum Stillstand kommen. Er gab die Schuld der Tatsache, dass er den Nachtflug von Budapest genommen hatte und sowohl ein schreiendes Baby als auch ein Sitznachbar mit Logorrhoe an Bord gewesen waren.

»Freut mich, Sie kennenzulernen«, sagte sie, als er sich nicht von der Stelle rührte. »Aba ich muss diese Sachen hier in meine Wohnung schaffen.«

Dieses sexy A am Schluss von »Aber« war das Einzige, was als verrückter Kitzel in seinem vernebelten Gehirn hängen blieb.

»Sie beziehen 3B.« Natürlich wählte sein Verstand genau diesen Moment aus, um wieder zu funktionieren. Die Galeristin, die die Gewerbeeinheit im Erdgeschoss des Hauses hatte. »Ich wohne in 2B, aber keine Sorge. Es macht mir nichts aus, unter Ihnen zu sein.«

Scheiße, was hast du da gerade gesagt, Jacobson?

Eigentlich hatte er ausdrücken wollen, dass er, obwohl ihm das Haus gehörte, sich nicht über die anderen erhob, was sein von Schlafmangel gepeinigtes Hirn irgendwie verdreht hatte. Doch sie wusste nicht, dass er der Hausbesitzer war, und jetzt würde sie, wenn er die Sache klarstellte, vermutlich denken, er habe es nur gesagt, um einfließen zu lassen, dass ihm das Gebäude gehörte. Unhöflich bleiben oder jämmerlich wirken? Beide Optionen ließen ihn wie das Arschloch aussehen, als das er sich gerade gezeigt hatte.

Er erinnerte sich daran, dass er sein Gehirn und seine Kommunikationskompetenz benutzt hatte, um binnen weniger Jahre Millionen von Dollar zu scheffeln. Komm schon, Jacobson, lass dir etwas einfallen, das weder anzüglich noch prahlerisch ist. Etwas Hilfreiches. Und dann mach, dass du hier wegkommst, solange sie dich noch lässt.

In seinem Gehirn ratterte es, denn was auch immer er als Nächstes sagte, es war potenziell lebensbedrohlich in dem Minenfeld, das er gerade erschaffen hatte.

»Ich kann Sie mit einem Stimmtrainer bekannt machen; er hilft Leuten, ihren Slang loszuwerden.« Okay, nicht gerade das beste Gesprächsthema, unmittelbar nachdem er jemanden kennengelernt hatte, aber es ging als hilfreich durch.

Sie stemmte eine Hand in ihre runde Hüfte und kniff die Augen zusammen. »Slang?«

»Ja.« Er nickte und begriff zu spät, in was für einen Schlamassel ihn sein Jetlag gerade hineingezogen hatte.

»Und was ist daran auszusetzen, wie ich spreche?«, fragte Everly mit harter Stimme. Keine sexy verwaschene Endung diesmal, jedes Wort kam klar und scharf wie aus der Pistole geschossen.

Er glaubte, das schwache Klingeln einer Glocke zu hören, bevor ein Boxkampf in seinem Unterbewusstsein begann, und sein Blick huschte auf der Suche nach irgendeiner Möglichkeit umher, seine Wohnung schnell zu erreichen. Er schuldete Everly eine Entschuldigung, klar, doch er hatte Angst, dass er sich noch tiefer hineinreiten würde, so sehr litt er an seinem Jetlag, so dermaßen indisponiert war er. »Ähm. Nichts?«

Tyler konnte jeden durchschauen, seine Schwächen binnen weniger Sekunden erkennen und sie zu seinem eigenen Vorteil nutzen. So hatte er seine Consulting-Firma zu einer Institution in Harbor City gemacht, die dafür stand, Geschäfte erfolgreich abzuwickeln. Teils Trainer, teils Drill-Offizier, teils Machiavelli, hatte er, was immer notwendig war, auf den Tisch gebracht, um aus einem erfolgreichen Unternehmen ein Imperium zu machen. Doch zum zweiten Mal an diesem Tag lag er komplett daneben. Als dieser Schock sich in seinem Magen ausbreitete und ihm ganz flau davon wurde, hatte er keine andere Wahl, als ihr ein schwaches entschuldigendes Lächeln zu schenken, das er bei seinem Freund Frankie allzu oft gesehen hatte und das die Damen stets betörte und Frankie aus heiklen Situationen befreite. Hoffentlich war er nicht so eingerostet, wie er sich fühlte, wenn es darum ging, durch eine Charmeoffensive aus einer verzwickten Situation wieder herauszukommen.

Sie schürzte ihre kirschroten Lippen und kniff ihre Augen zusammen, als sie seinen Kurswechsel bemerkte. Diese Frau war viel zu clever, und sie wollte nichts davon wissen. Sie nickte, als denke sie tatsächlich darüber nach, was er gesagt hatte. »Aber ich sollte meine Aussprache ändern?«

Minenfeld. Minenfeld. »Vergessen Sie, was ich gesagt habe.« Wirklich, es wäre ein Segen, wenn sie einfach nur Nachbarn sein würden. Verdammt, sie durfte auf keinen Fall erfahren, dass das Haus ihm gehörte, nachdem er sich wie ein Arschloch aufgeführt hatte. Vielen Dank, Last-Minute-Nachtflug von Budapest.

Normalerweise war Tyler in jeder Situation derjenige, der die Lage analysierte und nach den besten Winkelzügen suchte. Aber als er Kalkül in ihrem Blick aufblitzen sah, während ihre Züge gelassen blieben, war er beeindruckt von ihrem strategischen Denken. Sie schien abzuwägen, ob sie lächeln sollte. Er sah winzige Fältchen in ihren Augenwinkeln. Doch so wie er sich die Sache aus ihrer Perspektive vorstellte, würde sie, wenn sie kokett antwortete, damit rechnen, einen Nachbarn zu bekommen, der sie ständig in die Enge trieb, weil er mehr Aufmerksamkeit wollte. Ihre Mundwinkel zogen sich nach unten. Sie konnte ihren Ärger darüber ausdrücken, dass er ihr im Weg stand, dass er sie beleidigt hatte, allerdings würden sie unter einem Dach leben, daher war das unnötiger Stress, vor allem wegen ihres Geschäftes im Erdgeschoss. Schließlich schien sie sich für eine distanzierte, aber freundliche Haltung zu entscheiden, die jedwede Chancen seinerseits zunichtemachte, ihr zu helfen oder sich weiter mit ihr zu unterhalten. Verdammt. Sie war gut.

»Okay«, sagte sie mit einem Lächeln, das beinahe echt aussah, wenn auch ein klein wenig sauer, dann wartete sie ab und sah ihn an. »Tyler?«

»Ja?«, fragte er, steckte die Hände in seine Hosentaschen und schenkte ihr ein weiteres Lächeln, von dem er hoffte, dass es charmant war.

»Könnten Sie ein Stückchen zur Seite gehen?« Ihr Ton war neckend. »Ich will Sie nicht überrollen.«

»Oh«, murmelte er und sprang wie der Blitz zur Wand, um ihr aus dem Weg zu gehen. »Tut mir leid.«

Sie nickte nur, verschwand hinter dem Kistenstapel auf der Sackkarre und ging an ihm vorbei durch den Hausflur. Okay, diese Begegnung war Schrott gewesen, aber trotz Jetlag fand er es verdammt gut, ihrem herzförmigen Hintern zuzusehen. Wie er sich bewegte, wenn sie ging.

Achtundvierzig Stunden später öffnete Everly die letzte Umzugskiste. Die Miete ihrer neuen Wohnung war unverschämt hoch – nichts Neues für Harbor City –, aber sie hatte die Pendelei satt. Die *Black Heart Gallery* befand sich im selben Haus im Erdgeschoss. Seit sie haufenweise Stunden auf den Versuch verwandt hatte, die Galerie in Schwarz zu streichen, damit die Räume nicht wie das Pflegeheim von Nunni aussahen, wusste sie, dass der Katzensprung bis zu ihrem Zuhause die Mehrkosten wert war.

Es war nervig gewesen, all ihre Sachen aus ihrer alten kleinen Wohnung herzuschaffen, doch jetzt war sie fertig. Das musste gefeiert werden. Sie schickte schnell eine Textnachricht an ihre Freundin Kiki und lud sie auf einen Drink ein, dann ging sie in den Hausflur, um die Kartons zur Papiertonne zu bringen. Sie schaffte es genau zwei Schritte weit, bevor sie Rauchgeruch wahrnahm.

Sie lief zur Treppe. Es war kein dichter schwarzer Rauch wie von einem Autoreifenfeuer, aber trotzdem schwebte ein grauer Nebel in den zweiten Stock, zusammen mit dem Geruch von etwas Verkohltem, sodass sie ihr Telefon aus ihrer Gesäßtasche riss, während sie keuchend Luft holte. Sie sah noch keinen dichten Rauch und hörte auch keinen Feueralarm, doch sie war sich sicher, dass das bloß eine Frage von Sekunden war.

»911, was haben Sie für einen Notfall?«

»In meinem Haus brennt es.«

Nachdem sie ihre Adresse durchgegeben hatte, eilte sie die Treppe hinunter, mit nur einem einzigen Gedanken im Kopf – zuzusehen, dass sie hier wegkam, ehe sie in irgendeinem Inferno gefangen saß.

»Feuer!«, brüllte sie auf dem Weg nach unten, wohl wissend, dass ihre Stimme laut genug war, um bis nach Riverside vorzudringen.

Sie hatte es gerade bis zum Treppenabsatz des ersten Stocks geschafft, als jemand ihren Namen rief. Instinktiv drehte sie sich um und bereute sofort die zu schnelle Bewegung. Ihr zehn Zentimeter hoher Absatz verfing sich im Teppich, und sie kippte nach vorn. Gleichzeitig zog die Schwerkraft sie herunter. Sekunden bevor sie auf die Nase fallen konnte, legte sich ein starker Arm um ihre Taille und riss sie zurück gegen etwas Unnachgiebiges und – sie schnupperte – etwas, das nach verbranntem Schokoladenkuchen roch.

»Alles in Ordnung mit Ihnen?«, fragte Tyler und ließ sie los, sobald sie ihr Gleichgewicht wiedergefunden hatte.

»Wir müssen weg hier.« Sie griff nach seiner Hand und zerrte ihn zur Treppe – nun, sie versuchte, an ihm zu zerren, aber er war zu stattlich und muskulös, als dass sie ihn auch bloß zwei Zentimeter hätte vom Fleck bewegen können. »Es brennt!«

»Was? Nein. Ich habe gebacken und die Röhre zu heiß gestellt«, sagte er, als sei es keine große Sache, beinahe ein Haus niederzubrennen. »Meine ganze Wohnung war verqualmt, als ich aus der Dusche kam.«

Sie sah sich um und bemerkte, dass der Rauch tatsächlich schwächer wurde. In dem Moment ertönte das erste Schrillen der Sirenen, kaum lauter als die Furcht, die in ihr hämmerte. »Die Feuerwehr.«

»Sagen Sie mir, dass Sie die nicht gerufen haben«, stöhnte er. »Sie waren in diesem Monat bereits dreimal hier.«

»Wegen Ihrer Backerei?«, erkundigte sie sich. Sie dachte nicht über ihre Frage nach, sondern konzentrierte sich einfach darauf, ihren Atem zu beruhigen, ehe sie noch hyperventilierte. Nachdem das Mehrfamilienhaus neben ihrem bis auf die Grundfeste abgebrannt war, als sie ein Kind gewesen war, geriet sie schon beim bloßen Gedanken an ein Feuer im Haus in Panik.

Er verschränkte die Arme vor der Brust. »Ja.«

Bei jeder anderen Gelegenheit hätte sie gecheckt, wie seine Bizepse in seinem kurzärmeligen Shirt aussahen, hätte die sehnigen Linien seiner Unterarme bewundert. Armporno war ihre Schwäche. Wie die Dinge lagen, war sie zu sehr mit sich selbst beschäftigt, als das nur am Rande zu bemerken. Einatmen. Ausatmen. Einatmen. Ausatmen. Keine Panik. Schön ruhig atmen.

»Wie wär's mit einem Kochkurs?«

Sein Kinn verspannte sich, und die Ader in seiner Schläfe trat hervor. »Wie wär's, den Dingen erst mal auf den Grund zu gehen, bevor Sie überreagieren?«

»Überreagieren?« Und wusch, helle Panik überkam sie erneut bei der Erinnerung an die Schreie, die aus diesem brennenden Haus gekommen waren. »Als ich aus meiner Wohnung gekommen bin, war der Hausflur voller Rauch.«

Er schaute in dem Treppenhaus nach oben, und trotz des Ärgers, der sich mit ihrer Panik duellierte, konnte sie nicht umhin, die Gelegenheit zu nutzen, einen langen Blick auf sein Gesicht zu werfen, ohne dabei beobachtet zu werden. Der Mann war für ihren Geschmack zu gut aussehend. Kantiges Kinn. Markante Züge wie ein Fotomodell. Dunkles Haar, das sich in einer Shampoowerbung gut machen würde. Und seine Augen? Diese Blauschattierung sollte gesetzlich verboten sein wegen der Dinge, die sie mit dem Herzschlag einer Frau machte – ganz zu schweigen von ihrer Libido –, wenn er sie direkt ansah.

Sie waren einander seit dem Tag ihres Einzugs nicht mehr über den Weg gelaufen. Als ihr Ärger über seinen unhöflichen Vorschlag, Sprechunterricht zu nehmen, verflogen war, war ihr eingefallen, wie müde er um die Augen ausgesehen hatte. Irgendein Nachbar hatte erwähnt, dass er gerade aus Europa zurückgekommen war, und sie war bereit gewesen, das Missgeschick auf sich beruhen zu lassen und ihn nicht gleich abzustempeln. Sie hatte sich gesagt, dass ein Mann, nur weil er reich war und sich die Mühe machte, Sprechunterricht zu nehmen, um seinen Proletenslang abzulegen, deswegen noch lange nicht so war wie ihr Vater. Die Tatsache, dass er ihr nahegelegt hatte, ihren Akzent loszuwerden, stellte jedoch ein Warnsignal dar, das sie besser beachten sollte.

Aber sie würden eine ganze Weile Nachbarn sein, daher war es klug, nicht mit ihm aneinanderzugeraten. Ganz abgesehen davon, wie seine Hand ihre umfasst gehalten hatte, oder von diesem irrwitzig sexy Grinsen, mit dem er sie einlullen wollte. Natürlich war ihr zweiter Eindruck von ihm nicht besser als der erste.

»Ich sehe keinen Rauch«, brummte er.

Sie hob den Blick und sah … nichts als Luft. »Er muss sich verzogen haben.«

»Davon bin ich überzeugt«, sagte er und klang genau wie Nunni jedes Mal, wenn sie Everly bei einer Lüge ertappt hatte. Von draußen erklang das Schrillen von Sirenen, gefolgt vom Poltern gestiefelter Schritte auf der Treppe. »Erzählen Sie das den Feuerwehrleuten.«

Das tat sie, allerdings nicht überzeugend. Als die Feuerwehrleute das Gebäude überprüft hatten, insbesondere Tylers Wohnung, und wieder aufgebrochen waren, war Everly wirklich reif für den Drink mit Kiki. Doch bevor sie wieder die Treppe hinaufgehen konnte, erschien Tyler neben ihr. Er hielt eine Schachtel in den Händen, die er ihr mit einem entschuldigenden Grinsen überreichte. Darin befand sich ein Papierteller mit Brownies, die so verbrannt waren, dass sie so hart waren wie Eishockey-Pucks. Und das löste das Mysterium, was zum Teufel das Haus mit Rauch gefüllt hatte.

»Und dann ist er einfach weggegangen?«, fragte Kiki einige Stunden später, als sie es sich in einer Ecknische ihres Lieblingsweinlokals bequem gemacht hatten.

»Ja, ist er«, bestätigte Everly, die immer noch versuchte, das zu verdauen. »Er ist wieder in seine Wohnung und hat die Tür zugemacht.«

Kiki, die über den Rand ihres Weinglases spähte, ehe sie einen Schluck daraus nahm, warf ihrer Freundin einen fragenden Blick zu. »Geht es um den heißen Typen, mit dem du im Flur geredet hast und der den Witz über deine Aussprache gemacht hat?«

»Ja.« Gott, sie hatte die Leute satt, die dachten, jemand mit ihrer Aussprache müsse sie ändern, sonst würde man ihn nicht ernst nehmen. Während der ganzen Collegezeit war das der Rat Nummer eins von den Leuten des Kunstbereichs gewesen. Damals hatte sie ihnen gesagt, sie sollten sich zum Teufel scheren, und daran würde sie sich jetzt auch halten. Sie war stolz auf ihre Herkunft, sogar Leute aus Riverside wussten Kunst zu schätzen.

»Und heute hat er dir ungenießbare Brownies geschenkt?«, fragte Kiki. »Meinst du, er ist verrückt?«

Sie schüttelte den Kopf. »Nur angepisst.«

»Hör mal, du wohnst im selben Haus wie dieser Mann. Ich schlage vor, du machst ihm ein Friedensangebot.«

Das war gar keine schlechte Idee. Wer wollte schon Krieg mit seinem Nachbarn wie bei Tom und Jerry? »Irgendwelche Vorschläge?«

»Hier.« Kiki griff in ihre Handtasche und zog einen Geschenkegutschein ihrer Firma *Be Merry Catering* hervor. »Der Mann kann offensichtlich nicht kochen. Ich kann ihm Mahlzeiten für eine ganze Woche bieten. Er braucht bloß anzurufen und mir zu sagen, was er von unserer Speisekarte haben will.«

Das war brillant. »Du bist die Beste.«

»Ich weiß.« Kiki wurde ernst. »Wie ist eigentlich dein letzter Besuch bei Nunni gelaufen?«

Everly wurde sofort schwermütig, und ihre Gliedmaßen fühlten sich an wie Zementblöcke. »Es ging ihr so gut, wie man das bei ihrer Demenz erwarten kann. Sie hat wieder gedacht, ich sei meine Mom.«

Kiki zuckte mitfühlend zusammen. »Sie hat dir also einen Vortrag gehalten?«

»Ja.« Genau wie bei neun von zehn Besuchen. Es war nicht ungewöhnlich, dass Demenzpatienten sich ein Ereignis in ihrem Leben aussuchten, auf das sie sich immer wieder bezogen, aber das machte es nicht leichter zu ertragen – vor allem weil es Everly stets aufs Neue das Herz brach. »Jedes Mal, wenn ich dachte, sie würde davon ablassen und auf etwas anderes zu sprechen kommen, kam sie wieder darauf zurück und warnte mich vor all den Verderbtheiten der Männer, die einem den Himmel auf Erden versprechen und einen dann durch die Hölle gehen lassen.«

»Dein Dad war auf jeden Fall ein Mistkerl.«

»Gelinde gesagt.« Der Mann war ein narzisstisches, verlogenes und hinterfotziges Arschloch erster Güte.

Kiki hob erneut ihr Glas. »Darauf, dass du deine Daddy-Probleme überwindest.«

»Welche Daddy-Probleme?«, fragte sie, ließ aber trotzdem ihr Glas gegen das ihrer Freundin klirren und ignorierte die kleine Stimme, die ihr sagte, dass sie ganz schön geliefert war.

»Süße, es hat keinen Zweck, sich zu verstellen.« Kiki verdrehte die Augen. »Du verurteilst jeden Mann, der dich auch nur ansieht, als müsse er für die Sünden deines Vaters bezahlen.«

Das mochte ja stimmen, doch wer konnte ihr einen Vorwurf daraus machen nach dem, was ihr Vater getan hatte, was ihrer Mutter anschließend zugestoßen war und der Tatsache, dass die ganze Geschichte Nunni so dermaßen zugesetzt hatte, dass das jenes Ereignis war, auf das sie sich am meisten fixierte, während sie ihre Tage in dem Zentrum für betreutes Wohnen verbrachte. Die ganze Sache war makaber, und Everly musste Tag für Tag damit leben. Dennoch: Eine sehr wichtige Tatsache ließ sich nicht leugnen.

»Bloß weil Nunni dement ist«, sagte sie Kiki, »heißt das noch lange nicht, dass sie sich in Bezug auf selbstsüchtige reiche Arschlöcher irrt.«

Als Tyler am nächsten Tag ohne jede Spur von Jetlag erwachte, fand er einen Umschlag, den ihm jemand unter der Tür hindurchgeschoben hatte. Da er nicht tickte, öffnete er ihn.

Be Merry Catering
Geschenkgutschein für den Lieferservice für eine Woche. Bitte rufen Sie uns an, um weitere Informationen zu erhalten.

Unterschrieben war der Gutschein von Everly Ribinski.

What. The. Fuck. Da hatte er ein Blech Brownies verbrannt – okay, er konnte bereits gar nicht mehr zählen, wie oft ihm in der Küche etwas misslungen war, aber das wusste sie nicht –, und schon wurde ihm gesagt, er solle einfach aufgeben? Wenn er das Handtuch geworfen hätte, hätte er es niemals aus Waterbury weggeschafft. Er hätte irgendeinen langweiligen Job, der eine Sackgasse war, statt Millionen zu scheffeln, indem er tat, was er mochte.

Er sah auf das Blatt Papier in seiner Hand. Noch nie zuvor war ihm mittels eines Geschenkgutscheins Salz in eine Wunde gestreut worden. Also, so sollte es laufen, ja? Krieg mittels passiv-aggressivem Geschenkgutschein?

Er warf das Papier auf seine Kochinsel, hielt inne und dachte über seine Optionen nach. Interpretierte er da zu viel hinein? Er hatte Brownies für sie gebacken, um sich für seine beschissene Bemerkung über ihre Aussprache zu entschuldigen, und sie hatte die Feuerwehr von Harbor City gerufen. Dann hatte sie ihm obendrein erklärt, er sei ein so miserabler Koch, dass er einen Caterer engagieren solle. Okay, er taugte nichts in der Küche, doch er lernte dazu. Außerdem wusste er, dass die Frau noch nie in ihrem Leben etwas nicht hinterfragt hatte, obwohl er nur zweimal mit ihr geredet hatte. Ihr Denkvermögen bestand aus vielen Schichten von Intelligenz und Beweggründen – wie ein verdammtes Parfait.

Das Klappern der Absätze der fraglichen passiv-aggressiven Person wanderte über seine Decke. Er lauschte, wie sie von einem Ende der Wohnung zum anderen hin und her ging, und jeder Schritt klang so selbstzufrieden, wie sie sich gewiss fühlte. Na schön. Dieses Spiel kann man zu zweit spielen.

Er schnappte sich sein Handy und feuerte eine E-Mail an seine Assistentin ab.

Lauschige fußförmige rosa Monstrositäten mit oben aufgeklebten Glubschaugen spähten zu Everly empor wie ein irre gewordener Stalker. Sie hielt sie vor ihr Display, damit Kiki sehen konnte, was in dem Päckchen angekommen war, zusammen mit einer Notiz von Tyler, in der er seine Überlegung kundtat, ob ihre High Heels ihren Füßen ebenso wehtaten wie seinen Ohren.

»Pantoffeln?«, fragte Kiki und hielt ihr Gesicht näher an ihre Kamera, als wolle sie die grässlichen Dinger wirklich besser sehen können. »Er hat dir potthässliche Pantoffeln geschickt?«

Everly konnte nichts anderes tun, als zu nicken. Sie warf noch einen Blick auf die Pantoffeln, schauderte unwillkürlich und warf sie in den Müll.

»Wie süß genau ist er?«, fragte Kiki.

Zum Totumfallen süß. »Nicht süß genug für so was.«

»Also, was ist dein Plan?«

Ihre beste Freundin kannte sie in- und auswendig. Sie hatte immer einen Plan. »Ihm aus dem Weg zu gehen, soweit das möglich ist.«

»Und wenn es das nicht ist?«

Es war ein kleines Haus mit nur einer Handvoll Wohnungen und einer Tiefgarage. Es war wahrscheinlich ein frommer Wunsch, ihm immer aus dem Weg gehen zu können. Das Beste war es, vorbereitet zu sein. »Ich werde keinen Deut nachgeben.«

»Also wirst du ihm zeigen, wie man das in Riverside macht?« Kiki lachte.

Dass sie ihre Kindheit und Jugend in einer armen und beschissenen Gegend verbracht hatte, bedeutete, dass sie mit einem Kodex aufgewachsen war. »Wir kneifen nicht. Niemals.«

»Süße«, Kiki schüttelte erheitert den Kopf, »ich habe dich lieb, aber nicht alles im Leben ist ein Kampf auf Leben und Tod.«

»Ist es sehr wohl.« Wie würde ihr Leben aussehen, wenn sie einfach jedem Arschloch, das ihr über den Weg lief, nachgeben würde? Sie würde jedenfalls keine eigene Galerie besitzen, so viel stand fest.

Kiki kicherte. »Das dürfte interessant werden.«

Etwas Interessantes war das Letzte, was Everly gegenwärtig in ihrem Leben brauchte, doch vor einem Streit zurückzuschrecken lag einfach nicht in ihrer Natur.